俄苏文学经典译著·长篇小说

列夫·托尔斯泰（1828—1910）

  19世纪俄国伟大的批判现实主义小说家、评论家、剧作家和哲学家。托翁是一位多产作家，也是世界公认的最伟大的作家之一。其代表性作品有《战争与和平》《安娜·卡列尼娜》和《复活》等，影响深远。

郭沫若（1892—1978）

  中国作家、历史学家、考古学家、古文字学家、社会活动家，新诗奠基人之一。原名郭开贞，笔名郭鼎堂等，四川乐山人。著有《女神》《甲骨文字研究》《屈原》《青铜时代》等，有《郭沫若全集》行世。

高地（1911—1960）

  即高植。安徽巢县（今巢湖市）人，作家、翻译家。通晓英、日、俄文，尤致力于俄罗斯文学研究。抗日战争时期与郭沫若联署翻译《战争与和平》，得到普遍赞誉，从此深耕于托翁著作的翻译。此后又陆续翻译了《复活》《幼年·少年·青年》《安娜·卡列尼娜》等作品。

Война
и
мир

Leo Tolstoy

俄苏文学经典译著·

长 篇 小 说

Russian

Literature

Classic.

NOVEL

战争与和平

【第一卷】

[俄]列夫·托尔斯泰 著

郭沫若 高地 译

Copyright © 2022 by SDX Joint Publishing Company.
All Rights Reserved.
本作品版权由生活·读书·新知三联书店所有。
未经许可,不得翻印。

图书在版编目(CIP)数据

战争与和平 / (俄罗斯) 列夫·托尔斯泰著;郭沫若, 高地译. ——北京:生活·读书·新知三联书店, 2022.1
(俄苏文学经典译著·长篇小说)
ISBN 978-7-108-07114-9

Ⅰ.①战… Ⅱ.①列…②郭…③高… Ⅲ.①长篇小说-俄罗斯-近代 Ⅳ.①I512.44

中国版本图书馆CIP数据核字(2021)第039003号

责任编辑 韩瑞华
封面设计 樱 桃
出版发行 生活·讀書·新知 三联书店
(北京市东城区美术馆东街22号)
邮 编 100010
印 刷 常熟市人民印刷有限公司
版 次 2022年1月第1版
       2022年1月第1次印刷
开 本 650毫米×900毫米 1/16 印张 126.75
字 数 1380千字
定 价 386.00元 (全四卷)

俄苏文学经典译著

出版说明

本丛书是对中国左翼作家所译俄苏文学经典一次系统的整理和展现，所辑各书均为名家名译，这不仅是文献和版本意义上的出版，更是对当时红色文化移植的重新激活。

早在1948年生活书店、读书出版社、新知书店合并为生活·读书·新知三联书店前，三家出版社就以引介俄苏经典文学和社会理论图书等为己任。比如1937年生活书店出版托尔斯泰的《安娜·卡列尼娜》，1946年新知书店出版《钢铁是怎样炼成的》。1949年以后，虽然也有出版社对俄苏文学经典进行重译、重编，但难免失去了初始的本色，并且遗失了些许当时出版的有价值的译著；此外，左翼作家的译介因其"著译合一"的特点，在众多译本中，自有其价值；更重要的是，这些文学经典蕴含的对生活的热情、对信仰的坚守、对事业的激情在今天亦鼓动人心，能给每一位真诚活着的人以前行的动力。因此，系统地整理出版左翼作家翻译的俄苏文学经典是必要的。

我们在对书稿进行加工时，主要遵循了以下原则：

一、本丛书为重排本，由繁体字竖排版改为简体字横排版。

二、忠实原作，保持原译语言风格及表现方式；对书中人物及相关译名除必要的规范外基本保留。

三、原书注释如旧，编者所出的注释，均以"编者注"标明，以示与原书注释的区别。

四、对原书中各种错讹脱衍之处，直接订正。

五、数字只要统一、规范，基本沿用；对标点符号的用法，尽可能做到规范。

六、在不影响原译意的情况下，对个别表述可能有歧义的字句进行必要斟酌处理。

俄苏文学经典译著

总　　序

生活·读书·新知三联书店推出"俄苏文学经典译著·长篇小说"丛书，意义重大，令人欣喜。

这套丛书撷取了1919至1949年介绍到中国的近50种著名的俄苏文学作品。1919年是中国历史和文化上的一个重要的分水岭，它对于中国俄苏文学译介同样如此，俄苏文学译介自此进入盛期并日益深刻地影响中国。从某种意义上来说，这套丛书的出版既是对"五四"百年的一种独特纪念，也是对中国俄苏文学译介的一个极佳的世纪回眸。

丛书收入了普希金、果戈理、屠格涅夫、陀思妥耶夫斯基、托尔斯泰、高尔基、肖洛霍夫、法捷耶夫、奥斯特洛夫斯基、格罗斯曼等著名作家的代表作，深刻反映了俄国社会不同历史时期的面貌，内容精彩纷呈，艺术精湛独到。

这些名著的译者名家云集，他们的翻译活动与时代相呼应。20世纪20年代以后，特别是"左联"成立后，中国的革命文学家和进步知识分子成了新文学运动中翻译的主将和领导者，如鲁迅、瞿秋白、耿济之、茅盾、郑振铎等。本丛书的主要译者多为"文学研究会"和"中国左翼作家联盟"的成员，如"左联"成员就有鲁迅、茅盾、沈端先（夏衍）、赵璜（柔石）、丽尼、周立波、周扬、蒋光慈、洪灵菲、姚蓬子、王季愚、杨骚、梅益等；其他译者也均为左翼作家或进步人士，如巴金、曹靖华、罗稷南、高植、陆蠡、李霁野、金人等。这些进步的翻译家不仅是优秀的译者、杰出的作家或学者，同时他们纠正以往译界的不良风气，将翻译事业与中国反帝反封建的斗争结合起来，成为中国新文学运动中的一支重要力量。

这些译者将目光更多地转向了俄苏文学。俄国文学的为社会为人生的主旨得到了同样具有强烈的危机意识和救亡意识，同样将文学看作疗救社会病痛和改造民族灵魂的药方的中国新文学先驱者的认同。茅盾对此这样描述道："我也是和我这一代人同样地被'五四'运动所惊醒了的。我，恐怕也有不少的人像我一样，从魏晋小品、齐梁词赋的梦游世界中，睁圆了眼睛大吃一惊的，是读到了苦苦追求人生意义的19世纪的俄罗斯古典文学。"[1] 鲁迅写于1932年的《祝中俄文字之交》一文则高度评价了俄国古典文学和现代苏联文学所取得的成就："15年前，被西欧的所谓文明国人看作未开化的俄国，那文学，在世界文坛上，是胜利的；15年以来，被帝国主义看作恶魔的苏联，那文学，在世界文坛上，是胜利的。这里的所谓'胜利'，是说，以它的内容和技术的杰出，而得到广大的读者，并且给予了读者许多有益的东西。它在中国，也没有出于这例子之外。""那时就知道了俄国文学是我们的导师和朋友。因为从那里面，看见了被压迫者的善良的灵魂，的酸辛，的挣扎，还和40年代的作品一同烧起希望，和60年代的作品一同感到悲哀。""俄国的作品，渐渐地绍介进中国来了，同时也得到了一部分读者的共鸣，只是传布开去。"鲁迅先生的这些见解可以在中国翻译俄苏文学的历程中得到印证。

中国最初的俄国文学作品译介始于1872年，在《中西闻见录》的

---

[1] 茅盾：《契诃夫的时代意义》，载《世界文学》1960年1月号。

创刊号上刊载有丁韪良（美国传教士）译的《俄人寓言》一则。[1] 但是从1872年至1919年将近半个世纪，俄国文学译介的数量甚少，在当时的外国文学译介总量中所占的比重很小。晚清至民国初年，中国的外国文学译介者的目光大都集中在英法等国文学上，直到"五四"时期才更多地移向了"自出新理"（茅盾语）的俄国文学上来。这一点从译介的数量和质量上可以见到。

首先译作数量大增。"五四"时期，俄国文学作品译介在中国"极一时之盛"的局面开始出现。据《中国新文学大系》（史料·索引卷）不完全统计，1919年后的八年（1920年至1927年），中国翻译外国文学作品，印成单行本的（不计综合性的集子和理论译著）有190种，其中俄国为69种（在此期间初版的俄国文学作品实为83种，另有许多重版书），大大超过任何一个国家，占总数近五分之二，译介之集中可见一斑。再纵向比较，1900至1916年，俄国文学单行本初版数年均不到0.9部，1917至1919年为年均1.7部，而此后八年则为年均约十部，虽还不能与其后的年代相比，但已显出大幅度跃升的态势。出版的小说单行本译著有：普希金的《甲必丹之女》（即《上尉的女儿》），陀思妥耶夫斯基的《穷人》、《主妇》（即《女房东》），屠格涅夫的《前夜》、《父与子》、《新时代》（即《处女地》），托尔斯泰的《婀娜小史》（即《安娜·卡列尼娜》）、《现身说法》（即《童年·少年·青年》）、《复活》，柯罗连科的《玛加尔的梦》和《盲乐师》，路卜洵的《灰色马》，阿尔志跋绥夫的《工人绥惠略夫》等。[2] 在许多综合性的集子中，俄国文学的译作也占重要位置，还有更多的作品散布在各种期刊上。

其次翻译质量提高。辛亥革命前后至"五四"高潮前，中国的俄国

---

[1] 可参见笔者在《二十世纪中俄文学关系》（学林出版社，1998；高等教育出版社，2002）中的相关考证。

[2] 这套丛书中收入了这一时期张亚权译的柯罗连科的《盲乐师》（商务印书馆，1926）。

文学译介均为转译本，且多为文言。即使一些"名家名译"，如戢翼翚译的普希罄《俄国情史》（即普希金《上尉的女儿》，1903）、马君武译的托尔斯泰的《心狱》（即《复活》，1914）、林纾和陈家麟合译的托尔斯泰的《罗刹因果录》（收八篇短篇，1915）等，也因受当时译风的影响，对原作进行改动或发挥之处颇多，有的译作几近于演述。1919年以后，译者队伍与译风发生了根本上的变化。一批才气横溢的通俄语的年轻人加入了俄国文学作品翻译的队伍，其中有瞿秋白、耿济之、沈颖、韦素园、曹靖华等。以本套丛书入选译本最多的译者耿济之为例。耿济之早年在俄文专修馆学习，1919年在《新中国》杂志上发表最初的译作，即托尔斯泰的《真幸福》（即《伊略斯》）和《旅客夜谭》（即《克莱采奏鸣曲》）等作品。20年代初期，耿济之又有果戈理的《马车》和《疯人日记》、赫尔岑的《鹊贼》、屠格涅夫的《村之月》、奥斯特洛夫斯基的《雷雨》、托尔斯泰的《家庭幸福》和《黑暗之势力》、契诃夫的《侯爵夫人》等重要译作。此后他一发不可收，数十年间译出了大量的俄国文学名著，是中国早期产量最多和态度最严肃的俄国文学译介者。当然，这时期仍有相当一部分翻译家依然利用其他语种的文字在转译俄国文学作品，如鲁迅、周作人、李霁野、郑振铎、赵景深、郭沫若等。这些译者大多学养深厚，译风严谨。鲁迅在20年代前期和中期译出了阿尔志跋绥夫的《工人绥惠略夫》《幸福》《医生》和《巴什唐之死》、安德列耶夫的《黯淡的烟霭里》和《书籍》、契诃夫的《连翘》、迦尔洵的《一篇很短的传奇》等不少俄国文学作品。尽管是转译，但翻译的水准受到学界好评。

20世纪二三十年代，中国文坛开始引进苏俄文学。1931年12月，瞿秋白在给鲁迅的信中谈到：有系统地译介苏联文学名著，"这是中国普罗文学者的重要任务之一"[1]。不少出版社在20年代末相继推出

---

[1] 瞿秋白：《论翻译》，见《瞿秋白文集》第2卷，人民文学出版社1954年版。

"新俄文学"作品专集。最早出现的是由曹靖华辑译、北平未名社 1927 年出版的《白茶（苏俄独幕剧集）》一书。而后，鲁迅、叶灵凤、曹靖华、蒋光慈、傅东华、冯雪峰和郭沫若等辑译的各种苏联文学作品集相继问世。这一时期，译出了不少活跃于十月革命前后的苏俄著名作家的作品。比较重要的有：拉夫列尼约夫的《第四十一》、革拉特珂夫的《士敏土》、绥拉菲莫维奇的《铁流》、法捷耶夫的《毁灭》、聂维罗夫的《不走正路的安得伦》、雅科夫列夫的《十月》、伊凡诺夫的《铁甲列车 Nr. 14-6》、富曼诺夫的《夏伯阳》、肖洛霍夫的《静静的顿河》（前两部）和《被开垦的处女地》、奥斯特洛夫斯基的长篇小说《钢铁是怎样炼成的》、诺维科夫-普里波伊的《对马》、马雅可夫斯基的诗集《呐喊》、爱伦堡等人的报告文学集《在特鲁厄尔前线》和阿·托尔斯泰的剧本《丹东之死》等。

这一时期，作品被译得最多的作家是高尔基。最早出现的是宋桂煌从英文转译的《高尔基小说集》（上海民智书局，1928）。这部小说集中载有《二十六个男和一女》和《拆尔卡士》（即《切尔卡什》）等五篇作品。最早出现的单行本是沈端先（即夏衍）从日文转译的高尔基的《母亲》。[1] 30 年代中国出版的有关高尔基的文集、选集和各种单行本更多，总数达 57 种，如鲁迅编的《戈里基文录》、瞿秋白译的《高尔基创作选集》、黄源编译的《高尔基代表作》、周天民等编选的《高尔基选集》（六卷）等。此外问世的还有：鲁迅等译的短篇集《恶魔》和《俄罗斯的童话》、史铁儿（即瞿秋白）译的《不平常的故事》、巴金译的短篇集《草原故事》、丽尼译的《天蓝的生活》、钱谦吾（即阿英）译的《劳动的音乐》、蓬子译的《我的童年》、王季愚译的《在人间》、杜畏之等译的《我的大学》、何素文译的《夏天》、何妨译的《忏悔》、罗稷南译的《四十年间》、赵璜（即柔石）译的《颓废》（即《阿尔达莫诺夫家

---

[1] 该书 1929 年由上海大江书铺出版第一部，次年出版第二部。

的事业》)、钟石韦译的《三人》、李谊译的《夜店》(即《底层》)和贺知远译的《太阳的孩子们》等。

进入20世纪40年代,由于苏德战争和太平洋战争的爆发,中国文坛把自己的目光转向了苏联卫国战争文学。1942年在上海创刊(1949年终刊)的《苏联文艺》发表的各类作品的总字数达六百多万字,其中大部分是反映苏联卫国战争的文学作品。此外,仅就单行本而言,各出版社出版或重版的此类书籍的数量有百余种之多。这些作品极大地鼓舞了中国人民反抗外族入侵和黑暗统治的斗志。也许今天的人们已经淡忘了它们,有些作品从艺术上看似乎也有些逊色。但是,其中经受住了历史检验的优秀之作,仍值得我们珍视。这一时期,苏联其他一些文学作品也有译介。值得一提的有:肖洛霍夫的《静静的顿河》(全译本)、叶赛宁、勃洛克和马雅可夫斯基合集的《苏联三大诗人代表作》、阿·托尔斯泰的《苦难的历程》和《彼得大帝》、费定的《城与年》、奥斯特洛夫斯基的《暴风雨所诞生的》、潘诺娃的《旅伴》、克雷莫夫的《油船德宾特号》、波列伏依的《真正的人》、卡达耶夫的《时间呀,前进!》、列昂诺夫的《索溪》、冈察尔的《旗手》(第一部)、包戈廷的剧本《带枪的人》《苏联名作家专集》(共五辑)等。其中不少名著在这一时期初次被译成中文。可以说,至20世纪40年代末,苏联重要的主流文学作品译介得已相当全面。

1919年以后的30年间,译介到中国的俄苏文学作品产生了巨大的影响。钱谷融教授曾经生动地描述过抗战时期他随学校迁至四川偏远小城,在那里迷上俄国文学的一些情景。他还表示自己"是喝着俄国文学的乳汁而成长的","俄国文学对我的影响不仅仅是在文学方面,它深入到我的血液和骨髓里,我观照万事万物的眼光识力,乃至我的整个心灵,都与俄国文学对我的陶冶薰育之功不可分。我已不记得最先接触到的俄国文学名著是哪一本了,总之是一接触到它就立即把我深深地吸引住了,使我如醉如痴,使我废寝忘食。尽管只要是真正的名著,不管它是英、美的，法国的，德国的，还是其他国家的，都能吸引我，都能使我迷醉。但是论其作品数量之多，吸引我的程度之深，则无论哪一国的文学，都比不上俄国文学"。这样的感受和评价在那一时代的知识分子中并不罕见。

由于社会的、历史的和文学的因素使然，中国知识分子（特别是左翼知识分子）强烈地认同俄苏文化中蕴含着的鲜明的民主意识、人道精神和历史使命感。红色中国对俄苏文化表现出空前的热情，俄罗斯优秀的音乐、绘画、舞蹈和文学作品曾风靡整个中国，深刻地影响了几代中国人精神上的成长。除了俄罗斯本土以外，中国读者和观众对俄苏文化的熟悉程度举世无双。在高举斗争旗帜的年代，这种外来文化不仅培育了人们的理想主义的情怀，而且也给予了我们当时的文化所缺乏的那种生活气息和人情味。因此，尽管中俄（苏）两国之间的国家关系几经曲折，但是俄苏文化的影响力却历久而不衰。

在中国译介俄苏文学的漫漫长途中，除了翻译家们所做出的杰出贡献外，还有无数的出版人为此付出了艰辛的努力，甚至冒了巨大的风险。在俄苏文学经典的译著中，我们常常可以看到商务印书馆、中华书局、开明书店、文化生活出版社等出版社的名字，也常常可以看到三联书店的前身生活书店、读书出版社、新知书店的名字。这套丛书中就有：生活书店1936年出版的、由周立波翻译的肖洛霍夫的小说《被开垦的处女地》，生活书店1936年出版的、由王季愚翻译的高尔基的小说《在人间》，生活书店1937年出版的、由周扬和罗稷南翻译的列夫·托尔斯泰的小说《安娜·卡列尼娜》，新知书店1937年出版的、由梅益翻译的普里波伊的小说《对马》，读书出版社1943年出版的、由王语今翻译的奥斯特洛夫斯基的小说《暴风雨所诞生的》，新知书店1946年出版的、由梅益翻译的奥斯特洛夫斯基的小说《钢铁是怎样炼成的》，生活书店1948年出版的、由罗稷南翻译的高尔基小说《克里·萨木金的一生》。熠熠生辉的名家名译，这是现代出版界在中国文化发展史上写就的不可磨灭的一笔。这套丛书的出版也是三联书店文脉传承的写照。

尽管由于时代的发展,文字的变迁,丛书中某些译本的表述方式或者人物译名会与当下有所差异,但是这些出自名家之手的早期译本有着独特的价值。名译与名著的辉映,使经典具有了恒久的魅力。相信如今的读者也能从那些原汁原味的译著中品味名著与译家的风采,汲取有益的养料。

陈建华

2018 年 7 月于沪上西郊夏州花园

译校附言[*]

高 地

一

一九三一年和平的夏季，得英译托尔斯泰的《战争与和平》，却在八个月后，在次年"一·二八"战事后，才开始将它读完。而这时（后来知道），郭沫若先生已开始翻译了。

一九三七年一月，得原文的《战争与和平》，而规律地阅读此书，巧合地，又是在八个月之后，在"八一三"上海战事后。

同年十一月下旬，在警报声中，带了这部书离开南京，绕道到了武汉。在东湖边，当我所敬佩的S先生谈到各人在抗战中的工作计划时，我曾随口说出翻译此书之意。从前对翻译与小说虽然有过一些关系，然而这个工作的繁重和自己文字修养的不够，使我不敢着手。

---

[*] 高地的《译校附言》与其所摘译的毛德的《论〈战争与和平〉》部分内容混杂，难以辨明。另疑《论〈战争与和平〉》属《译校附言》中的一部分。为保留民国时期版本原貌，不做改动。特此注明。——编者注

一九三八年初，因为听说长沙方面可以找到职业，乃赴长沙。到了长沙后，我有机缘重新得到郭沫若先生的译本（一、二、三册）。论翻译，在技术上，在修养上，郭先生是我引为模范的，那时我闲着，每天将郭先生的译文与原文对看。郭先生的蓝本有删改处，因此郭先生的译本便有了需添补之处，我便顺手在译本上添补起来。同时我有了续译完毕的意思，因为续译，在我可以借用郭先生的译文，省点时间和精力。

当时我听说郭先生在长沙，待我打算去拜访时，听说他已离湘。我也就未告知他我的意思。

是年夏，得 F 先生的介绍，我入川教书。我转武汉入川时，所带的书只有数册，这部书也在内。

我的工作的开始，是在七七周年纪念日后，在川东铜梁。那时业余颇有闲暇，便逐日校译抄写一点，唯因为这个工作繁巨，尚不敢坚信一定会做完毕，只可说是试试看，四个月里成绩甚微。十一月底到成都，继续进行，直至一九三八年终，所成的还是很少。

在一九三九年的开始，我在蓉开始利用余暇有规律地做此工作，同年六月，我迁居新都县，继续工作，到十一月中，全部初稿竣事。不过工作并不那么顺利方便，例如夏天，日有蝇，夜有蚊，身内汗向外流，身外各种嘈音向耳朵里挤，欲求一安静之所，真觉难如蜀道。这一百万字的抄写，除了百分之一是用钢笔外，其余都是用毛笔，这也是一个不方便处。回想起来，好似经长途旅行，爬过一连串的困难，带着疲倦的愉快走到了终点。

二

　　做这件工作，确是近于胆大。这在内，是由于我很爱好这本书，在外，是由于我在教书之余闲暇上，建立在时间之流中的行为之贯彻的、解释的分析上，这使《战争与和平》在小说史上有了特殊地位。托尔斯泰创造了一种东西，这东西可以不复称为小说——它是开展式（Open form）的小说，与紧密式（Closed form）的正相反。佛劳拜在《波华荔夫人》中使紧密式的小说达于完善之境。它有开始，有中部，有结局，一个简单的线索在故事内各种冲突的确定解决中作结束。托尔斯泰在《战争与和平》中超越了小说的界限，却做了从前史诗所做的任务。这好像是我们从一点到另一点观察了流动的河流之一段，觉得这段河流既不是在这两点开始的，也不是在这两点完结的。

　　"所以《战争与和平》不能归类于《波华荔夫人》（中文有两种译本，中华、商务——地注），Vanity Fair（伍译《浮华世界》——地注），或 The Mill on the Floss，而该与《伊利亚德》并列，因为小说完结了，事情并未完结，生命之流继续向前流去。例如安德来郡王的儿子的出现——这部小说结束于新生命的开始。这部小说，自始至终，对于外在世界开了许多门户。这是托尔斯泰之前的历史小说家们所未曾试验过的。《战争与和平》的另一特点是它的宗教，这和托氏晚年的宗教完全不同。《战争与和平》中宗教的意义是说，人的唯一基本的义务是要与生命相协调。个人与整体间的这种关系又给了《战争与和平》许多门户（Openings）。"

　　托尔斯泰的作品自始即引起俄国的兴趣，现在引起了世界的兴趣，因为他较之任何前辈，更能够感觉强烈，注意精确，思想深沉。使他如此有兴趣的原因，是他的观察之科学的精确性（这从来不许他任意处置他的人物和事件，而表示他所同情的方面），和这一点，就是：他是极度地忠实。他觉得生命是重要的，而艺术是生命的女仆。他想辨别什么是好，什么是坏，帮助前者反抗后者。他的作品要在生命的混乱中找出秩序，这是一个人所能做的最重要的事情，他的作品是现代文学中最有兴趣、最重要的。他不愿立场远离，切断艺术与他生命的关系，不愿隐藏他的希望，就是仁慈应该胜过残忍。人生使他发生兴趣，因此人生的反映使他发生兴趣，并且艺术的诸问题即人生的诸问题：爱情、热情、死、为善的愿望。

　　在《战争与和平》之前他所写的许多小说之中，一再出现的主要的题目，就是一个俄国青年贵族的精神奋斗，他要从社会里人为的无益人事中解放自己，他要看见，并做那合理的事情。这种寻找只有一部分的成功。对于社会的诉状常常是动人的，但主人翁们的失败与困惑是被坦白地承认了。有时并无主人翁。例如，在《塞瓦斯托波尔故事》中，他说："应该避免的罪恶在这个故事里的什么地方指示出来了？应该模仿的善是在什么地方呢？这个故事里的坏人是谁，英雄是谁？一切都是好的，一切都是坏的。"在《吕赛尔恩》中，他说："谁在自己的心灵中有那样不可动摇的一个善恶标准呢，他可以借这个标准而衡量过去的人生事件？"

　　对于善的寻求，对于虚伪的拒绝，是托尔斯泰早年作品中的主调，它的结果是强烈地怀疑，厌恶那种掠夺的、专横的、有势的人和通常被人认为英雄的人，并友善地爱那卑微的、简单的、自制的、诚实的人。这些作品是人生的研究。人物们似乎有他们自己的独立的生命，他们为他们自己说话，有时像 Balaom 一样，祝福了他们显然企望要诅咒的。例如在《吕赛尔恩》中，当聂黑刘道夫郡王坚持要带流浪的音乐家进施魏采号夫旅馆时，我们觉得他使得这个可怜的歌者多么不舒服，虽然托尔斯泰要我们感觉的显然不是如此。

《战争与和平》较之以前的作品是更加成熟，它是在托尔斯泰婚后生活的初期里写作的，这时候他对于自己、对于生活的一般情形更加满意，他对于人事的态度较之以前及以后是更加容忍而又同情。

他（托氏）向我（毛德）说，在《战争与和平》及《安娜·卡列尼娜》里，他的目的只是娱乐读者。我们不得不承认这句话，但是必须读了二者中的任何一种，才可看见在两书之中，托尔斯泰的热情的性格表现了他的爱、恶、奋斗、渴望、希望与恐怖。

我问过托尔斯泰为什么在"何为艺术"中他把这两部小说放在"坏艺术"的范围内，他的回答正如我所希望的，他说，他绝不认为它们坏，但是他贬谪它们，只是因为它们太长，它们主要的是为有闲的、有钱的、有工夫读长篇小说的人而写的，因为别人写粗劣的小说给他们读。关于《战争与和平》，他说，"我们要认为它是无害的，但我们绝不知道事情会如何影响人们"。于是他惋惜地提起：萨哈润教授的一个女儿曾向他说，因为他的小说，她有了跳舞会与夜会的爱好——这两件事，在我们谈话时，他极不赞成。一八〇五到一八一二年拿破仑进兵的伟大戏剧，只是就它对于罗斯托夫与保尔康斯基两家人的影响方面，在小说中加以描写。

在这部小说的许多潜隐的主题之中，假若我们能选出一个最重要的主题，则这个主题便是托尔斯泰所心爱的论题。他沉默地问：什么是好什么是坏？我们应该同情什么，我们应该拒绝什么？回答是：那掠夺的、做作的典型，如同历史上侵略的法国人所例示的，以及俄国的这类人物，如爱仑、阿那托尔及道洛号夫，是他所厌恶的。他爱那谦虚的、温顺的、诚恳的玛丽亚·卜那东·娜塔莎（在幼年时是那么冲动的、美丽的，后来在她的家庭中是那么专注），彼挨尔（他常常谦虚，总是诚恳，委身于思想与理想）。

这部书介绍了许多人物，他们都描写得那么清晰，我们认识他们，甚于我们自己的朋友。它描写自摇篮至坟墓的人生深刻的经验，仔细读这本书，便是更认识人生，更清明地、严肃地观看人生，甚于从前。

托尔斯泰或者当得起说这话，就是他关于射恩格拉本、奥斯特里兹及保罗既诺诸战役的历史，比之历史学家的历史是更真实。屡立战功的 N. N. 牟拉维夭夫总司令说他从未读过一种战争的描写比托尔斯泰的射恩特拉本战役的描写更好，并且凭他自己的经验，他相信在战争中，总司令的命令是不能够执行的。

在他写这本书时，托尔斯泰相信战争是不可避免的。后来他有了这种思想，就是反抗战争，并拒绝参与战事，是人的义务。

他的忠实和亲自的战争经验，使他把战争描写得那么精确，它的结果等于一个罪状。如克罗泡特金所说的，《战争与和平》是对于战争的一个强力的控诉。"这位伟大作家在这方面对于当代的影响，可以确实在俄国看到。这是很显然的,在一八七七——一八七八年的俄土战争时,不能够在俄国找到任何一个通讯员说'我们用葡萄弹扫射敌人',或者'我们如何打倒他们如倒九柱戏'。"

托尔斯泰向我说过,他认为此书的弱点,在冗长之外便是在小说中掺入了一种哲学。关于"大"人物的影响与重要,关于命运与自由意志,他的意见是和写此书时的意见相同,不过他认为,若无这些抽象的论说,这本小说便更好了。

这本书里的人物不是严格地从生活中模仿的,但大体上,托尔斯泰父亲的家庭和相当范围内的他夫人的家庭是由罗斯托夫家代表的,他母亲的家庭是由保尔康斯基家代表的。很多地方,老保尔康斯基郡王便是摹写托尔斯泰的外祖父福尔康斯基郡王,玛丽亚郡主是摹写托尔斯泰的母亲,老罗斯托夫伯爵是摹写托尔斯泰的祖父依理亚·托尔斯泰,尼考拉·罗斯托夫是摹写托尔斯泰的父亲尼考拉·托尔斯泰,娜塔莎是摹写托尔斯泰的小姨塔蒂阿娜·别尔斯,索尼亚是摹写他的姑母塔蒂阿娜·爱尔高斯卡亚。道洛号夫是名旅行家台阿道尔·托尔斯泰郡王与亚历山大一世时莽汉道罗号夫的混合。

许多次要的人物,如部锐昂小姐、依凡奴施卡——穿男子衣服的女参圣者,是从雅斯那雅·波里雅那里福尔康斯基家的有来往的人临摹的。

这本小说几乎包括了托尔斯泰自己的全部人生经验:书中有贵族与农奴,城市生活与乡村生活,作战的与平时指挥官、军官和兵士,外交官与朝臣,诱惑、爱情、跳舞会、狩猎和口头上的改革运动。托尔斯泰所未表现的是他所不知道的——中层阶级的社会:商人、制造家、工程师、店员的社会。当然，一百年前，这些人在俄国占了比较次要的地位，那时实际上并不像英国县议会、郡议会、国会这样的政治活动。托尔斯泰心中没有这一切，他对于人生的观望只限于消费的贵族和生产的农奴，这在以后将帮助我们了解他的社会的教训。他的内弟说托尔斯泰当我的面承认自己的骄傲与虚浮。他是一个狂暴的贵族，虽然他总是爱乡民，但他更爱贵族，对于中层阶级他怀着厌恶态度。在他早年的屡次失败之后，他成了声名远播的作家，他常常承认，这给了他很大的喜悦和强烈的快乐。在他自己的言语中，他愿意觉得自己既是作家又是贵族。

当他听到了他的旧友或朋友做了高官，他的议论便如同苏佛罗夫（叶卡切锐娜女皇时的大元帅）的意见，总是认为在朝廷高升，是由于逢迎与谄媚，绝不是由好工作。有时他讽刺地说，虽然他自己没有在炮兵队中做到将军，无论如何，他在文学上做到了将军。

贵族与农奴的简单世界，没有什么组织，即便有也是陋劣的，这种世界里的罪恶因为仁慈与好意而减轻，并且在这种世界里，就大体上看，政府对于任何人或任何事的干涉愈少便愈好——这就是亚历山大一世时的旧俄罗斯，在托尔斯泰年轻时还是如此。他异常生动地描写了这个世界，使我们能够想象一个与我们自己的不相关的国家与时代。由于受他的观感的限制，对于他以后意见的发展，有什么影响，这里无须讨论。它并不损害这部小说，因为没有一部小说能够表现人生的整体，但它对于他后来哲学的形成有了严重的影响。对于几种重要的人类典型，他毫无概念。例如乔治·司提芬生的典型，他控制自然界的野力，驾驭它们为人类服务——起初这么做是为了有效率地工作——这他毫不知道；他们不知道西德奈·外布（S. Webb）的典型，他的困难的工作是从现代文化的局部混乱中求出社会秩序；他也不知道我们伟大工业的事业中最好的组织者，他们的心志要使许多工作做得好而无摩擦与耗费，对于他们，一个困难计划的顺利完成，较之不劳而获财富，是更大的满足。托尔斯泰把人生问题太简单化了。他在掠夺的与卑微的典型之间做了显明的对照，在他的表现中有很多的真理。他说生活是卑微的人支持的，并且被掠夺的人弄艰难了，这是对的，但是在他的计划中，他省略了有组织才能的人。这种人知道如何达到他的目的，但他这么做主要是由于良好的动机。这种人不是完善的，他或许获取了多于他应得的，并且或许有掠夺型的某种倾向，但在大体上，他当得起他的报酬，也许不只是当得起，并且没有了这种人，世界上便会发生更大的混乱，而有更少的秩序。托尔斯泰在他晚年的著作中说过俄国饥馑的原因是希腊教会，他说的对。希腊教会麻醉并且妨碍思想，甚至使人在农业上也无用。但由于同样的理论，他该能够看到，思想的生产、分配、交易方法上的应用，在过去一百五十年间，这样地革命了西方社会，这种应用的本身不该当作坏的，无论它的许多表现是多么丑陋，无论我们怎么常常看见组织型与掠夺型表现集于一身。

我不能够批评《战争与和平》好于我以前在该书译本序文中所说的，我在那个序文中说：

"这本书是托尔斯泰三十五岁时开始写作的，在他写这本书的时候，他通常是精神愉快的。

"没有东西比《战争与和平》中大部分的事件更简单。家庭生活的日常事件：兄妹的谈话、母女的谈话、分别与重聚、狩猎、节日庆祝、跳舞、玩牌等等，一切都可爱地如同保罗既诺战役一样描写在艺术的杰作中。无论这本书的目的如何，它的成功不在它的目的，而是托尔斯泰在这个目的下所做的事，这就是说，是在高度的艺术的成就。

"假使托尔斯泰能够使我们的目光注意在那占据他心灵的东西上，这是因为他能够完全操纵他的工具——艺术。大概没有很多的读者注意那指导并鼓动作者的各种思想，但都被他的创造所感动。各界人士——欢喜以及不欢喜他后期作品的人士——一致称许这本惊人作品中异常的才艺。这是不可玩的，征服一切的艺术力之一个名例。

"但这种艺术不是自己发生的，它不能够离开深思与深感而存在。在《战争与和平》中那感动人的东西是什么呢？那是它的形式之明朗与色彩之生动。好像我们看见了被描写的人事，听见了被发出的声音，作者并不现身说法，他写出他的人物，让他们说话、感觉、行动；他们是那样地做，他们的每一动作是真实的，惊人地精确的，完全合乎被描写者的性格。好像是我们和真正的人在一起，并且看见他们比在现实生活中所能见的更清楚。我们不但能够分别每个人物的言语与感情，而且还能够分别他们的态度、他们心爱的姿势和他们的步态。重要的发西利郡王在非常的、困难的情形下，须用足趾踮着走。作者知道他的人物走路确是如此。我们看到：'发西利郡王不能够好好踮脚走，他的全身每走一步即发抖。'作者同样明了地、清晰地知道每个人物的动作、感觉与思想。这些人物在我们面前出现后，他既不干预他们，又让每个人物自然地行动。

"托尔斯泰描写景物，通常只以人物心中所反映者为限，他不描写路旁的橡树，不描写娜塔莎与安德来郡王不能睡眠的月夜，但他描写橡树与月夜对于安德来郡王所生的印象。他通常描写战争与历史事件时，不告诉我们作者对于它们的概念，却描写它们对于故事中人物们所生的印象。射恩格拉本战役主要是以它给安德来郡王的印象来描写的。奥斯特里兹战役是以它给尼考拉·罗斯托夫的印象来描写的。皇帝在莫斯科的出现，是以它在彼洽心中所生的激动，反对侵略的祈祷之效果，是以娜塔莎的情感。托尔斯泰不在任何地方出现于人物之后，或抽象地描写事件，他用那些供给事件材料的人的血肉之躯来表现它们。

"在这方面，这部作品是一件艺术的奇物。托尔斯泰不是把握一些分离的特质，而是把握一种整个的活的气氛，这气氛在不同的个人和不同的社会阶级的周围是不同的。他自己提起罗斯托夫家的'亲爱的家庭气氛'，但还有别的例子：斯撒然斯基周围的气氛，罗斯托夫们的'伯伯'周围的气氛，娜塔莎看歌剧时的莫斯科大戏院的气氛，尼考拉所去的军医院的气氛，法军准备攻击的拥挤的桥上的气氛等等。进入这些气氛的，或者从这种气氛走进另一种气氛的人物们，不可避免地受到这些气氛的影响，并且我们也是这样。

"这样，最高的客观性是达到了，我们不仅看到人物们的行为、相貌、运动和言语，而且他们的内心生活也同样明白清晰地向我们表现了——他们的灵魂和心都显露在我们面前。读《战争与和平》时，我们沉思（Contemplate）这位艺术家所叙述的对象。托尔斯泰是一个异常的写实主义者，他同样地向我们表现人物们优美的和可鄙的特质。他不吝向我们描写娜塔莎对于阿那托尔的迷恋，他不故意描写娜塔莎为家庭的母亲时还保持幼年的美丽。当他这样处理他的最动人的人物时，他对于无赖牌的骗子道洛号夫的勇敢、坚决与领袖才能是十分公正的。此外，没有人能够怀疑他同情他的祖国被侵略，当他叙述俄国从外国压迫下解脱时，他不受到爱国骄傲的引诱。他处置俄军生活的暗面和它的许多缺点时，是多么忠实！

"精神生活的最优美和最深奥的方面都同样明朗地、确实地描写出来了。在奥特拉德诺的罗斯托夫家节日无聊的感觉，俄军在保罗既诺战役紧张时的感觉，娜塔莎的幼年的骚乱，老保尔康斯基在记忆力衰退和将中风时的兴奋，在托尔斯泰的叙述中这一切都是生动的、活的、确实的。

"这是作者兴趣集中的地方，因此读者的兴趣也在此。无论那些被处理的事件是多么重要、巨大——或者是在沙皇莅临时人群拥挤的克里姆林宫，或者是两个皇帝的会面，或者是枪炮吼鸣，伏尸数千的恶战——没有东西阻碍作者对于个别人物内部精神的坚定的观察。好像他只是注意事件对于人的灵魂所生的影响——只注意每个灵魂所感觉的，以及与事件有关的事情。

"托尔斯泰从事于表现俄国史上最英雄的时代，在他对于主题之各项困难的争斗中，他获得了胜利。

"我们面前是一幅抵抗拿破仑侵略并对于他的权力给予致命打击的、奇异的俄罗斯全景图。这幅图画画得毫不夸张，并且显示了当时思想、道德、政治关系上的许多阴影与丑恶可怜的情状。但同时，那拯救俄国的力量也为他描写得很动人。

"人的灵魂,在《战争与和平》中,以无比的真实描写了出来。被表现出来的,不是抽象的人生,却是为他们空间、时间、环境的限制充分解释的人物们。例如,我们看到个人是如何生长,在第一部里带着玩偶跑进客室的娜塔莎,在第九部中进教堂的娜塔莎,实是在两种不同的年龄中的同一个人,不仅仅是隶属于一个人的两种不同的年龄,如我们在小说中所常见的,作者还向我们指示出这种发展的中间阶段。同样地尼考拉·罗斯托夫发展着,彼挨尔从一个青年而成为一个莫斯科贵人,老保尔康斯基变衰老,等等。

"托尔斯泰的人物们的精神特点是那么清楚地显见,那么特殊,我们可以看到有血统关系的人物间的家庭相似处。老保尔康斯基与安德来郡王显然是有相同的性格,不过一个年轻,一个年老。罗斯托夫家,虽然他们之间有很大的差异,却表现了共同的特色,而且是那么非常地复写了出来,他们化成各种色度,我们能感觉到却不能形容。例如,我们能够感觉到甚至冷酷的韦尔可以是一个真正的罗斯托夫,而索尼亚的更悦人的性情显然是源于另一根源。

"非俄国的人们表现了一种很困苦的试验,因为假使托尔斯泰愿意对于所表现的各国的人加以传统的俄国见解,则我们从英国人的观点上来看,便立刻注意到这种表现的虚假。例如,我们看法国人部锐昂小姐或拿破仑自己,奥国和日耳曼的将军马克与卜夫尔,或阿道夫·别尔格(不过我们现在对于日耳曼的军事能力较之托尔斯泰在六十诸年更有敬意),我们容易认出法国人的法国性和日耳曼人的日耳曼性。至于书中的俄国人,不仅他们每一个人是彻底俄国式的,甚至他们每个人所属的阶级与环境也是容易分别的。例如,斯撒然斯基,我们少看见他,他从头到脚是一个'神学学生',神学院的产物。

"他们心中所发生的一切,每种感觉、情绪或激动,都是清晰的、真实的。托尔斯泰从未有过这种普通的错误,使一种简单的心理状态永远支配着任何人物的心灵。例如,我们想想娜塔莎,她的精神是那么强烈、饱满;在她的心灵中,一切是热烈的:她对虚荣,她对未婚夫的爱,她的美仪,她对生命的饥渴,她对亲戚的深情等等。或者想想站在冒烟的炮弹之前的安德来郡王。'这能够就是死吗?'安德来郡王想着,用全新的羡妒的目光看着草,看着艾和转动的黑球所冒起的烟缕。'我不能——我不想——死;我爱生命,爱这个草、这个土地、这个空气。'……他想着这个,同时记得人们看着他。或者是安德来郡王对库拉根所怀的愤恨情绪和他的奇怪的矛盾,或者是宗教的、爱情的、孝顺的玛丽亚郡主的情绪变化,等等。

"我们看不见人类的尊贵,这或者是由于各种的缺点,或者是由于我们把别种品质估值太高,并因此而用聪明、力量、美丽等来测量人们。托尔斯泰教导我们深入他们的外表。有什么能够比尼考拉·罗斯托夫和玛丽亚郡主之更简单、更寻常、更柔顺呢?他们没有光彩,没有能力,不超过常人的最寻常的水准。然而这些在最简单的人生大道上静静地行走的简单的人都显然是可佩的人。作者对于这两个人所加的不可抗拒的同情是《战争与和平》中最大的成就之一,这两个人似乎那么渺小,但真正是精神之美的匹俦。尼考拉·罗斯托夫显然是能力很有限的人,但作者说,'他有中庸之常识,这指示了他什么是他应该做的'。

"确实,尼考拉做了许多笨事,不显得他了解人们或环境,但他总是了解什么是应该做的,而这种无价的智慧总是保存了他的简单热情的性格之纯洁。

"有说到玛丽亚郡主的需要吗?虽然有她的弱点,这个人物(她代表在托尔斯泰两岁时逝世的他母亲的意象)却达到这样纯洁与温柔,有时她好像戴着圣灵的光轮。

"关于隐藏在人类灵魂中的,在热情的表现之下,在利己、贪婪与兽性之下的东西,托尔斯泰的表现是极巧妙的,使彼挨尔与娜塔莎远途的情欲是很可怜、很无知的。但读者看见在它的后面,这些人都有颗金心,我们从来不怀疑,在需要自我牺牲时,或者在需要对于好的与可佩的东西表示无限同情时,这些心会发生温暖的现成的反应。这两人的精神的美是非凡的。彼挨尔——一个长成的孩子,具有魁梧的身躯与可怕的色欲,一个不实际的无理性的孩子——在他自身之中,联合了灵魂之儿童般的纯洁、温柔和一颗单纯的因此是崇高的心,和这样的性格:对于这种性格,一切不荣誉的事情不仅是陌生的,而且是不可解的。他好像小孩一般,没有惧怕心,不知道罪恶。娜塔莎是一个禀赋了充足精神生活的女孩子,她既无时间也无心愿将这种充足的生命化为抽象的思想形式。她的生命之无限充足——这常常把她带进狂醉状态——引她发生了可怕的错误,即是她对于库拉根的无知的情欲,这个错误后来由严酷的苦痛抵赎了。彼挨尔和娜塔莎是这样的人,由于他们的本性,他们不得不犯许多错误,并遇到很多失望。好像是和他们做对照,作者介绍了一对快乐的夫妇,韦啦和阿道夫·别尔格,他们不犯错误,不遇到失望,把他们的生活布置得很舒适。托尔斯泰暴露了这些人的一切琐屑与微末,我们不得不惊讶作者约制了自己，绝不嘲笑地或愤怒地处理他们。这是真正的写实主义，确实的真理！库拉根、爱仑和阿那托尔也描写得同样真实，这些无心的人物是不吝啬地描写出来了，却没有处罚他们的意思。

"在这一切不同的人物与事件之中，我们觉得有某种坚固的、不可毁的、为他们的生命所寄托的原则。家庭、社会与婚姻的义务是明白可见的，善与恶的概念是清楚的、永久的。向我们指示了高级社会与要人四周的不自然的生活，托尔斯泰对照地写出了两种确定的真正的生活范围——家庭生活与作战军队的生活。两个家庭，罗斯托夫家与保尔康斯基家，向我们呈现了那种为清楚的无疑的原则所指导的生活。为实践这些原则，两家的人规定了他们的义务与荣誉，他们的尊严与满足。同样的军队生活（托尔斯泰在某一处把它比之一群昆虫）向我们呈现了十分确定的责任与人类尊严之概念，所以，简单的尼考拉有一个时候甚至宁愿留在军中而不愿回家，在家里他不能清楚地知道他应该做什么。

"托尔斯泰的著作是纯粹俄国式的，有时读他的著作，可以看到俄国人与我们在思想及情绪上的差异。但更值得注意之处，是他深入人物灵魂的方法使我们相信：他的俄国人物是和我们天性一样的，并且那创造我们的力量'一样的血液造成了各国的人'，无论我们在表面上会有多少差异。"

《战争与和平》向我们呈现了一幅完全的人类生活的图画，一幅完全的那时的俄国的图画，一幅完全的民族斗争的历史画，一幅完全的寄托人们的快乐与伟大、悲哀与羞辱的事件的图画。它是一部如此惊人伟大的作品，虽然许多人感觉到它的伟大，很少人了解它是如何伟大。托尔斯泰这个人表露了生与死的秘密、历史的意义、民族的力量、死的神秘、爱情与家庭生活的实质，这就是他所处理的题材。这些问题是那么容易，任何不经心的读者都可以在闲时拿起这书而希望领会它们吗？《战争与和平》既是一个试验批评之品质的试金石，又是对于那些打算批评它的人们一种阻碍，这不是奇怪吗？

批评这样的一部作品时，我们要当心，但是我们觉得有一位俄国的批评家评论得对，他说，这部书的意义被托尔斯泰自己的话说得最好，"没有简单、善与真，即没有伟大"。

托尔斯泰觉得一般人太把拿破仑看作伟人而不怀疑他的品质，而拿破仑却正是那种自私的掠取的典型，倾注他人的生命如水，托尔斯泰根本就厌恶这种人（他也恨彼得大帝）。当我们承认这话的时候，我们认为他的诉状是可佩地写出来的，并且含着很多真理。托尔斯泰对于所描写的历史剧景的实际事件很小心的是，他绝不把他不能保证的言论放在历史人物的口中。

　　附记：原来写的是"作者与本书"，关于作者的部分，在一九四〇年重庆轰炸期间，因稿存文协，而文协屋漏，致字迹模糊，不能付排，复觉无须再写，遂只有关于本书的这一部分了。

　　　　　　　——地。一九四一年八月二十七日。

论《战争与和平》

毛 德

这篇译文是从一九三〇年牛津大学版毛德（A. Maude）著《托尔斯泰的生活》中摘出的。这虽是一家之论，但毛德与托尔斯泰相交颇久，相知甚深，且其中有托尔斯泰对于自己著作的意见，故值得译出供读者参考。

地附志

米尔斯基（Mirsky）郡王在"托尔斯泰学会"的演说，我只有它的大略的笔记，这里我尽我所能，把他对于托氏早年文学作品的意见，重写出来。他说：

"托尔斯泰在小说的组织上引起了一种改变，即从旧式的戏剧的方法（这仍是道斯托也夫斯基的方法）而至新的方法——'观点的方法'。戏剧的方法是描写人物的行动和言语，而不加解释。托尔斯泰在他的早期，从未对于人物的行动和言语不加解释。对于他，心理解释是一件要务。重要的不是他的人物所做的行为，而是人物为什么要做那行为。他的工作的初期，自一八五二到一八七七年可分为两期:准备时期和成就时期。第一个时期是在《战争与和平》之前,第二个是写《战争与和平》及《安娜·卡列尼娜》的时期。

"在第一时期中,托尔斯泰只是为了他的伟大作品而准备自己。他的第一目的是养成一种分析技能,借此他可以把握人类行为之内部的动机。他很欢喜各种性格的分类,例如他在一八五五年光景所写的小说中,特别是在描写《高加索》与《塞瓦斯托波尔故事》的小说中所做的。他渐渐完成了一种分析方法,这使他较之在他以前的任何人,更能深入意识的下层。在早期的小说中,托氏的分析未能获得性格之创造,特别是《塞瓦斯托波尔故事》,以及在它和《战争与和平》之间的道德小说。他的分析是抽象的,因为它分离心理的事件,它失去它全部的真面目、它在实际生活中所具的全部的形式。但在另一方面,他描写了新颖的事件,由于现实中这些分割的碎片之新并合,他创造了一个新的具体的现实。他在准备期中的作品全无结构的拘束。"

"在第二期中,伟大的小说之时期,在《战争与和平》中,这种分析的方法完全成熟了,并且现在它只是达到目的的手段,它本身不是目的。在托尔斯泰以前最近似《战争与和平》的,是杨枝(Charlotte yonge)女士的旧家小说,这是纯粹就文学形式上说的。比较一下《战争与和平》和《花链》(*The Dairy Chain*),有两种差别。第一,托尔斯泰在早期作品中,经过了准备时期,这是杨枝女士没有的,并且他的结构之方法甚至比司汤达(Stendhal)的还优越。第二,托尔斯泰把他的小说放在历史背景上。这是《战争与和平》中最重要的一点,虽然有人常说托尔斯泰没有历史性(Historicity)之意识。但他有另一种历史意识(sense of history),一种对于事件、时间之连续性的敏锐意识。"这种家庭小说多，能够每周译两三万字不等。还有，我的俄文程度是不好的，在这方面，邢桐华先生就比我更合适，但要等到能力充分时再做这工作，那就渺茫无期了，因此便大胆地、冒昧地进行并且完毕了。做这种工作，有英译本参考，托尔斯泰的文字算不得艰深，所以敢试，初稿一年余的劳苦总算未落空。

这本书的文学价值，无论是在内容上还是在形式上，都毋庸我在此多说，说也未必说得好。读者们当然读过托尔斯泰的若干作品，但读过全部《战争与和平》的人还不多，它的伟大处是值得让读者们欣赏的，在我所读的外国小说中（当然是极少的）我最爱托尔斯泰的三个长篇，我爱，是从一个读者和一个学习写小说的人的立场上去爱的。当然这本书也有短处，我在"关于作者与本书"中另有介绍，兹不赘。然文学杰作，也如人一样，"不以一眚掩大德"，无论怎么说，这本书是值得介绍的。

书中描写战争的场面，是一般战争文学作者绝对写不出的。俄国当时抗战的情形，也可以让我们借鉴。那时，帝俄受侵略，今日中国受侵略；那时，帝俄的军队向后退，甚至宁愿放弃莫斯科，为的是要长期抗战，如总司令库图索夫所说的，"能够救俄国的是军队，与其为了保守一个城市而损失军队，毋宁失城而保留军队"，虽然在胜仗之后，还是后退，不管动摇分子如何动摇，他是守着这个原则"时间——忍耐"与拿破仑周旋，终于获得最后胜利。这一点诚然与我们的长期抗战原则相合，而将士的英勇（例如主人翁之一的安德来郡王）更是今日中国战士们的写照。中国今日虽然失去若干城市，但主力尚在，且在加强中，为了在文学杰作上，给中国读者们一个

"抗战必胜"的例子，也是我译此书的一个原因。

书中描写高等俄人的糊涂，不愿捐助民国的情形，正是对今日寓居香港和租界及后方的少数"顾家不顾国"的有钱人的讽刺。此外还有些情形，虽事在两国，时隔百年，却宛然似今日中国的事情，读者看到这些地方，也许会惊异的。有一个人说过托尔斯泰是俄国当时上层社会的镜鉴，那么我们何妨借鉴一下。

我译此书，还有一个期望，就是希望我国作家们也能写出这样大的或更大的作品，来纪念这个比拿破仑侵俄失败更伟大的时代。当然，今日中国的抗日战争，在意义上，在发展上，在广深上，都与那个战争不同，战争的表现方式也不相同，如空军、毒气、经济战、文化战，但有许多地方还是可以参考的。托尔斯泰描写战争的手法，这部书的布局，它的细处，它的简处，都可以供今日中国作家参考。我不是希望有人写出在各方面与《战争与和平》相似的作品，而是希望有人写出在文学价值上与它相等的作品。

三

校译所本的原书是一九三五年莫斯科的 Academia 版，印刷、装订、样式皆相当讲究。据原书前附曰，这个版本是根据一八八六年"托氏文集"第五版而排印，并根据一八七三年"托氏文集"第三版，手稿、校改稿有所更正（但仍有若干极小错误）。正文中夹用外国文，皆有俄文译注，唯文学与语气偶有差异；此类译注的一部分是根据一八八六年"托氏文集"第五版排印的，一部分是一九三五年版新加的，并有区别的符号，但中文译文一律用中文译出，无须分别加注。

关于参考方面，译时只有一本俄英字典在手边，许多字查不到，使工作感到不便。有时得精通俄语的同事说明疑难处，但困难还是有。校阅初稿时，得借用《露和辞典》，却因为是翻版，字迹模糊，且有的字查不着，此时只好借用英文译本的意思了。

译时参考的英文译本是 Carnett 的译本，这个译本有很多可借助之处，但也有些小错误（英文译本有 Vizetelly, Dole, Wiener, Garnett, Maude 五种，其中以 Maude 译本最好，Garnett 译本次之，此两种及 Dole 的译本，译者均曾看过）。

目前译本的前面部分可以说是郭沫若先生译本的校补，后面的部分则是我另行译出。校译时为了求合原文（不仅是在字眼上，而且远在句法上，因为有些俄文句子较之西欧文句更近似中文句法），为了前后笔调的统一，我曾将郭沫若先生的译文贸然任意更动，且偶有增补，又经过一番抄写，故现在前部的译文与郭先生译文的原来面目是稍微不同了。

初译完工后，我停了一个多月才开始重校。在此期间，托人在香港和上海买《露和辞典》，都无结果。同时，我为了几个名词查了点参考书。

这时，我通知郭沫若先生这件事已做完，接到他的复信，才知道他是先从德文译本后据英文译本翻译的，而郭沫若先生的长者的无限好意，使我在校稿时，更想到苦中之乐。我很感谢郭先生，他许我贸然任意借用他的译文，并助成这件工作。

今年一月，我开始逐句校对，并向朱光潜先生请借英文"毛德"

译本做参考,他又转向别人借到寄下。二月初,我收到英文"毛德"夫妇的译本。这个译本使我解决了不少困难,前面已校的又重新把自己不放心之处对照一遍。第二卷以下的,对照"毛德"译本处甚多。毛德的译本,一如"加纳特"的译本,是根据不同的原文版本翻译的,英译本有时较原文本多半句或一句,皆加译出来,因为英译本所多的,从行文上看,有时正是原文所需的。但是主体上还是遵守原文的,稍微困难之处,我都是以原文、英译及译文三种逐句对照,不妥处是减少了。

四

原书正文中常常夹用外国文,其中以法文为最多。夹用的外国文,有时是一字两字,有时是一句两句,有时是成段的,有时超过千字以上。原书中都有译注,唯译注与外国文偶有差异,译者大体上是按照正文译出。

原文版本上的小错误均曾按照上下文的事实或行句间的意义加以更正。例如一卷一部九章开首的"六月的"应为"七月的",因为第一章开端写的是一八〇五年七月。二卷第一章中的"一年半"应为"半年",因为尼考拉·罗斯托夫是一八〇五年秋从军,"一八〇六年初"回家的。原文中的人名偶尔拼缀不一致,如"奥谢卜·巴斯皆夫"有时又为"约瑟夫·巴斯皆夫"。此书于七年间写成,人物众多,小节目难免记不清楚,译时均以先出现的为标准。

译本中的注释有一小部分是译者附加的,毛德的注释我几乎全部译出，此外尚有少数原有的注释。所以译本的注释共有三种，均皆于注末标明。

这个译本难免有疏忽、误解及不符原文处，如有，那是由于我的粗心和修养不够。这应由我个人完全负责，并盼望高明之士惠然指教。假如译本的误解欠妥之处是减少了，那是由于加纳特的，尤其是毛德夫妇的译本的借助（毛德为托氏好友，在俄二十三年，与托氏常相过从，毛德夫人是俄国人），托尔斯泰自认毛德的译本是极好的。

五

原文往往一句达一两百字，为了辞达而意显，故时时采取了直译意译兼用方式。有时文句简单，仅两三字，故往往在不晦涩的情形下照原文次序译出。如"她错了回答"，要顺口一点，便是"她回答错了"。俄文句法有时很像中文句法，形容词及形容句子总是在名词之前（形动词则不然），译文尽量求其合乎原文句法，同时求不太疙瘩。但有时便不觉地受了拘束，例如"一切都是一样"，有时译为"没有关系"似较妥当，这情形在总校对中尽量地改正过来了。

"有时……原本字汇丰美，在中国的方块字里面，找不出适当的句子来"（见《鲁迅全集》第二十卷六〇五页）。国语中的名词，偶尔感到不敷应用，或者是用了又不像是名词，特别是抽象概念（这当然一部分也是因为我的能力差）。又国语文法中的品词格位，用于翻译复杂长句时，往往难以使意义明了。所以遇到这种情形，为了易解，往往将名词译成了动词或形容词，英译文及郭氏原先译本也偶有这种情形。

　　书中常有戏弄文字处，有时是借音，有时是借义，且有时是用外国文，好像鲁迅"肥皂"中用"恶毒妇"，这是各国文学作品中都有的，遇到这种情形，则加注解。如：

Khofs-krigs-kurst-shnaps-rat（俄文音译）[1]
Hofskriegswurschnappsrat（德文）
御前军事香肠烧酒参议院

这是把外国字当俄国字用，含有讽刺意味。好在这种情形不很多，译者才短，只能传意而不能传神了。

　　原文转笔往往很突然，有如外国电影的换镜头，在叙述或描写中有时夹了很多的插笔，或冗长的追写，与中国小说的"行文"稍异，常看译品的读者想必是习惯的。

六

　　俄文中第二人称单数是 t'ie，多数是 vie，但亦用于单数时（有如英法文中的 thou 与 you，tu 与 vous）。t'ie 有亲密之意，而 vie 则是单数与多数第二身份的普通称呼。原文中注重二者区别时，则 t'ie 译为你，vie 译为您；但在并不特别注重区别时，则二者皆译为你。

---

[1] 本篇中凡俄文字皆用英文字母拼代。

俄里 versta 有人译音，有人译"俄里"，译音似乎啰唆，译"俄里"则俄人口中的俄里正如我国人说"华里"似不自然。我擅自译为"俚"，仿"哩"也。arshin 及 saznen，通常皆译为"阿尔申"与"沙绳"。其长度如下：

俚＝一点八五二华里＝一点〇六七公里
阿尔申＝二点二二二华尺＝〇点七一一公尺
沙绳＝六点六六七华尺＝二点一三三公尺

其他度量衡名词，译文中时有注释。

军事上的名词大体上是根据"俄日军语"小册及《露和辞典》而翻译。部队及官阶，译旧式名词也许更可表现其历史性，如团译标，团长译标统，营长译管带，但为显明之故，皆照我国现用相等的名词译出，如队长译连长，大尉译上尉，其不能照我国现用相等的名词来译的，则照原义译出。

科学名词皆照普通科学翻译，但有时亦感困难，如 Mass，又是"人群"，又是"质量"，一词两解。原文比较时（尾声中）很明白，译文便不如原文了。

俄国爵位，如本书所写，是三级，即是 kayaz, hraf, baron, knvaz 相等于王公或公侯，它的下面是 graf（伯爵，与德文 graf 相同），译为公或侯亦无不可，但俄文中另有（书本亦屡用到）。

公 gertaog（与德文 herzog 相同）

侯 margiz

大公 aertsgertsog

为免除混淆起见，曾将 knyaz 译为亲王，校稿时，接郭先生来信，予以指教，遂又改为郡王，因此 khyagfnya 译为郡妃，knyazhna 译为郡主，至于书中用 prints 之处，则译为"亲王"。如是似较显别。

书中所用日期，除少数例外，皆为俄历，在十九世纪中，较西欧公历早十二日。

七

书中场面大，人物也多。人名地名有八九百之多（人物中尚有被描写而无姓名的，如一卷一部中的姑母即是）。这些固有名词，皆照音译（少数义译）。不过各国文字发音，都有绝难用另一种文字音译之处，中文与欧文尤甚。译音只是近似，一与 r，z 与 s，b 与 p，在中文译音里没有分别，例如 la 与 ra 中文通常皆译"拉"，lo 及 ro 中文通常皆译"罗"或"洛"，不加分别。碰巧书中有两个人物，Dolokhov 与 Dorokhov，若照通常译音便有问题，因此译者不得不全部加以分别，在译时与校时屡有更改。但分别与屡次更改后，仍未能满意。除少数不得不分别的系照个人音译外，大体上依然遵照一般的与郭氏的译音。方言中的音也可以找出恰合的，但又不能通用。像日本人用假名音译欧美人名那样，用国语注音符号来音译，倒是好办法，但这似乎要将来才得通行吧。非俄国的固有名词，译者尽可能按照各国文字音译，俄国的固有名词则皆依照俄文发音而译，但偶有不如英译的音更为国人所习惯的，则照英文音译，如莫斯科，照原文音译，则为莫斯克发。《圣经》上的人名地名，大都照中文《圣经》译名。

书中描写人物时，有时姓名全称，有时单称或姓或名，如"保尔康斯基"和"罗斯托夫"（姓）有时又称"安德来"和"尼考拉"，甚至在一句中也如此，有如三国演义中称诸葛亮和周瑜，又称孔明和公瑾。俄国人的全姓名是三个字，第一个是本名，第二个是父名，第三个是姓，如"依利亚（本名）·安德来维支（安德来的儿子）·罗斯托夫（姓）"。称呼人的名字时，要说出前两个才是恭敬，但家属好友则不然。第二个字通常是"……维支""……累支""……伊支"，意思是"……的儿子"，如为女子，则第二个字后边通常是"……芙娜"，意思是"……的女儿"。姓的字尾上有男女之别，如遇女子的姓，译文中有时加小姐或夫人，使之明了。俄国人姓名译成中文，往往字数很多，有时两人同名，或发音近似，难以分辨，有时一名数称（亲爱称在内），难以记忆，如：

Nikolay	尼考拉	Petr	彼得	Mraya	玛丽亚
Nikoluahka	尼考卢施卡	Petrusha	彼得路沙	Mari	玛丽
Nikolfnka	尼考林卡	Pier	彼挨尔	Masba	玛莎
Nikolasha	尼考拉沙	Petya	彼洽	Mashenka	玛盛卡
Kolya	考利亚	Petika	彼其卡		
Koko	考考				

译文中不及一一注明，读者遇人名时，盼稍加注意，即可头绪不乱。

译者于书末附人地名表，略加注说，以供检考。

八

书中所用标点符号，与我们平常所惯用稍有不同，有时原文标点显然不甚得宜，译者随时按文意而斟酌取舍。例如疑问号与惊叹号，原文中每有使用不当之处，译者每有更正。这也许是原书排版的错误。

原文中对话的符号为——，译者全改用"……"号，较为明显。又书中常用〔……〕于思想的前后，于叙述时的借用对话中，于摘录中。凡原文中用〔……〕的地方，译文皆保留，用"……"号；又对话中的对话，在单括线中用双括线，如"……'……'……"。

标点方面，在"，；。"之外加用了一个"、"号，"、"号的范围小于"，"号。中文里是常用的，加用了"、"号，为帮助译文更加明白。有时长句中有叠字叠词之处，也加用"、"号。

原文中用斜体字表示加重语气，译文中加以"○"号表示。

一九四〇年四月新都县

序

郭沫若

托尔斯泰的《战争与和平》，我着手翻译已经是八九年前的事了。那时我寄居在日本，生活十分窘促，上海的一家书店托人向我交涉，要我翻译这部书，我主要的为要解决生活，也就答应了。但认真说来，我实在不是本书的适当的译者，因为我不懂俄文，并不能从原文中把这部伟大的著作介绍过来。我便偷了巧，开始是用 Reclam 版的德译本着手重译，同时用英译本和日译本参照。在译述的过程中，我发现了我所根据的德译本省略得太厉害了，于是便率性用 Garnett 的英译本为蓝本，一直重译了下去（同时我也发现了一个秘密，便是米川正夫的日译本，号称是从原文直译的，事实上只是 Garnett 本的重译，其中还有一处大笑话，是把英文的 horse "马"同 house "家"弄混淆了）。单叙述这一点，便可以知道我那译本是怎样不完全的一种东西了。更加以书店要急于出版，我是边译边寄，书店也就是边印边出，因此连那书里面的人名地名（据高地君的统计约有八九百多）都译得前后参差，译文的草率自毋庸说了。幸好译到了将近一半的光景，书店因为经营困难，不能继续出版，连我的译稿都还有一部分存在上海的内山书店（这一部分译稿谅已遗失）未被取去，我也就把译笔停止了下来。

这部书我本来是十分爱好，并十分希望把它完整地介绍过来的，自己的外国语能力既不适宜于介绍，也曾经起过一番野心，想把俄文学好，卷土重来地作一个彻底的改译。但俄文程度学习来只认得几个字母，时辍时续地终究没有成器。人上了年纪，要重新学一种外国文，似乎确是一件难事。第一，专心致志的工夫就做不到，有许多事务来阻挠你，总使你无法进展。我自己是早把全译的心事抛弃了。在日本时，曾经认识一位邢桐华君。他的俄文程度比较好，他曾经对我说，想把这部书继续译完，我当时十分高兴，觉得自己是卸下了一副重担。曾极力怂恿他，要他趁早动手。记得民国二十六年春间，在东京出版的《质文》杂志（留东同学一部分爱好文学的人编印的，出到四期为日本警察所禁止）上，邢君还登过预告，但在他尚未着手移译之前却遭到日本警察的迫害，把他抓去拘禁了一个时期，并强迫出境。邢君回国，不久卢沟桥事变发生，他曾经随过军队，并参加了政治部的工作，最近是病在桂林，闻悉喉头结核，有朝不保夕之势，他的翻译工作，我知道是一直不曾着手的。

最近我真是欣幸，突然接到高地先生给我一封信，信里面有这样的一节："最近我从原文将托尔斯泰的《战争与和平》全部译成，约一百万言。先生的译文从前曾拜读过……也许先生所根据的原本不同，有些地方与原文小有出入。……因为本书前部有很多很多的地方用了先生的译文，甚至可以说是试验的校补，所以我很愿意和先生以合译的名义出版，假若我的名字不致影响先生的威望，在我是十分荣幸的。"这样谦和到极端的一种通信已就足能使人愉悦，更何况是十年来的一种遗憾突然得到满足，真是有说不尽的快慰。我自然是立即便回复了高君，把我译述的经过略略告诉了他，怂恿他迅速出版。至于和我联名的一层，在我倒反而是"十分荣幸"，但无此必要时，我劝他千万不必这样客气。

不久高君也有回信来了，原来他也和邢桐华君相熟，他说："邢桐华君在抗战前，在南京和我同住一个院子里，他对俄国文学的研究比我深多了，我们曾常常谈到先生在东岛时的工作与生活。很可惜他的健康不好，使他未能展其所长。"这也要算是一段很有回味的因缘。将来，假使邢桐华君能够读到这一段文字，我相信他一定也会愉悦的，因为他的未能实现的一项宏愿，他的友人替他实现了。

高君同时把全书的目录寄了一份来，有校译附言一篇叙述他从事译述的经过和方法，又有关于作者及本书的介绍一篇，这些都是对于读者的十分亲切的向导。正文首尾数章的译稿也寄了来，我都一一拜读了。译笔是很简洁而忠实，同时也充分表现着译者性格的谦冲与缜密。我对于高君虽尚无一面之识，但读到这些资料使我感觉着十分的亲热，同时也就发生出了油然的敬意。在目前军事扰攘的时期，高君竟有这样的毅力来完成这样宏大的一项工程，并且工作态度又那样有责任心，丝毫也不肯苟且，这怎么也是值得令人佩服的。

译文的一部分我细读了一遍之后，从前所怀抱过的一番野心又淡淡地苏醒了过来。我很想趁这个机会把高君的译稿来和原作对读一遍，以为我学习俄文的机会，同时对于译文在有些地方也可以略加润色。但又一回想，我的时间终究是不会允许我的，仅是把出书的时期无谓地延长罢了。因此我也只得让我这个野心又渐渐地潜伏下去,假使是可能,且待全译出版后再慢慢来实践吧。

　　关于本书的译出,高君一定要我和他联名,我感觉着有些不安。我怕的是会窃取了高君的劳绩和美誉。因此我要诚恳地向读者奉告:我在这次的全译上丝毫也没有尽过点力量,这完全是高君一人的努力的结晶。假使这里面的前半部多少还保存了一些我的旧译在里面,那也只是经过高君淘取出来的金屑。金屑还混在沙里面的时候,固是自然界的产物,但既经淘取出来,提炼成了一个整块,那便完全是淘金者的产物了。

二十九年一月二十三日于重庆

第一部

一

"啊，郡王，热那亚和卢卡[1]不过是保拿巴特（拿破仑的姓——译者）家的领地了。不行，我要警告你，假使你不告诉我，我们有了战事，假使你再让你自己掩饰这个基督叛徒（我相信，他确是基督叛徒）的一切恶过和恐怖——我就不再和你来往，你不再是我的朋友，你不再像你所说的，是我的忠仆了。你怎么样？你怎么样？我晓得，我教你害怕了。坐下来谈谈吧。"

这是一八〇五年七月玛丽亚·费道罗芙娜皇后的亲信，有名的女官安娜·芭芙洛芙娜·涉来尔接待位高望重的发西利郡王时所说的，

---

[1] 热那亚于一八〇五年并入法国，卢卡于同年改为侯国受拿破仑支配。——毛

他是第一个来赴她夜会的人。安娜·芭芙洛芙娜咳嗽了几天,照她说,是患感冒(感冒当时是新词,只有少数人用)。在早晨红衣听差送出的请帖中,她向各人写了同样的话:

> 郡王(或伯爵)假使你没有更重要的事情,并且假使赴可怜的病妇的夜会这期望,不太使你害怕,则今晚七时至十时我很愿意在舍下候教。
>
> 安娜·涉来尔启

"啊,好凶的脾气!"郡王回答,对于她上面的话毫不窘迫。他穿着绣花的朝服,长筒袜,浅口鞋,佩挂星章,平脸上带着鲜明的笑容。

他用精选的法文说话(我们的前辈不但用法文说话,而且用它思想),并且用徐缓谦虚的语调,这是久经社会的在朝要人所特有的。他走近安娜·芭芙洛芙娜,俯下洒过香水的光亮的秃头,吻她的手,然后从容地坐到沙发上。

"你先告诉我,好朋友,你的身体怎样,让我安心。"他说,不改他的声音和语调。在那语调中,他的不开心甚至嘲讽,是从那礼貌与同情的外罩里透露着的。

"一个人在道德上受痛苦,怎能够舒服呢?一个有感觉的人,在我们这时代,能够心安吗?"安娜·芭芙洛芙娜说,"希望你整个的晚上在我这里,行吗?"

"那么英国大使馆的庆会呢?今天是星期三,那里我要到一下的，"郡王说，"我的女儿要来带我一同去的。"

"我以为今晚上的庆会取消了。我认为这些庆会和焰火有点乏味了。"

"假若他们知道你希望这样，他们会把庆会取消的。"郡王说，好像一个开足的时钟，由于习惯，说些他甚至不希望别人相信的事。

"不要和我开玩笑了。那么关于诺佛西操夫[1]的公文他们断定了什么呢？你是什么都知道。"

"向你怎么说呢？"郡王用冷淡的无神的语气说，"他们断定了什么呢？他们断定保拿巴特烧了他的船，我觉得，我们也准备烧掉我们的船。"发西利郡王说话总是懒洋洋的，好像演员说陈戏中的道白。反之，安娜·芭芙洛芙娜·涉来尔虽然年届四十，却还是充满了活泼和兴奋。

要显得热情，是成为她的社交态度了。有的时候，她虽不愿如此，却为了不辜负熟人的希望，仍然装得热情。做作的笑容，虽不适合她的憔悴的面容，却不断地表现在她的脸上，显得她好像溺纵顽皮的孩子们，一向明白自己的可爱的短处，但对这短处她不愿意、不能够，并且觉得不需要纠正。

在关于政治的谈话中，安娜·芭芙洛芙娜愤激了起来。

"啊，不要和我说奥地利的事！或许是我什么也不懂，但是奥地利从来未希望过，现在也不希望战争。奥国出卖我们，只有俄国应该做欧洲的救主。我们的恩王知道他的崇高的使命，并且会忠实他的使命。

---

[1] 诺佛西操夫于一八〇五年缔成英俄同盟。——毛

就是这一点我相信,我们的仁德卓越的皇帝要在世界上完成最大的任务,他是这样的贤明良善,上帝不会离开他的,他将完成他的使命——消灭革命的祸患,这祸患现在因为这个凶手和恶棍,比从前更可怕了。我们应该单独去赎止义者的血。我问你,我们能信任谁?英国人是商业的脑筋,不了解而且不能了解亚历山大皇帝精神的伟大。英国拒绝撒退马尔太,希望窥察、寻找我们行为背后的动机。他们向诺佛西操夫说了什么呢?什么也没有。他们不理解,他们不能理解,我们皇帝的自我牺牲,他不为自己希望任何东西,却为世界的福利而希望一切。他们答应了什么呢?什么也没有。而且已经答应的,也不会实现!普鲁士已经说过保拿巴特是不可征服的,并且全欧洲丝毫也不能反对他。哈尔顿堡和好格维兹[1]的话我一个字也不相信。有名的普鲁士中立,只是一个圈套。我只相信上帝和我们仁慈皇帝的崇高使命。他将要拯救欧洲!……"她忽然停止,对于她自己的愤激显出嘲弄的笑容。

"我看,"郡王笑着说,"假使派你去代替我们可爱的文村盖罗德,你定会逼得普鲁士王的同意。你这样会说话,你给我一点茶吧?"

"马上就来。还有,"她继续说,又安静下来,"今天我有两位很有趣的客人,一位是莫特马尔子爵,他因为罗罕家而和蒙摩润斯沾亲,蒙摩润斯是法国最好的家族之一。这个人是善良的真实的侨民之一。另一位是莫利奥圣僧,你知道这位智慧高深的人吗?他被皇帝召见过,你知道吗?"

"啊!我很高兴。"郡王说。"告诉我,"他添说,似乎刚刚想起

---

[1] 哈尔顿堡是普鲁士的首相,好格维兹是当时的普鲁士外交大臣。——毛

什么,并且显得特别无心,虽然他所问的正是他莅临的主要目的,"真的吗,太后想任命冯克男爵做维也纳使馆的一等秘书?这位男爵好像是很可怜的人。"发西利郡王希望任命他的儿子补这个缺,这个缺别人托了玛丽亚·费道罗芙娜皇后在替男爵帮忙。

安娜·芭芙洛芙娜几乎闭了眼睛,表示她或者任何别人都不能批评皇后愿意或者高兴做的事情。

"冯克男爵先生已经由太后的妹妹推荐给太后了。"她只用干燥的忧郁的口气说了这一句。在安娜·芭芙洛芙娜提到皇后的时候,她脸上忽然显出了深沉、诚恳的忠顺尊敬之表情,混合在忧郁之中,这是每次当她在谈话中提到她的崇高的女恩人时所有的情形。她说到皇后陛下表示很重视冯克男爵,她的脸色又笼罩了忧郁。

郡王漠不关心地沉默着。安娜·芭芙洛芙娜,具着她特有的宫廷妇女的伶俐和敏捷,希望一方面责罚郡王,因为他竟敢那样批评推荐给皇后的人,一方面又安慰他。

"但是关于你府上,"她说,"你知道不知道,你的女儿自从露面以后,就引起了大家的好感。大家说她美丽如白昼。"

郡王鞠躬表示尊敬与感激。

"我常常想,"安娜·芭芙洛芙娜沉默了片刻,又继续说,她向郡王移近,并且向他和蔼地笑着,似乎借此表示政治的社会的谈话已经结束,现在开始知己的谈心了,"我常常想,人生的幸福有时候是如何分配不公。为什么命运给了你这样的两个好孩子,除了你的最小的阿那托尔,我不喜欢他(她不容辩说地加上这一句,竖起她的眉毛),两个这样可爱的孩子?但是你,确实,还不如别人那样看重他们，所以你不配做他们的父亲。"

她露出欢乐的笑容。

"你看怎么办呢？拉法代或许要说我没有父爱之瘤了。"郡王说。

"不要说笑话。我要同你说正经话，你知道，我不满意你的小儿子，这是我们的私话（她的脸上做了忧郁的表情），有人在皇后面前说到他，并且可怜你……"

郡王没有回答，但她沉默着，注神地看着郡王，等待回话。发西利郡王皱眉。

"我怎么办呢？"他终于说了，"你知道，为了他们的教育，凡是父亲所能做的我都做了，但是他们两个都成了傻瓜。依包理特至少还是安分的傻瓜，阿那托尔却是不安分的傻瓜。这是唯一的区别。"他说，比平常更不自然更兴奋地笑着，并且特别显著地在他嘴边的皱纹上表现了意外暴躁的不快心情。

"为什么像你这样的人要养小孩呢？假使你不是一个做父亲的，我便一点也不能责备你。"安娜·芭芙洛芙娜说，思索地抬起眼睛。

"我是你忠实的仆人，并且我只向你一个人承认，我的孩子们是我生存的障碍，这是我的十字架。我这么向自己解说，你看怎么办？……"他停止，并且用手势表示他服从残酷的命运。

安娜·芭芙洛芙娜沉思着。

"你从来没有想到替你的挥霍儿子阿那托尔娶媳妇吗？据说，"她说，"老太婆们都有替人做媒的嗜好。我还不曾感觉过这种弱点，但是我心目中有一个小姑娘，她在父亲身边很不快活，她是保尔康斯基郡主，是我们的亲戚。"

发西利郡王没有回答,却带着久经社会的人所特有的思考与记忆之敏捷,点头表示他接受并考虑她的话。

"不,你知道吗?阿那托尔一年要花我四万卢布。"他说,显然不能抑制不快的思潮。他沉默了一会儿。

"假使这样下去,五年以后怎么办呢?这是做父亲的好处。你的那位郡主,她有钱吗?"

"她的父亲很有钱而且吝啬,他住在乡下。你知道,这位有名的保尔康斯基郡王是在前朝皇帝的时候退休的,绰号叫'普鲁士王'。他是个很聪明的人,却有点古怪脾气,而且可嫌。那位可怜的郡主,如同石头一样地不幸福。她的哥哥是库图索夫的副官,新近和莉萨·灭益宁结婚的。他今晚上也要来。"

"听着,亲爱的安涅特,"郡王说,忽然抓住她的手,又为着什么缘故把她的手弯曲向下,"替我做成这件事吧,我永远是你忠实的奴仆(奴辈,像我的管事在报告中所写的)[1]。她是名媛,又有钱。这一切是我所需要的。"

他用特有的自由,亲昵而庄严的动作,握住女官的手,吻了一下,吻后,他摇了摇她的手,斜倚在椅子上,眼看着别处。

"等一下,"安娜·芭芙洛芙娜说,考虑着,"我今晚上要同莉萨(年轻的保尔康斯基的妻子)谈一下,或者这件事可以做成。我要在你府上学习做点老姑姑的事情。"

---

[1] 仆人原文 Rab,写成 Rap,末音相似。故译文为"奴仆"与"奴辈"。此处很难用中文译出。——地

二

安娜·芭芙洛芙娜的客厅里渐渐客满了,彼得堡的最有声望的人到会了。他们的年龄与性格很不相同,但他们的社会生活却是一样的。发西利郡王的小姐,美人爱仑,来找她的父亲同赴大使馆的庆会。她穿着舞服,佩着女官徽章。年轻的、娇小的保尔康斯基郡妃来到了,她是彼得堡有名的、最动人的女子,上个冬季结婚的,现在因为有孕不赴大集会,却仍然参加小夜会。发西利郡王的儿子依包理特和莫特马尔同来,并将他介绍给大家。到会的还有莫利奥圣僧和许多别的客人。

"你还没有见过吗?或者你不认识我的姑母吗?"安娜·芭芙洛芙娜向每个赴会的客人这么说,并且很庄严地领他们走到戴着蝶形缎带的矮小的老太婆面前（她是在客人开始赴会的时候从邻房里出来的），叫着他们的名字，缓慢地把眼光从客人身上转移到姑母身上，然后走开。

每个客人都向这个大家不认识的、不感兴趣的、不需要的姑母尽了问候的礼节。安娜·芭芙洛芙娜带着忧郁的严肃的同情，注视着他们的问候，默然地赞许着。姑母向每位客人说同样的话，问他的健康，说自己的健康，说到皇后的健康，谢谢上帝，皇后现在好些了。所有的来客为了礼节而不表示急促，却带着完成繁重义务后的轻松感觉，从老太婆身边走开，整个的晚上不再到她面前去。

年轻的保尔康斯基郡妃在绣金的鹅绒袋子里带着她的针黹一同来的。她的美丽的有浅黑毫毛的上唇遮不住牙齿，但上唇张开时显得为可爱，有时向下唇抵合时显得尤为可爱，十分动人的女子都是如此。她的缺点——短唇和半张开的嘴——显得是她特别专有的美处。大家都愉快地注视这位充满健康和活泼的、美丽的、未来的母亲，她是那么轻易地担负着她的责任。年老的人和烦恼不快的年轻人，同她在一起，谈了一会儿之后，都觉得自己变得和她一样了。谁和她说了话，看见了她动嘴时鲜艳的笑容，和不断地露出来的光亮皓白的牙齿，便以为今晚上他自己是特别可爱。每个人都这样想。

娇小的郡妃摇摆着，用迅速的小步伐绕过桌子，手携着针黹的袋子，得意地理着衣裳，坐在沙发上，靠近银茶炊，似乎她所做的一切都是为了她自己和身边各人的愉快。

"我把针黹也带来了。"她说，打开她的袋子，向着大家。"安娜，你不要拿我开大玩笑，"她向女主人说，"你写信告诉我，说这是很小的夜会。你看，我穿得这样随便。"她伸开手臂，展示她的有花边的、灰色的、美丽的、紧贴着胸下有一条宽带子的衣服。

"你放心，莉萨，你总是最漂亮的。"安娜·芭芙洛芙娜回答。

"你知道，我的丈夫要离开我了，"她继续用同样的声调向一个将军说，"他是自己去找死。告诉我，这个罪恶的战事是为了什么？"她向发西利郡王这么说，不等待回答，又转向发西利郡王的小姐、美丽的爱仑。

"这位娇小郡妃是多么可爱的人儿！"发西利郡王轻轻地向安娜·芭芙洛芙娜说。

在娇小郡妃之后不久，来了一个魁梧的胖健的年轻人，头发剪得很短，戴眼镜，穿鲜艳的时髦的裤子，棕色的礼服有着高皱领。这个胖健的年轻人是叶卡切锐娜时代著名贵人而现在垂死于莫斯科的别素号夫伯爵的私生子。他还没有服务，他刚从外国回来，在国外受教育的，他是初次入交际场。安娜·芭芙洛芙娜向他点头招呼，这是对待她客厅中社会地位最低的人的礼节。虽然是用低级的礼节，但对于彼挨尔，在安娜·芭芙洛芙娜的脸上却显出不安与惊异，好像是在看到什么太大而又不合适的东西时所表现的。虽然彼挨尔确实比客厅中的其他客人高大一点，但这种惊异只能说是因为他的聪明而又羞涩，注意而又自然的神情，使他和客厅中每一个客人显得不同。

"你来看一个可怜的病人，彼挨尔先生，你真是好心肠。"安娜·芭芙洛芙娜向他说，把他领到姑母的面前，惊讶地和姑母交换眼色。彼挨尔低声说些听不见的话，并且继续用眼搜寻着什么。他愉快地喜悦地笑着，向娇小的郡妃鞠躬，好像是对熟人，然后走到姑母面前。安娜·芭芙洛芙娜的惊异不是落空的，因为彼挨尔没有听完姑母关于皇后健康的话就走开了。安娜·芭芙洛芙娜惊异地用话止住他：

"你不知道莫利奥圣僧吗？他是很有趣的人……"她说。

"是的，我听过他的永久和平计划，这是很有趣的，却不大可能……"

"你想是这样吗？……"安娜·芭芙洛芙娜说，打算说点什么，再去尽主人的招待之责，但彼挨尔做出了相反的无礼举动。他先未听完姑母的话就走开，现在又用话阻止了要离开他的女主人。他垂着头，撑开腿，开始向安娜·芭芙洛芙娜证明为什么他认为圣僧的计划是幻想的。

"我们以后再谈吧。"安娜·芭芙洛芙娜笑着说。

离开了这位不善处世的年轻人，她又去尽主人之责，继续谛听着注视着，预备在谈话不起劲的地方尽点力。好像纺纱工厂的监工，分配了工作，在机器房里来回地走着，注意到有何停顿或纺锤的、失常的、摩擦的、太大的声音，便迅速走去约制住机器或使它恢复正常的转动。同样地，安娜·芭芙洛芙娜也在客厅里来回地走着，走到沉默的或话声太大的地方，用一个字或变换地方，重新领导有规律的适常的谈话的机器。但在这一切劳神中，却仍然看出她对于彼挨尔的特别担心。当他去听莫特马尔那里的谈话，走到有圣僧在说话的别的团体的时候，她总留神地注视他。对于在国外受教育的彼挨尔，安娜·芭芙洛芙娜的这次夜会是他在俄国第一次见到的。他知道这里聚集着彼得堡所有的知识人士，他的眼睛转动着，好像在玩具店里的小孩。他时时怕漏掉他可以听到的智慧的谈论。看着聚集在这里的各人自信文雅的面情，他等待着特别智慧的言论。最后，他走向莫利奥圣僧。他觉得这里的谈话有趣，于是他停下来，等着机会表现他自己的思想，年轻人都爱如此。

三

安娜·芭芙洛芙娜的夜会正热闹。各方面的纺锤都规律地不停地响着。姑母只和一个憔悴的干瘦的,而且在这种显赫的社会里有点不相称的老妇人坐在一起。客人们分成三个团体,在第一个团体里,男客较多,中心是圣僧。在另一个年轻的团体里,主要的人物是发西利郡王的小姐——美人爱仑和美丽的、红润的、娇小的,但因为年轻而似乎太胖的保尔康斯基郡妃。第三个团体里的中心人物是莫特马尔和安娜·芭芙洛芙娜。

子爵是可爱的青年,具有温柔的容貌和态度,他显然自居名人,但由于完善的教育,他谦逊地让自己给这个他也在场的团体利用他。安娜·芭芙洛芙娜显然是用他招待客人。好像聪明的旅馆主人,要把这块如被人在脏厨房看见便不想吃的牛肉，做成无上的精美的食品，安娜·芭芙洛芙娜在今天的夜会里先把子爵后把圣僧当作无上精致的东西招待客人们。在莫特马尔的团体里，谈话立刻转到翁歧安公爵的被杀。子爵说翁歧安公爵死于他自己的慷慨，并且保拿巴特的怒火有特别原因。

"啊哟！告诉我们这件事情，子爵。"安娜·芭芙洛芙娜愉快地说，觉得是在用路易十五的神气说这个句子，"Contez nous cela, vlcomte（告诉我们这件事情，子爵）。"

子爵鞠躬表示遵命，并且有礼貌地笑着。安娜·芭芙洛芙娜让客人在子爵四周形成一个圈子，并邀请大众都来听他的谈话。

"子爵自己认识公爵。"安娜·芭芙洛芙娜低声向一个客人说。"子爵非常会说话。"她向另外一位客人说。"我们看得出他是高贵社会中的人。"她向第三个客人说。而子爵在最雅致有利的情形下被介绍给大家，好像撒着绿菜的热碟上的煎牛肉。

子爵正预备开始他的谈话，并且微笑了一下。

"到这边来，亲爱的爱仑。"安娜·芭芙洛芙娜向美丽的郡主说。她坐在稍远的地方，形成另一个团体的中心。

爱仑郡主笑着，她站立起来，带着她进客厅时所有的同样不变的绝色佳人的笑容。绣着藤条与青苔的白色舞服低柔地窸窣着，白肩亮发和钻石交映着，她穿过让路的男客们，不看任何人，却向大家笑，似乎有礼貌地让每个人有权利去羡慕她的身材、丰满的肩膀和时髦的袒露的胸、背的美丽，似乎带着厅里的光辉，她径直走近安娜·芭芙洛芙娜。爱仑是这样的可爱，她不但没有丝毫媚态的痕迹，且相反，对于她自己的确实的、太强的、令人倾心的、生动的美丽觉得害羞。她似乎希望,而又不能减轻她美丽的力量。看见她的人都说:多么美丽的人儿!

似乎被什么非常的东西所惊动,子爵当她坐在自己身边并且用同样不变的笑容看他的时候,耸了肩,并垂下眼睛。

"夫人,我在这样的听众面前真担心我自己的本领。"他说,笑着鞠躬。

郡主把袒露的丰满的手臂撑在桌上,不想说什么。她笑着等候着。在子爵全部说话的时间,她端正地坐着,偶尔看看自己横在桌上的丰满美丽的手臂,看看更美丽的胸膛,理正了胸前钻石的项圈。她理了几次衣服的皱褶。在故事动人的时候,她窥察安娜·芭芙洛芙娜,并且立刻表现出女官脸上同样的表情,然后又带着鲜明的笑容安静下来。在爱仑之后,娇小的郡妃也从茶桌旁走开。

"等我一下,我要带着我的针黹。"她说。"你在想什么?"她向依包理特郡王说,"把我的提袋子拿给我。"

郡妃笑着,和大家说着,忽然更变了大家的地位,然后坐下,愉快地理着衣服。

"我现在很舒服。"她说,接着她的针黹,并且请求子爵开始。

依包理特郡王把提袋子交给了她,走近她身边,并且把椅子向她移近,在她身边坐下。

这位可爱的依包理特因为异常像他的妹妹美人儿,而令人注意,尤其是虽然相像,他却惊人地丑。他脸上的线条像他妹妹的,但他妹妹闪耀着生活愉快的、自足的、年轻的、不变的笑容和异常的古希腊式的美丽身材；而他却相反地，同样的脸上笼罩着愚笨，而且不变地表现出自信的暴躁，身体又瘦又弱，他的眼、鼻、口——一切缩皱着，似乎是在做一种虚浮的讨厌的鬼脸，而手足总是显出不自然的样子。

"这不是一个鬼怪的故事吗？"他说，坐在郡妃旁边，匆促地把眼镜放在眼睛上，似乎没有这个工具他便不能发言。

"全然不是的，阁下。"子爵惊讶地说，耸了耸肩。

"因为我不欢喜鬼怪的故事。"依包理特郡王说话的语气显得他先说了话然后才明白自己的话意。

从他说话时所表现的自信上看来，没有人能了解他所说的是很聪明还是很笨。他穿着深绿色大礼服，像他自己说的"女神惊态"色的裤子、长筒袜和浅口鞋。

子爵很动人地说着当时流行的逸事，就是翁歧安公爵秘密地到巴黎去会女伶绕芝，并且在她家碰见了保拿巴特，他也享受到这个著名女伶的青睐。拿破仑在她家碰见了公爵，便陷于不可遏制的愤怒之中，但又觉得自己处在公爵的势力之下。公爵没有利用这个时机，但拿破仑后来对于公爵的大度之处反加以报复，弄死公爵。

故事很动人而且有趣，特别是在说到情敌彼此忽然相见的地方，妇女们显得兴奋。

"好极了！"安娜·芭芙洛芙娜说，探询地看娇小的郡妃。

"好极了！"娇小的郡妃低语着，插着针在刺绣上，好像表示故事的兴趣优美妨碍了她继续工作。

子爵重视这种沉默的赞美，感激地笑着，又继续说。但这时候安娜·芭芙洛芙娜,是始终注视着那个她所担心的年轻人的,看见他同圣僧说得太起劲、太响亮,便赶到危险地方去帮忙。确实,彼挨尔和圣僧谈起了政治均势问题,而圣僧显然感于这个年轻人的单纯热心,在他面前谈吐自己心爱的理想。他们俩太兴奋,太随意地听着、谈着,这使安娜·芭芙洛芙娜不高兴。

"方法是欧洲的均势和人权,"圣僧说,"要一个强权的国家,例如以残忍著名的俄国,大公无私地,站在以求欧洲均势为目的的联盟的领袖地位上,才可以救世界!"

"你怎样去获得这个均势呢?"彼挨尔正开始说,但这时候安娜·芭芙洛芙娜已经走来,严厉地看了看彼挨尔,问那个意大利人对于当地的气候觉得如何,意大利人的脸色顿然改变,且做出可厌的、虚假的、和悦的表情,这显然是和女人说话时所惯有的。

"我这样地被你们的智慧之优美和社会的,特别是女性社会的教养弄迷惑了,承蒙款待我还没有工夫想到天气。"他说。

安娜·芭芙洛芙娜仍不放松彼挨尔和圣僧,为了照顾的方便把他们合并在大团体里面。

四

　　这时候客厅里到了一个新客人。这新客人是年轻的安德来·保尔康斯基郡王，娇小的郡妃的丈夫。保尔康斯基郡王是身材不大而极美丽的青年，具着明确而严肃的面貌。他的全身，从疲倦而厌烦的目光到缓慢均匀的脚步，显得他是娇小活泼的夫人的尖锐的对照。显然客厅里的客人们不但他都认识，而且还使他觉得讨厌，甚至看他们一眼、听他们说话都令他厌烦。在这令他讨厌的面貌中，他的漂亮的夫人的面貌，似乎最使他厌烦。带着有伤他美丽面貌的皱蹙，他从夫人身边走开。他吻安娜·芭芙洛芙娜的手，并且眯合着眼，看全体客人。

　　"你要投军打仗去吗，郡王？"安娜·芭芙洛芙娜说。

"承库图索夫将军不弃，"保尔康斯基也用法文回答，重音放在后面的音节"索夫"上，好像法国人说话一样，"要我做副官。"

"那么你的夫人莉萨呢？"

"她到乡下去住。"

"把你漂亮的夫人从我们手里抢走，不是你的罪过吗？"

"安德来，"他的夫人用她向别人说话时的同样妩媚的语气向他说，"子爵向我们说的女伶绕芝和保拿巴特的故事，是多么有趣啊！"

安德来郡王垂下眼睑走开了。彼挨尔从安德来郡王进客厅时，就没有从他身上移去喜悦的、友爱的目光，走到他身边，握他的手。安德来郡王原先不看四周，皱着面孔，表示厌烦和他握手的人，但瞥见了彼挨尔的笑脸，便露出意外和蔼愉快的笑容。

"呵！怎么你也在大交际场中！"他向彼挨尔说。

"我知道你要来。"彼挨尔回答。"我要到你那儿去吃夜饭，"他低声地添说，不愿打搅在说话的子爵，"行吗？"

"不用，不用说。"安德来郡王带笑地说，握着彼挨尔的手，表示这是无须问的。

他想再说几句，但这时候发西利郡王和他儿女站了起来，男子们起身让路。

"请你原谅，亲爱的子爵，"发西利郡王向法国人说，亲热地拉着他的袖子向椅子上摁，要他莫起身，"使馆里倒霉的庆会使我不能畅坐，并且打断你们。"他又向安娜·芭芙洛芙娜说："我很可惜，要离开你的精彩的夜会。"

他的小姐爱仑郡主轻轻地拉着衣褶，从椅子当中走过，她美丽脸上的笑容闪耀得更加鲜明。当她从他身边走过时,彼挨尔用几乎是惊讶的狂喜的目光看着美人。

"很美丽。"安德来郡王说。

"很……"彼挨尔说。

发西利郡王走过的时候,抓住彼挨尔的手,并且向安娜·芭芙洛芙娜说话。

"替我把这只熊教训出来,"他说,"他在舍下住了一个月,这是我第一次在交际场上看见他。年轻人最需要的莫过于聪明妇女的团体了。"

五

安娜·芭芙洛芙娜笑着,并且答应了照顾彼挨尔,她知道彼挨尔因为父亲的关系而和发西利郡王沾亲。先前和姑母坐在一起的老妇人急促地站起,在前厅里赶上了发西利郡王。从她的脸上消失了刚才所有的虚伪兴趣,她慈善憔悴的脸上只显出不安与惊悸。

"关于我的保理斯,郡王,你向我说点什么呢?"她说,在前厅跟着他,"我不能在彼得堡再停了。告诉我吧,有什么消息我可以带给我那可怜的孩子呢?"

虽然发西利郡王不愿意地且几乎无礼貌地听着老妇人说,甚至表示不耐烦,她却温和地、动人地向他笑着,并且拉住他的手臂,不让他走。

"你不费事向皇上说一句,他就可以直接调到警卫队里去了。"她请求着。

"请你相信,凡是我能做的我都做,郡妃,"发西利郡王回答,"但是我很难请求皇上。我还是劝你请高里村去找路密安采夫,这是更聪明的办法。"

老妇人名叫德路别兹考郡妃,是俄国的最好家庭之一,但是她贫穷,早已离开交际场,且失去了从前的联络。她现在到这里来是为了替她独生子在禁卫队里谋事。就是为了要见发西利郡王,她自动来赴安娜·芭芙洛芙娜的夜会,就是为了这个。她听子爵的故事,她听到发西利郡王的话,骇了一跳,从前美丽的脸上露出了愠怒,但是只有片刻,她又笑着,更紧地抓住发西利郡王的手臂。

"请你听我说,郡王,"她说,"我从来没有求过你,我将来也不再求你,我从来没有提起我父亲对你的情感。但是现在,我凭上帝请求你,替我的儿子把这件事做一下吧,我要认你是大恩人。"她匆促地说。"你不要生气,你答应我吧。我找过高里村,他拒绝了我。你还是照从前那样地仁惠吧。"她说,想笑,眼眶里却含着泪水。

"爸爸,我们迟了。"爱仑郡主说,在古希腊式的肩上转过美丽的头,等在门边。

但势力在社会上是资本,应该当心,不让它消失。发西利郡王知道这一点,并且曾经认为假使他替那些请求他的人去求别人,他便不能为自己去请求别人了,他很少利用他自己的势力。对于德路别兹考郡妃的事,他却在她的新诉述之后,感觉到一种良心的谴责。她向他提起了这件事实,他入社会前初步是由她父亲引导的。此外,他还从她的态度上看出她和别的妇女们,尤其是做母亲们的一样,就是一旦脑子里有了什么事,满足不了心中的期望是不甘休的,并且如若不然,便准备做每天每分钟的坚持,甚至于哭闹。这最后的考虑使他动摇了。

"亲爱的安娜·米哈洛芙娜,"他说,声音里带着素常具有的亲热和厌倦,"我要做到你所希望的,几乎是不可能的。但为了要向你表示我是如何爱你,并尊重你尊大人的遗爱,我要去做不可能的事:把你的儿子调到禁卫队里去,我负责去办。你满意了吧?"

"亲爱的郡王,你是大恩人!我不再期望你别的了,我知道你是很慈善的。"

他想走开。

"等一下,他调到禁卫队以后……"她迟疑了一下,"你同米哈伊·依拉锐诺维支·库图索夫很好,把保理斯介绍给他做副官。那时我就安心了,那时候就……"

发西利郡王笑着。"这个我不答应。你不知道自从库图索夫做了大元帅以后,有多少人包围他。他亲自向我说,莫斯科的太太们都要把儿子给他做副官。"

"不行,你答应吧,我不让你走,亲爱的,我的恩人……"

"爸爸!"美人又用同样的语调喊,"我们迟了。"

"好吧,再见,再会。你明白吗?"

"那么你明天向皇上说?"

"当然,不过找库图索夫的事情,我不答应。"

"不行,你要答应,你要答应,发西利。"安娜·米哈洛芙娜跟在他后面说，带着少女的媚笑，这或者是她从前的特点，但现在却与她的憔悴的面容不协调。

她显然是忘记了她的年纪，而习惯地拿出了旧有的女性的手段。但是当他刚刚走出门的时候，她的脸上又露出先前的冷淡做作的表情。她回到团体里，这里子爵还继续在说话，她又做出听讲的神情，等着机会走开，她的事已经做了。

"但是你对于米兰的加冕礼这幕最近的喜剧感想如何呢？"安娜·芭芙洛芙娜问，"对于新近的喜剧：热那亚和卢卡的人民向保拿巴特先生请愿，保拿巴特先生坐在皇位上答应了各国人民的要求，你的感想如何呢？这真可佩！这简直是使人发疯，据说整个的世界都发疯了。"

安德来郡王发笑，正面地看安娜·芭芙洛芙娜的面孔。

"上帝赐我王冠，当心接触。"他说（保拿巴特在加冕时所说的话），"据说，他说这句话的时候发音很好。"他添说，又用意大利语重复这句话："上帝赐我王冠，当心接触（Dio mi la dona, gaia qui la tocca）。"

"总之，我希望，"安娜·芭芙洛芙娜说，"这是一滴使杯子满溢的水。各国的君王都不能再忍受这个威胁世界的人。"

"各国的君王吗？我不是说俄国，"子爵恭敬地、失望地说，"各国的君王！他们对于路易十七，对于皇后，对于爱丽萨白夫人做了什么呢？什么也没有。"他激动地继续说，"相信我，他们受到了欺骗部蓬皇室的责罚。君王们！他们派使臣去庆贺这个暴君！"

他轻蔑地叹气，又换了他的姿势。依包理特郡王从眼镜里看了子爵很久，突然这时候转过身来，朝着娇小的郡妃，要了她的针，在桌上用针画着，向她形容康代家纹章的样式，他用那种庄重的神情说明这种纹章，好像是郡妃求她说的。

"有线条的柱子，镶着蔚蓝色的线条——康代家的房子[1]。"他说。

郡妃笑着听他说。

"假使保拿巴特还在法国的王座上坐一年，"子爵继续说，他的神情表现他不听别人说话，而对于所谈的却比别人知道更多，他只遵循他自己的思路，"事情将变得更糟。法国社会，我的意思是说上层社会，将永远被阴谋、暴力、放逐和屠杀所破坏，并且……"

他耸肩，并举起手。彼挨尔很想说点什么，谈话引起了他的兴趣，但监视他的安娜·芭芙洛芙娜用话打了岔。

"亚历山大皇帝，"她说，带着提起皇家的时候便有的忧郁，"表示过，他要让法国人民自己去选择他们的政体。我觉得，无疑的，从暴君手里解放出来的整个民族，将投入合法的国王手里。"安娜·芭芙洛芙娜说，想对保皇党的侨民表示好感。

"这不一定，"安德来郡王说，"子爵先生完全对，他以为事情已经很糟。我以为恢复旧政体是困难的。"

"就我所听说的看来，"彼挨尔红着脸，又插言了，"几乎全体的贵族倒到保拿巴特那边去了。"

"这是保拿巴特派的人们所说的，"子爵说，并不看着彼挨尔，

---

[1] 依包理特的话是不可翻译的无意义的话。——毛

"现在很难知道法国的舆论。"

"这是保拿巴特说的。"安德来郡王嘲笑地说（显然是子爵不投他的意，并且他虽然不看着子爵，他的话却是反对子爵的）。

稍停，他引用拿破仑的话说，"我指示了他们光荣之路"，又引证说，"他们不愿走，我为他们开了待候室，他们却拥挤进来"……"我不知道他有多大权利说这种话。"

"一点权利也没有！"子爵回答，"自从公爵被杀后，甚至最有偏见的人也不再把他看作英雄。即便对于某些人，他是英雄，"子爵向着安娜·芭芙洛芙娜说，"在公爵被杀后，天上多了一个殉道者，地上少了一个英雄。"

安娜·芭芙洛芙娜和别人还不及用笑容来称赞子爵的这些话，彼挨尔又插言了，安娜·芭芙洛芙娜虽然事先觉得他要说些不得体的话，却不能止住他。

"翁歧安公爵的被杀，"彼挨尔先生说，"是政治的需要。我在这件事上看见了精神的伟大，就是拿破仑自己不怕独自担负这件事的责任。"

"上帝哪！我的上帝哪！"安娜·芭芙洛芙娜用惊讶的低语说。

"彼挨尔先生，你怎么认为暗杀是精神的伟大呢？"娇小的郡妃笑着说，把针黹向身边拉近。

"啊！哦！"各人的声音。

"好极了。"依包理特郡王用英语说，并开始在膝上拍手掌。

子爵只耸肩膀。彼挨尔严肃地从眼镜上边看别人。

"我这么说，"他带着愠容继续说道，"因为部蓬皇室逃避了革命，让人民处在无政府状态中。只有拿破仑一个人能够了解革命，克服革命，并且为了大众的利益，他不能因为一个生命而停止。"

"你不到那张桌子上去吗？"安娜·芭芙洛芙娜说。

彼挨尔不回答，继续说着。

"不，"他说，更加激动起来，"拿破仑伟大，因为他站在革命的上边，压制革命的坏倾向，保存一切的好东西——公民平等，言论出版自由——就是为了这个，他才得到他的权力。"

"是的，假使他得了权力，不利用它去杀人，却将权力交给合法的国王，"子爵说，"那时候，我就叫他伟人。"

"他不能够这么做。人民给了他权力，只是为了他从部蓬皇族的手里救出他们，因此人民把他看作伟人。革命是伟大的事业。"彼挨尔先生继续说，从这种愤慨挑唆的引论里，露出他的可贵的年轻和急于表现一切的愿望。

"革命和弑君是伟大事业！还有呢？你不到这边桌上来吗？"安娜·芭芙洛芙娜重复。

"卢骚的社会契约。"子爵带着温和的微笑说。

"我不是说弑君，我说的是主义。"

"是呀，抢劫、残杀与弑君的主义。"又插入了讽刺声音。

"这些当然都是极端的事，但重要的地方并不在这里，重要的却是人权，偏见的解放同平权。拿破仑充分保存了所有的这些主义。"

"自由与平等，"子爵轻蔑地说，似乎终于决定了要严肃地向这个青年指出他的言论的一切错误，"所有的响亮的字眼，早已成为滥调了。谁不爱自由与平等？我们的救主已经宣传了自由与平等。在革命以后，人民果然更快活吗？没有。我们希望自由，但拿破仑把它毁灭了。"

安德来郡王带笑看彼挨尔，又看子爵，又看女主人。在彼挨尔起初发言时，安娜·芭芙洛芙娜骇了一下，尽管她惯于交际场。但当她看到，虽然彼挨尔说了亵渎的话，子爵却没有发火，当她认为要压制这些话已不可能的时候，她便集中精力，联合子爵去攻击彼挨尔。

"但是，亲爱的彼挨尔先生，"安娜·芭芙洛芙娜说，"你这个伟人作何解说呢？他能够杀死公爵，总之杀死不经审判及没有犯罪的人。"

"我要问，"子爵说，"先生如何解释雾月十八日呢？那不是欺骗吗？那是一个诡计，一点也不像伟人的行为。"

"还有被他杀死的非洲俘虏呢？"娇小的郡妃说，"啊，可怕！"她耸动肩膀。

"任你怎么说，他是一个暴发户。"依包理特郡王说。

彼挨尔先生不知道回答谁，看了大家一下，笑了。他的笑容不像别人的似笑非笑。反之，当他笑的时候，忽然迅速地改变了庄严的甚至有点愠色的面容，而显出另外一种幼稚的、良善的甚至愚笨的面容，似乎是求恕。

初次见他的子爵，明白了这个雅科宾党徒并不像他的话那样可怕。大家沉默着。

"你们要他同时回答各位吗？"安德来郡王说，"此外我们应该在政治家的行为里，分别出来什么是私人的，什么是统帅的，或者皇帝的行为。我觉得是如此。"

"是的，是的，当然啦。"彼挨尔接上说，对于给他的帮助，表示欢喜。

"不能不承认，"安德来郡王继续说，"拿破仑在阿尔考拉桥上是伟人，在雅发的医院里他递手给患瘟疫的人，但别的行为是难以辩护的。"

安德来郡王显然希望减轻彼挨尔言语的局促，立起，预备走开，并给他夫人暗号。

依包理特郡王忽然站立起来，用手势留住大家，请他们坐一下，用法文说道：

"啊！今天有人告诉我一桩莫斯科的笑话，很有趣，我应该奉告诸位。请你原谅，子爵，我一定要用俄文讲才行，不然要失掉笑话的精彩。"

于是依包理特郡王开始用俄文讲，音腔好像是在俄国居住过一年的法国人所说的。大家留下来，依包理特兴奋地、固执地要大家注意他的故事。

"在莫斯科有一位太太，她很吝啬。她需要两个跟车随从，并且要高个子，她喜欢这样。她有一个女随从，也是大个子。她说……"

依包理特郡王在这里停思片刻，显然是困难地在思索。

"她说，是的，她向女随从说：'姑娘，穿上制服，和我一同走，站在车后，去拜客。'"

依包理特在这里大笑起来，还在听者之先大笑，发生了不佳的印象。但也有些人笑了一笑，其中有老太婆和安娜·芭芙洛芙娜。

"她坐车出门了。忽然吹起狂风来了，女随从掉了帽子，长头发散垂了……"

在这里他不能再忍住,开始猛笑,在笑声中说出:

"大家都知道了……"

笑话这样地完结了。虽然不明白为什么他说这个笑话,并且为什么必定要用俄文说,但安娜·芭芙洛芙娜和别人仍然称赞了依包理特郡王的社交礼貌,这样愉快地完结了彼埃尔不愉快的、无礼貌的谈吐。在这个笑话之后,谈话分散为琐屑的、无意的闲谈,不外乎将来的和上次的跳舞会、演戏以及何时何处同谁再见面。

六

向安娜·芭芙洛芙娜感谢了她的优美的夜会,客人们开始分散。

彼挨尔笨拙胖健的、异常高大的身材,宽肩,手红而大。如他们所说的,他不知道进交际场,而且更不知道出交际场,就是说,不知道在辞别时说点特别愉快的话。此外他还心散神驰。他站立起来,没有拿起自己的帽子,却抓住一顶有将军花翎的三角形帽子,持在手里,抚弄花翎,直到将军要他拿回。他的心散神驰,不善去交际场,在交际场中不善谈吐,这一切都由他的善良、单纯和礼貌的表现来赎偿了。安娜·芭芙洛芙娜走到他面前,以基督教徒的温柔对于他的言谈表示宽恕,向他点头并说道:

"希望再见你,但我还希望你改变你的意见,我的亲爱的彼挨尔先生。"

她说了这句话,他什么也没有回答,只是鞠躬,又向大家一笑,这笑容并未说明别的,只是说:"不管意见如何,你们看,我是一个多么良善的好人。"大家和安娜·芭芙洛芙娜都自然地感觉到这一点。

安德来郡王走到前厅,把肩膀对着替他披大衣的随从,漠不关心地听着他的夫人和依包理特郡王谈着话,她也走向前厅。依包理特郡王靠近着美丽的有孕的郡妃,隔着眼镜向她固执地注视。

"进去吧,安涅特,你担心受凉。"娇小的郡妃说,向安娜·芭芙洛芙娜告别。"这件事决定了。"她又低声地加上这一句。

安娜·芭芙洛芙娜已经和莉萨谈过了她为阿那托尔和娇小的郡妃的小姑做媒的事。

"亲爱的朋友,我信托你了,"安娜·芭芙洛芙娜也低声地说,"你写信给她,并且告诉我,她父亲对这事是什么意见。再会。"于是她从前厅走回里面去了。

依包理特郡王走到娇小郡妃的前面,向她俯下面孔,开始向她半低声地说了些什么。

两个听差,一个是郡妃的,一个是他的,站立着等待他们将话说完,拿着披肩和斗篷,听他们说着不了解的法语,面情似乎表示他们了解他们所说的,却不愿表现出来。郡妃照旧地笑着说并笑着听。

"我很愉快,没有到大使馆去,"依包理特郡王说,"很无聊……美丽的夜会,是不是,美丽得很?"

"他们说跳舞会也许很好,"郡妃回答,颠动着有毫须的嘴唇,"所有的美丽妇女都在那里。"

"并非所有的都在,因为你不在那里,并非所有的。"依包理特郡王说,快乐地笑,并且拿了听差手里的披肩,甚至把他推开,并开始向郡妃身上披。由于错误,或者是有意(没有人能够辨别),披肩穿好了很久,他还没有放下手臂,似乎要搂抱这位幼妇。

她庄重地,但仍然笑着,移开身体,转过来,看丈夫。安德来郡王的眼睛合闭着,他显得疲倦而有睡意。

"你预备好了吗?"他问夫人,避开她的目光。

依包理特郡王连忙披上时髦的长过脚跟的斗篷,踏着底边,跟随郡妃赶到阶梯上,她由听差扶上了车。

"郡妃,再会。"他的舌头慌乱,一如两脚。

郡妃拉起衣裳,坐进车的黑暗处,她的丈夫移动了佩剑。依包理特郡王在帮助的借口下,妨碍了大家。

"请你让一下,先生。"安德来郡王用俄文干燥地、不愉快地向碍他前进的依包理特郡王说。

"我等你,彼挨尔。"安德来用同样的声音亲切地、温柔地说。

车夫起行,车轮辗转。依包理特郡王急邃地笑着站在阶梯上等候子爵,他曾允诺送子爵回家。

   *   *   *

"啊,阁下的娇小郡妃是很漂亮,很漂亮。"坐在车里的子爵向依包理特说。"确实很漂亮,"他吻自己的手指头,"完全是法国式的。"

依包理特笑着喷鼻子。

"并且你可知道你是可怕的人,别看你有天真的风度,"子爵继续说,"我可怜那不幸的丈夫,那个小军官,他装出当国亲王的神情。"

依包理特又喷鼻,并且在笑声里说道:

"但你说过,俄国妇女不如法国妇女,要会应付她们才行。"

彼挨尔先到,如同家里的人一样,走进安德来郡王的书室,立刻习惯地躺在沙发上,从书架上取下一册最先摸到手的书(这书是恺撒的笔记),用胛肘撑头,开始从书的当中读起。

"你那样对待涉来尔小姐!她现在要害重病了。"安德来郡王走进书室,说着,搓擦小而白的手。

彼挨尔全身翻转过来,沙发响了一下,他向安德来郡王转过来活泼的面孔,笑着,摇手。

"不然,那个圣僧倒很有趣,只是不明白事理。我觉得,永久的和平是可能的,但我不知道,怎么说这句话。也不是用政治均势……"

安德来显然对于这些抽象的话不感兴趣。

"我亲爱的朋友,你不能到处说出一切你所想到的。可是你到底决定了什么呢?你进骑兵队呢,还是外交界?"安德来郡王静默片刻后始问。

彼挨尔坐在沙发上,双腿盘曲着。

"你能够明白,我仍然不知道。我两样都不喜欢。"

"但你一定要决定一行,你的父亲等待着呢。"

彼挨尔从十岁的时候,便被充任教师的圣僧带到国外,直到二十岁。当他回到莫斯科的时候,他的父亲解辞了圣僧,并且向这个年轻的人说:"现在你到彼得堡去,看看情形,选一行职业。我什么都同意,这是给发西利郡王的信,这是给你的钱,写信来告诉我一切,我什么都帮助你。"彼挨尔选择职业已经三个月了,但什么也未决定。安德来郡王和他所说的就是关于他的职业的选择。彼挨尔摸着自己的额头。

"但他一定是共济会会员。"他说,意思是指他今晚在夜会里所见的圣僧。

"这都是无聊,"安德来郡王又阻止了他的话,"我们顶好还是谈谈正事。你到过骑兵禁卫队吗?"

"没有,我没有到过,但是这一点正是我想到的,我要同你说,现在战争是反对拿破仑。假若这是为自由的战争,我便了解,我便最先从军。但帮助英国、奥国,去反对世界上最伟大的人,这个不对……"

安德来郡王对于彼挨尔的幼稚的话只耸了耸肩膀,他的面色表示对于这种荒谬的话无须回答。但实在对于这种单纯的问题,除了安德来郡王所回答的,也难找别的回答。

"假使每个人只为他的信念而战斗,就没有战争了。"他说。

"那就好极了。"彼挨尔说。

安德来郡王冷笑。

"或者,这是好的,但这永远不会来到的……"

"那么,为什么你要去打仗呢?"彼挨尔问。

"为什么?我不知道,应该如此。并且我去……"他停住,"我去是因为我这里所过的生活,这个生活不合我的意!"

七

在隔壁的房间里有妇女的衣履声,安德来郡王惊动了一下,似乎是唤起了精神,脸上露着在安娜·芭芙洛芙娜客厅里那样的神色。彼挨尔从沙发上放下双腿。郡妃进了房。她已经换了一件居家的但同样漂亮鲜艳的常服。安德来郡王站立起来,恭敬地为她端了椅子。

"我常想,为什么,"她照平常一样,用法文说,并且匆促慌忙坐进椅子,"为什么安娜·芭芙洛芙娜不结婚?你们这些先生们不娶她,是多么笨。你们要原谅我,但你们一点也不懂妇女们言语中的意思。彼挨尔先生,你真是一位善辩的人!"

"我还在同你的丈夫争论,不懂他为什么想去打仗。"彼挨尔说,对着郡妃没有一点拘束(而这在青年男子对于青年妇女的态度上还是常有的)。

郡妃颤了一下，显然，彼挨尔的话打动了她的心。

"啊，这就是我要说的!"她说，"我不懂，到底不懂为什么男子没有战争便不能生活？为什么我们女子不希望这种事情，不需要这种事情呢？请你来做裁判。我总是向他说，他在这里是叔叔的副官，最显赫的位置。大家都很知道他，很尊重他。有一天，在阿卜拉克生家，我听见一位太太说：'他就是有名的安德来郡王吗？'我敢发誓!"她笑："他处处引人注意，很容易做一个侍从武官，你知道皇上很和蔼地同他说过话。我们同安娜说过，这很容易进行。你以为如何？"

彼挨尔望着安德来郡王，看出，这些话令他朋友不愉快，便未作答。

"你什么时候走？"他问。

"啊！不要和我说这次的分别，不要和我说，我不要听到说这个话。"郡妃用那种撒娇游戏的语气说，好像她在夜会中和依包理特说话时一样，而这语气显然不适合家庭团体，在这里，彼挨尔好像是家庭中的一员。"今天，我想，我要断绝这一切亲爱的关系……还有，安德来，你知道吗？"她示意地向她丈夫眨眼。"我怕，我怕!"她低声说，震动脊背。

她的丈夫用那种神情看她，好像他很惊异，觉得在他和彼挨尔之外，还有别的人在房里。他冷淡而有礼节地向夫人问道：

"你怕什么，莉萨？我不懂。"他说。

"男子都是自私的，他们都是，都是自私的。凭他自己的任意，天晓得为什么,他要离开我,把我单独一个人关在乡下。"

"同我父亲和妹妹在一起,不要忘了。"安德来郡王低声说。

"没有了我的朋友们,还是单独一个人,他还要我不怕。"

她的语气已经不平,上唇张开,脸上现出不快的、野物的表情,有点像松鼠。她停住,似乎觉得不该在彼挨尔面前说自己的怀孕,而事情的要点却在此。

"我仍然不懂你怕什么。"安德来郡王缓缓地说,眼不离他的夫人。

郡妃面色发红,并且失望地摇手。

"呵,安德来,我说你这样地,这样地改变了……"

"你的医生要你早些睡,"安德来郡王说,"你该睡了。"

郡妃未说话,她的有毫毛的短唇顿然发抖。安德来郡王站立起来,耸动肩膀,在房里来回走动。彼挨尔惊异而单纯地从眼镜上边看他,又看郡妃,并且动弹,似乎他也要站立起来,但又改变了意思。

"彼挨尔先生在这里,与我有什么关系,"娇小的郡妃忽然说,并且她的美丽面孔忽然转为泪帘,"我早就想和你说,安德来,你对我为什么这样改变了?我对你做了什么?你去从军,你不可怜我。为什么?"

"莉萨!"安德来郡王只说这一声,但在这一声里既有恳切,又有威胁,并且主要地,相信她要懊悔自己所说的话,但她迅速地继续说道:

"你好像把我当作病人或者小孩,我全看得出。半年前你是这样吗?"

"莉萨，我请你不要说了。"安德来郡王更显明地说。

彼挨尔在他们谈话时变得更加兴奋，站起身走近郡妃。他似乎不忍看见她的泪容，并且自己也想哭。

"宽心吧，郡妃。你觉得这样，因为……我向你保证，我也觉得……为什么……因为……啊，请你原谅，外人在这里是多余的……啊，宽心吧……再见……"

安德来郡王拉他胛膊，止住他。

"不要走，等一下，彼挨尔。内人很贤惠，不至于不让我同你过一夜。"

"啊，他只替他自己设想。"郡妃说，不禁流出愤怒的眼泪。

"莉萨！"安德来郡王无情地说，声音提高到那样的调子，表示没有了忍耐。

郡妃的娇小美丽面孔上愤怒的松鼠般的表情，忽然变为动人的令人同情的恐怖神色。她低头用美丽的眼睛看丈夫，她脸上显出胆怯的、认错的表情，好像一只狗，迅速而又无力地摇着弹垂的尾巴。

"我的上帝呀！我的上帝呀！"郡妃说，一手提起衣褶，走到丈夫面前，吻他的前额。

"再见，莉萨。"安德来郡王说，站立起来，恭敬地吻她的手，好像是对一个生人。

八

朋友们无言,彼此都不先开口。彼挨尔盼顾安德来郡王,安德来郡王用纤小的手拭前额。

"我们吃饭去吧。"他叹气地说,站立起来,向着门走去。

他们走进了陈设富丽堂皇、簇新而完备的餐室。从餐布到银器、彩陶、玻璃,一切都具有年轻夫妇家室里所特有的簇新印象。在正吃饭的时候,安德来郡王伏在桌上,好像一个人早有心事,忽然决定要表露出来,他带着彼挨尔从未看他有过的激怒的表情,开始说道:

"永不要,永不要结婚,我的好朋友,这是我给你的劝告。绝不要结婚,除非到了那时候,你已经做过了一切所能做的;除非到了那时候,你不再爱你所选择的女人;除非到了那时候,你把她看清楚了,不然你就要做出严重的、不可纠正的错误。老了,到一点用也没有的时候,才结婚。……不然,就要失去你一切良好的、崇高的地方。一切都要因为琐事而丧失。是,是!是!不要那样惊异地看我。假使你对于自己将来还期待什么,在每一个阶段你将觉得,对于你一切都完结了,一切都关闭了,除非是在客室里,在那里,你和宫闱太监以及白痴站在同等的地位。就是这样!……"他猛力地摇手。

彼挨尔摘下眼镜,面孔因而变了样子,显得更加良善,他惊奇地看着朋友。

"我的内人,"安德来郡王继续说,"是贤良的女人。她是那样少有的妇女当中的一个,有了她,对于自己的名誉,可以宽心。但是,我的上帝啊,只要我现在是未结婚的人,什么东西都肯牺牲!我向你这个唯一的第一个人说这些话,因为我爱你。"

安德来郡王说这些话的时候,和先前靠坐在安娜·芭芙洛芙娜家椅子上、眯着眼、从牙齿里说法语的那个保尔康斯基(安的姓——译者注)更不相同。他的冷淡的面孔上的每块肌肉都发生激烈的、兴奋的颤动,先前显得熄灭了生命之火的眼睛现在也发出鲜明闪动的亮光。显然在平常的时候他愈显得没有生气,在愤怒的时候他愈有精力。

"你不懂,为什么我说这话,"他继续说,"这就是整个的生命的历史。你说到保拿巴特和他的事业,"他说,不过彼挨尔并未说保拿巴特,"你说到保拿巴特,但保拿巴特,在他一步一步地向他的目标努力前进时,他是自由的,他心中什么也没有,只有他的目标,他达到了他的目标。但是你把自己和女人纠缠在一起,像一个戴镣的犯人,你便失去一切的自由。并且你所有的希望和精力,只是拖累你,用懊悔来苦恼你。客厅,造谣,跳舞会,虚弱,琐屑——这个蛊惑的圈子我不能跳出。我现在去打仗,去参与空前的伟大战争,我什么也不懂,什么也不适宜。我很投合人意,我很好说话,"安德来郡王继续说,"并且在安娜·芭芙洛芙娜家里,他们都听我说话。这种愚笨的团体,没有它我的女人便不能生活,而且这些妇人们……只要你能够知道这些著名的妇女和一般的妇女是什么样的人!我的父亲是对的。自私,虚荣,愚笨,事事琐碎——这就是在她们显露真面目时的妇女。你在交际场上看她们,她们似乎有点内容,但什么,什么,什么也没有!你不要,不要结婚,我的好朋友,你不要结婚。"安德来郡王结束他的话。

"我觉得好笑,"彼挨尔说,"因为你以为你自己是失败者,你的生活是腐化的生活。你却有一切,一切都在前面。并且你……"

他未说完"你"什么,但他的音调已经表示他如何看重他的朋友,并且如何对于他的将来有无限期望。

"他怎么能够说这些话!"彼挨尔心里想。彼挨尔认为安德来郡王是一切完善的模范,正因为安德来郡王高度地具备了彼挨尔所没有的那些条件,而这些条件可以最相近地用"意志力"这个观念来说明。彼挨尔一向佩服安德来郡王和各界人士应付裕如的本领,他的异常的记忆力,他的博学(他阅读过一切,知道一切,对于一切都有了解),尤其是他的工作与学习的能力。虽然彼挨尔常常诧异安德来缺少幻想的能力(彼挨尔却富有这种能力),他却不把这看作他的短处,而当作长处。

在最好的、友谊的、单纯的关系中,阿谀或称赞是不可少的,正如要使输盘回转,膏油是不可少的。

"我是一个已经完结的人。"安德来郡王说。"为什么要说到我呢?让我们来说你吧。"他说,静默着,对于自己的慰藉的思绪含笑着。

这笑容立刻反映在彼挨尔的脸上。

"为什么说我呢?"彼挨尔说,嘴上露出自在的、快乐的笑容。"我是什么样的人呢?我是一个私生子!"他立刻面色泛红,显然是他费了很大的力量来说这句话。"没有名分,没有财产,事实上……确实……"他未说完"确实"什么。"现在我是自由的,我很舒服,但是我一点也不知道如何着手。我希望诚意地和你商量。"

安德来郡王用善意的目光看着他。但在他的友善的、仁爱的目光里,仍旧表现了他自己的优越之感。

"我觉得你尊贵,正因为你是我们当中唯一的活人。你很好。你愿意做什么,你就选择什么,这都是一样。你随便到哪里都好,但是有一点,不要再到库拉根那里过这种生活。这是不适合于你的,一切宴乐的骑兵的生活,以及一切……"

"但是怎么办呢,我亲爱的,"彼挨尔说,耸动肩膀,"这些女人们,我亲爱的,这些女人们!"

"我不懂,"安德来回答,"本分的女人们,又是一回事。但是库拉根家的女人们,女色和酒,我不懂!"彼挨尔住在发西利·库拉根郡王的家里,附和他的儿子阿那托尔的放纵生活,那个阿那托尔就是大家预备替他娶安德来郡王的妹妹使他归正途的。

"你知道吗?"彼挨尔说,似乎忽然有了一个快乐的思想,"真的,我早想过这点。过这种生活,我什么都不能决定,不能思索。头痛,无钱。今天他们邀我,我不去。"

"你能向我起誓,不再去吗?"

"我起誓!"

九

彼埃尔离开他朋友家的时候,已经是深夜一点钟以后。那是一个七月的、彼得堡的、无云的夜。彼埃尔坐在一辆雇用的马车里,心想回家。但是离家愈近,他愈觉得在这个更似暮晚或清晨的深夜里不能睡觉。在空旷无人的街道上可以看得很远。在中途彼埃尔想起今天晚上阿那托尔·库拉根那里聚集了素常的赌局,赌后通常是狂饮,用彼埃尔所爱好的一种娱乐来收场。

"到库拉根家去是不错的。"他想。

但立刻他想起向安德来郡王所发的不到库拉根家去的誓言。但立刻像所谓意志薄弱的人一样,他热烈地希望再经验一次他很熟悉的放纵生活,于是他决定去。并且立刻他头脑里又有一种思想,就是他的誓言是无关重要的,因为在向安德来郡王发誓以前,他同样向阿那托尔郡王发过誓要去。最后他想,这些誓言都是相对的东西,没有任何确定的意义,特别是假使以为他明天或许死去,或者他要发生什么非常的事变,则名誉的和不名誉的事都没有了。彼挨尔常常发现这种思想,消灭他的一切决心和意向。他向库拉根那里去。

车到了骑卫营里阿那托尔所住的大屋子的阶前,他跨上有灯的阶梯,上了楼梯,走进一道敞开的门。外室里没有人,空酒瓶、大衣、套鞋都零乱着,酒气弥漫着,可以听到远处的话声和叫声。

赌局和夜餐已经结束,但客人们还未散。彼挨尔脱下大衣,走进第一间房,房里有残剩的餐肴和一个听差,他以为没有人看到他,偷偷地将未饮干的酒杯饮尽。从第三个房间里传来熟悉的噪声、笑声、喊声和熊嚎。八个年轻人注神地挤在敞开的窗口,三个人在玩弄一只小熊,其中有一个人牵着链子拖熊吓别人。

"我赌司梯芬司一百!"有一个人叫着。

"当心失败呀!"另一个人叫着。

"我赌道洛号夫!"第三个人叫,"库拉根,你来分手!"[1]

"嘿,放掉小熊吧,在这里打赌呢。"

"一口气喝,不然算输。"第四个人叫。

"雅考夫,拿瓶酒来,雅考夫!"主人亲自呼喊,他是一个高而美的人,站在大家的当中,只穿着薄衬衫,胸前敞开着,"等一下,诸位,他在这里,彼得路沙,"他向着彼挨尔说,"亲爱的朋友。"

---

[1] 俄国人打赌时握手,由第三者见证人分手。——毛

另外一个有明亮蓝眼，身材不高的人，他的声音在酣醉的叫声中，因为他的清醒的神情，特别令人注意。他在窗口叫道："到这里来，打赌！"这人是道洛号夫，是塞米诺夫部下的军官，又是有名的赌徒和莽汉，同阿那托尔住在一处。彼挨尔笑着，愉快地环顾四周。

"一点也不懂，怎么一回事？"他问。

"等一下，他没有醉，拿瓶酒来。"阿那托尔说，从桌上拿了一只杯子，走近彼挨尔。

"你先喝酒。"

彼挨尔开始一杯一杯地喝，低头看那些重新挤在窗口的醉酒的客人们，并且注意地听他们说话。阿那托尔给他倒酒，并且告诉他，道洛号夫同这里的一个英国水手司梯芬司打赌，就是要道洛号夫坐在三层楼的窗口上，把脚垂在窗外，喝一瓶甜酒。

阿那托尔把最后的一杯酒拿给彼挨尔，说："哎，把它全喝了，不然我不饶你！"

"不，不要了。"彼挨尔说，推开阿那托尔，走到窗口。

道洛号夫抓住英国人的手，并且清楚明白地说出打赌的条件，主要的是向阿那托尔和彼挨尔说。

道洛号夫是一个中等身材的人，头发卷曲，眼睛蓝而明亮。他的年纪二十五岁。他和别的步兵军官一样，未留胡子，他的嘴是他脸上最动人的一部分，全露在外边。嘴的纹路是很动人而细巧地弯曲着。上唇的当中很有力地落在紧凑的下唇上，嘴角上似乎永远地漾着两个笑痕，每边一个。这一切，特别是和那坚强傲慢而伶俐的目光连在一起，造成一种令人不能不看见他的印象。道洛号夫是无钱的人，没有任何关系。虽然阿那托尔一年花几万块钱,但是道洛号夫和他同住,却能使知道他们的人尊重道洛号夫甚于阿那托尔。道洛号夫参加各种赌博,几乎每次赢钱。随便他饮多少酒,他从来没有失去过他的神志的清白。库拉根和道洛号夫是那时候彼得堡花花公子中的著名人物。

一瓶甜酒已经拿来。使人不得坐到窗台外边的窗档,正被两个听差在拆除,他们显然被四周公子们的意见和叫声弄得发急而心慌。

阿那托尔带着胜利的神情走到窗口,他想破坏点什么东西。他推听差,扳动窗档,但窗档一动也不动。他把玻璃击碎。

"你来一下,大力士。"他向彼挨尔说。

彼挨尔抓住横档,扳动了一下,有的地方随着裂声破坏,有的地方橡木档子被扳出来。

"全去掉,不然他们以为我要扶的。"道洛号夫说。

"英国人吹牛……啊……好吗?"阿那托尔说。

"好。"彼挨尔说,看着道洛号夫。道洛号夫拿着一瓶甜酒,走到窗前,从窗子里可以看见天色和交融在天空里的早霞和夜色。

道洛号夫拿着一瓶甜酒,跳上窗台:"听着!"他站在窗台上向房里边喊。大家沉默着。

"我打赌(他用法文说,好让英国人懂,但他的法国话并不很好)。我赌五十块钱。"[1]他又向着英国人加说一句:"你要一百吗?"

"不要,就是五十块钱。"英国人说。

"好,赌五十块钱,我一口气喝一整瓶甜酒,坐在窗口上喝,就

---

[1] 原文为五十 imperial,据毛德注,此币一枚合十卢布,故等于五百卢布。——地

在这个地方（他俯下头，指示窗外斜出的飞墙），什么也不扶……就这样吗？"

"很好。"英国人说。

阿那托尔转过身来对着英国人，抓着他礼服的纽子，俯首看着他。英国人身材短小，开始用英文向他重述打赌的条件。

"等一下！"道洛号夫喊着，在窗子上敲瓶，叫人对他注意，"等一下，库拉根，听我说，假若别人也这样做，我给他一百块钱。明白吗？"

英国人点头，没有表明他是否有意接受这个新的打赌。阿那托尔不放松英国人，虽然英国人点头让他知道他已经明白了一切，阿那托尔仍然把道洛号夫的话向他译成英文。晚间输了钱的、青年的、瘦的骠骑卫兵，趴在窗上，伸头向下看。

"呜……呜……呜……"他说着，俯视窗外石走道。

"立正！"道洛号夫喊着，把一个军官从窗前推开，这人绊着马刺，鲁笨地在房里打趄。

道洛号夫把酒瓶放在窗台上，好顺手拿到，小心地徐缓地爬上窗子。他垂下两腿，伸开双手摸着窗边，试了试，坐定了，又放下手，向右又向左移动了一下，拿起了酒瓶。阿那托尔拿来两支短蜡，放在窗台上，但天色已经大亮。道洛号夫穿白衬衫的后背和卷发的头，被蜡光从两边照亮。大家拥挤在窗口，英国人站在前面。彼挨尔笑着，什么也未说。在场客人中一位年纪最大的，带着惊慌愠怒的面色，忽然走到前面，想抓道洛号夫的衬衫。

"诸位，这是傻事，他会跌死。"这位较有理智的人说。

阿那托尔止住了他。

"不要动,你骇了他,他要跌的。啊?那时候怎么办呢?啊?"

道洛号夫转过身来,纠正了姿势,又伸开双手。

"假使再有人来打搅我,"他迟迟地从紧的薄唇里吐出,"我立刻就把他从这里掼下去,呶!……"

说了"呶!"他又转过身来,放下手,拿起酒瓶,送到嘴边,头向后仰,空手向上举着,保持身体的均势。一个在收拾碎玻璃的听差,停了手,弯着腰,眼睛盯在窗子和道洛号夫的后背上。阿那托尔站得挺直,眼大睁着。英国人翘起嘴,站在一边观看。那个刚才劝阻的人退到房角,躺在沙发上脸向着墙。彼挨尔蒙了脸,无力的、被遗忘的笑容还在脸上,虽然此刻显得惊骇恐怖。大家沉默着。彼挨尔从眼上拿开手,看见道洛号夫仍然原样地坐着,只是头向后仰,使脑后卷发碰上了衬衣领子,拿酒瓶的手举得渐高,颤抖着并且很用劲。酒瓶快空了,并且举得更高,使头更向后仰。"怎么时候这样久?"彼挨尔想。他觉得已经过去了半点多钟,忽然道洛号夫背向后动,他的手剧烈地发抖,这颤抖足以摇晃那坐在斜出的飞墙上的身体。他全身动弹,他的手和头更猛烈地颤抖着,很用劲。他举起一只手,想抓窗横档,但又放开。彼挨尔又蒙起眼睛,心里说绝不再打开了。忽然他觉得四周在骚动。他看到道洛号夫站在窗档上,他的脸发白而愉快。

"空了!"

他把空瓶抛给英国人,英国人敏捷地接住。道洛号夫从窗上跳下,他发出了强烈的酒气。

"好极了!好汉!这才算得打赌!你真有鬼气!"各方面叫着。

英国人取出皮夹,将钱数出。道洛号夫皱眉,不作声。彼挨尔跳到窗前。

"诸位!谁愿和我打赌?我也照样办。"他忽然喊出,"不要打赌,就是这样。叫人拿瓶酒来。我做……叫人拿酒来。"

"让他做,让他做!"道洛号夫笑着说。

"你怎么?疯了吗?谁让你做?就是在楼梯上你的头也要晕的。"各方面这么说。

"我喝,拿瓶甜酒来!"彼挨尔喊,用坚决酩酊的姿态拍桌子,爬上窗台。大家拖他的手,但他很有力,走近他身边的都被推得很远。

"不行,你们那样止不住他,"阿那托尔说,"等一下,我来哄他。听着,我和你打赌,但是要到明天,现在我们大家要到×××去。"

"我们去,"彼挨尔叫,"我们去……我们带小熊一起去……"于是他牵着小熊,又抱着举起来,开始逗小熊在房里打转。

十

　　发西利郡王实践了在安娜·芭芙洛芙娜家夜会中允诺德路别兹考郡妃的话，她是为了她的独生子保理斯去请求他的。保理斯的事曾经奏禀了皇上，他奉调充任塞米诺夫禁卫团里的旗兵少尉，但不能作为他人的前例。安娜·米哈洛芙娜虽然有过很多次的奔走和请求，但保理斯并未被派充任库图索夫的副官或侍从。在安娜·芭芙洛芙娜家夜会后不久，安娜·米哈洛芙娜便回到莫斯科，直接到了她的富亲戚罗斯托夫家，她在莫斯科时就住在他家，她心爱的保理斯也从小就在他家受教育，并且住了多年，最近才入伍而立刻又奉调充任禁卫队里的少尉。禁卫队已经在八月十日从彼得堡出发，她的儿子留在莫斯科备置服装，应当在通达拉德西维洛夫的大道上去赶归队伍。

罗斯托夫家在庆祝两个娜塔丽的命名日，母亲和小女儿同名。从早晨起，六辔马车载着贺客们到厨子街全莫斯科闻名的罗斯托夫伯爵大人的大房子，不断地来去。伯爵大人和美丽的大女儿陪着前后不断的贺客们坐在客厅里。

伯爵夫人是具有东方式瘦脸的妇人，年纪四十五岁，显然是因为养育子女而憔悴。她养了十二个子女。她行动言语的迟缓，是由于体力的衰弱，却增加了她的令人起敬的庄严态度。安娜·米哈洛芙娜·德路别兹考郡妃，好像是一家的人，也坐在那里，帮同招待并陪客。年轻的儿女们都在后房，无须参与招待客人。伯爵迎客，送客，邀所有的客人们吃饭。

"我自己，还代亲爱的过命名日的人，非常非常感激，亲爱的朋友。"他向男女宾客一律称呼亲爱的朋友，没有丝毫轩轾对待那般比他地位较高或较低的人。"你准来吃饭，不然你便是不赏光了，亲爱的朋友。我代表全家热诚欢迎，亲爱的朋友。"他没有例外、没有差别地说这些话，在丰满快乐而剃刮光净的脸上带着同样的表情，带着同样的紧捏的握手和重复的微曲的鞠躬。陪客人出去后，伯爵回到仍然坐在客室的男女宾客间。他移动近一张椅子，带着爱好且善于交际的神情，轻快地伸开双腿，把手放在膝盖上，庄重地摇动着，推测天气，谈论健康之道，有时说俄文，有时说很坏但自信的法文，于是又带着疲倦但坚持要完成礼节的神情伴送客人，理着头上稀疏的灰发，又邀人吃饭。有时，从前厅回来时，他穿过花室和下房走到大理石的大餐室，那里有八十座位的餐台，他看着听差们拿银器和瓷器，布置餐台，打开花台布。他把出身贵族的管家德米特锐·发西利耶维支叫到面前,说:"德米特锐当心,一切弄好。就是,就是,"他说着且满意地观看摆开的大餐台,"重要的是招待周到。这样,这样……"他走出,自足地吐气,又进了客厅。

"玛丽亚·勒福芙娜·卡拉根和小姐到!"伯爵夫人的高大的出门的跟班,跨进客厅的门用低音通报。伯爵夫人沉思片刻,从嵌着丈夫画像的金鼻烟盒里嗅了一点鼻烟。

"这些访谒把我累坏了,"她说,"好吧,这是我最后一次的接见,她太拘礼。请,"她用忧悒的声音吩咐听差,似乎是说,"哎,把我累死了!"

一个高大、肥胖而神情骄傲的太太和她的圆脸、带笑的女儿,响动着衣裙,走进了客室。

"亲爱的伯爵夫人,这样久了……她害病了,可怜的姑娘……在拉素摩夫斯基的跳舞会上……阿卜拉克生伯爵夫人……我这么高兴……"这是生动的妇女的声音,彼此交错着,并且夹杂着衣裙窸窣声和椅子移动声。应酬话开始了,刚好让访问者住口便准备起身的那种谈话,于是响动衣裙说:"我很愉快,妈妈的健康……阿卜拉克生伯爵夫人……"于是衣裙又响动,走到前厅,穿上大衣或斗篷,坐车别去。谈话涉及当时地方上的重要新闻,涉及著名的富翁和叶卡切锐娜朝代的美男子、老别素号夫伯爵的病状,涉及他的私生子彼挨尔,他在安娜·芭芙洛芙娜·涉来尔的夜会中表现得那么不得体。

"我很同情可怜的伯爵,"客人说,"他的健康那么坏,现在他儿子引起的苦恼,这要送他死!"

"这是什么缘故呢?"伯爵夫人询问,似乎不明白客人说什么,虽然她已经听过十五次别素号夫伯爵苦恼的原因。

"这就是现代教育！在国外的时候，"客人说，"这个年轻人没有人管，现在在彼得堡，听说，他做出那样骇人的事，弄得别人用警察把他送走了。"

"真的！"伯爵夫人说。

"他选错了朋友，"安娜·米哈洛芙娜郡妃插言道，"发西利郡王的儿子，据说他和一个叫道洛号夫的，天晓得他们做了什么。双方都吃了亏。道洛号夫被贬为兵士，别素号夫的儿子被驱逐到莫斯科。阿那托尔·库拉根——他的父亲设法遮掩，但也从彼得堡被驱逐走了。"

"那么他们做了些什么呢？"伯爵夫人问。

"他们真是一班强盗，特别是道洛号夫，"女客说，"他是玛丽亚·依发诺芙娜·道洛号夫那么尊贵太太的儿子，还有呢？你可以想想看，他们三个人从什么地方弄到一只熊，带在车子上，带到一个歌女的家里。警察局干涉他们。他们捉住警官，把他和熊背靠背绑着，把熊抛在莫益卡河里，熊驮着警官游水。"

"亲爱的朋友，警官的样子多么好看。"伯爵叫着，笑得要死。

"啊！多么可怕！这件事有什么可笑的，伯爵！"

但太太们自己也不禁大笑。

"他们费力救出了这个不幸的人，"客人继续说，"基锐尔·夫拉济米罗维支·别素号夫伯爵的这个儿子玩耍得那样聪明！"她添说："人家说他的教育好，又聪明。这就是外国教育培植出来的一切。我希望这里没有人睬他，尽管他有钱。有人要把他介绍给我，我坚决地拒绝了，我有女儿。"

"你为什么要说他那样有钱呢?"伯爵夫人问道,从女儿们身边移开,她们立刻做出未听见的样子,"他尽养私生子,似乎……彼挨尔是私生子。"

女客摇手。

"我想,他有十二个私生子。"

安娜·米哈洛芙娜插言,显然企望表示她的关系和她对于一切社会事件的知悉。

"事情是这样,"她神秘地、半低声地说,"基锐尔·夫拉济米罗维支的名誉是大家知道的。他弄不清自己儿子的数目,但这个彼挨尔却是他心爱的。"

"就在去年,这位老人还是多么好看!"伯爵夫人说,"我没有看过更美丽的男子。"

"现在都改变了。"安娜·米哈洛芙娜说。"所以我想说,"她继续说,"发西利郡王,因为郡妃的关系,是全部财产的直接继承人,但父亲很爱彼挨尔,注重他的教育,呈文给皇上……所以没有人知道,假使他死了(他病得很凶,随时会死,劳兰医生从彼得堡来了),是谁继承这笔大财产,彼挨尔或是发西利郡王。四万个农奴和几百万块钱,这个我知道得很清楚,因为这是发西利郡王亲自向我说的。基锐尔·夫拉济米罗维支确是我母亲的从表兄。他是替保理斯施洗的。"她加上这话,分明和这情况没有重要的联系。

"发西利郡王昨天到了莫斯科。有人告诉我,他是来视察的。"女客说。

"是,但我们说句知己的话,"郡妃说,"这是一个借口,他是专来看基锐尔·夫拉济米罗维支的,听说他病得很凶。"

"但,亲爱的朋友,这是好笑话。"伯爵说,看到年长的女客不在听,便转向小姐们,"警官样子好看,我想。"

他模仿着警官如何挥手,又笑出洪亮的、低音的声音,摇动丰满的全身,和那些吃得好尤其喝得好的人的笑是一样的。"那么,请到我们这儿吃饭。"他说。

十一

沉默来临了。伯爵夫人看着客人,可爱地笑着,但并不隐瞒着,假使女客站起身来告辞,现在丝毫不使她痛苦。女客的小姐已经在整理衣服,并探询地看着母亲,忽然隔壁房间传来几个男女向着房门跑步声,碰椅子和倒椅子声。一个十三岁的女孩跑进了房,藏着什么在短纱裙下,在房当中停住。显然是她由于无意回跑,偶然跑得这么远,同时在门口出现了一个有红领的大学生、一个禁卫队的军官、一个十五岁的女孩和一个肥胖的红腮的穿童服的男孩。

伯爵跳起来,踉跄着,张开双手抱着跑进房的女孩。

"啊,就是她!"他叫着、笑着,"过命名日的!我的亲爱的,过命名日的!"

"我的亲爱的,什么事都有一个时候。"伯爵夫人说,装作严厉。她向丈夫说:"你总是溺爱她,依利。"

"好吗,我的亲爱的,我恭贺你,"女客用法文说,又向母亲说,"多么美丽的姑娘!"

这个黑眼睛、大嘴、不美的但活泼的女孩子,有因为跑快而脱出坎肩的、童年的、袒露的肩膀,有向后梳的黑发、细致的、袒赤的手臂,穿着镶花边的长筒裤和浅口鞋,到了那种微妙的时期,要说是孩子已不再是孩子,要说是姑娘却又还未尽成为姑娘。她从父亲手里挣出,跑到母亲身边,毫不注意她严厉的颜色,把泛红的脸藏在母亲的花边衣服里,笑着。她笑着,断续地说到玩偶,从小裙子下边把它取出。

"看见吗?……我的小娃娃,米米……你看。"娜塔莎(即娜塔丽之爱称——地注)不能再说什么(她觉得一切都好笑)。她倒在母亲的怀里,并且笑得那么高声响亮。大家,甚至拘礼的女客,不禁发笑。

"哎,去吧,帮你的丑样儿一同去吧!"母亲说,佯怒地推女儿。她向女客说:"这是我的小女儿。"娜塔莎把脸从母亲的花边衣服里抬起片刻,举着头从快乐的眼泪里看着母亲,又把脸藏了起来。

女客,被逼着来欣羡这幕家庭情景,觉得应参加一点意见。

"你说,我的亲爱的,"她向娜塔莎说,"米米是你的什么人呢?你的女儿,对吗?"

娜塔莎不喜欢女客对她所用的这种同儿童说话时的谦和语调。她什么也未回答,却严肃地看着女客。

这时候,全数的幼辈:安娜·米哈洛芙娜郡妃做军官的儿子保理斯,伯爵的大儿子、大学生尼考拉,伯爵的十五岁的甥女索尼亚和年幼的儿子彼得路沙(即小彼得之意——译者)都散立在客厅,显然企望在礼节的范围内约束那洋溢在他们每个面孔上的兴奋和快乐。显然在他们猛然跑出来的后边房间里,他们的谈话,比这里关于城市的琐闻、天气和阿卜拉克生郡妃的谈话,更为愉快。他们时时地互相观看,不能压制笑声。

两个青年,大学生和军官,从小是朋友,年龄相同,都美丽,但彼此不相似。保理斯是高而美发的少年,美丽的、沉静的脸上有整齐细致的条线。尼考拉是不高的、卷发的青年,脸上有坦白的表情。他的上唇已经有了黑胡须,他整个的脸上显出了冲动和热情。尼考拉进客厅时,脸上发红,显然是他要说什么却说不出来。保理斯,反之,立刻显得自然,安静地、玩笑地说这个玩偶米米的鼻子未破之前还是小姑娘的时候他就知道了,在他记忆里她在五年之间长老了,并且她头上的脑壳打破了。说了这话,他看娜塔莎。娜塔莎离开他,看着她的弟弟,他合着眼,无声地笑得发抖。她不能自持,跳起来,尽她的快腿的速度从房里跑开。保理斯没有笑。

"你还要出门吗,妈妈?要马车吗?"他笑着向母亲说。

"是的,去,去,吩咐预备。"她笑着说。保理斯慢慢走进门,跟着娜塔莎,胖小孩儿愤怒地跟着他们,似乎怨恨他的游戏的停顿。

十二

青年中，除了伯爵夫人的大女儿（她比妹妹大四岁，举动已如成人）和女客的小姐外，尚有尼考拉和甥女索尼亚留在客厅里。索尼亚是一个细瘦娇小的美人，柔媚的眼睛生长着长睫毛，密黑的发辫在头上绕了两圈，身上是黄色皮肤，特别是袒露着的细瘦而肌理美丽的手和颈。由于行动的圆滑，娇小四肢的轻柔和灵活，以及几分狡黠和自持的态度，她显得像美丽而未成熟的小猫，这只小猫将长成美丽的猫。她显然觉得应该用笑容表示对于普通谈话的注意；但违反本意地，她的眼睛从密而长的睫毛下看着行将入伍的表兄，带着那样女儿心肠的热情的崇拜，以致她的笑容顷刻也不能骗住任何人，而显然是这只猫休息着只是为了要更有力地跳走和表兄去玩，要同保理斯和娜塔莎一样,能多么快就多么快地从客厅里走出。

"是,我亲爱的朋友,"老伯爵指着他的尼考拉向客人说,"他的朋友保理斯升了军官,他因为友谊关系不愿离开他,丢开大学校和老父,去从军了,我亲爱的朋友。已经为他在档案部预备了一个职位,就是这样。"伯爵疑问地说:"这就是友谊吗?"

"但是,据说,战争宣布了。"女客说。

"早就说了,"伯爵说,"他们要再说,重说,一直如此,我亲爱的朋友,这是友谊!"他又重复,"他要入骠骑兵队了。"

女客不知道说什么,点了点头。

"一点也不是因为友谊,"尼考拉回答,脸色发赤,否认这话,好像这对于他是可羞的诽谤,"一点也不是友谊,只是我觉得要去从军。"

他看着表妹和年轻的女客,两人都用带笑的赞赏看着他。

"今天巴夫洛格拉德的骠骑兵团的舒柏特上校要来这里吃饭。他是在这里休假的,要带他一同去。怎么办呢?"伯爵说,耸动肩膀,嘲笑地说着那显然给他许多烦恼的事情。

"我已经向你说过,爸爸,"儿子说,"假使你不愿意我去,我就不去。但是我知道,除了去从军,什么地方我都不适宜。我不是外交家,不是官吏,不知道掩饰心中的情感。"他说,仍是带着美少年的媚态看索尼亚和年轻的女客。

猫,眼睛盯住他,似乎每秒钟准备都去玩,并表现它所有的猫性。

"好,好,好!"老伯爵说。"他总是有火气,保拿巴特把他的注意力吸去了,都想到他如何从一个尉官升到皇帝。好的,说不定再要出这样的事吧,天知道。"他添说,未注意到客人嘲讽的笑容。

年长的开始谈论保拿巴特。卡拉根夫人的女儿尤丽向年轻的罗斯托夫说:"多么遗憾,星期四你没有在阿尔哈罗夫家。没有你,我觉得没有趣。"她温柔地笑着向他说。被阿谀的年轻人,带着少年媚态的笑容向她挨近,并且向含笑容的尤丽做单独的谈话,毫未注意到这个无心的笑容好像一把妒忌的刀,刺进了美丽的、佯笑的索尼亚的心。在谈话的当中他看了她一眼,索尼亚热情而愤怒地看着他,站立起来走出房,不能控制眼睛里的泪水,但嘴上还有佯笑。尼考拉的生气全消失了,他等到了谈话的初次停顿,带着失意的脸色,从房里走出,去寻找索尼亚。

"这些年轻人的心事都是用白线缝在外边的!"安娜·米哈洛芙娜指着出去的尼考拉说。她又加上一句:"表亲是危险的亲。"

"是的,"伯爵夫人说,说后,好像刚才随幼辈们进房的阳光消失了,又好像是回答问题,这问题并无人问她,却一向盘踞在她心里,"为了现在对他们的欢喜,要经过多少不幸,多少烦虑啊!就是现在,也确实是惧怕多于快乐。总是可怕,总是可怕!正是在这个年纪,对于少年男女有许多危险。"

"一切系于教育。"女客说。

"是,你说的对。"伯爵夫人继续说。"谢谢上帝,直到现在,我总是儿女的朋友,我得到他们的完全的信任。"伯爵夫人说,重蹈许多父母的错误,以为他们的儿女对于他们没有秘密,"我知道,我总是儿女们的第一个信任的人,并且尼考林卡性情暴躁,即使他顽皮

（男孩子不能不如此），也绝不像这些彼得堡的公子哥儿们。"

"是的，他们是极好的儿女们。"伯爵断言着。他一向解决困难问题的时候，总说一切是极好的。"你看，他想当骠骑兵！但你又能希望什么呢，我亲爱的朋友！"

"你的小女儿是可爱的孩子！"女客说，"像火药！"

"是的，像火药，"伯爵说，"她像我！这样好的声音，虽然是我的女儿，我也要说实话，她将来会是一个歌女，是莎乐美尼第二。我们聘了一个意大利人教她。"

"不太早吗？据说，这个年纪就教歌对于嗓音有害。"

"啊，不，太早！"伯爵说，"我们的母亲十二三岁就结婚，又怎样说呢？"

"她现在已经爱上了保理斯！你觉得怎样？"伯爵夫人说，微笑着看保理斯的母亲，并且显然是回答常梗在心的问题。她继续说："哎，你看到，我若严格地管她，我若禁止她……上帝晓得，他们会暗下做什么（伯爵夫人意思是他们相互接吻），但现在我知道她说的每个字。她晚上要到我这里来，告诉我一切。也许是我溺爱她，但确实这似乎较好。我管大女儿很严。"

"是，我受的教育完全不同。"年长的、美丽的女儿，韦娅伯爵小姐笑着说。但笑容并不照例地变美韦娅的面孔，反之，她的面孔显得不自然，因此可嫌。年长的韦娅美丽，不笨，读书聪明，教育完善，她的声音动听，她所说的皆真实而得当。但奇怪的是，女客和伯爵夫人都注视着，似乎是诧异着，她为什么说这话，并且觉得失当。

"人对于大的儿女总是太精细了，希望造就非常的人才。"女客说。

"不想隐藏错处,我亲爱的朋友!伯爵夫人对韦妞实在太精细了。"伯爵说。"但是怎么办呢!她仍然是很好。"他添说,满意地向韦妞眨眼。

客人们应许了来吃饭,站起身走出。

"什么样的礼节!尽坐,尽坐。"伯爵夫人看客人走去时,这么说。

十三

娜塔莎从客厅里跑出后，只跑到花房。她在花房里停留着，谛听着客厅里谈话，等候保理斯出来。她已经开始觉得不耐烦，跺着脚，预备哭了，因为他还不立刻出来，这时，她听到年轻人的不快不缓的悦耳的步声。娜塔莎迅速地跑到花台间藏匿起来。

保理斯站在房当中，四顾，用手拍了拍制服上的灰点，又走到镜子前面，注视自己的美丽的面孔，娜塔莎静默地从她的隐藏处观看着，等着看他要做什么。他在镜前站了片刻，笑着走向通外面的门。娜塔莎想叫他，但又变了主意。她心里说："让他找吧。"保理斯刚出去，面色发赤的索尼亚走了进来，含着泪愤怒地低诉着什么。娜塔莎捺下了向她面前跑去的初步动作，停留在隐藏处，似乎是在不可见的大帽子下边，观看世界上发生的事情。她感觉到特别新鲜的喜乐。索尼亚低诉着什么，又向客厅的门看着。尼考拉从门外走进来。

"索尼亚！你怎么样了？怎么能够这样？"尼考拉向她面前跑着说。

"没有什么，没有什么，让我去吧！"索尼亚哭着。

"啊，我知道为什么。"

"你知道，很好，到那里去吧。"

"索尼亚！一句话！怎能够让幻想来苦恼我和你自己？"尼考拉抓住她的手说。索尼亚没有拿开她的手，停止流泪。

娜塔莎不动弹，不透气，用发亮的眼睛从她的隐藏处向外看。"现在要发生什么事呢？"她想。

"索尼亚！全世界我都不需要！只有你是我的一切，"尼考拉说，"我要向你证明。"

"我不喜欢你这么说。"

"好，不再说，请原谅，索尼亚！"他把她拉到面前吻她。

"啊，多么好！"娜塔莎想，当索尼亚和尼考拉走出时，她跟着他们，并且把保理斯叫到她面前。

"保理斯，到这里来，"她带着狡猾而严肃的神情说，"我要告诉你一件事。这里，这里。"她说着，领他走进花房，到了她先前在花台间隐藏的地方。保理斯笑着跟她走。

"一件什么事？"他问。

她为难了一下，环顾四周，看到抛在花台上的木偶，拿到了手里。

"吻小娃娃。"她说。

保理斯用注意的温柔的目光看着她的兴奋的脸，什么也未回答。

"不愿吗？那么，到这里来。"她说，并且抛开木偶，更深藏在花枝里。"近一点，近一点！"她低声说，她抓住军官的袖口，在她的泛红的脸上显出了严肃与惊悸。

"你愿意吻我吗？"她低声说得几乎听不见，低头看他，笑着并且兴奋得几乎要哭。

保理斯脸发红。

"你多么可笑！"他低头向着她说，脸更红，什么也未做，并且等待着。

她忽然跳上一只花台，于是站得比他高，用双手抱住他，于是她细小袒露的手搂住他颈子上边，仰头把乱发摆到脑后，正吻上他的嘴唇。

她从花盆间溜到另外一边，垂头站着。

"娜塔莎，"他说，"你知道我爱你，但是……"

"你爱我吗？"娜塔莎插言问。

"是的，我爱你，但请你不要让我们做刚才的事……再过四年……那时，我就要向你求婚。"

娜塔莎思索着。

"十三，十四，十五，十六……"她说，用细小的手指计算着，"好！决定这样吗？"快乐与安心的笑容映照了她的兴奋的脸。

"决定！"保理斯说。

"永远的吗？"小女孩说，"到死不变吗？"

于是她拉住他的手，带着快乐的面容，缓缓地和他并肩走进客室。

十四

伯爵夫人由于接见宾客而如此疲倦,吩咐了不再接见任何客人,并且守门的人奉命只邀请所有还要来道贺的客人们吃饭,不得有误。伯爵夫人希望面对面地和她幼年的朋友安娜·米哈洛芙娜郡妃谈心,自她从彼得堡到此以后,还不曾好好接见过。安娜·米哈洛芙娜带着哭枯了的、可爱的脸,凑近伯爵夫人的椅子。

"对于你,我要十分坦白,"安娜·米哈洛芙娜说,"我们的老朋友们,在的已经很少了!因此我是这样看重你的友情。"

安娜·米哈洛芙娜看着韦啦,停住。伯爵夫人同她的朋友握了一下手。

"韦啦,"伯爵夫人向年长的显然不被欢喜的女儿说,"怎么你什么事也不懂？难道你不知道这里不需要你吗？到妹妹那里去，或者……"

美丽的韦娅轻蔑地笑着，显然不觉得有丝毫损伤体面。

"假使你早告诉我，妈，我早就走了。"她说完，便回自己的房里。但走过客厅时，她看见在客厅的两道窗前对称地坐着两对男女。她停住，并且轻蔑地笑。索尼亚靠近尼考拉坐着，他在替她抄诗，这是他第一次作的诗。保理斯和娜塔莎，当韦娅进来时，坐在另一窗口不作声。索尼亚和娜塔莎带着惭愧的、快乐的面孔看着韦娅。

看看这些恋爱中的女孩子，是愉快而动人的，但她们的神情显然没有引起韦娅愉快的感觉。

"我向你请求过多少次，"她说，"不要拿我的东西，你们有自己的房间。"她从尼考拉手里拿开了墨水瓶。

"等一下，等一下。"他蘸着笔说。

"你们总是在不适当的时候做事，"韦娅说，"你们跑进客厅，弄得大家都为你们丢脸。"虽然，或者正因为，她的话是十分正确的，无人回答她，四个人只是面面相觑。她手里拿着墨水瓶在房中徘徊。

"在你们这样的年纪，娜塔莎和保理斯之间，在你们之间，能够有什么秘密——都是无聊的事情！"

"啊，与你有什么相干，韦娅？"娜塔莎低声地辩驳着。她今天显然对于任何人比寻常更加和善可爱。

"很呆，"韦娅说，"我替你羞。什么秘密？"

"人人有秘密，我们不干涉你和别尔格。"娜塔莎微怒地说。

"我要认为你并没有干涉过，"韦娅说，"因为我们的行为从来不会有出轨的地方。可是我要告诉妈妈,你是怎样对待保理斯的。"

"娜塔丽·依苏尼施娜对待我很好,"保理斯说,"我没有怨言。"

"你莫说,保理斯,你是这样的一个外交家(外交家这个名词在小孩儿们当中通行,具有他们对于这个名词所附丽的特殊意义),很讨厌,"娜塔莎用愤慨的、打战的声音说,"为什么她要麻烦我呢?"

"你永远不懂得这个。"她向韦娅说。"因为你从来不爱任何人。你没有心,你只是'让理'夫人(这个很忌讳的诨名是尼考拉给韦娅的),你第一桩快乐事就是对别人做不愉快的事。你尽管去同别尔格调情吧。"她迅速地说。

"但我却不至于在客人面前追一个年轻人……"

"啊,她达到目的了,"尼考拉插言,"向大家说了不得体的话,扰乱大家。到育儿室里去吧。"四个人像受伤的鸟群,都站立起来走出房。

"你们向我说了不得体的话,但我什么也未向人说。"韦娅说。

"'让理'夫人!'让理'夫人!"从门外传来笑声。

美丽的韦娅,使大家发生了激怒的、不愉快的印象,自笑着,显然毫不注意那些对她所说的话,走到镜前,整理领巾和头发。看着自己的美丽面孔,她似乎变得更冷静心安。

* * *

客厅里还在继续谈话。

"啊,亲爱的,"伯爵夫人说,"我的生活中一切都不是红色的。难道我没有看到,照我们这样过活下去,我的家产便支撑不久了?这都是因为俱乐部和他的好心肠。我们在乡里过活,我们安静吗?演戏,打猎,还有别的,天晓得。但为什么要说到我自己呢!那么,你怎么处理一切的生活呢?我常常对你惊奇,安娜,你这样的年纪,坐车子独自到莫斯科,到彼得堡,会所有的大臣、所有的要人,知道应付一切的人,我惊奇你!那么,你这是怎么安排的呢?这些事我一点也不能够。"

"啊,我心爱的!"安娜·米哈洛芙娜郡妃回答,"天意不要你知道做一个没有接济的寒妇,而又有一个疼爱的儿子,是多么困难。什么事都要学。"她带着几分傲气说,"我的讼事教会了我,假使我需要会什么要人,我便写个条子'某某郡妃请见某某',我自己坐租车去两次、三次,甚至四次,直到许多次,直到我达到了我所需要的为止。无论他们怎么看我,在我都是一样。"

"那么,你是替保任卡(保理斯爱称——译)求谁的呢?"伯爵夫人问,"你的儿子已经做到卫队的官长,但是尼考卢施卡(即尼考拉的爱称——译)却去当见习官。没有人替他劳神。你是求谁的?"

"发西利郡王。他很慈善,他立刻答应了一切的事,呈报了皇帝。"安娜·米哈洛芙娜郡妃热情地说,完全忘记了她达到目的时所经过的卑屈。

"他变老相了吗,发西利郡王?"伯爵夫人问,"我们在路密安采夫家看过戏以后,我就一直没有见到他。我想他忘记我了,他对我好过。"伯爵夫人带笑想起。

"完全一样。"安娜·米哈洛芙娜回答。"可爱,精神足,高官没有使他掉转了头。他说,'我抱歉,我能替你做得太少了,亲爱的郡妃，你吩咐吧'。啊，他是一个很漂亮的人，对他的亲戚很好。但娜塔丽，你知道我对于儿子的爱。我不知道为了他的幸福，什么事我不去做。但我的情形是那样坏，"安娜·米哈洛芙娜愁闷地低声说，"是那样坏，我现在处在最可怕的情形中。我的不幸的讼事啃完了所有的一切，没有一点儿进步。你可以设想，我这里，老实说，是一文没有了，我不知道用什么去替保理斯治装。"她取出手帕，流泪。"我需要五百卢布，但我这里只有一张二十五卢布的钞票。我是在这样的情形中……我现在唯一的希望就是在基锐尔·夫拉济米罗维支·别素号夫伯爵的身上。假使他不愿接济他的教子——你知道他是替保理斯施洗的——给他一点维持费，那么我的一切奔忙都要落空了，我没有东西去替他治装。"

伯爵夫人流出眼泪，沉默地思索了一会儿。

"我常常想，也许，这是罪过，"郡妃说，"我常常想，这里基锐尔·夫拉济米罗维支·别素号夫独自过活儿……这一大笔财产……他为什么要活呢？生活对于他是拖累，但保理斯才开始生活。"

"他一定要留一点什么给保理斯。"伯爵夫人说。

"天晓得，亲爱的朋友！这些富翁要人是这样的自私。但我仍然马上要带保理斯去见他，我直接向他说事情的真相，让他随意地怎么看我。在我，确实都是一样，这时候，我儿子的命运靠着这个。"郡妃立起，"现在是两点钟，你们四点钟吃饭，我来得及走一个来回。"

带着知道利用时间的彼得堡办事妇女的态度，安娜·米哈洛芙娜找了儿子，和他一同走进前厅。

"再见，亲爱的。"她向送她到门口的伯爵夫人说。"祝我成功。"

她离开儿子低声说。

"你到基锐尔·夫拉济米罗维支伯爵家去吗,亲爱的?"从饭厅走到前厅来的伯爵说,"假使他要好了一点,你就邀彼挨尔到我这里来吃饭。他到这里来过,和小孩子们跳过舞。一定邀他,亲爱的。我们看看塔拉斯今天怎么显手艺。他说,奥尔洛夫伯爵家从来没有过我们家今天这样的宴会。"

十五

"我亲爱的保理斯。"当他们所乘的罗斯托夫家的马车,走过铺草秸的街道,而进基锐尔·夫拉济米罗维支·别素号夫伯爵家的大院子时,安娜·米哈洛芙娜郡妃向她的儿子说。"我亲爱的保理斯,"母亲说,从旧斗篷里伸出了手,带着羞怯抚爱的动作放在儿子的手上,"你要放可爱一点,当心一点。基锐尔·夫拉济米罗维支伯爵仍然是你的教父,你将来的命运靠在他身上。记住这个,我的亲爱的,放得可爱些,你是知道如何去……"

"假使我知道,除了卑屈外不会有别的……"儿子冷淡地回答,"但是我答应了你,我要为你做这个事。"

虽然是车子停在大门前,守门人看了看母子二人(他们不要通报,便直接走进两行壁龛雕像之间的玻璃门廊),注意地看着旧斗篷,问他们要看谁,公主们还是伯爵,当他知道了是看伯爵,他说伯爵大人今天病更凶,不接见任何人。

"我们可以走了吧?"儿子用法文说。

"我亲爱的。"母亲用恳求的声音说,又推动儿子的手,似乎这个接触可以安慰他或鼓励他。保理斯无言,未脱大衣,疑问地看母亲。

"好人儿,"安娜·米哈洛芙娜用温柔的声音向守门人说,"我知道基锐尔·夫拉济米罗维支病很重……我就是因此来的……我是他的亲戚……我不打扰他的,好人儿……我只要见发西利·塞尔盖维支郡王。他是留在这里的。你去通报,费神。"

守门人不悦地扯动通上边的铃索,并转过身。

"德路别兹考郡妃会发西利·塞尔盖维支郡王。"他向那个从楼上跑下,并在梯弯处向下看的,穿着长筒袜、浅口鞋和礼服的用人叫着说。

母亲理直了染色的绸衣的皱褶,对着墙上的威尼斯镜子自看,然后勇敢地用穿着破旧的浅口鞋的脚在梯毡上向上走。

"我亲爱的,你答应了我。"她又向儿子说,解他的胛膊,提他的神。儿子低了眼,安静地跟着她。

他们进了大厅,这里有一道门通发西利郡王所住的房间。

当母子二人走进厅中,并预备向那个刚走到他们面前的老用人问路时,有一道门的紫铜把柄转动了,发西利郡王穿着家常的天鹅绒袄,佩着一颗星章,陪伴一位美丽的黑发男人,走了进来。这个男人是彼得堡著名的医生——劳兰。

"这是真的吗?"郡王问。

"郡王,'Errare humanum est(人孰能无过)',但……"医生发音含糊地说,用法文读音说这句拉丁成语。

"这很好,这很好……"

看见了安娜·米哈洛芙娜母子二人,发西利郡王鞠躬送别了医生,沉默地,却带着疑问的神情,走到他们面前。儿子注意到母亲的眼里忽然露出深厚的悲哀,他轻轻地微笑。

"是的,我们又在多么伤心的环境里会面了,郡王……那么,我们可爱的病人怎么样了?"她说,似乎没有注意到那冷淡的、轻蔑的、看她的目光。

发西利郡王怀疑地,近于迷惑地看她,又看保理斯。保理斯恭敬地鞠躬,发西利郡王未答礼,转向安娜·米哈洛芙娜,对于她的问题,用头与唇的动作回答,表示对于病人的最微的希望。

"果然吗?"安娜·米哈洛芙娜叫着。"啊,这可怕!想起来就可怕……这是我的儿子,"她又说,指着保理斯,"他想亲自感激你。"保理斯又恭敬地鞠躬。

"你相信,郡王,母亲的心绝不忘记你为我们所做的。"

"我高兴我能够为你做一点如意的事情,我亲爱的安娜·米哈洛芙娜。"发西利郡王说,理了理衣服的花边,在态度和声音中表示,在这里,在莫斯科,对于受惠的安娜·米哈洛芙娜较之在彼得堡,在安娜·涉来尔的夜会里,有更大的尊敬。

"努力好好服务,要对得起职务。"他向保理斯严厉地说。"我高兴……你在这里休假吗?"他用无表情的声音问。

"大人,是候命令去接新事。"保理斯回答,表示对于郡王的严厉神情毫无恼意,也不想谈话,却那么安闲而尊敬。郡王注意地看他。

"你和母亲住在一起吗?"

"我住在罗斯托夫伯爵夫人的家里,"保理斯又加上,"大人。"

"他就是娶娜塔丽·沈升的依利亚·罗斯托夫。"安娜·米哈洛芙娜说。

"我知道,我知道,"发西利郡王用单调的声音说,"我从来不能够明白怎么娜塔丽决定了嫁这个脏熊!一个十足的愚笨而可笑的人。听说他还是一个赌徒。"

"但他是一个仁慈的人,郡王。"安娜·米哈洛芙娜批评,动情地笑着,好像她知道罗斯托夫应得这种批评,但要求怜悯这个可怜的老人。

"医生们怎么说?"郡妃沉默了一会儿又问,在她的哭枯了的脸上又显出深重的忧虑。

"希望很小。"郡王说。

"我很想再感谢叔叔一次,为了他对我和保理斯的一切恩惠,他是他的教子。"她用那样的语气说,好像这个消息一定会使发西利郡王高兴。

发西利郡王想了一下,并皱眉。安娜·米哈洛芙娜明白他怕她是别素号夫伯爵遗嘱中的竞争者。她连忙安慰他。

"假如不是我对叔叔的真爱和忠顺,"她说,带着特别的肯定与无意说"叔叔"这个词,"我知道他的性格,宽大,坦直,但只是郡主们在他身边……她们还年轻……"她垂了头,低声地问:"他尽了他最后的责任吗[1],郡王?这最后的时间是多么宝贵啊!似乎不能再坏了。假如他是这样不好,必须为他准备了。我们,女子,郡王,总是知道如何说这些话,必须见他。这对我无论是怎么困难,但我却惯于受苦。"

郡王显然懂得,如同在安娜·涉来尔夜会中所懂得的要脱离安娜·米哈洛芙娜是困难的。

"这个会面如不于他有害,亲爱的安娜·米哈洛芙娜,"他说,"让我们等到晚吧,医生料定有危机。"

"但郡王,在这样的时候,是不能等的,想想看,这是拯救他灵魂的事情……啊!可怕,一个基督教徒的责任……"

门从里面的房间打开了,伯爵的甥女郡主中的一个走了出来,带着乖戾的、冷淡的面孔,与短腿极不相称的长腰。

发西利郡王转身向她。

"啊,他怎样了?"

"还是一样。你怎么希望,这些噪声……"郡主说,看了看安娜·米哈洛芙娜,好像不相识。

"啊,亲爱的,我不认识你。"安娜·米哈洛芙娜快乐地笑着说,轻步走近伯爵的甥女。"我刚刚到的,我是来帮你侍候我的叔叔,我觉得你是多么辛苦。"她说,同情地睁开眼睛。

---

[1] 即受膏油礼。——毛

郡王什么也未回答，甚至也不笑，立刻走出。安娜·米哈洛芙娜摘下手套，用胜利的姿势坐到椅子上，并邀发西利郡王坐到他身边。

"保理斯!"她向儿子笑着说，"我去看伯爵，看叔叔，你去看彼挨尔，我亲爱的，同时不要忘了转达他罗斯托夫家的邀请。他们叫他去吃饭。我想他不去吧?"她向着郡王说。

"相反，"郡王说，显然是不高兴，"只要你能使我脱离这个年轻人，我就高兴了……他坐守在这里，伯爵没有一次问到他。"

他耸肩。用人领走青年下楼，又上另一个楼梯去看彼得·基锐洛维支。

十六

　　彼挨尔未能在彼得堡选定自己的职业,并且确实因为荒唐而被逐至莫斯科。罗斯托夫伯爵家所说的故事是真的。彼挨尔曾经参与捆绑警官和小熊的事。他在几天之前到此,和平常一样,住在自己父亲的家里。虽然他料想这件事已为莫斯科所知晓,而围绕他父亲的妇女们一向对他不满,或许利用这个机会激怒伯爵,他仍然在到临的那天来到父亲的屋里。走进郡主们常坐的客室,他问候两位在做刺绣的和一个出声读书的妇女。她们是三个人,最长的是整洁、长腰、严厉的女子,她曾出去看安娜·米哈洛芙娜,她在读书。两个年轻的,都红润而美丽,彼此的分别只是有一个在额上有痣,这使她更美,两人都在做刺绣,彼挨尔被当作死人或害瘟疫的人。年长的郡主停止读书,惊恐的眼睛沉默地看他。年轻的、无痣的,也做同样的表情。有痣的、最小的,具有快乐好笑的性格,俯首在刺绣绷子上,遮藏笑容,这笑容也许是她所见到的当前情形的有趣处所引起的。她拉下毛线,低头若似考核花样,不能抑制笑声。

"表姐们,好,"彼挨尔说,"你们不认识我吗?"

"我太知道你了,太知道你了。"

"伯爵健康如何?我能看他吗?"彼挨尔和平常一样懦怯地问,但不窘迫。

"伯爵在身体上和精神上都受苦,你的唯一的挂念似乎是要使他增加精神的痛苦。"

"我能看伯爵吗?"彼挨尔又问。

"哼!……假使你想弄死他,一下弄死他,那么,可以看他。奥尔加,你去看看舅舅的鸭汤预备好了没有,时候快到了。"她说,借此向彼挨尔表示她们忙,忙于他父亲的安适,而他只显然忙着使他不安。

奥尔加走去。彼挨尔站着看表姐们,鞠躬着说:"那么我到自己房里去。什么时候能够,你们会告诉我的。"他走去,听到身后有痣的表妹响亮而不大的笑声。

发西利郡王第二天到此,住在伯爵家里。他把彼挨尔叫到面前,向他说:

"我亲爱的,假使你在这里的行为像在彼得堡一样,你的结果是很坏的,这是我要向你说的一切。伯爵的病很重、很重,你一定不要去看他。"

从这时起,他们不来惊动彼挨尔,而他也整天待在楼上自己的房间里。

当保理斯来看他的时候,他在自己的房中徘徊,有时停在角落里,向墙做威胁的姿势,好像是用剑刺杀不可见的敌人,然后越过眼镜凝视前面,重新在房里走动,说些不清楚的话,耸肩,伸臂。

"英国完了,"他皱眉说,并用手指指着什么人,"庇特先生是国家和人权的背叛者,定了罪……"他未说出庇特的罪状,这时他又设想自己是拿破仑,并且同他的英雄完成了卡莱海峡危险的横渡并征服了伦敦。这时——他看到一个年轻的、庄重的、美丽的军官来看他,他站住。彼挨尔在保理斯是十四岁的童子时和他分别,确实记不得他。虽然如此,他却带着特有的迅速而热情的态度握他的手,并友爱地笑。

"你记得我吗?"保理斯从容地带着愉快的笑容说,"我和母亲来看伯爵,但他似乎不很好。"

"是的,似乎他病了,大家都打搅他。"彼挨尔回答,企图想起这个青年是谁。

保理斯觉得彼挨尔不认识他,但以为无须介绍自己,并且没有一点窘迫,直视着他。

"罗斯托夫伯爵请你今天到他家去吃饭。"他在彼挨尔觉得很长久而不安的沉默之后向他说。

"啊!罗斯托夫伯爵!"彼挨尔快乐地说,"那么你是他的儿子,依利亚。你想,我乍看还不认识你。你还记得我们如何同若果夫人在麻雀山驾车吗……很久了。"

"你认错了,"保理斯从容不迫地、勇敢地用带点嘲笑的笑容说,"我是保理斯,是安娜·米哈洛芙娜·德路别兹考的儿子。罗斯托夫家的父亲叫依利亚,儿子叫尼考拉。我不认识什么若果夫人。"

彼挨尔摇手摇头,好像身上有苍蝇或蜂子。

"啊,怎么一回事!我全弄混乱了。在莫斯科有这么多的亲戚!你保理斯……是的。那么,我们现在弄清楚了。那么,你对于部洛涅远征有何感想呢?假使拿破仑渡过了海峡,英国不是很糟吗?我觉得远征是很可能的,只要维尔纳夫不弄错!"[1]

保理斯一点不知道部洛涅远征的事,他不读报纸,并且关于维尔纳夫也是初次听到。

"我们在莫斯科对于宴会和闲谈比对于政治更加注意。"他用安闲的、嘲笑的语调说。"我一点也不知道也不想到这种事。莫斯科对于闲谈比对于一切都更加注意,"他继续说,"现在大家谈你,谈伯爵。"

彼挨尔露出善良的笑容,好像在为他的同伴担心,怕他会说出他要懊悔的话。但保理斯清晰地、明朗地、干脆地说着,直视彼挨尔。

"在莫斯科,除了闲谈,没有别的事做,"他继续说,"大家注意伯爵要把财产遗留给谁,不过他也许要活得比我们都久,我诚心希望……"

"是的,这都是痛苦的,"彼挨尔插言,"很痛苦。"彼挨尔仍然恐怕这位军官无心地说出令他自己不自在的话。

"你似乎应该觉得,"保理斯说,微微脸红,但不改声音与态度,"你似乎应该觉得,大家都只注意从富翁手里得到什么。"

---

[1] 维尔纳夫是一八○五年法国征英船队司令。是年十月,他的旗舰被掳。——毛

"正是如此。"彼挨尔想。

"但我正要同你说,要你避免误会,假使你要把我和我的母亲也算在这种人里面,你就大错了。我很穷,但我至少,我替自己说,正因为你的父亲有钱,我不自认是他的亲戚,我和我的母亲都绝不会去请求什么,从他那里取得什么。"

彼挨尔好一会儿没有懂得,但当他懂得时,他从沙发上跳起,带着他所特有的迅速与笨拙,抓住保理斯的手,脸红得远甚于保理斯,开始带着害羞与难受的混乱情绪说话。

"啊,这奇怪!你以为我……你怎能想到……我很知道……"

但保理斯又打断他的话。"我高兴,我说了一切。也许你不舒服,请你原谅。"他说,安慰彼挨尔,以免被彼挨尔安慰,"但我希望不要冒犯了你。我有一个规条,坦直地说一切……那么要我传达什么消息呢?你到罗斯托夫家吃饭去吗?"保理斯显然是尽了自己艰重的任务,脱离了困难的地位,让别人处在那种地位,又十分如意起来。

"不,你听着,"彼挨尔说,安静下来,"你是一个异常的人。你刚才所说的,很好,很好。当然你不知道我了,我们这么久没有见面……还是小孩子的时候……你可以猜想我会……我很了解你,很了解。我是不会办到的,我不会有这种勇气,但这是极好的。我很高兴,我结识了你。奇怪吧,"他说,停顿着微笑,"你以为我奇怪吧!"笑出了声来,"但这有什么要紧呢?让我们更互相了解吧,请。"他握保理斯的手,"你可知道,我还一次没有看到伯爵。他不叫我去……我可怜他,作为一个人……但怎么办呢?"

"你以为拿破仑能够渡过他的军队吗?"保理斯笑着问他。

彼挨尔知道保理斯要更换话题，于是同意了他，开始说明部洛涅远征的厉害。

用人来请保理斯去见郡妃，郡妃要走了。彼挨尔答应了去吃饭，以便更接近保理斯，用劲地和他握手，亲善地低头从眼镜上边看他。他走后，彼挨尔又在房中走动很久，他不用剑刺杀不可见的敌人，却笑着回想这个可爱的、聪明的、坚决的年轻人。

这是青年人常有的情形，特别是在他孤独的时候，他对于这个年轻人怀着无故的温柔，并且决定了自己要去和他结交。

发西利郡王伴送郡妃。郡妃用手帕拭眼，她的脸上有泪痕。

"这是可怕的！可怕！"她说，"但无论要我受多大的牺牲，我一定要尽我的责任。我要来守夜，他不能这样下去的，每一分钟都是宝贵的。我不明白为什么郡主们要延宕，也许上帝要帮助我找出一个方法为他预备！……再见，郡王，上帝帮助你……"

"再见，我的亲爱的。"发西利郡王回答，转过了身。

"啊，他在可怕的情形中，"当他们坐上车时，母亲向儿子说，"他几乎什么人也不认识了。"

"妈妈，我不知道他对于彼挨尔是什么态度？"儿子问。

"遗嘱要说明一切，我亲爱的，我们的命运靠它……"

"但你凭什么以为他要遗留给我们一点什么呢？"

"啊，我的亲爱的！他那么富，我们那么穷！"

"呶，这不是充分的理由，妈。"

"啊，我的上帝！我的上帝！他病多么凶！"母亲叫起来。

十七

当安娜·米哈洛芙娜和儿子去看基锐尔·夫拉济米罗维支·别素号夫伯爵的时候,罗斯托夫伯爵夫人独坐良久,把手帕放在眼上。最后,她按铃。

"您做什么,亲爱的,"她向那个使她等了几分钟的女仆愤怒地说,"您不想做,是吗?那么我替你找一个地方。"

伯爵夫人为了她朋友的悲伤与赤贫而苦痛,因此有了脾气,这总是表现在对于女仆的"亲爱的"和"您"这种称呼上。

"很抱歉。"女仆说。

"伯爵到我这里来。"

伯爵摇摆着走到夫人面前,和平常一样,带着几分有罪的神情。

"呶，亲爱的伯爵夫人！多么好的马德拉酒煎山鸡啊，我亲爱的！我尝了一下，我为塔拉斯[1]花一千卢布不是空花的，值得！"

他坐到夫人旁边，敏捷地把肘放在膝盖上，抹灰发。

"你有什么吩咐，伯爵夫人？"

"是这个，我亲爱的——你这是什么弄脏的？"她指着背心说，"也许是酒汁，"她笑着说，"是这件事，伯爵我要钱用。"

她的脸色变得愁闷。

"啊，伯爵夫人！……"伯爵摸了一下，取出皮夹。

"我要很多钱，伯爵，我要五百卢布。"她取出麻纱手帕，拭丈夫的背心。

"立刻，立刻。哎，谁在那里？"他用这样的声音喊叫，这声音只是那些相信他们所叫的人立刻便应声而至的人们所用的，"把德米特锐叫来！"

德米特锐是贵族子弟，在伯爵家里长大，现在他管他一切的家务。他轻步走进房。

"这回事，我亲爱的，"伯爵向进房的恭敬的青年说，"替我拿……"他思索了一下，"是的，七百卢布，是的。当心，不要像上次那样拿来破旧的脏的，拿好的，给伯爵夫人。"

"是的，德米特锐，费心，干净的。"伯爵夫人说，愁闷地叹气。

"大人，要什么时候送上？"德米特锐说。"大人知道……但不要

---

[1] 这个厨子是一个家奴。通常家奴是连同财产出卖的，但有训练者，可以单独出卖。——毛

烦心，"他又说，注意到伯爵如何开始困难地迅速地呼吸，这一向是要发火的征兆，"我忘记了……要马上就拿来吗？"

"是，是，就是，拿来，交给伯爵夫人。"当这个青年走出去时，伯爵笑着说："这个德米特锐是我的金子。没有不可能的事情。那是我不能忍受的，一切是可能的。"

"啊，金钱，伯爵，金钱，世界上因为它有了多少悲事！"伯爵夫人说，"但这笔钱我很需要。"

"你，伯爵夫人，是出了名会用钱的。"伯爵说，吻了夫人的手，又走进书房。

当安娜·米哈洛芙娜从别素号夫家回转时，伯爵夫人面前已经有了钱，全是新钞票，放在桌上的手帕下边，安娜·米哈洛芙娜注意到伯爵夫人因为什么而受了激动。

"呶，怎样，我亲爱的？"伯爵夫人问。

"啊，他是在那样可怕的情形中！不能认识他了，他病得那么严重，那么重。我在那里只待了一会儿，两个字也未说……"

"安涅特，为了上帝，不要拒绝我。"伯爵夫人从手帕下取了钱，忽然红着脸说，这对于她的老、瘦而庄严的面孔是奇怪的。安娜·米哈洛芙娜立刻懂得了是什么事，已经躬了身子，以便在适当时间敏捷地搂抱伯爵夫人。

"这是我给保理斯的，做治装……"

安娜·米哈洛芙娜已经抱了她哭，伯爵夫人也哭。她们哭，因为她们是朋友，因为她们慈善，因为她们从小是朋友，忙于这样鄙俗的事——金钱，并且因为她们的青春过去了。但两人的眼泪是愉快的。

十八

　　罗斯托夫伯爵夫人已经同女儿们及大部分的客人坐在客室里。伯爵领男客们进书房，把自己土耳其烟斗的专家收集给他们看。有时他走出来问，她来了没有？他们在等候玛丽亚·德米特锐叶夫娜·阿郝罗谢摩夫。她以"可怕的蛟龙"闻名于社会，她不是因为财产与阶级而有名，而是因为她的坦白的智慧和公开的爽快行为。皇室和全莫斯科、全彼得堡都知道玛丽亚·德米特锐叶夫娜，这两个城市都惊异她，私下笑她粗鄙，说她的轶闻。然而大家都没有例外地、同样地尊敬她，害怕她。

　　在充满烟气的书房里，大家谈到战争，这是由宣言书宣布的；谈到征兵，宣言书尚无人读到，但都知道它的发表。伯爵坐在折椅上，在两个吸烟谈话的客人之间。伯爵自己不吸烟,不说话,只时而向这边,时而向那边点头,带着显然的满足看吸烟的人,并听着他们所引起的两旁客人的议论。

这两个客人当中的一个是文官,有打皱、消瘦、急躁、剃光的面孔。他虽然将近老年,却穿得像最时髦的年轻人。他屈膝坐在折椅上,带着居家的神气,把琥珀的烟嘴垂在口角上,猛力地吸烟,并闭眼。这人是老处男沈升,伯爵夫人的堂兄,莫斯科的客厅里都称他为"恶舌"。他似乎对于谈话对方表示赞赏。另一个活泼红润的卫兵军官,口中含着烟斗,红唇轻轻地吐出烟气,从美丽的口中吐出烟圈。这人是塞米诺夫部队中的军官别尔格中尉。保理斯将同他一道入营,娜塔莎曾嘲弄姐姐韦娅,说别尔格是她的爱人。伯爵坐在二人之间注意地听。除了他心爱的"波士顿"赌牌外,伯爵最适意的事情是听人说话,特别是在他能够挑动两个好谈话的人的时候。

"哎,怎么,啊呀,我的很尊贵的阿尔房斯·卡尔累支,"沈升说,笑着,联合了(这是他言语的特点)最简单的俄国民间方言和精选的法语,"你打算要从政府里获得收入,又要从部队里获得收入吗?"

"不是,彼得·尼考拉益支,我只是想说明在骑兵里的利益远不如在步兵里。那么,彼得·尼考拉益支,你想想看我的地位……"

别尔格说话向来很精确、安详而恭敬。他的谈话总是只关于他自己。当别人说到与他直接无关的事情的时候,他总是安然沉默。他能够这样沉默数小时,不感觉到,也不引起别人最微的窘迫。但当谈话立即涉及他本人时,他便开始不断地说,并带着显然的满足。

"你想想看我的地位,彼得·尼考拉益支,在骑兵里,正是中尉阶级，四个月收入也不到二百卢布，但现在我收入二百三十。"他带着快乐满意的笑容说，看着沈升和伯爵，似乎他显然觉得，他的成功总是一切其余的人们希望中的主要目标。

"此外，彼得·尼考拉益支，调入了卫队，我得让长官注意。"别尔格继续说。"在步兵卫队里，空缺常常有。你再想想看，我能够如何支配这二百三十卢布。我留下一点，还常常寄给父亲。"他继续说，吐出烟圈。

"收支相抵啦。成语说，日耳曼人能够剥斧头的皮（吝啬之意——译者）。"沈升说，向伯爵睐眼，把烟斗在口中换了一边。

伯爵发笑。别的客人们看见沈升在谈话，走来旁听。别尔格未注意到嘲笑，也未注意到别人的淡漠，继续说他如何调到卫队里，比军团中旧同辈升了一级；如何在战时，连长会被打死，而他将成为连中最高级的人，很容易当连长；并且队伍中的人如何都爱他，以及他的父亲如何满意他。别尔格显然是说着一切，很是高兴，似乎从未怀疑到别人也有自己的兴趣。但他所说的一切是那么可爱与沉着，他的青年人自我主义的单纯是那样明显，他说服了他的听众。

"好，老兄，你无论在步兵里，在骑兵里，处处顺利，我敢预言。"沈升说，拍他的肩膀，从折椅上拿下腿子。别尔格喜悦地笑。伯爵和身后的客人们走进客厅。

* * *

是在正式宴会前的那段时间，这时集聚的客人们未开始作长谈，等候着被邀去吃小食[1]。同时,又觉得必须活动着而不沉默,以便表示他们并不是不耐烦坐在桌边。主人们向门口看,有时互相地看。客人们企图凭这种目光猜出他们还在等谁,或等什么重要的迟到的亲戚和尚未预备的菜。

彼挨尔正在饭前到临,笨拙地坐在客厅当中最先碰到的安乐椅上,阻挡了大家的路。伯爵夫人希望使他说话,但他却单纯地从眼镜上边看四周的人,似乎在找谁,并且用单音的字回答伯爵夫人的一切问题。他使人不舒服,只有他不觉得这个。大部分客人知道他和熊的故事,好奇地看这个高大、肥胖、和平的人,诧异这样一个笨拙而斯文的人如何能够和警官开那样的玩笑。

"你到不久吗?"伯爵夫人问他。

"是的,夫人。"他回答,四面看。

"你没有看见我丈夫吗?"

"没有,夫人。"他极不得体地笑。

"你最近在巴黎吗?我觉得很有趣。"

"很有趣。"

伯爵夫人和安娜·米哈洛芙娜相觑。安娜·米哈洛芙娜明白了是请她来应付这个青年,于是坐到他身边,开始说到他的父亲。但和对于伯爵夫人一样,他只用单音字回答她。客人们都在互相交谈。

"拉素摩夫斯基们……那好极了……你这样的仁慈……阿卜拉克

---

[1] 小食通常包括腌鲥、腌鲞、乳酪等食物及小杯酒料等。通常是放在旁边的桌上,目的在引起正席前的食欲。——毛

生伯爵夫人……"从各方面发出。伯爵夫人立起走进大厅。

"玛丽亚·德米特锐叶夫娜吗?"她在大厅里的声音。

"她本人。"可闻女子粗声的回答,然后玛丽亚·德米特锐叶夫娜走进大厅。

所有的小姐们,甚至妇女们,除了最老的都立起。玛丽亚·德米特锐叶夫娜立在门边,她有高大肥胖的身躯,高抬着有灰发绺的五十岁的头,看客人们,似乎是在卷袖子,她从容地在理着衣服的宽袖。玛丽亚·德米特锐叶夫娜总是说俄文。

"祝贺过命名日的人和她的孩子们。"她用粗糙而高大的声音说,压倒了所有的别的声音。"你这个老作孽,"她向伯爵说,伯爵吻着她的手,"我以为你在莫斯科待腻了,没有地方赶狗吗?但是,好先生,怎么办呢?这些小鸟儿都要长大的……"她指着女孩子们:"无论你们愿不愿,都必须寻找求爱的人了。"

"好吗,我的卡萨克兵(玛丽亚·德米特锐叶夫娜叫娜塔莎卡萨克兵)?"她说,抚摸娜塔莎,她不怕地、愉快地走到她的手边,"我知道你是坏丫头,但我爱你。"

她从大提袋里取出一副有坠子的琥珀耳饰,给了有命名日光彩的红润的娜塔莎,立刻又转过身来向着彼埃尔。

"哎,哎!好先生,到这里来,"她用做作的低柔文雅的声音说,"到这里来,好先生……"

她威胁地把袖子卷得更高。

彼埃尔走来,单纯地从眼镜上边看她。

"来,来,好先生!在你父亲很高兴的时候,我是向他说真话的唯一的人。对于你呢,是有应尽的责任。"

她把话头停顿住了。大家沉默着等候下文,觉得这只是绪论。"好孩子,确实!好孩子……他父亲躺在病榻上,他却取乐,把警官放在熊背上。可羞,先生,可羞!最好你去打仗吧。"她转过身,向伯爵伸手,他压不住笑声……"哎,那么,入席吧,我想,到了时候吧?"玛丽亚·德米特锐叶夫娜说。

伯爵和玛丽亚·德米特锐叶夫娜走在前,然后是伯爵夫人,她由骠骑兵上校领着,这人是要人,尼考拉将跟他去入营。然后是安娜·米哈洛芙娜和沈升。别尔格递了一只胳膊给韦娅。带着笑的尤丽·卡拉根和尼考拉走到桌前。在他们后边走着别的对偶,排满了全厅。在大家之后,是孩子们和男女教师们。仆人们奔忙,椅子响动,音乐队奏乐,宾客入座。在伯爵家庭音乐队的乐声之后,是刀叉声、客人们谈话声及仆人们转步声。在餐台的一端,伯爵夫人坐在主席上。右边是玛丽亚·德米特锐叶夫娜,左边是安娜·米哈洛芙娜及其他客人。另一端坐着伯爵,左边是骠骑兵上校,右边是沈升及其他男客。在长桌的一边坐着较大的幼辈:韦娅和别尔格并坐,彼挨尔与保理斯并坐,另一边——小孩子们和男女教师们,伯爵在玻璃杯、酒瓶及水果碟子之后看着夫人和她的有蓝缎条的高帽子,并且热心地为左右的人筛酒,也不忘掉自己。伯爵夫人也不忘记主妇的责任,从波罗蜜的后边向丈夫投射有意义的目光,他的秃顶和面孔,在她看来,和他的灰发相照,显得特别红。在妇女们一边,有着韵律的低语。在男客的一端,大家的话音逐渐增高,特别是骠骑兵上校,他吃得饮得那么多,面色逐渐变红,伯爵拿他做了别人的榜样。别尔格带着温柔的笑声和韦娅说爱情不是地上的情感，而是天上的。保理斯告诉了新友彼挨尔桌子对面的客人们，并和坐在对面的娜塔莎交换目光。彼挨尔少言，看着许多新的面孔，吃了很多。开始是两种汤，他选择了"龟汁汤"，白鱼包，直到松鸡，他未放走过一道菜，每一种酒都饮了。当仆人拿着布包的酒瓶神秘地举过邻座客人的肩头，说，"乾马代拉酒"，或"匈牙利酒"，或"来因酒"，他拿起有伯爵姓名首字母的、各有一定地位的、四个玻璃酒杯当中最先到手的一个，满意地饮着，他的逐渐变得可爱的面孔看着客人们。娜塔莎坐在他对面，看保理斯，正如同十三岁的女孩子们看他们刚刚第一次接吻过时，所爱的男孩子。她的目光也时而看彼挨尔，他在这个可笑的、活泼的女孩的目光下，不知为什么，他自己想笑。

尼考拉坐得离索尼亚很远，在尤丽·卡拉根的旁边，又带着同样的不自觉的笑容和她说了什么。索尼亚赔笑着，但显然她受到嫉妒的痛苦，她有时脸发白，有时脸发红，全力注意尼考拉与尤丽在说什么。女教师不安地环顾着，好像准备着，假使有谁想侮辱孩子们，便同谁吵架。日耳曼人男教师企图记住各种菜肴、酒，以便详细地在信中把一切报告给在日耳曼的家庭，但因为拿着布包的酒瓶的仆人越过了他而恼闷。日耳曼人皱眉，企图做样子表示他不希望接受这种酒，但他恼闷，因为没有人想明白他需要酒不是为了解渴，不是为了饕餮，而是为了有意义的求知欲。

十九

在男客们的桌端,谈话渐渐生动起来。上校说到宣战的诏书已经在彼得堡发出,他所看到的样本,已于今日由专使送来给总司令。

"为什么我们要同保拿巴特去打仗?"沈升说,"他已经挫败了奥地利的气焰,我怕这一次轮到我们了。"

上校是肥胖高大血质的日耳曼人,显然是热心服务者与爱国者。他愤慨沈升的话。

"因为什么,亲爱的先生。"他说,把母音"挨"说成"爱",把软音说成硬音(日耳曼人的俄文读音——译)。"这原因是皇帝知道的。他在诏书中说明,他不能漠视威胁俄国的危险,说是为了帝国的安全、帝国的尊严和同盟的神圣。"他说,特别着重"同盟"这两字，好像事情的要点在这两个字中。带着他特有的、无误的、公事的记忆力，他重述诏书中的引言……"皇帝唯一不变之希望，系在欧洲建立基础牢固之和平，因此决定将一部分军队调至国外，创造新环境，以达此目的。就是为了这个，亲爱的先生。"他说完，带着尊严的神情饮完一杯酒，看着伯爵要求鼓励。

"这个成语：'叶饶马，叶饶马，你还是坐在家里，注意你的纱锭吧。'你知道吗？"沈升说，皱着眉笑。"这话非常适合我们。即使是有苏佛罗夫的本领，也要完全失败，现在我们的苏佛罗夫之流的人物在哪里呢？我只问你这一点。"他说，不断地从俄文转到法文。

"我们必须战斗到最后的一滴血，"上校拍桌子说，"为我们的皇帝而死，那时一切都好了。能够少讨论就少讨论吧。"他特别着重"能够"这两字，说完，又向着伯爵。"这是我们老骑兵的意见，这就是一切。而你怎么批评呢，青年人，青年骠骑兵？"他向着尼考拉说。他听到在谈战事，便丢开了谈话的女对手，全部眼睛看着，全部耳朵听着上校。

"完全同意你。"尼考拉回答，十分着火，转动碟子，移动玻璃杯，带着那样坚决而失望的神情，好像他此刻即处在巨大的危险之中。"我相信俄国人一定要死或战胜。"他说。他自己和别人一样，在说过话之后，觉得这些话对于现在的情形是太热情、太火气，因此他觉得不如意。

"你刚才所说的好极了。"坐在他身边的尤丽喘着气说，索尼亚在尼考拉说话时，全身打战，红到耳门，红到耳后，红到颈子和肩膀。彼挨尔听着上校的话，同意地点头。

"这话对极了。"他说。

"真正的骠骑兵,青年人。"上校说,又拍桌子。

"你们在那里嚷什么?"忽然听到桌子那边玛丽亚·德米特锐叶夫娜的低音。"你为什么拍桌子?"她问骠骑兵,"你对谁发脾气?你真以为法国人在你面前了吗?"

"我说真话。"骠骑兵笑着说。

"都是关于战争,"伯爵在桌子那边说,"你看我的儿子要去了,玛丽亚·德米特锐叶夫娜,儿子要去了。"

"我有四个儿子在军队里,但我不心痛。一切都是上帝的意志,你会死在床上,但在战争中上帝会饶恕你。"玛丽亚·德米特锐叶夫娜的低声在桌子那边无力地发出。

"那是真的。"

谈话又集中了——妇女们在桌子的一端,男子们在另一端。

"你不问,"小弟弟向娜塔莎说,"你不问!"

"我要问。"娜塔莎回答。

她的脸忽然发红,表示着不可挽回的与愉快的决心。她立起,用目光邀坐在对面的彼挨尔听。她向母亲说:

"妈妈!"她的小孩的胸部声音响彻全桌。

"你有什么事?"伯爵夫人惊异地问,在女儿的脸上看到这是顽皮,向她严厉地摇手,用头做出威胁的、静止的姿势。

一切谈话都静止了。

"妈妈!还有什么布丁?"娜塔莎的声音说得更坚决、更从容。

伯爵夫人想皱眉,却不能。玛丽亚·德米特锐叶夫娜向她摇动胖手指。

"卡萨克兵。"她威胁地说。

大部分客人看着老人们,不知道他们如何应付这种诙谐。

"我会给你的!"伯爵夫人说。

"妈妈!是什么布丁?"娜塔莎更勇敢地、顽皮地、愉快地叫着,相信她的顽皮将令人高兴。

索尼亚和肥胖的彼洽遮藏着笑声。

"我问了。"娜塔莎低声向小弟弟和彼挨尔说,她又看了彼挨尔一眼。

"冰布丁,只是不给你。"玛丽亚·德米特锐叶夫娜说。

娜塔莎看到无须害怕,因此也不怕玛丽亚·德米特锐叶夫娜。

"玛丽亚·德米特锐叶夫娜!什么样的冰布丁?我不欢喜冰淇淋。"

"胡萝卜冰淇淋。"

"不,什么?玛丽亚·德米特锐叶夫娜,什么?"她几乎叫起来,"我要晓得。"

玛丽亚·德米特锐叶夫娜和伯爵夫人发笑,客人们也跟着笑。他们不是笑玛丽亚·德米特锐叶夫娜的回答,而是笑这个女孩不可抑制的勇敢与可爱,她那样聪明勇敢地对答玛丽亚·德米特锐叶夫娜。

娜塔莎在别人告诉她是波罗蜜冰淇淋时才罢休。在冰食之前,斟了香槟酒,又奏起音乐,伯爵吻了伯爵夫人。客人们立起,祝贺伯爵夫人,隔着桌子和伯爵以及孩子们碰杯,并彼此碰杯。仆人们又奔忙,椅子又响动,客人们按照同样的次序,却带着更红的脸,回到客厅和伯爵的书房。

二十

波士顿牌桌摆好了,赌伴也凑成了,伯爵的客人们分散在两个客室里,休息室与图书室。

伯爵执牌呈扇形,困难地抑制着习惯的餐后睡眠,对一切发笑。年轻的受伯爵夫人的提示,都聚集在大钢琴和竖琴旁。尤丽最先应大家的要求,用竖琴奏了一支变调的曲子,然后又同别的两个女孩求著名的、有音乐才能的娜塔莎和尼考拉唱歌。娜塔莎被人看待如成人,显然因此而骄傲,同时又觉得害羞。

"我们唱什么呢?"她问。

"唱《弹簧曲》。"尼考拉回答。

"那么赶快,保理斯,到这里来,"娜塔莎说,"索尼亚呢?"

她环顾，看见她的朋友不在房中，便跑着去找她。

跑到索尼亚房中，没有找到她，娜塔莎跑到育儿室——索尼亚也不在那里。娜塔莎知道索尼亚是在走廊的箱子上。走廊的箱子是罗斯托夫家幼年女辈的遣愁处。果然索尼亚压着自己细薄红色的外衣，俯躺在箱子上的保姆的脏污破旧的羽毛床垫上，用手蒙了脸，啜泣，她的袒肩抽动着。娜塔莎的成天喜悦活泼的脸忽然改变了：她的眼睛不动，然后她的宽颈子打战，口角下垂。

"索尼亚，你怎么？怎么，你有什么事？呜呜呜……"于是娜塔莎张开大嘴，变得极丑，哭着像小孩，不知何故，只是因为索尼亚在哭。索尼亚想抬头，想回答，但不能够，并且更遮藏。娜塔莎哭，坐在蓝色破旧的羽毛床垫上，搂抱她的女友。鼓起了力量，索尼亚抬了头，开始拭泪，并说话。

"尼考林卡一个星期内就要走了，他的……公文……都到了……他自己向我说的……但我还是不该哭……"她出示手中的纸，这是尼考拉所写的诗句，"我不该哭，但你不能够……没有人能懂……他的心真难得。"

她又要哭，因为他的心是那么善良。

"你很好……我不嫉妒……我爱你，也爱保理斯。"她说，自己约制了一下，"他可爱……你们遇不到阻碍。但尼考拉是我的表兄……必须……总主教自己[1]……不然便不可能。然后假使妈妈知道了……"索尼亚称伯爵夫人为母亲，"她要说我是破坏尼考拉的事业，说我没有

---

[1] 俄国教会风俗，表亲结婚须有特许。——毛

心肝,说我忘恩负义,当真……凭上帝……"她画了十字,"我那么爱他,爱你们全体,只是韦娅一个人。……为什么呢?我什么事情对不起她呢?我这样的感激你们,我高兴牺牲一切,但我又什么也没有……"

索尼亚不能再说,又把头藏在手里和羽毛床垫上。娜塔莎开始安静了,但她的脸色显出她明白朋友悲哀的严重。

"索尼亚!"她忽然说,似乎猜中了表姐伤心的真正原因,"当真,韦娅饭后和你说话了吗?是吗?"

"是的,这些诗句是尼考拉自己写的,我还抄了别的,她在我的桌子上看见了它们,她说要告诉妈妈,她说我忘恩负义。她说妈妈绝不会让他娶我。但他要娶尤丽,你看他怎么和她整天……娜塔莎……为什么?"

于是她哭得比先前更伤心。娜塔莎扶起她,抱她,含泪地笑着,开始安慰她。

"索尼亚,不要信她,亲爱的,不要信她。你记得,我们和尼考林卡三个人在休息室里怎么说的,你记得,在饭后?我们又定了将来的一切。我已记不清是怎么说的,但你记得,一切是很好的,一切是可能的。沈升舅舅的一个兄弟娶了表姐妹,但我们是再表了。保理斯说这是很可能的,你知道,我向他说了一切。他是这样聪明,这样好,"娜塔莎说,"你,索尼亚,不要哭,最亲爱的,心爱的,索尼亚。"她吻她,出笑声:"韦娅可恶,上帝知道她,一切都会很好的,她不会向妈妈说的,尼考林卡自己要向她说的。他不想尤丽。"

她吻她的头,索尼亚立起。小猫活泼起来,眼睛发光,它似乎准备摇摆尾巴，跳动轻爪，又按着猫所适宜的，玩弄圆球。

"你以为如此吗？的确吗？"她说，迅速整理衣和发。

"的确，真的！"娜塔莎回答，整理朋友盘辫下乱出的硬发绺。

两人都笑。

"那么我们去唱《弹簧曲》吧。"

"我们去吧。"

"你知道，坐在我对面的那个胖彼挨尔是那么可笑！"娜塔莎忽然站住说，"我很快活！"娜塔莎顺着走廊跑。

索尼亚拂去脸上的细毛，把诗句藏在纤颈下胸骨伸突处的坎肩里，用轻柔愉快的脚步，带着发红的脸，跟着娜塔莎从走廊上向休息室跑。应客人们的请求，年轻的人们唱了四人合唱的《弹簧曲》，这歌使大家都很高兴，然后尼考拉唱了他新学会的一支歌。

> 值良夜，对月光，
> 称心地自思量，
> 有个爱人儿在这世界上，
> 无昼无夜都在把你想！
> 她那依旧的纤纤手指，
> 还在弹奏着黄金的竖琴，
> 弹出甘美的热情的和声，
> 叫你向她的身旁走近！
> 明天你的幸福便要来临！
> 哀哉！一切都是泡影！

他还未唱到最后的字,年轻人们已准备在大厅里跳舞,音乐队里的乐师们踏足并咳嗽。

* * *

彼挨尔坐在客厅里,沈升和他谈起政治问题来,以为这个问题对于刚从国外回来的人可以感兴趣。但彼挨尔并不觉得有趣,别人也加入了这个谈话。音乐演奏时,娜塔莎走进客厅,直到彼挨尔前,笑着红着脸说:

"妈妈叫我来请你跳舞。"

"我怕跳错了舞步,"彼挨尔说,"但假使你愿意做我的教师……"他将肥手递给瘦女孩儿,把臂弯低垂着达到她的水平。

当舞伴散开而音乐奏毕时,彼挨尔和他的小女伴坐下。娜塔莎十分快乐,她和大人跳舞,和从国外回国的人跳舞。她坐在大家的眼前,像大人一样,和他说话。她手里有一把扇子,这是一个小姐给她拿着的。她取了最时髦的姿势(天知道她什么时候从何处学会的),扇着扇子,笑着,隔着扇子和舞伴谈话。

"怎样的女孩子呀!你看,你看。"老伯爵夫人说,走过大厅,指着娜塔莎。娜塔莎脸红,出声笑。

"呶,你干吗?妈妈?呶,你为什么笑?有什么奇怪的吗?"

* * *

在第三次的苏格兰舞的当中,伯爵和玛丽亚·德米特锐叶夫娜赌钱的那个客厅里的椅子响动了,大部分尊贵的客人和年纪大的人在久坐之后伸直身躯,把钱夹和皮包放入衣袋中,走到大厅的门口。玛丽亚·德米特锐叶夫娜和伯爵走在前面,两人都带着快乐的面容。伯爵带着可笑的礼节,好像在歌舞会中,把弯曲的手臂递给玛丽亚·德米特锐叶夫娜。他挺直身躯,他的脸上显出特别顽皮狡猾的笑容。当他们刚跳完苏格兰舞的最后一节时,他便向音乐队拍手,向第一个琴师说:

"塞明!你知道'丹尼·古柏'吗?"

这是伯爵心爱的舞。他从小就跳("丹尼·古柏"是英国舞中的一种)。

"你看爸爸。"娜塔莎向着全厅说(完全忘记了她会和大人跳舞)。她的卷发的头躬到膝盖,她的响亮的笑声震动了全厅。

确实,所有在舞厅里的人,都带着快乐的笑容,看着快活的老伯爵,他和比他高的尊贵的女伴玛丽亚·德米特锐叶夫娜立在一起,弯着手臂,随节拍而摆动,伸开肩膀,转动腿子,轻踏足跟,在圆脸上有逐渐扩大的笑容,向观众们表示将要表演。"丹尼·古柏"的愉快而跳跃的声音刚刚发出,好像轻快的特来巴克舞(一种农民舞——译者),大厅的各门忽然挤满了——一边是男仆,一边是女仆——仆人们的笑脸,他们是来观看快活的主人的。

"我们的小老子!一只鹰啊!"保姆们在门口大声说。

伯爵跳得很好,并且自己知道,但他的女伴一点也不会,也不想跳得好。她的高大身躯直立着,粗大的手臂下垂着(她把提包交给了伯爵夫人),只是她的严厉而发红的脸在跳舞。伯爵整个圆身体所表现的,玛丽亚·德米特锐叶夫娜只表现在她的渐渐发笑的脸上和打皱的鼻子上。假使是逐渐兴奋的伯爵用他的灵活的突然趾旋和柔腿的轻跃而吸引了观众,则玛丽亚·德米特锐叶夫娜于转旋及踏拍时,也用肩膀动作及手臂弯曲的微小努力,产生了同样应得的印象,这是每个人在她的肥胖身躯与素常严肃的神情上所欣赏的。跳舞渐渐生动起来。对舞者不能有一分钟注意自己,也不企图如此。大家都注意着伯爵和玛丽亚·德米特锐叶夫娜。娜塔莎拉动所有在场的人的袖子与衣服,要他们看父亲,其实他们已经是眼不离开跳舞的人。伯爵在跳舞的停步中深深换气,向乐师们挥手喊叫,要他们奏快一点。更快、更快、更快,伯爵更灵活、更灵活、更灵活地旋转,有时用足趾,有时用脚跟,环绕着玛丽亚·德米特锐叶夫娜。最后,把她的女伴转到她的位子上,跳了最后的一步,向后举起柔软的腿,躬下流汗的头和笑脸,把右手划了一圈,接着是一阵鼓掌与欢笑的雷鸣,而娜塔莎的声音最大。两个跳舞的停止了,深深地呼吸,用麻布手帕拭脸。

"我们一向便是这么跳舞,我的亲爱的。"伯爵说。

"啊,好,'丹尼·古柏'。"玛丽亚·德米特锐叶夫娜说,深长地呼吸着,卷着袖子。

二十一

　　当罗斯托夫家，在疲倦的乐师的错误调子中，在大厅里，跳第六支英国舞，而疲倦的仆人和厨子准备夜饭时，别素号夫伯爵正经过第六次的发作。医生们宣布了没有恢复的希望，他们替病人实行了无言的忏悔礼和圣礼，他们做了涂油礼的准备，屋中有了骚动和兴奋的情形，这是在这种时候所常有的。在屋外，抬棺人挤在门口，避让着来临的车辆，等候着伯爵丧仪的吩咐。莫斯科的卫戍司令曾不断派副官探听伯爵情形，这天晚上他亲自来和叶卡切锐娜女皇朝代的著名的贵人别素号夫伯爵诀别。
　　华丽的客厅里满是客人。当卫戍司令独自和病人相处半小时后而从病房走出时，大家都恭敬地立起，他轻轻地回答别人的敬礼，企图赶快走过医生们、神甫们及亲戚们向他注视的目光。发西利郡王这几天消瘦而苍白，他陪送卫戍司令，低声地几次向他重说了什么。

送过了卫戍司令，发西利郡王独自坐在中厅的椅子上，高架着腿子，把胳肘支在膝盖上，用手蒙了眼。在那里坐了一会儿，他立起，用惊恐的目光环顾着，用不习惯的快步子走过长走廊，到了屋子的后半部，去看最长的郡主。

在烛光暗弱的房间里的人们，彼此低声地继续谈着。当病房的门每次发出低声有人出入时，他们便停止，用充满疑问与期望的眼睛看着病人的房门。

"人的期限，"一个年老的神甫向坐在身边单纯地听他说话的妇人说，"期限定了，并不能逾越。"

"我想涂油礼不太迟吗？"妇人问，加上他的宗教的头衔，好像对于这件事没有任何自己的意见。

"夫人，伟大的圣礼啊！"神甫回答，用手摸着光头，头上有几缕往后梳的半灰的头发。

"这人是谁？是卫戍司令自己？"房子的另一端有人问，"多么年轻的人啊！……"

"六十多岁了！什么，说伯爵不辨别人了吗？他们要举行涂油礼吗？"

"我知道一个人受了七次涂油礼。"

二郡主带了泪眼从病房走出，坐到劳兰医生的旁边，他庄严地坐在叶卡切锐娜画像下，肘搭在桌子上。

"很好，"医生说，回答关于气候的问题，"很好，郡主，并且在莫斯科，令人相信是在乡下。"

"是不是呢？"郡主叹气说，"他能喝一点？"劳兰思索了一会儿。

"他吃了药吗？"

"是的。"

医生看了看备忘册。

"拿一杯开水，放一小撮酒石英。"（他用细手指表示一小撮。）

"从来没有过，"日耳曼医生用不完整的俄语向副官说，"在三次发作以后还能活着。"

"他是多么健旺的人。"副官说。"这笔财产给谁呢？"他低声地说。

"要找出候选人的。"日耳曼人笑着说。

大家又向着门看，门响了一下，二郡主做好了劳兰医生所吩咐的药水，送进病房。日耳曼医生走近劳兰。

"还能拖到明天上午吗？"日耳曼人说着很坏的法语。

劳兰医生抿紧嘴唇，严肃地、否认地在鼻前摇手指。

"今天夜里，不得再迟。"他低声地说，带着适宜的自足的笑容，因为他能够明白地知道并表示病人的情况，他走开了。

* * *

这时发西利郡王推开了郡主的房门。

房中半暗，只有两盏灯点在圣像前，可以闻到香和花的芬芳。全房陈设了小巧的家具——小碗橱、小书柜、小桌子，在屏风后边，可以看见高的羽毛床垫上的白被。一只小狗吠着。

"啊，是你，表兄吗？"

她站起，抹理头发，她的头发总是那样异常光滑，甚至现在也如此，好像头发和头是一块东西做成的，并且打了蜡。

"有了什么事情吗？"她问，"我是那样害怕。"

"没有什么，都是一样。我只是同你谈一件事情，卡姬施。"郡王说，疲惫地坐到她所让出来的安乐椅上。"但你这里多么暖，"他说，"那么，坐这里来，谈谈。"

"我想，没有发生什么事吗？"郡主说，带着不变的严厉如石的面部表情，坐在郡王对面，准备听。

"我想睡觉，表兄，但我不能够。"

"呶，怎么，我的亲爱的？"发西利郡王说，抓住郡主的手，并且习惯地把它向下弯。

显然这个"呶，怎么"是关于他们俩不说出及会意的那些事情。

郡主有比腿部过长的瘦直的腰，她用突出的灰眼睛对直地、无情地看着郡王。她摇头，叹气，看着圣像。她的姿势可以看作悲哀与忠顺的表情，可以看作疲倦与希望赶快休息的表情。发西利郡王把这种姿势解释作疲倦的表情。

他说："你以为我轻松吗？我消瘦得好像驿马，但仍然必须和你谈一下，卡姬施，很重要的事。"

发西利郡王沉默了，他的腮开始神经质地忽然在这边忽然在那边打战，增加了他脸上不快的表情，这表情当发西利郡王在交际室中时，从来不会在他脸上表现过，他的眼睛和寻常不同，有时嘲笑地前看，有时恐骇地环顾。

郡主用干而瘦的手把小狗放在膝上，注意地看着郡王的眼睛，但显然她不要用问题打破沉静，即使是她要静默到天亮。

"你看，我的亲爱的郡主和表妹，卡切芮娜·塞米诺芙娜，"发西利郡王继续说，显然带了内心的冲突继续说他的话，"在现在这样的时候，我们应该把一切都想一想，必须想到将来，想到你……我爱你们全体，好像爱我自己的孩子，这你知道。"

郡主还是那么萎缩地、不动地看着他。

"最后，必须想到我的家庭，"郡王继续说，愤然推开小桌子，不看她，"你知道，卡姬施，你们马芒托夫三姐妹，还有我的内人，只有我们是伯爵的直接继承人。我知道，我知道，你说到并想到这种事，是多么苦痛，但我也不轻松。但我的亲爱的，我有五十多岁了，必须准备一切。你知道吗？我去找了彼挨尔，伯爵直指着他的画像，要他到自己面前去。"

发西利郡王疑问地看郡主，但不能明白她是在考虑他所说的，或者只是看着他……

"我只为一件事情不断地祈祷上帝，表兄，"她回答，"求上帝可怜他，让他的高贵灵魂安静地离开这个……"

"是的，是这样，"发西利郡王不耐烦地继续说，拭着秃顶，又愤然把推开的小桌拖近身边，"但，总之……总之，事情是这样的，你自己知道，去年冬天伯爵写了遗嘱，在遗嘱里他把一切财产撇开了他的直接继承人和我们，给了彼挨尔。"

"不管他写不写遗嘱！"郡主泰然地说，"他不能遗留给彼挨尔，彼挨尔是不合法的人。"

"我的亲爱的，"忽然发西利郡王说，把小桌子拖到自己面前，激动起来，开始迅速地说，"但假使写了信给皇帝，伯爵要求承认彼挨尔是儿子，怎么办呢？你明白，按照伯爵的功绩，他的请求将被批准……"

郡主笑，笑得好像那种人，他们以为他们知道的事情，多于那些和他们说话的人所知道的。

"我还能向你说，"发西利郡王继续说，抓住她的手，"信已经写了，虽然未送出，皇帝却知道这件事。问题是这封信毁了没有。假若没有，那么马上一切都完结了，"发西利郡王叹气，借此使她明白他说的一切都完结了是什么意思，"他们便打开伯爵的文件，遗嘱和信都要送给皇帝，他的请求一定会被批准的。彼挨尔成了合法的儿子，承受一切。"

"我们的部分呢？"郡主问，讽刺地笑着，好像一切都会发生，只是除了这个。

"但，我的可怜的卡姬施，这和白昼一样的明白，那时他一个人是合法的儿子，而你却得不到什么。你应该知道，我的亲爱的，这个遗嘱和信是写了，还是毁了。假使因为什么，它们被遗弃了，那么你应该知道它们在哪里，把它们找出来，因为……"

"只是缺少这个！"郡主插言，讽刺地笑着，不变眼睛的表情。"我是女子，你们看来，我们都愚笨。但按照我所知道的，私生子不能承受……一个私生子。"她说，用这个名词向郡王最后表示他的话无根据。

"怎么你到底还不懂，卡姬施！你那么聪明，你怎么不懂——假使伯爵写了信给皇帝，在信里要求承认他的儿子是合法的，那么彼挨尔就不是彼挨尔，而是别素号夫伯爵，那时他便按照遗嘱承受一切呢？假使这个遗嘱和信没有毁掉，你便什么也得不到，除了这样的安慰：你是有德行的，以及德行的一切结果。这是确实的。"

"我知道遗嘱已经写了，但还知道它是无效的，你似乎把我当作一个全呆子，表兄。"郡主带着那样的表情说，这表情是妇女们以为她们说聪明的、辛辣的话时所有的。

"我亲爱的卡切芮娜·塞米诺芙娜郡主，"发西利郡王不耐烦地说，"我到这里来不是为了要触犯你，而是把你看作亲戚，良好的、慈善的、真正的亲戚，谈到你自己的利益。我向你说过十遍了，假使给皇帝的信和利于彼挨尔的遗嘱是在伯爵的文件中，那么你，我的亲爱的，和你妹妹们都不是继承人了。假使你不相信我，那么是相信知道这件事的人了，我刚才和德米特锐·奥努弗锐支（这人是个家庭法律顾问）谈过，他也这样说。"

显然，郡主的思想忽然有了改变，薄唇发白（眼睛还是一样）。在她说话时，她的声音发生了那样的变动，这是她自己没有料到的。

"这是很好的。"她说，"我不曾希望过什么，也不希望什么。"她从膝上抛下小狗，理整衣服的皱褶。

"这是对于那些为他牺牲了一切的人们的感谢和感激，"她说，"好极了！很好！我什么也不需要，郡王。"

"但你不是一个人，你还有妹妹。"发西利郡王回答，但郡主未听他说。

"是的，我早已知道了，但是忘记了，除了卑鄙、欺骗、嫉妒、阴谋，除了忘恩负义，最黑心的忘恩负义，我在这个屋子里不能期望任何别的东西……"

"你知不知道这个遗嘱在哪里？"发西利郡王问，带着比先前更大的腮部颤动。

"是的，我做了呆子，我还相信人，爱他们，牺牲我自己。只是那些卑鄙可恶的人才得成功。我知道这些阴谋是谁的。"

郡主想站起，郡王抓住她的手臂。郡主显得对于全人类忽然觉得失望的神情，她愤然看对方。

"还有时间，我的亲爱的。你记着，卡姬施，这一切是发火、生病的时候所做的，后来又被忘记了。我的亲爱的，我们的责任是纠正他的错误，借此轻松他最后的时间，就是，不让他做这样的不公平，不让他临死时不觉得他使那些人不幸……"

"那些为他牺牲了一切的人。"郡主插言，又想立起，但郡王不让她如此。"他从来不知道看中这样的牺牲。不，表兄，"她又叹气说，"我要记住，在这个世界上不能待酬报，在这个世界上没有荣誉、没有正义，在这个世界上必须有狡猾与恶意。"

"啊，你听着，自己要心安，我知道你的好心。"

"不，我是坏心。"

"我知道你的心，"郡王重说，"我看中你的好意，并且希望你也这样对我。你心安，我们来谈谈道理，现在还有时间——也许是一天，也许是一小时。告诉我你关于遗嘱所知道的一切，最重要的是它在哪里，你应该知道。我们现在就拿着遗嘱给伯爵看，他一定把它忘记了，想把它毁掉。你知道，我的唯一希望——在宗教上完成他的意志,我只是为了这个到这里来的。我在这里只是为了帮助他和你们。"

"现在我懂得一切了。我知道这是谁的阴谋,我知道。"郡主说。

"要点不在此,我的亲爱的。"

"这是你的被保护人,你心爱的安娜·米哈洛芙娜,这样的人我连女用人也不要她做,这个卑鄙可恶的女人。"

"我们不要耽误时间。"

"啊,你不要说!去年冬天她跑到这里来,向伯爵说了我们那些可恶的、卑鄙的话,特别是说到索斐,我不能重说,因此伯爵害了病,两个星期不想见我们。我知道,他是在那个时候写了那个可恶的、卑鄙的文件,但我觉得这个文件是没有效力的。"

"事情的要点正在此,你为何从前一点不向我说?"

"在他的镶花公文夹里,他枕在枕头下边。现在我知道,"郡主说,未作回答,"是的,假使我有罪过,那只是对于那个贱妇的仇恨,"郡主几乎是叫起来,完全变了样子,"她为什么跑到这里来。但我要向他说明一切,一切。时候要到的!"

二十二

在客厅里和郡主房间里正在说这些话时，载彼挨尔（他是被找来的）和安娜·米哈洛芙娜（她觉得应该和他同来）的马车进了别素号夫伯爵的院子。当车辆低声碾过铺在窗下的草秸时，安娜·米哈洛芙娜向她的同伴说安慰的话，发现他睡在车角上，便将他唤醒。彼挨尔醒来，在安娜·米哈洛芙娜之后下了车，这时才想到那等候着他的和将死的父亲的会面。他注意到，他们不把车赶到大门，却赶到后门。当他下车踏时，两个穿商人衣服的人连忙从门口跑到墙的暗处。彼挨尔站住，看到两边墙下还有几个同样的人。但安娜·米哈洛芙娜、听差、车夫，他们一定看见了这些人，却都未注意他们。这是必须如此的，彼挨尔自己这么断定后，跟着安娜·米哈洛芙娜走。安娜·米哈洛芙娜快步地登着幽暗的狭窄的石楼梯，催促落后的彼挨尔。他虽然不明白如何他必须去见伯爵，更不明白如何要走后边的楼梯，但凭了安娜·米哈洛芙娜的确信与匆忙，他自己断定了这是一定需要如此的。在楼梯的当中他们几乎被提桶的人们撞倒，这些人大声踏着鞋子，对着他们跑下来。这些人贴到墙上，让彼挨尔和安娜·米哈洛芙娜走过去，在他们面前一点也不表示惊异。

"这里是郡主们住的吗？"安娜·米哈洛芙娜问他们当中的一个。

"是这里，"用人大声勇敢地回答，似乎现在一切都是可能的，"左边的门，太太。"

"也许伯爵不叫我去，"彼挨尔上到登楼处时说，"我还是到自己房里去吧。"

安娜·米哈洛芙娜站着，以便彼挨尔和她一道。

"啊，我的亲爱的！"她说，用同样的姿势，向早晨对于儿子一样，拉他的手，"你相信，我是和你一样的受苦，但是你做一个男子吧。"

"当真，我去吗？"彼挨尔说，和蔼地从眼镜上边看着安娜·米哈洛芙娜。

"啊，我的朋友，你要忘掉他对你的一切错误，要记住，他是你的父亲……也许他是在死亡的苦痛中。"她叹气，"我一向看你如同我自己的儿子。你相信我，彼挨尔，我忘不掉你的利益。"

彼挨尔一点也不懂，他又更有力地觉得这一切是应该如此的，于是他顺从地跟着安娜·米哈洛芙娜，她已经推开了门。

这道门通后边的外室。在角落里坐着郡主的老用人，他在打袜子。彼挨尔从来没有到过屋子的这部分,甚至没有想到这部分的存在。安娜·米哈洛芙娜向那个用盘子托着水壶的赶过他们的女仆(称她亲爱的和好姑娘)问到郡主们的健康,并拉着彼挨尔在石走廊上更向前走。走廊上左边的第一道门通郡主们的卧房。拿水壶的女仆匆忙地(好像这时候屋里的一切都在匆忙中)忘记了关门,彼挨尔和安娜·米哈洛芙娜从门口走过,不禁向房里窥视,最长的郡主和发西利郡王彼此坐得很近在谈话。看见了走过去的人,发西利郡王做出不耐烦的动作,向后移动。郡主跳起,用失望的姿势尽全力猛然推门,把门关上。

这个姿势是那样地不像郡王平常的端静,表现在发西利郡王脸上的恐惧是那样地不称他的尊严。彼挨尔站住,从眼镜上边疑问地看他的女领导人。安娜·米哈洛芙娜不表示惊异,她只微笑并叹气,好像表示这一切是她所预料的。

"做一个男子,我的亲爱的,我要注意你的利益。"她回答他的目光,更快地向走廊前面走。

彼挨尔不明白是怎么一回事,更不知道"注意你的利益"是什么意思,但他觉得这一切应该如是。他们从走廊走到接近伯爵会客室的半明的大厅,这是彼挨尔从大门来时所知道的冷静而陈设华丽的房间之一,但甚至在这个房间的当中也有一只空澡盆,水溅在地毯上。有一个仆人和一个拿香炉的教堂随从踮脚走出,迎到他们,并未引起他们注意。他们走进彼挨尔所熟悉的有两个意大利窗子的通冬花园的会客室,室内有叶卡切锐娜的巨大的半身像和全身塑像。所有的同样的人们,几乎都坐在同样的地位上,在会客室中低声交谈。大家停住话声，看着进门的安娜·米哈洛芙娜的哭枯的苍白的脸和低头顺从地跟随她的肥胖高大的彼挨尔。

安娜·米哈洛芙娜的脸上表示着到了紧要关头的意识，她带着彼得堡的办事妇女的态度，比早上更勇敢地走进房，不放走彼挨尔。她觉得她是领带着将死者所要见的人，因此她的接见是可靠的。她用迅速的目光环顾房中的人，看见了伯爵的赦罪神甫，她不躬下身躯，只忽然把身体缩短、轻步地摇摆到神甫面前，恭敬地接受了这个和那个神甫的祝福。

"谢谢上帝，赶到了，"她向神甫说，"我们都是他的亲属，是这样害怕。"她更低声地说："这个青年是伯爵的儿子。这是可怕的时候！"

说过了这些话，她走到医生面前。

"亲爱的医生，"她向他说，"这个青年是伯爵的儿子……还有希望吗？"

医生无言，迅速地抬起眼睛和肩膀。安娜·米哈洛芙娜也同样地抬起肩膀和眼睛，几乎是闭了眼睛，叹了气，离开医生，走近彼挨尔。她特别恭敬地，微微忧郁地向彼挨尔说话。

"相信上帝的仁慈。"她向他指示一个小沙发，让他坐下来等候她，她自己用听不见的脚步走近大家所注视的门，在门的几乎听不见的声音之后，隐到门那边去了。

彼挨尔决定处处顺从他的女领导人，走近她所指示给他的沙发。安娜·米哈洛芙娜刚刚进去后，他便注意到室中一切人们的目光带着甚于好奇与同情的意味注视着他，他注意到大家在低声交谈，用眼睛看他，似乎是含着敬畏，甚至是谄媚的卑屈。他们向他表示了向来未表示过的尊敬。一个他不认识的和神甫在谈话的妇人从自己位子上站起，给他座位。一个副官拾起彼挨尔遗落的手套递给了他。医生们当他走近他们时，都恭敬地沉默着，并向两边让开，给他座位。彼挨尔最初希望坐在另一个地方，以免打搅那个妇人，想自己拾起手套，并绕过并不挡路的医生们，但他忽然觉得这是不适宜的，他觉得他今天夜里是那个应该完成某种可怕的而为大家所期待的仪式的人，因此他应该接受每个人的服务。他沉默地接了副官给他的手套，坐在妇人的位子上，把自己的大手放在对称的高耸的膝盖上，保持着埃及塑像的单纯姿势，并且心中断定这一切正是应该如是的。而他今天晚上，为了不失去自己的脑筋不做笨事，不按照自己的意思而行为，必须使自己完全处在领导他的那些人的意志之下。

不过两分钟，发西利郡王便穿着有三颗星章的衣服尊严地高抬着头走进房。他似乎从早晨起又消瘦了。当他环视全房看见彼挨尔时，他的眼睛似乎大于寻常。他走到他面前，抓住他的手（这是他向来未做过的）并把它向下抑，似乎他想试试看抓得紧不紧。

"提起精神，提起精神，我亲爱的。他要看你，这很好……"他想走，但彼挨尔觉得必须问，"健康如何……"他迟疑，不知道称将死的为伯爵是否妥当，他觉得称他为父亲是可羞的。

"半小时前他又有了一次发作，又是一次发作。提起精神，我亲爱的……"

彼挨尔是在那样的思想混乱的情形中，他把"发作"这个词当作某种物体的"打击"。他迷惑地看着发西利郡王，后来才想到疾病的转剧叫作"发作"（此字原文又可作"打击"解——译者）。发西利郡王边走着，边同劳兰说了几句话，用足趾走到门边。他不善用足尖行走，并且笨拙地晃动全身。最长的郡主走在他身边，再后是神甫和教堂随从，仆人们也走进了门口。在门那边可以听到行动的声音，最后安娜·米哈洛芙娜带着仍然苍白的但在完成责任时坚决的面孔跑了出来，拉住彼挨尔的手臂说：

"上帝的善意是不尽的。这是最后的涂油礼，正开始，来吧。"

彼挨尔进了门，蹈上软地毡，看到副官、不相识的妇人和几个仆人——都跟了他进来，似乎他们现在已无须请求准许入房。

二十三

彼挨尔很熟悉这个为柱子和拱门划分的大房间,房内全铺了波斯地毡。在柱子后边的一部分,一边是高的红木床,上面有丝幕,另一边是有圣像的大架子。这里灯火明亮,好像教堂在晚祷时那么明亮。在架子的明亮凸饰下有一把长躺椅,椅上放着雪白的无绉的显然是新换的枕头,彼挨尔所熟悉的他父亲别素号夫伯爵的庄严的身躯躺在椅上,鲜绿色的被盖到腰部,他有同样的灰色如狮鬣的发在宽额上,有同样的特殊的高贵的深皱纹在美丽的黄色脸上。他直躺在圣像下,两只宽大的手臂伸出在被上。在手掌向下的右手拇指与食指之间有一支蜡烛,一个老仆人在椅子旁边躬腰把它扶持着。在椅旁站立着神甫们,他们穿着庄严的、明亮的衣服,散开的长发披在衣上,手里有燃点的蜡烛，迟缓地、严肃地做祈祷。在他们身后不远的地方站着两个年轻的郡主，手拿着帕子贴在眼睛上，最长的卡姬施站在她们前面，带着愤怒坚决的神情，眼睛无时无刻不离开圣像，似乎是向大家说，假使她环顾，她不能自己负责。安娜·米哈洛芙娜的脸上显出淡淡的悲哀与宽恕，她和那个不相识的妇人立在门边。发西利郡王站在门的另一边，靠近躺椅，背靠着一只他拖近身边的雕花的天鹅绒的椅子，拿蜡烛的左手搭在椅上，用右手画十字。每当他的手指碰到前额时，他总把眼睛向上看。他的脸表示安静的虔敬与对于上帝意志的服从，似乎他的脸在说："假使你们不了解这种情绪，你们的情形将更坏。"

在他后边站着副官、医生与男仆，好像在教堂里一样，男女分开。大家都沉默着画十字，只听到祷文声，抑制的、低沉的歌声，以及在沉默时的换腿声与叹气声。安娜·米哈洛芙娜，带着严肃的神情，表示她知道她在做什么。她穿过全房，走近彼挨尔，给了他一支蜡烛。他将蜡烛点着，寻心注意着四周的人，开始用那个拿蜡烛的手画十字。

年轻的、红润的、带笑的、有一颗痣的郡主索斐看着他。她笑着，用手帕遮了脸，好久未放开，但看见了彼挨尔，便又笑。她显然觉得自己不能看见他而不笑，但又不看他，于是为了避免引诱，她轻轻地走到柱子后边。在祈祷的当中，神甫的声音忽然停止，神甫们互相说了些话，扶伯爵手的老仆人站起来向着妇女们说了什么。安娜·米哈洛芙娜走上前，俯视病人，在背后用手指示意劳兰到她身边去。法国医生未拿蜡烛，靠柱子站着，他保持着外国人的恭敬姿态，这表示虽然信仰不同，他却明白目前仪式的全部意义，甚至赞同它——用精强力壮的人的无声的步子,他走到病人面前,用他的细白的手指从绿色的被上拿起他的空手,把它转过来,切脉,并思索。他们给了病人一点饮料,在他身旁骚动,然后又各自回自己的地位,祈祷礼又开始。在这个停顿中,彼挨尔注意到发西利郡王离开椅背,带着同样的神情,表示他知道他要做的事,并且假使别人不懂得这一点,他们的情形将更坏。他不走近病人,却经过他身边,走到最长的郡主那里,从她那里向卧房里边走去,走到丝幕下的高床前。离开了床,郡王和郡主两人都从后边的门走出,但在祈祷结束前,他们先后回到自己的地位。彼挨尔对于这事并不像对于其他一切那么注意,他在自己的心中坚决地断定了今天晚上在他面前发生的一切,是相当必要的。

祈祷歌声停止,可以听到神甫的声音,他恭敬地祝贺病人接受圣灵。病人仍旧无生气地、不动地躺着。大家在他的四周走动,可以听见步声与低语声,而安娜·米哈洛芙娜的话声更压倒大家的话声。

彼挨尔听到她说:

"一定要移到床上去,这里无论如何不能……"

病人被医生们、郡主们和仆人那样地围绕着,彼挨尔不能看见那个有灰鬓的红而黄的头部。这个头,在祈祷的全部时间之内他没有一刹那未注意,虽然如此,他还看别人。彼挨尔从环绕躺椅的人们的小心动作上猜出他们抬起了并移动将死的人。

"扶住我的手臂,好生掉下来。"可以听到仆人之中一个人的惊骇的低语,"从下边扶……再来一个人。"许多声音说,于是仆人们沉重的呼吸和移动的脚步开始加快,似乎表示他们所抬的重量超过了他们的体力。

抬的人——安娜·米哈洛芙娜在内——走过这个青年面前,他在刹那间从人们的脊背与颈项后边窥见病人的高、肥、敞开的胸脯,宽大的肩膀和灰色卷发的狮首。仆人们抬着他的腋下,使他的肩膀高起。他的头部有异常宽大的额和颧,美丽灵敏的嘴,庄严冷静的目光,不因为死亡的接近而变样,他的头部还是和彼埃尔三个月前伯爵派他去彼得堡他所见的一样。但这个头因为抬的人的颤动的脚步而无助地摆动,冷静的、无情的目光不知道停在什么东西上。

在高床边经过了几分钟的忙碌,抬病人的人们然后散去。安娜·米哈洛芙娜推动彼埃尔的手臂,向他说:"来。"彼埃尔和她一道走至床前,病人在受礼的姿势中躺在床上,这姿势显然有关于刚才举行的神圣仪式。他的头高支在枕头上,他的手对称地伸在绿色绸被上,手掌向下。当彼埃尔走近时,伯爵直看他,但看他时的目光中的思想与意义是外人不能了解的。或者是这个目光什么也不说,因为无论眼睛向着何处,总要看着什么地方,或者这个目光说了很多东西。彼埃尔停住,不知道要做什么,疑问地看着他的女领导安娜·米哈洛芙娜。安娜·米哈洛芙娜用眼睛向他做匆忙的暗示,指示病人的手,并用嘴唇向手上送出飞吻。彼埃尔细心地伸出颈子,以免碰到被,他完成了她所贡献的,吻了宽骨而有肌肉的手。伯爵的手和脸上的肌肉没有一点动作。彼埃尔又疑问地看安娜·米哈洛芙娜,探问现在他要做什么。安娜·米哈洛芙娜用眼睛暗示床边的安乐椅。彼埃尔顺从地坐到椅子上,继续用眼睛探问他所做的是否正确。安娜·米哈洛芙娜赞同地点头。彼埃尔又采取了埃及塑像的对称单纯的姿势,显然他在懊愁他的笨重肥胖的身躯占据了那么大的空间,他运用了全部的心力,以便尽可能地显得更小。他看伯爵，伯爵看着彼挨尔站立时面部所在的地方。安娜·米哈洛芙娜在自己的态度上显出她意识到父子最后会面时的动人的意义。这样经过了两分钟，彼挨尔觉得是一小时。忽然在伯爵面部厚肌肉与皱纹上出现上抖索。抖索加剧，美丽的嘴唇歪曲（直到这时候彼挨尔才明白他父亲是如何接近死亡），从歪曲的嘴里可以听到含糊的粗沙声。安娜·米哈洛芙娜细心地看着病人的眼睛，企图猜出他需要什么，有时指彼挨尔，有时指饮料，有时低声疑问地叫发西利郡王，有时指被。病人的眼睛和脸表示不耐烦。他费力地看那站在床头不动的仆人。

"要转到那边去。"仆人低声说，起身来把伯爵的重身躯翻转得脸向墙。

彼挨尔站起来帮助仆人。

当他们翻转了伯爵时，他的一只手无助地拖在后边，他用力要把它举过来，却没有结果。或者是伯爵注意到彼挨尔看这只无生气的手臂时的恐怖表情，或是什么别的思想此时闪过了他的将死的头脑，他看了看不顺从的手臂，看彼挨尔脸上的恐怖表情，又看手臂，在他的脸上显出了那么不称合他的面色的微弱的、痛苦的笑容，好像是表示嘲笑自己的特别无力。看到这个笑容，彼挨尔忽然感觉到胸口的颤抖和鼻子的酸痒，泪水弥漫他的眼睛。病人被翻转面向墙。他叹气。

"他打盹了，"安娜·米哈洛芙娜说，注意到来换班的郡主，"我们走吧。"

彼挨尔走出。

二十四

客室里除了发西利郡王和最长的郡主,没有别人,他们坐在叶卡切锐娜画像下,兴奋地谈论什么。他们刚刚看到彼挨尔和他的女领导,便不作声。彼挨尔觉得郡主隐藏了什么,并且低声说:

"我不能看这个女人。"

"卡姬施预备了茶在小客室里,"发西利郡王向安娜·米哈洛芙娜说,"去吧,我的可怜的安娜·米哈洛芙娜,吃点东西吧,不然你的精力不够用了。"

他向彼挨尔未说什么,只同情地抓他的上臂。彼挨尔和安娜·米哈洛芙娜走进小客室。

"熬夜之后,没有东西能像一杯上好的俄国茶这样的提神了。"

劳兰带着抑制的活泼神情说，他用无把子的细瓷杯喝茶，站在小圆客室中的桌旁，桌上有茶具和冷的夜餐。在桌子的四周，聚集了所有的今天夜晚在别素号夫伯爵家的人，以便增加他们的精力。彼挨尔很熟悉这个有镜子和小桌子的小圆客室。在伯爵家举行跳舞会时，彼挨尔不会跳舞，却爱坐在这间小的有镜子的房里，注意着穿舞衣的在袒肩上戴宝石与珍珠的妇女们如何走过这个房间，看着燃照明亮的镜子中的自己，镜子几次地重复反映出她们。现在这个同一的房间里只暗淡地点了两支蜡烛，在一只小桌子上狼藉地摆着茶具和餐碟，各种穿常服的人坐在房中低声交谈，用每一动作、每一个字表示没有人能够忘掉卧房里现在所发生的及将要发生的。彼挨尔虽然很想吃，却未开始吃。他疑问地环视他的女领导，看见她又踮脚走进发西利郡王及最长的郡主所在的客室里。彼挨尔假定这是必需的，迟疑了一会儿，又跟她走去。安娜·米哈洛芙娜立在郡主的旁边，两人同时用兴奋的声音说话。

"郡妃，让我知道什么是需要的，什么是不需要的。"郡主说，显然是处在她猛然闭门时的同样的兴奋心情中。

"但，亲爱的郡主，"安娜·米哈洛芙娜温和地、说服地说，阻挡着卧房的道路，不让郡主过去，"在可怜的叔叔需要休息的时候，这对于他不太痛苦吗？当他的灵魂已经准备……时候，说到人世的事情……"

发西利郡王坐在安乐椅上，带着家常的态度，两腿高架着。他的腮猛力地打抖，在松弛时，似乎下边较胖，但他的神情好像是不注意两个妇人的谈话。

"啊，我亲爱的安娜·米哈洛芙娜，让卡姬施去吧。你知道伯爵是多么爱她。"

"我还不知道这个文件里是什么，"郡主向发西利郡王说，指着她手里的镶花公文夹，"我只知道真正的遗嘱是在橱里，这只是一个遗忘的纸……"她想越过安娜·米哈洛芙娜，但安娜·米哈洛芙娜跳了一步，又阻挡了她的道路。

"我知道，亲爱的仁慈的郡主，"安娜·米哈洛芙娜说，用手抓住了公文夹，并且是那样紧，显然她不会轻易放手的，"亲爱的郡主，我求你，我恳求你，可怜他。我恳求你……"

郡主无言，只听到用力争夺公文夹的声音。显然是，假使她说话，便要说出对于安娜·米哈洛芙娜不光荣的话。安娜·米哈洛芙娜抓得很紧，但虽然如此，她的声音却保持着全部的、可爱的低沉与温和。

"彼挨尔，到这里来，我亲爱的。我觉得他在家庭会议中不是多余的，是不是郡王？"

"你为什么不作声，表兄？"郡主忽然叫得那么高，客厅里的人都听到了她的声音并觉得惊恐。"你为什么不作声？此刻天晓得是谁在这里大胆地干涉，在将死的人的房门口做这样的事情。女阴谋家！"她愤怒地低声说，并用全力争夺公文夹。但安娜·米哈洛芙娜走了几步，不放公文夹，并换了手。

"噢！"发西利郡王责备地、惊讶地说。他立起："这好笑！那么，让它去吧。我向你说话。"

郡主放了手。

"你也来！"

安娜·米哈洛芙娜未听他说。

"你放手，我同你说话。我负责一切，我去问他。我……你这样便够了。"

"但，郡王，"安娜·米哈洛芙娜说，"在这样伟大的圣礼之后，给他一会儿安宁吧。这里，彼挨尔，说你的意见。"她向年轻人说，他走到他们面前，惊讶地看着郡主愤怒的、失去一切礼貌的面孔和发西利郡王打战的腮。

"记着，你要担负一切以后的责任，"发西利郡王严厉地说，"你不知道，你在做什么。"

"下贱的女人！"郡主喊叫，突然冲到安娜·米哈洛芙娜面前夺取公文夹。发西利郡王垂头并举起手。

这时候，彼挨尔注视很久的门，那道可怕的门，很轻地打开了，迅速地、低声地大敞开，撞到了墙。二郡主从门内跑出，伸起手臂。

"你们在做什么！"她失望地说，"他要死了，你们让我一个人在那里。"

大郡主丢下公文夹。安娜·米哈洛芙娜迅速弯腰，拾起争夺的东西，跑进卧室。大郡主和发西利郡王恢复了神志，跟随了她。几分钟后，大郡主带着苍白干枯的脸，咬着牙齿，最先走出。看见了彼挨尔，她的脸上显出不可抑制的愤怒。

"是的，你现在高兴了，"她说，"这个给你等到了。"她抽咽，用手帕蒙住了脸，跑出房。

发西利郡王在郡主之后走出来。他踉跄着走到彼挨尔所坐的沙发前，躺到上面，用手蒙了眼。彼挨尔注意到他的脸色发白，下额跳动并震颤，好像是发疟疾。

"呵，我的亲爱的！"他说，抓住彼挨尔的胳肘，他的声音里带着诚恳与虚弱，这是彼挨尔从前所不曾注意到的，"我们犯了许多罪过，我们做了许多欺骗，而这一切是为了什么？我已经五十多岁了，我亲爱的……你看我……一切都要因死而完结，一切。死是可怕的。"他流泪。

安娜·米哈洛芙娜最后走出。她用轻柔迟缓的脚步走近彼挨尔。

"彼挨尔！……"她说。

彼挨尔疑问地看她。她吻年轻人的额，眼泪湿了他的脸，她沉默着。

"他不在了……"

彼挨尔从眼镜上边看她。

"来，我领你回去。你哭哭看，没有东西能够像眼泪这样的解除悲哀。"

她领他进了黑暗的客室，彼挨尔高兴那里没有人看见他的脸。安娜·米哈洛芙娜离开了他，当她回转时，他已经把头伏在臂上沉沉入睡。

第二天早晨安娜·米哈洛芙娜向彼挨尔说：

"是的，我亲爱的，这是我们大家的重大损失。我不是说你，但上帝要帮助你，你年轻，我希望你是这个巨大家业的主人。遗嘱还未打开，我很知道并且相信这不足以令你转过头来，但这在你身上加了许多责任，你一定要做一个男子。"

彼挨尔无言。

"也许迟一迟我要向你说,亲爱的,假使我不在那里,天知道要发生什么事。你知道我的叔叔前天应许了我,说不忘记保理斯,但他没有时间了。我希望,我亲爱的,你完成你父亲的愿望。"

彼挨尔一点也不懂,却沉默着,脸色羞红,看着安娜·米哈洛芙娜郡妃。和彼挨尔谈话后,安娜·米哈洛芙娜坐车去罗斯托夫家,上床睡觉。早晨醒来时,她向罗斯托夫家和所有的知交们说了别素号夫伯爵逝世的详情。她说,伯爵那样地死了,正如她希望自己那样死;他的死不仅是动人的,而且是感化的,父子的最后会面是那样动人,她不能想到这个而不流泪;她不知道在这个可怕的时候,谁的举动更好:或者是父亲,他在最后的时间想起一切的事、一切的人,他向儿子说了那样动人的话。或者是儿子,他看起来是那么可怜,他是那么伤心,虽然如此,却企图隐藏自己的悲哀,以免触动将死的父亲。她说:"这是痛苦的,但这是有益的,看到这样的人,像老伯爵和他的尊贵的儿子,精神便会提起。"关于郡主和发西利郡王的行为,她不赞成他们,却也说到他们,但是很秘密地、低声地。

二十五

在童山，在尼考拉·安德来维支·保尔康斯基郡王的田庄，他们每天等候年轻的安德来郡王与郡妃来到，但这种期望并未破坏老郡王家中生活的严格秩序。总司令尼考拉·安德来维支郡王，社会上的绰号是"普鲁士王"，自从在巴弗尔（或可译为保罗——译者）皇朝被谪乡居后，即和女儿玛丽亚郡主及她的女伴部锐昂小姐住大童山不出门。在新皇朝中，虽然他被允许入都城，他仍然住在乡里不出门。他说假使有谁需要看他，那么就从莫斯科走一百五十里来到童山，而他却什么人、什么东西也不需要。他说人类的罪恶只有两种来源：闲惰与迷信，而美德也只有两种：勤劳与智慧。他自己担任女儿的教育，为了发展她这两种主要的美德，教她代数与几何的课程，把她的全部生活规定在不停的任务中。他自己不断地从事于写作自己的回忆录，演算高级数学，在车床上凿烟壶，在花园中工作，管理建筑，他的田庄上不断地盖房子。勤劳的主要条件是规律，而规律在他的生活方式中达到了最高度的精确。他上桌吃饭是在一定不变的情形中，不仅是在同一点钟，而且在同一分钟。对于他身边的人们，自女儿到仆人，郡王是苛刻而且不变的严厉。因此，不需残忍，他便唤起了别人对于他的畏惧与尊敬，这是最残忍的人也不容易获得的。虽然他已退休，目前在政治上没有任何影响，本省（他的田庄所在处）的每个高官都认为必须来看他，正如同建筑师、园丁和玛丽亚郡主一样，等到郡王在规定的钟点走进高大的客厅。当书房的极大的门打开，而戴了白粉假发的郡王的矮身材出现时，客厅中的每一个人都感觉到同样的尊敬情绪，甚至畏惧。小郡王有瘦小的手，灰色竖眉，有时当他皱蹙时，便遮藏了他的智慧、年轻、明亮的眼睛中的光芒。

在年轻夫妇到家那天的早晨，玛丽亚郡主习惯地在一定的时间来到客室向父亲请早安，并且恐怖地画十字，默诵祷文。她每天进来，每天祈祷着这个逐日的会面经过良好。

坐在客厅中戴白粉假发的老仆人轻轻地立起，低声地说："请。"

在门那边可以听到车床韵律的声音。郡主胆怯地推动轻滑的、敞开的门，站在门口。郡王在车床上工作，环顾了一下，继续工作。

大书房中满是显然不断要用的东西。大桌上有书籍与计划，高玻璃书橱的门上有钥匙，高的写字桌是立式的，上面有敞开的稿本，木工的车床和摆开的工具及散在周围的削片——这一切表示继续的各种有规律的活动。从郡王穿银边鞑靼式鞋子的小脚的运动上，从他的露筋的瘦手的坚强压力上，可以看到郡王的矍铄老年的仍旧坚强与很有能耐的力量。踏动了几转，他把脚从车床的踏板上拿开，拭了拭凿子，放入挂在车床上的皮口袋中，然后走到桌边，叫来女儿。他从来不祝福自己的孩子，他只伸给她他的有须蘡的今天尚未剃刮的腮，严格地而同时细心温柔地看着她说："好吗？……呶，坐下吧！"她拿了她亲手写的几何稿本，用脚把椅子勾近。

"明天的！"他说，迅速地找出那一页，用粗指甲从某一段划到另一段。郡主俯首对着桌上的稿本。"等一下，给你的一封信。"老人忽然说，从连在桌上的口袋里取出了一封女子手迹的信，抛在桌上。

郡主的脸对着这封信露出了红霞。她迅速拿起这信，俯首观看。

"爱洛意丝寄的？"郡主问，在冷笑中露出黄而尚坚的牙齿。

"是的，尤丽寄的。"郡主说，胆怯地看他，胆怯地笑。

"我已经放过了两封信，第三封信我要读，"郡王严厉地说，"我怕你写些赝话，要读第三封。"

"读这封吧，爸爸。"郡主说，脸更红，递信给他。

"第三封，我说，第三封。"郡王短促地叫着，推开了信，把肘支在桌上，拿近有几何图解的稿本。

"那么，姑娘，"老人开始说，贴近女儿，俯视稿本，把一只手臂放在郡主所坐的椅背上，所以郡主觉得自己各方面都包围在父亲的烟气与老年腐蚀性的气味中，这是她久已闻惯的，"那么，姑娘，这些三角形是相同的，请看，ABC 角……"

郡主惊恐地看了看父亲在她身边的明亮目光，红霞满布她的脸，显然是什么也不懂,并且是那么害怕,这恐怖阻碍她了解父亲的全部相连的解释,无论这些解释是多么明了。无论是先生的过失或学生的过失,但每天要重复这个相同的事情。郡主的眼睛模糊,她什么也不能看,也不能听,只觉得严父的瘦脸接近自己,感觉到他的呼吸和气味,只想到如何赶快走出这间书房,在自己的房间里解答问题。老人有了脾气,把他所坐的椅子大声地推开又拉近,约制自己不发火,但几乎每次都发火、申斥、并且有时抛开稿本。

郡主回答错了。

"啊,这样的笨!"郡王大叫,推开稿本,迅速转过身,但立刻又站起,来回走动,把手放在郡主头发上,又坐下。他靠近桌子又继续解释。当郡主把有指定功课的稿本合起,准备走去时,他说:"不行,郡主,不行。算学是伟大的功课,我的小姐,我不希望你像那些笨姑娘。弄习惯了——就会欢喜的。"他用手拍她的腮。"它将把你头脑中的愚笨赶出。"她想走,他用姿势止住她,从高桌上取了一册未裁的新书。

"这又是你的爱洛意丝寄给你的什么'神秘之钥',宗教的书。我不干涉任何人的信仰……我看过了,拿去。好,去吧,去吧!"

他拍她的肩膀,自己在她后边关门。

玛丽亚郡主带了悲悒的、惊恐的表情走回自己的房,这表情很少离开她,使她的不美的、痛苦的脸更加不美。她坐到自己的写字台前,台上散摆了小巧的画像,堆了稿本与书本。郡主是那样的无秩序,正如郡王是那样的有秩序。她放下几何稿本,不耐烦地拆开信。这信是郡主从小的密友寄来的,这个朋友就是那个曾赴罗斯托夫家命名礼的祝宴的尤丽·卡拉根。

尤丽用法文写了：

"亲爱的卓越的朋友，别离是多么难受而可怕的事情啊！我曾向自己说：我身灵与幸福的一半是在你身上，虽然空间把我们分开，我们的心却被解不开的结所联系。然而我的心反抗命运，虽有各项娱乐与消遣在我身边，我却不能克制我们分别以来我在心底所感觉的某种潜隐的忧愁。为什么我们不重聚呢，一如夏间在你书房里的蓝沙发上，在密语的沙发上。为什么我们不能像三个月以前那样，在你那么文雅、安静而洞达的神采中取得新的道德力量呢？我是这么爱你的神采，而此刻当我写信给你时，我仿佛看到你的神采在我目前。"

读至此处，玛丽亚郡主叹气，看着右边的照身镜。镜子反映出她的不美的虚弱的身躯和瘦脸。一向忧郁的眼睛现在特别失望地看着镜中的自己。"她恭维我。"郡主想，转过身，继续向下读。但尤丽并未恭维她的朋友。确实，郡主的大、蓝、明亮的眼睛（似乎温暖的光线如泉地流出她的眼睛）是那么美，虽然她的全部面孔不美丽，她的眼睛却偶尔表示出动人的美丽。但郡主从来不曾看见自己眼睛的美丽表情，这表情是在她不想到自己的时候，她的眼睛所有的。和所有的人一样，当她照镜子的时候，她的脸上便有了紧张的、不自然的、丑陋的表情。她向下读：

"全莫斯科只在谈战争。我的两个兄弟中的一个已在国外，另一个在卫队里，卫队正要向边境开拔。我们亲爱的皇帝已经离开彼得堡，并且听说要将他宝贵之躯去冒战争的危险。上帝要使这个破坏欧洲和平的考尔西卡怪物（指拿破仑——译者）被天使收服，这天使

（指俄皇——译者）是全能的上帝在慈悲中给我们做君主的。不说我的弟兄，这个战争夺去了我心中最宝贵的一个亲戚。我是说年轻的尼考拉·罗斯托夫，他具有热情，不能不动，他已离开大学，准备从军。并且，亲爱的玛丽，我要向你承认，虽然他极年轻，他的离家从军对于我是一大痛苦。夏间我向你提到的这个青年，有这么多的高贵与真正的青春，这在我们这个时代，在二十几的人当中是少有的。此外，他有那么多的坦白与热诚。他是如此纯洁的、诗趣的，我和他的关系，虽然是暂时的，却是我可怜的心中最甜蜜的快乐之一，我的心曾经受了那么多的痛苦。有一天，我将告诉你我们的分别，以及我们在分别时所说的一切。这一切将还是很新鲜。啊！亲爱的朋友，你是幸福的，你不知道这些剧烈的快乐与痛苦。你是幸福的，因为后者通常是更强烈的！我很知道，要尼考拉伯爵对于我有超过朋友的关系，他还太年轻了，但这种甜蜜的友谊，这些如此诗情而纯洁的关系正是我心中的需要。我们不再说这个了。近来全莫斯科所注意的重大新闻，是老别素号夫伯爵的死和他的遗产。你设想一下，三位郡主只得到很少的东西，发西利郡王一无所得，而彼挨尔继承了一切，他被承认为合法的儿子，所以他成了别素号夫伯爵，有了俄国最好的财产。据说发西利郡王在这整个的事件中扮演了很坏的角色，他很失望地返回彼得堡去了。

"我要向你们承认，关于遗产与遗嘱的全部情形，我知道很少。我所知道的，便是自从我们所知叫作彼挨尔的这个青年立刻成为别素号夫伯爵并为俄国最大财产之一的主人之后，我很愉快地注意到有大闺女的太太们及小姐们本人对于这个人（我附带说一句，这个人在我看来，总似乎是一个可怜的人）的语气及态度的改变。如同他们两年来高兴地替我找出我所大部分不知道的求婚者，现在莫斯科的婚事闲谈把我作了别素号夫伯爵夫人。但你很知道我一点不想如此。关于婚事，你知道，新近'大家的姑母'安娜·米哈洛芙娜极秘密地告诉了我关于你的婚事的计划。这不多不少，正是发西利郡王的儿子阿那托尔，他们要让他娶一个有钱而出众的女子，他的父母选了你。我不知道你对于这事是什么态度，但我觉得我应该事先通知你。他们说他很好，又很坏。这是我所知道的关于他的一切。

"谈得很多了，我写完了第二页，妈妈来找我去阿卜拉克生家吃饭。读一读我寄给你的神秘的书，这书在我们这里很流行。虽然这本书里有许多地方是人类脆弱的理性难以了解的，这却是一本异常的书，读了可以安慰并振作精神。再会。我敬候令尊大人安福，并问部锐昂小姐安好。我抱你，一如我爱你。

尤丽

"附启：告诉我你哥哥和他娇小夫人的消息。"

郡主思索了一会儿，迷糊地笑（这时她的脸被她的明亮的眼睛所照耀，完全变样了），于是忽然立起，重步地走到桌前。她拿了纸，她的手开始迅速地在纸上移动。她用法文写了下面的回答：

"亲爱的卓越的朋友。你十三日来信给了我巨大快慰，你一直爱我，我的诗意的尤丽。你所痛惜的别离，对于你并没有通常的影响。你怨诉别离——假使我敢诉述，我失去了一切我所宝贵的，我将说什么呢？呵！假使我们没有宗教来安慰我们，生活是很悲惨的。当你向我说到你对那个青年的情感时，为什么你假设我的态度是严谨的呢？

关于这种事件,我只对于我自己严格。我了解别人的这种情绪,即使我不能赞同我未曾经验过的那些情绪,我也不指责它们。似乎我只觉得基督徒的爱,对于邻人的爱,对于仇敌的爱,较之一个青年的美丽眼睛,在你这样诗情恋爱的少女心中所能引起的情感是更有价值、更甜蜜、更美丽。

"别素号夫伯爵逝世的消息在你的信之前已到此,我父亲很哀恸。他说他是大时代的最后第二个代表,而现在是他的轮次了,但他要尽力使他的轮次尽可能地来得迟。愿上帝救我们脱离这个可怕的不幸!我不能赞同你对于彼埃尔的意见,我们从小即相识。我似乎总觉得他有一颗优美的心,这是我对于人们所最重视的美德。关于他的承继与发西利郡王所扮演的角色,对于双方都是悲惨的。呵!亲爱的朋友,我们神圣的救主说过,要骆驼穿过针孔,比要富人进天国还容易,这句话是十分确实的。我可怜发西利郡王,但我更可惜彼埃尔。这样年轻,担负了大财产,他要受到多少引诱啊!假使有人问我在世界上最需要什么,我说是要比最贫穷的乞丐还贫穷。千万感谢,亲爱的朋友,你所寄给我的信册,在你们当中引起大波动的书。此外,你还向我说,在许多好东西之中,还有别的为人类脆弱理性所不能了解的。我却觉得从事于不可了解的阅读是无用的,正因此,它不能产生任何结果。我从来不能了解那种人的热情,他们阅读神秘书籍而搅乱了思想。这些书籍只增加他们精神上的怀疑,煽动他们的幻想,给他们一种完全与基督徒的简单相反的夸大性格。让我们读《徒行传》与《福音书》吧。我们不要在这些书中寻找神秘的东西,因为当我们还有肉体躯壳,这躯壳在我们与永恒之间悬起不可穿过的幕帐时,我们这些可怜的罪人如何能够了解天意的可怕而神圣的秘密呢?我们还是限定自己来研究伟大的原则吧,这是我们神圣的救主为了在地上领导我们而留给我们的。让我努力去遵照并随从这些原则,让我们相信,我们愈不放纵我们脆弱的理性,我们愈得上帝的欢喜,上帝拒绝一切不是他所给的知识,我们愈不沉入他所不愿给我们知道的,他将愈快地用他的圣灵把它展示给我们。

"我父亲没有同我谈到婚事,但他只说接到一封信,等候发西利郡王来拜访。关于我的结婚计划,亲爱而卓越的朋友,我要告诉你,我以为结婚是我们必须遵从的一种神圣制度。假使全能的上帝一旦使我负了妻、母的责任,无论它对于我是多么痛苦,我誓将尽我力量忠实地完成它,而不自找烦恼,去考察我对于这个天意给我做丈夫的人的情感。

"我接到一封哥哥的信,说他要带他的夫人来童山。这将是一个短时间的乐事,因为他要离开我们去参与不幸的战争,上帝知道我们如何,为何卷入战争。不仅是在你们人事与社会的中心,大家只谈到战事,并且在这里,如城市居民通常对于乡村所设想的,在这些村野农夫与自然界的平静之中,战争的反响也可听到,并被痛苦地感觉到。我父亲只说到前进与后退,这些事我一点也不懂。前天我在村道作日常的散步时,我看到一件动心的事,这是我们这里的一万新兵要去入营……不得不看到这些离家的人的母亲、妻子、儿女们的情形,听到两方面的啼哭声。好像人类忘记了神圣救主的规律,他宣传亲爱与恕罪,人类把互相屠杀的技术当作自己的最大美德。

"再会,亲爱的漂亮的朋友,愿我们神圣的救主和他的至上圣母把你庇佑在神圣的、强力的保护之下。

玛丽"

"啊，你要寄信，郡主，我的信已经寄过了。我是写给可怜的母亲的。"带笑的部锐昂小姐用迅速可爱而细腻的声音说，滚舌地说 R 音，并把全然不同的一种轻松愉快而自足的世界带到玛丽亚郡主的聚神悲伤而忧郁的气氛中。

"郡主，我应该预先通知你。"她添说，声音放低。"郡王有了争吵，争吵，"她说，含糊地发 R 音，满意地听自己说，"和米哈伊·伊拉锐诺维支争吵。他脾气很不好，很愠怒。你当心，你知道……"

"啊！亲爱的朋友，"玛丽亚郡主回答，"我曾经请求你绝不要向我说到父亲是什么样的心情。我不许我自己批评他，也不希望别人做这样的事。"

郡主看表，看到她应该去弹大钢琴的时间已过了五分钟，她带了惊恐的面色走进休息室。按照日常的规定，在十二点与两点之间，郡王休息，郡主弹大钢琴。

二十六

　　灰发老仆坐着打盹,听着大书房中郡王的鼾声。在屋子的遥远的地方,在关着的门那边,可以听到丢赛克长曲中重奏了二十遍的困难的拍节。

　　这时有一辆驷轿车和一辆两轮小车来到阶梯前,安德来郡王从驷轿车中走出,扶出了娇小的夫人,让她走在前面。戴假发的灰发齐杭,从客厅的门里伸头观看,低声地说郡王在午睡,并匆忙地关了门。齐杭知道,儿子的来家以及任何非常的事件,都不得破坏日常秩序。显然安德来郡王和齐杭一样,很知道这个。他看了看表,似乎要证实他父亲的习惯,在他分别以来,是否有了改变,并且相信没有改变,并向夫人说:

"再过二十分钟他就要起来,我们去看玛丽亚郡主吧。"

娇小的郡妃在这个时期长胖了,但她的有毫毛的、带笑的短唇,在她说话时,动得照旧地愉快可爱。

"啊,这是宫殿,"她向丈夫说,环顾四周,她那样的神情,好像是向跳舞会的主人说称赞之辞,"走吧,快,快!……"她环顾,向齐杭、丈夫及领路的仆役说。

"是玛丽在练习吗?走轻一点,应当让她吃惊。"

安德来郡王带着恭敬而愁闷的表情跟着她。

"你老了一点了,齐杭。"他说,走过吻他手的老仆。

在传出大钢琴声的房间前面,从边门跳出姣好的美发的法国小姐,部锐昂小姐显得喜悦忘形。

"啊!郡主是要多么快乐啊,"她说,"总之,我该告诉她。"

"不,不,请不要……你是部锐昂小姐,我从我的小姑对你的友谊上已经知道你了,"郡妃说,和法国小姐接吻,"她料不到我们吧?"

他们走到休息室的门口,门内传出重复又重复的拍节。安德来郡王停住皱眉,似乎期待什么不快之事。

郡妃走进去。拍节中途断绝,可闻叫声,玛丽亚郡主重步声与接吻声。当安德来郡王进去时,只在安德来郡王结婚时相见短促的郡主与郡妃还相抱着,嘴唇紧贴在最初碰到的地方。部锐昂小姐站在她们旁边,把手放在心上,并虔诚地笑着,显然是同样地想哭又想笑。安德来郡王耸肩、皱眉如同音乐的爱好者听到错音而皱眉。两个妇女互相放开,然后好像恐怕迟缓,又互相抓住手,开始吻手,把手放开,然后又互相吻脸,然后完全出乎安德来郡王意外的,两人流泪,又开始接吻。部锐昂小姐也流泪。安德来郡王显然是不自在,但对于两位女子,似乎她们流泪是那样自然,似乎她们没有料到她们能够相见而不流泪。

"啊!亲爱的!啊!玛丽!……"忽然两个妇女说话了,并出声笑,"我今天夜里梦见……你没有料到我们吧?……啊!玛丽,你瘦了……你长胖了……"

"我立刻便认出了郡妃。"部锐昂小姐插言。

"我一点不怀疑!……"玛丽亚郡主喊叫,"啊!安德来,我没有看到你。"

安德来郡王和妹妹相抱接吻,并向她说,她还同平常一样,是那么好哭的女孩子。玛丽亚郡主转向哥哥,她的此刻显得美丽的、明亮的大眼睛的可爱、温暖而文雅的目光,在泪水里看着安德来郡王的脸。郡妃不停地说话,有毫毛的短上唇时时忽然下抵,在必要时碰到鲜红的下唇,然后又带着牙齿与眼睛的明媚笑容把它张开。郡妃说到他们在斯巴斯卡山所遇的意外事件,在她的情形中这件事是危险的,然后她又立刻说到她所有的衣裳都丢在彼得堡,在这里天晓得她要做什么,又说安德来完全变了,说基蒂·奥邓曹夫嫁了一个老人,又说有一个"配得上"玛丽亚郡主的求婚者,但她们要以后再谈这话。玛丽亚郡主仍旧沉默着看哥哥,在她的美丽的眼睛里含着爱与愁。显然她心中现在有了与嫂嫂言语无关的、自己的思绪。在她叙述彼得堡最后节目的当中,她向哥哥说:

"你决定去打仗吗,安德来?"她叹气说,莉萨也叹气。

"而且是明天。"哥哥回答。

"他要把我丢在这里，天晓得为什么，何时他能升官……"玛丽亚郡主没有听完，继续着自己的思绪，把亲爱的眼睛看着嫂嫂腰部，向她说："当真吗？"

郡妃的脸色改变了，她叹气。

"是的，真的，"她说，"啊！这很可怕……"

莉萨的嘴唇下垂。她把面庞贴近小姑的脸，于是又意外地流泪。

"她必须休息了，"安德来郡王皱眉说，"是不是呢，莉萨？领她到你房里去吧，我去看爸爸。他怎样，还是一样吗？"

"一样，完全一样。我不知道，你觉得如何。"郡主快乐地回答。

"同样的时间，在路上散步吗？车床？"安德来郡王带着几乎不可见的笑容问她，这笑容表示他虽然对父亲有爱心与敬意，他却明白父亲的弱点。

"同样的时间，车床，还有数学和我的几何课。"玛丽亚郡主快乐地回答，好像她的几何课程是她生活中最快乐的事件之一。

在等待老郡王起身所需的二十分钟过去时，齐杭来叫年轻的郡王去见父亲。为了等待儿子的来到，老人在自己生活方式中做了一件例外的事：他命人在他饭前穿衣的时候，让他进自己的房间。郡王喜欢穿旧式衣服，穿"卡夫祖"（一种旧式农民外服——译者）打扮。当安德来郡王（他不带着在交际场中所有的那种轻蔑的面情与态度，而带着当他与彼挨尔谈话时所有的兴奋面孔）进父亲的房时，老人穿着睡衣坐在宽大的摩洛哥皮的椅子上，穿了粉罩，头对着齐杭的手。

"啊！战士！你想和保拿巴特打仗吗？"老人说，在齐杭手中的发辫所许可的范围内摇着打粉的头,"你要好好地注意他,不然他马上就要把我们写在他的国民册上了。你好!"他伸出自己的腮。

老人在饭前的午睡后,处在很好的心情中(他说,饭后的睡觉是银的,饭前的睡觉是金的)。他快乐地在高悬的浓眉下侧看他的儿子。安德来郡王走近,在指定的地方吻了父亲。他未回答他父亲所爱说的那些谈话——对于现在军人的嘲笑,特别是对于保拿巴特。

"是的,爸爸,我来到你这里,还带了有孕的媳妇。"安德来说,用兴奋而恭敬的眼睛注意着父亲面上每一线条的动作,"你的身体怎样?"

"孩子,只有呆子和浪子才身体不好,你知道,我从早到晚都忙,有节制,当然身体好。"

"谢谢上帝。"儿子笑着说。

"上帝与这事无关。来,说吧,"他继续说,回转到自己爱谈的话题,"日耳曼人如何按照你们的新科学,所谓战略,教你们同保拿巴特打仗呢?!"

安德来郡王笑。

"让我定一定神,爸爸,"他带笑说,表示父亲的弱点并不妨碍他尊敬他、心爱他,"我还没有住定呢。"

"废话,废话。"老人喊叫,摇摆发辫,试试看是否编得紧,并抓住儿子的手,"媳妇的房预备好了。玛丽亚郡主会领她、告诉她和她谈心。这是女人们的事。我欢喜她。坐下来,说吧,米海生的军队我知道,还有托尔斯泰的,同时的出征……南边的军队要做些什么呢?普鲁士,中立……这我知道。奥地利怎样呢?"他说,从椅上站起，在房中走动，齐杭跑着给他整理衣服的各部分。"瑞典怎样呢？他们要过波美拉尼亚吗？"

安德来郡王看到父亲问题的急迫，开始解释所提出的战争的作战计划。起初他不高兴，但后来，他渐渐兴奋起来，不禁在谈话当中，习惯地从俄文说到法文，他说，如何九万军队应该去威胁普鲁士，以便使它放弃中立，加入战争，如何这个军队的一部分应该在施特拉尔松德与瑞典军会师，如何二十二万奥军应该联合十万俄军在意大利及来因作战，以及如何五万俄军与五万英军在那不勒登陆，以及如何总共五十万军队应从各方面向法军进攻。老郡王对于所说的不表示丝毫兴趣，似乎不在听，并继续走动着穿衣服，有三次意外地打断他。有一次他止住他，叫着："白的！白的！"

这意思是齐杭没有给他他所要的背心。另外一次，他站住，问："她快要生产了吗？"他谴责地摇头，说："不好！继续说，继续说。"

第三次是当安德来郡王说完了他的叙述，老人用老年的假声，用法文唱出："马尔不路克要去打仗。上帝知道他什么时候回来。"[1]

儿子只笑。

"我不是说这是我所赞同的计划，"儿子说，"我只是向你说出事实，拿破仑已经做出和这个计划同样完善的计划。"

"那么，你并没有向我说出任何新的东西。"老人思索着迅速地向自己说，"上帝知道他什么时候回来。到饭厅里去吧。"

---

[1] 为一法国民歌之开端二句。——毛

二十七

在规定的时间，打过粉、剃过须的郡王走进饭厅，他的媳妇、玛丽亚郡主、部锐昂小姐、郡王的建筑师在那里等候着，建筑师由于老人的奇怪念头而被允许上桌吃饭，不过按照他的地位，这个不重要的人不能期望受到这种优待。郡王在生活中坚决地维持阶级的差别，甚至重要的省官也很少准许上桌，忽然对于在角落里用方格手帕擤鼻子的建筑师米哈伊·依发诺维支，表示一切的人是平等的，并且屡次感动女儿，说米哈伊·依发诺维支没有地方不如他们。在桌上，郡王常向无言的米哈伊·依发诺维支说话。

饭厅和屋内的一切房间相同，是极高的。家属和站在各人的椅子后边的仆人们都在等候郡王进来，手臂上搭着餐布的厨子看着餐桌的布置，向听差做暗号，不断地用不安的眼睛看壁钟，又看郡王所要进来的门。安德来郡王看着保尔康斯基郡王家系图的大的新的金框子，挂在对面的是一个同样大小的戴王冠在位亲王粗劣画像的框子，这像（显然是出自家庭画师的手笔）[1]是柔锐克的后代，是保尔康斯基家族的始祖。安德来郡王看着这个家系图，摇着头，带着那样的神情发出笑声，好像是看一个相像得可笑的画像。

"我怎么会知道他这里的一切！"他向着走近他的玛丽亚郡主说。

玛丽亚郡主惊异地看哥哥。她不懂他在笑什么。她父亲所做的一切，都引起她的不可批评的尊敬。

"每个人都有自己的弱点，"安德来郡王继续说，"用他的大智做这样可笑的事情！"

玛丽亚郡主不能明白哥哥批评的勇敢，并预备反驳，这时房外传来期待的足音，郡王和平常一样迅速地、愉快地走进来，似乎是有意地用他的匆忙的举止表示严格的家庭秩序的对照。在这个时候，大钟都敲了两点，在别的客室里响应着微弱的声音。郡王站住，高悬的浓眉下震动、明亮、严厉的眼睛看了全体，并停在娇小的郡妃的身上。娇小的郡妃这时感觉到那种情绪，好像朝臣在皇帝上朝时所感觉到的，她感觉到畏惧与恭敬的情绪，这是老人在一切四周的人心中引起的。他摸郡妃的头，然后又用笨拙的动作拍她的后颈。

"我高兴，高兴，"他说，又注意地看了看她的眼睛，迅速走开，坐到自己的位子上，"坐下，坐下，米哈伊·依发诺维支，坐下。"

---

[1] 大地主的农奴中常有画家、音乐家等人才。——毛

他要媳妇坐到身边。仆人为她移了椅。

"呵呵!"老人说,看她的圆腰,"赶上了,不好!"

他干燥冷淡而不快地出声笑,和他平常一样,他只用唇笑,而不用眼睛笑。

"必须走动,走动,愈多愈好,愈多愈好。"他说。

娇小的郡妃不曾听他说,或者是不愿听他的话。她沉默地坐着,似乎纳闷。郡王问她的父亲,她开始笑着说话。他问到她的普通朋友,郡妃更加活泼,开始纵谈,向郡王传达别人的问候,报告城市的闲谈。

"可怜的阿卜拉克生伯爵夫人死了丈夫,眼睛都哭肿了。"她说,更加活泼起来。

她愈活泼,郡王愈严厉地看着她,忽然似乎充分地研究了她,形成了对于她的明了概念,便转过身去,向米哈伊·依发诺维支说话。

"那么,米哈伊·依发诺维支,我们的保拿巴特要受苦了。安德来郡王(他总是在第三者面前这么称呼儿子)向我说过,他们聚集了什么样的兵力对付他。我同你总把他当作一个无用的人。"

米哈伊·依发诺维支在"我同你"说到关于保拿巴特的这些话的时候,确实不明白,但他知道是需要他引起郡王所爱好的话题,他惊异地看小郡王,不知道下面将发生什么事。

"他是我的大策略家!"郡王指着建筑师向儿子说。谈话又涉及战争、保拿巴特及现在的将军们与官吏们。似乎老郡王不仅相信所有现在当权的人是小孩,不知道军事与政治的基本知识,而且保拿巴特是无用的法国人,他得到成功,只是因为没有波巧姆金与苏佛罗夫之流的人反对他。他还甚至相信欧洲没有政治的困难，没有战争，只有傀儡战，现在的人在这里面表演，装作在做正经事。安德来郡王愉快地忍受了父亲对于新人物的嘲笑，并且带着明显的快乐引起父亲说话，并听他说。

"似乎从前的一切都是好的吗？"他说，"苏佛罗夫自己不曾说在莫罗的圈套里而不能出来吗？"

"谁告诉你这话的？谁说的？"郡王叫起来，"苏佛罗夫！"他抛掉碟子，碟子被齐杭灵活地接住。"苏佛罗夫……想想看，安德来郡王。两个人，腓得烈和苏佛罗夫……莫罗！假使苏佛罗夫的手是自由的，莫罗便要被掳，但他的手被御前军事香肠烧酒参议院束缚住了。鬼也不会替他欢喜的！你会知道这些御前军事香肠烧酒参议院是什么样的！苏佛罗夫不能应付他们，所以米哈伊·库图索夫如何能应付呢？不，亲爱的，"他继续说，"你和你的将军们不能克服保拿巴特，必须用法国人，让他们不知道自己，屠杀自己（意译：同类相残——译者）。日耳曼人巴仑[1]被派去美国纽约寻找法国人莫罗，"他说，是指今年要莫罗来俄国服务的邀请，"怪事！……难道波巧姆金、苏佛罗夫、奥尔洛夫是日耳曼人吗？不是，孩子，或者是你们都发了疯，或者是我老糊涂了。上帝保佑你，我们看吧。保拿巴特成了他们的伟大军事领袖！哏姆！"

"我一点也不是说那些计划都是好的，"安德来郡王说，"我只不

---

[1] 巴仑是巴弗尔（即保罗）朝的彼得堡总督，他曾参与暗杀巴弗尔事件。此处有讽刺之意。——毛

懂你怎么能够那样批评保拿巴特。要笑我就笑吧,但保拿巴特仍然是伟大的军事领袖。"

"米哈伊·依发诺维支!"老郡王叫建筑师,他正在吃烤肉,希望他们忘记他,"我不曾向你说过保拿巴特是伟大策略家吗?他在这里也这样说。"

"是的,大人。"建筑师回答。

郡王又发出冷淡的笑声。

"保拿巴特是生下来就该走好运的,他的兵是极好的。他也最先攻击日耳曼人,只有懒惰之徒不能攻击日耳曼人,从世界的开头,大家都打日耳曼人,却不打任何人,只是互相打。他在他们身上获得了自己的荣誉。"

郡王开始按照自己的见解分析保拿巴特在一切战事中甚至在政事中的一切错误。儿子不辩驳,但显然是,无论向他提出什么理论,他还是一点也不改变自己的意见,正和老郡王一样。安德来郡王听着,压制着辩驳,且不禁诧异这个老人,独自在乡间,足不出户地住了许多年,如何能够那么详细精确地知道并批评近年来欧洲的军事及政治情形。

"你以为我是老人,不知道实在的大势吗?"他结束,"但我很明了!我晚上睡不着。那么,你的这个伟大军事领袖在哪里证明他是伟大呢?"

"说来话长。"儿子说。

"你到你的保拿巴特那里去吧。部锐昂小姐,这里又有一个你的流氓皇帝的崇拜者!"他用漂亮的法语说。

"郡王，你知道我不是崇拜保拿巴特的人。"

"上帝知道他什么时候回来……"郡王用假声哏出，更假声地笑着，离开桌子。

娇小的郡妃在全部争论及其余吃饭的时间都沉默着，并惊恐地时而看玛丽亚郡主，时而看公公。在他们离开桌子后，她拉住小姑的手臂，把她牵到另一个房间里。

"你父亲是一个多么聪明的人，"她说，"这也许是我怕他的原因。"

"啊，他是那么仁慈！"郡主说。

二十八

安德来郡王于第二天傍晚离家。老郡王未改变自己的生活秩序，在饭后回到自己的房里。娇小的郡妃在小姑的房内。安德来郡王穿了一件没有肩的旅行衣，在为他预备的房间里和听差在收拾行李。他自己视察了马车和行李的放置，便命令套马。房间里只留下安德来郡王一向随身所带的东西：旅行箱、银的酒箱、两把土耳其手枪和一柄剑，这是父亲的礼物，是从奥治考夫[1]带回来的。安德来郡王这一切的旅行物品都是情形很好的，一切都崭新、干净，有布套，有带子小心地捆绑。

---

[1] 一七八八年他将苏佛罗夫所下之土耳其城。——毛

在起程与生活改变的时候,能够思考自己行为的人们,通常是在严肃的心情中。在这个时候,通常是检讨过去,并做未来的计划。安德来郡王的面孔是很有思想的、温柔的。他把手放在背后,迅速地在房中从这个角落到那个角落来回走动,看着前面,思索地摇头。无论他是觉得打仗可怕,或是舍不得离开夫人——也许两者都是——他只显然不希望别人看见他这样,他听到外房的足音,连忙放开了手,站到桌边,好像是在绑紧箱套,又做出素常安静与不可看透的表情。这是玛丽亚郡主的重步子。

"我听说你命人套马了。"她喘气说(她显然是跑来的)。"我很想和你单独地说话。上帝知道,我们又要分别多少时候。我来,你不发火吗?"她又说,"你改变了,安德柔沙。"似乎是解释那个问题。

她笑着说"安德柔沙"这个名字。显然,她自己想起来觉得奇怪,就是这个严肃的、美丽的男子便是那个童年的玩伴,瘦而顽皮的孩子安德柔沙。

"莉萨在哪里?"他问,只以笑回答她的问题。

"她那样疲倦,睡在我房里的沙发上。啊,安德来!你的夫人是多么好的宝贝啊。"她说,坐到哥哥对面的沙发上,"她完全是小孩子,那么可爱的、愉快的孩子。我是多么爱她。"安德来郡王无言,但郡主注意到他脸上所表现的讽刺而轻视的表情。"但必须宽恕微小的弱点,安德来!你不要忘记她是在社会上教育长大的。所以她现在的地位不是快乐的,应该设想到每个别人的地位。了解一切,即宽恕一切。你想想看,她这个可怜的姑娘,在她所习惯的生活之后,离开了丈夫,独自住在乡间,在她这样的情形中(指怀孕——译者),她是怎么样的呢？这很痛苦。"

安德来郡王笑，看着妹妹，好像我们笑着，听我们觉得被我们看透了的人们在说话。

"你住在乡间，不觉得这个生活可怕。"他说。

"我又是一回事了。为什么说到我！我不希望说别种生活，也不能希望，因为我不知道任何别种生活。你想想看，安德来，对于年轻的社交妇女，把最好的年华埋没在乡村，孤单单的，因为爸爸总是忙，而我……你知道我……对于惯于社交生活的妇女，我是一个没有趣味的人。只有部锐昂小姐……"

"你的部锐昂，我很不欢喜她。"安德来郡王说。

"啊，不然！她是很可爱，很仁慈，尤其是很可怜的女子。她没有一个，没有一个亲人。但说实话，我不仅不需要她，而且还讨嫌她。你知道，我一向是不善结交的人，现在尤其如此。我爱孤独……爸爸很爱她。她和米哈伊·依发诺维支——两个人，他总是对他们俩和善而仁慈，因为他们俩都受他的恩惠。好像斯特因所说的：'我们爱人们，很少是为了他们对我们的好处，而往往是为了我们对他们的好处。'父亲在街上拾了她，她是一个孤儿，她很仁慈。爸爸欢喜她诵读的态度。她晚上读书给他听，她诵读得很好。"

"那么，说真话，玛丽亚，我以为，你有时受到父亲性格的痛苦吧？"安德来郡王忽然问她。

玛丽亚郡主起初诧异，然后害怕这个问题。

"我?！我?！我痛苦?！"她说。

"我觉得他总是严厉，现在变得讨厌。"安德来郡王说，那样地轻责父亲,显然是有意发出困惑或试探妹妹。

"你一切都好,安德来,但你有一种思想上的骄傲,"郡主说,她循随自己的思想路径,甚于谈话的路径,"这是大罪过。你能够批评父亲吗?假使是可能的,像爸爸这样的人,除了尊敬,还能引起什么别的情绪呢?我和他在一起是那样的满意、幸福。我只希望你们和我一样的幸福。"

哥哥不相信地摇头。

"我只有一件事觉得痛苦,我向你说实话,安德来,这就是父亲对于宗教问题的意见。我不明白,这么一个有着大智慧的人不能看到和白昼同样明亮的东西,会有这样的错误?这是我唯一不幸的事。但近来,我看到一点好转的情形,近来他的嘲笑不那么辛辣了,他接见了一个修道士,和他谈说很久。"

"好,我的亲爱的,我恐怕你同修道士是空费了你们的火药了。"安德来郡王讽刺地然而和善地说。

"啊!我亲爱的,我只恳求上帝,我希望他听到我的话,安德来,"她稍停之后又羞怯地说,"我向你有一个很大的请求。"

"什么,亲爱的?"

"不,你要答应我,你不拒绝。这不要你有任何困难,这没有任何地方配不上你,只是要你使我心安。你答应,安德柔沙。"她说,把手伸入提袋,在里面握了什么东西,但不拿出来,好像她所拿的东西,正是她的请求对象,在她获得履行请求的许诺之前,她不能把那件东西取出提袋。她羞怯地带着请求的目光看哥哥。

"即使是要我有很大的困难。"安德来郡王回答,似乎是在猜测是怎么一回事。

"你随便怎样想吧！我知道你和父亲一样。随便你怎么想吧，但为了我，你做这件事吧，请你做吧！我父亲的父亲，我们的祖父，在一切的战争中都带……"她仍然没有取出她在提袋中所拿着的，"你答应我了吗？"

"当然。怎么一回事？"

"安德来，我用圣像祝福你，你要答应我，你绝不把它取下来，答应吗？"

"假使他没有两斗重，不拖断我的颈子……使你满意……"安德来郡王说，但在这时候，他看到妹妹脸上对于这个笑话的痛苦表情，他觉得懊悔。他又说："我很高兴，确实很高兴，亲爱的。"

"他要违反你的意志而救你，怜爱你，使你转向他，因为只有他有真理与安宁。"她用兴奋的、打战的声音说，并用严肃的姿势，在哥哥面前，双手捧着银链上椭圆形古老的、有银地黑脸的救主圣像。

她画了十字，吻了圣像，递给了安德来郡王。

"请，安德来，为了我……"

她的大眼睛里发出仁慈的、羞怯的光芒。这对眼睛使她的病瘦的脸有了光明气色，她哥哥要接圣像，但她止住了他。安德来明白，画了十字，吻了圣像。她的脸立刻变为温柔的（他受了感动），而又嘲笑的。

"谢谢你，亲爱的。"她吻了他的额头，又坐到沙发上。他们沉默着。

"像我同你所说的，安德来，你要同你平常一样地仁慈宽大。不要严格批评莉萨，"她开始说，"她是那么可爱，那么仁慈，她的地位现在是很痛苦的。"

"玛莎，似乎我一点也没有向你说过，我为任何事情而责备我的妻子，或者不满意她。你为何向我说这话？"

玛丽亚郡主现出红块，并且沉默，似乎自觉有罪。

"我没有向你说过，但你却听到了，这使我纳闷。"

玛丽亚郡主额上、颈上、腮上的红块显得更深。她想说话，但说不出，她哥哥猜中了。娇小的郡妃在饭后流泪，说她预感到不幸的生产，她觉得害怕，她怨诉自己的命运，抱怨公公和丈夫。哭后，她睡觉了。安德来郡王觉得对妹妹抱歉。

"我告诉你一件事，玛莎，我不能有任何地方责备我的妻子，我不会责备她，也不会去责备她，我也不能因为我对她的任何地方而责备自己。无论我是在什么样的环境里，将永远是如此的。但假使你想知道事实……想知道，我是快乐的吗？不。她是快乐的吗？不。为什么如此？我不知道。"

说着这些话，他站立起来，走近妹妹，俯首吻了她的额。他的美丽的眼睛射出智慧的、仁慈的、不习惯的光，但他不看妹妹，却从她头上看着敞开的门的暗黑处。

"我们到她那里去吧，应该辞别了。或者，你一个人去把她叫醒，我马上就来。彼得路沙！"他叫他的听差，"到这里来，拿去。这个放在位子上，这个放右边。"

玛丽亚郡主立起向门口走，她站住。

"安德来，假使你有信心，你就向上帝祈祷，求他给你，你所感觉不到的爱,你的祈祷会被接受的。"

"是的,也许如此!"安德来郡王说,"去吧,玛莎,我就来。"

在赴妹妹房间途中,在连接两间屋子的走廊上,安德来郡王遇到可爱的、笑着的部锐昂小姐。在这天,这是第三次,她带着喜悦而单纯的笑容在僻静的过道上遇到他。

"啊!我以为你在自己的房间里。"她说,为了什么缘故而脸红且垂下眼睛。安德来郡王严肃地看她,安德来郡王的脸上忽然现出怒容。他什么也未回答她,但看着她的额和发,不看她的眼,那样地轻视,以致法国女子脸红,什么也不说,即走开。当他走到妹妹的房间时,郡妃已醒。她的愉快的声音,匆忙地说着一个又一个字,从敞开的房门里传出来。她那样地说话,好像是在长久的抑制之后,她想补偿损失的时间,并且总是说法文。

"不,你设想吧,年老的苏保夫[1]伯爵夫人配了假卷发和满口的假牙齿,好像是要蔑视她的年纪……哈哈哈,玛丽亚!"

同样的关于苏保夫伯爵夫人的这句话和同样的笑声,安德来郡王已经听过他的夫人在别人面前说过五次了。他轻轻地走进房间。郡妃肥胖而红润,拿着针䘵坐在安乐椅上,不停地说话,吐出她的彼得堡回忆和词句。安德来郡王走近,摸她的头,问她是否恢复了旅途的疲倦。她回答了,并继续说话。

六马的快车停在阶前。院中是昏暗的秋晚,车夫看不见车杠。仆人们拿着灯笼在阶梯上忙碌。大屋子里的火光照穿了大窗子。家奴们

---

[1] 苏保夫是双关,上半段的音"苏不"是牙齿之意。——毛

拥挤在厅里，期望和小郡王道别。在大厅里站立着全部家人：米哈伊·依发诺维支、部锐昂小姐、玛丽亚郡主和郡妃。安德来郡王被召到父亲房里去了，他想和他面对面地道别，大家都等候他出来。

当安德来郡王走进书房时，老郡王戴了老花眼镜，穿着白色睡衣，他除了对于儿子，不穿它接见任何人，他正坐在桌上写信。他回头看了一下。

"要走了吗？"他又开始写信。

"来辞别的。"

"吻这里，"他指着腮，"谢谢，谢谢！"

"你为了什么谢我呢？"

"因为你不误时，不守在妇女衣裙边，责任在一切之前。谢谢，谢谢！"他继续写，以致墨水飞出擦纸的笔。他又说："你需要说什么话，就说，这两件事可以过一阵做。"

"关于媳妇……我很惭愧，把她留在你手边……"

"怎样说废话？说你要说的吧。"

"在媳妇生产的时候，到莫斯科去请接生的，让他到这里来。"

老郡王停住，用严厉的眼睛看儿子，好像不明白。

"我知道，假使自然不帮助，谁也不能帮助。"安德来郡王说，显然心乱了，"我承认，在一百万个事件里，只有一个是不幸的，但这是她同我的幻想。他们向她说，她在梦中梦见，她害怕。"

"嗯……嗯……"老郡王向自己说，继续写完，"我要照做。"他签了名字，忽然迅速转向儿子，发出笑声。

"坏事情，啊？"

"什么坏事情,爸爸?"

"妻室!"老郡王短促而庄重地说。

"我不懂。"安德来郡王说。

"但是没有办法,亲爱的,"老郡王说,"他们都是这样的,你不能再变为不结婚的人。你不要怕,我不向任何人说,你自己知道。"

他用瘦小的有骨的手抓住儿子的手抖动,用明快的眼睛直视儿子的脸,他的眼睛似乎要把人看穿,他又发出冷淡的笑声。

儿子叹气,在这个叹气声中承认父亲了解了他。老人继续折信,封信,用他所惯有的敏捷,把火漆、封印和纸抓起又抛开。

"有什么办法呢?美人!我要做一切,你安心。"他在封信的时候急剧地说。

安德来沉默,他又愉快又不愉快,他的父亲了解了他。老人立起,把信交给儿子。

"听着,"他说,"不要为媳妇担心,凡是能做到的,都会做的。现在你听着:把这封信交给米哈伊·依拉锐诺维支。我写着,他要在好地方用你,不使你久当副官:卑贱的职务!你向他说,我想念他,爱他。写信告诉我,他怎么接待你。假使他好,你就服务。尼考拉·安德来维支。保尔康斯基的儿子绝不凭情面去替任何人做事。现在到这里来。"

他说得那么快,他没有说完一半的话,但他的儿子却惯于听懂他的话。他把儿子带到柜子前面,把门打开,抽出抽屉,取出一册他的圆长而紧凑的手笔所写的稿本。

"大概是我死在你先。你知道,这是我的笔记,我死后,你交给皇帝。现在这里——是银行奖券[1]和信：这是给写苏佛罗夫战史的人的奖品，把它送到学院里去。这里是我的言论，我死后，你为你自己读一下，你将找到益处。"

安德来未向父亲说他确实还要活很久。他懂得，说这话是不需要的。

"我都要实行，爸爸。"他说。

"好，现在，再会吧！"他把手给儿子吻，并抱他。"记着一件事，安德来郡王，假使你被打死了，这是我老人痛心的事……"他意外地沉默，又忽然用尖锐的声音继续说。"假使我知道你的行为不像尼考拉·保尔康斯基的儿子，我要……羞耻！"他大声说。

"你可以不向我说这话，爸爸。"儿子笑着说。

老人沉默。

"我还想求你一件事，"安德来郡王继续说，"假使我被打死了，假使我有了儿子，你不要让他离开你，像我昨天向你说的，让他在你面前长大，请……"

"不把他交给媳妇吗？"老人说，出声笑。

他们无言相对而立。老人明快的眼睛对直地注视儿子的眼睛。老郡王面孔的下部打战。

"告别过了……去吧！"他忽然说。"去吧！"他用发怒的、高大的声音喊叫，打开了书房的门。

"什么事，什么事？"郡妃和郡主问，她们看见了安德来郡王，

---

[1] 这是国家储蓄会的奖券，有利息，可得彩。——毛

又瞥见穿白睡衣,戴老花眼镜,不戴假发,怒声大叫的老人的伸出的身躯。

安德来郡王叹气,什么也未回答。

"呶。"他向着夫人说。这个"呶"的声音好像冷淡的嘲笑,似乎他在说:"现在你表演你的笑剧吧。"

"安德来,已经!"娇小的郡妃说,脸色发白,恐惧地看丈夫,他抱她。她呼叫后,昏厥地倒在他的肩上。

他小心地抽出她所倚靠的肩膀,注视她的面孔,并且当心地把她放在安乐椅上。

"再会,玛丽亚。"他低声向妹妹说,和她相抱亲吻,然后快步走出房。

郡妃躺在安乐椅上,部锐昂小姐摩擦她的脸腮。玛丽亚郡主扶着嫂嫂,仍然把流泪的、美丽的眼睛望着安德来郡王走出去的门,并为他画十字。书房里可闻老人擤鼻子的重复的愠怒的声音,好像放枪。安德来郡王刚刚走出,书房的门迅速打开,穿白睡衣的老人的严肃身躯向外看。

"走了吗?那么,也好!"他说,愤恨地看了看昏厥的娇小的郡妃,斥责地摇头,猛力闭门。

第二部

一

在一八〇五年十月，俄军驻扎在澳大利大公国的各乡村与各城市，并且还有新的部队从俄国开来，驻扎在不劳诺要塞附近，他们的住宿骚扰了百姓。总司令库图索夫的总司令部是在不劳诺。

一八〇五年十月十一日，刚到不劳诺的步兵中的一团，停在离城半里之处，等候总司令的检阅。虽然是在非俄罗斯的地方和环境里（果园、石墙、瓦顶、遥远可见的山峦），有非俄罗斯的人民好奇地看兵士们，这个团却有那完全同样的情形，好像任何俄国部队，在俄国中部任何地方准备受检阅。

在行军最后一日的晚间，接到了总司令的命令，要检阅行军式中的这个团。虽然命令的文字在团长看来是不明了的，并且发生了问题，命令的文字是什么意思：是否要作行军式呢？在营长会议中决定了让这个团作检阅式，理由是鞠躬过分总比鞠躬不及好。于是士兵们，在三十里的行军之后，不闭眼睛，整夜补缝、刷擦。副官和连长们计算又核算，于是到了早晨，这个团已不是散开的无秩序的群众，像昨晚最后行军那样的，而成了有组织的两千人的团体，其中每个人知道自己的地位、自己的任务，其中每个人身上的每个扣子和带子都在适当地位上，并且显得清洁。不仅是外表上整洁，并且假使总司令愿意看一下军装的里面，则他可以在每个人身上看到同样的清洁衬衣，在每个背囊里找到规定的物品数目，如兵士们所说的，"钻针肥皂，一应俱全"。只有一种情形，关于这无人能够心安，这就是鞋子。半数以上的人的鞋子都破了。但这个缺点不是由于团长的过失，因为虽有多次的要求，奥国政府却未发给他物品，而部队却走了一千里。

团长是一个年老的、血质的、有灰色眉毛与胡须的将军，自胸到背的宽厚，大于自此肩到彼肩。他穿了簇新的、有折痕的军服，而厚金肩章好像不是横着而是站立在他的肥肩上。团长的神情好像是一个人快乐地完成了生活中最严重的事务之一。他在行列的前面走动，并且走的时候，每步都颤动，脊背微弯。显然是团长爱慕自己的部队，因他们而快乐，并且他全部的心力只注意在部队上。但虽然如此，他的颤动的步伐似乎在说，在军事兴趣之外，还有社交生活与女性的兴趣在他心中占着不小的地位。

"那么，米哈益洛·米特锐支老兄，"他向一个营长说（营长笑着走上前，显然，他们是快乐的），"我们忙了一夜。但似乎没有什么了，这团人不算坏吧……啊？"

营长明白了快意的嘲讽,并大声笑:"就是在皇后检阅场上也不会被赶走的。"

"什么?"团长说。

这时候,有两个骑马的人从城里来到设立信号兵的道路上。前面的是副官,后面的是卡萨克兵。

副官是由总司令部派来,向团长确定昨晚命令中未说明白的那一点,即总司令希望看到这个团完全和行军时的情形一样——穿大衣,背行李,并无任何准备。

库图索夫那里昨天来了一个维也纳御前军事参议院的人员,提议并要求他尽可能地赶快与斐迪南大公及马克的军队会师,而库图索夫却不认为这个会师有利,在赞助自己意见的其他理由之中,他还想向奥国将军指出俄国开来的军队的可怜情形。他就是依着这个目的去检阅这个团,所以这个团的情形愈坏,总司令将愈满意。虽然副官不知道这些细节,但他向团长传达了总司令的坚决要求,要兵士穿大衣,带套袋,如若不然,则总司令将不满。

听过了这些话,团长垂了头,沉默地耸肩,并用血气的姿势伸开手臂。

"仿了麻烦!"他说。"我向你说的,米哈益洛·米特锐支,行军式,就是穿大衣。"他谴责地向营长说。"啊,我的上帝!"他添说,坚决地走到前面。"诸位连长!"他用惯于下令的声音叫。"诸位曹长!……他快到了吗?"他向一个来近的副官说,面上显出肃然恭敬的表情,这显然是对于他所说到的人而有的。

"有一个钟头吧,我想。"

"我们来得及换衣服吗?"

"我不晓得,将军……"

团长亲自走到行列之间,下令重新换上大衣。连长们在各连里奔走,曹长们忙碌起来(大衣并不完全合格),原先整齐肃静的方形队立刻混乱、分散并有了嘈杂话声。兵士们向各方面跑来又跑去,向后弓起肩膀,从头上卸下背囊,取出大衣,举起手臂,伸入袖筒。

半小时后一切又恢复了先前的秩序,只是四方形队自黑色变为灰色。团长又用颤抖的步伐到这团兵的前面,远远地看他们。

"还有什么?这是什么!"他站住喊叫,"第三连连长!"

"第三连连长去见将军!连长去见将军!第三连去见连长!"这是行伍间发出的声音,一个副官跑着寻找迟缓的军官。当热心的叫声,传讹成"将军去见第三连",到达目的地时,被叫的军官从连后走出,虽然他已经年纪大了,没有跑步的习惯,却笨拙地碰动衣服,快步地走向将军。连长的脸上显出那样的不安,好像小学生被叫起复述他未读熟的功课。他的红脸上(显然是因为纵饮)显出了斑块,他的嘴也失了位置。团长当连长喘气走来,并在接近时约束了脚步的时候,从头到脚地看连长。

"你马上要叫你的兵士们穿裙子了!这是怎么一回事?"团长喊叫,伸出下巴,指示第三连里一个穿颜色与其他大衣不同的布大衣的士兵,"你自己到哪里去了?我们在等候总司令,你却离开了自己的地方?啊……我要教你怎么在检阅的时候把兵士穿上睡衣!啊?……"

连长眼不离开长官,把他的两根手指更向帽边紧贴,好像只有在这种"紧贴"里,他才能看到自己的安全。

"呶,你为什么不作声?你那里穿得像匈牙利的人是谁?"团长严厉地嘲讽。

"大人……"

"呶,'大人'干什么?大人!大人!但是大人干什么?没有人晓得。"

"大人,他是道洛号夫,降级的军官……"连长低声说。

"他是降为总司令呢,还是降为兵呢?要是兵,那么就应当穿得像兵,和大家一样。"

"大人!你自己在行军中准许他的。"

"准许的?准许的?你们总是那样的,年轻人。"团长说,冷静一点,"准许的?谁向你说了什么,你就……"团长沉默。"谁向你说了什么,你就……什么?"他说,又发火,"请你把士兵们穿合适了吧……"

团长环顾着副官,用颤抖的脚步走向部队。显然他的发火是他自己高兴的,并且他走过部队之中,希望找出别的发怒的口实。因为未擦的徽章而责备了一个军官,因为行列不整齐而责备了另一个,于是他走到第三连。

"你怎么站的?你的腿在哪里?腿在哪里?"团长在声音里带着恼怒的表情喊叫,离穿蓝大衣的道洛号夫相隔五个人。

道洛号夫迟缓地伸直了弯曲的腿,用明亮傲慢的目光对直地看将军的脸。

"为什么穿蓝大衣?去掉……曹长!换他的……下……"他未及

说完。

道洛号夫匆忙地说:"将军,我应当遵从命令,但我不当忍受……"

"队伍里不要说话!不要说话,不要说话!……"

"不当忍受侮辱!"道洛号夫大声地、响亮地说。将军与士兵的目光交遇。将军无言,愤怒地拉下硬领。

"请你换一下吧,请你。"他说着走开。

二

"来了!"这时信号兵喊叫。

团长脸色发红,跑到马前,用颤抖的手握住缰勒,将身体跨上,坐正姿势,抽出指挥刀,带着快乐的、坚决的面孔,嘴一边张开着,准备喊叫。全团窸窣成声,好像理羽毛的鸟,然后又肃静。

"立——正!"团长用震动心魂的声音喊叫,这声音对于自己是快乐的,对于部队是严厉的,对于未到的总司令是表示欢迎的。

在宽广的、两旁种树的、未铺平的大道上,来了一辆疾驰的六马、高大的蓝色维也纳车子,弹簧轻轻地响着。侍从们和克罗特兵的卫队在车后驰骋。在库图索夫的旁边坐了一个穿白色军服的奥国将军,在黑色的俄人当中这军服是稀奇的。马车停在这团兵的前面。库图索夫和奥国将军在低声说话,库图索夫在重踏脚步,从车踏板上跋足时,微笑着,完全好像是没有这两千个屏气看他和团长的兵。

命令声发出了,这团兵又有响亮的骚动声,行了举枪礼。在死静中可闻总司令的低声。这团兵喊叫:"祝大大大人康健!"大家又安静。起初,当这团兵运动时,库图索夫站在单独的地方,后来库图索夫和白衣将军并肩步行,带着随从们开始在行列中行走。

凭了团长如何向总司令行礼,用眼睛注视他,伸直腰杆,悄然接近;如何向前倾斜着,跟随将军们在行列间行走,困难地抑制着颤抖的动作;如何在总司令的每一言语和动作中跑上前去——可以看出,他完成属下的责任,较之完成官长的责任,带着更大的喜悦。由于团长的严格与努力,这团兵比之其他于此时来到不劳诺的部队,是在良好情形中。落伍和生病的只有二百一十七人。除了鞋子,一切情形良好。

库图索夫穿过了行列,有时站住,向他在土耳其战争中所认识的军官们说些和善的话,有时向兵士说话,也注视着他们的鞋,几次惨然摇头,把这情形用那样的表情指示奥国将军,好像是他不责备任何人,但不能不看到这情形是多么坏。团长在每次的这种情形下,即跑向前,恐怕失落了总司令关于这个团的每一个字。在库图索夫后边行走着二十个侍从,相隔着那样的距离,每个低声说出的字都可以听到。侍从先生们彼此谈话,有时发出笑声。最靠近总司令的是一个美丽的副官,他是保尔康斯基郡王,在他旁边行走的是他的同事聂斯维次基,一个高大的校官,极胖,有仁慈、带笑、美丽的脸和温润的眼睛。聂斯维次基不能压制身后黑脸骠骑兵军官所引起的笑声。骠骑兵军官不笑，不改变注视的眼睛的表情，用严肃的面孔看着团长的背后，模仿他的每一动作。每次团长颤抖并向前倾斜时，同样地，完全一样地，骠骑兵军官也颤抖并向前倾斜。聂斯维次基发出笑声，并捣别人，要他们看这可笑的事。

库图索夫迟缓地、无神地走过成千的眼睛，它们几乎突出眼眶，注视着长官。到了第三连，他忽然停住。侍从们未注意到这个停止，不禁向他靠近。

"啊，齐摩亨！"总司令说，认识那个为了蓝大衣而痛苦的，有红鼻子的连长。

似乎在团长向他警告时，没有人能够站得比齐摩亨更挺直。但在总司令向他说话时，连长是那么挺直，好像总司令再向他看一会儿，连长便不能忍受了。因此，库图索夫显然明白了他的情形，并希望对于连长表示仁慈，匆忙地转去。在库图索夫肥胖的因伤而破裂的脸上透出不可见的微笑。

"又是一个在依斯马伊尔的同事。"他说。"勇敢的军官！你满意他吗？"库图索夫问团长。

团长不觉得自己好像在镜子里一样被骠骑兵军官所反映，抖索着，走上前回答：

"很满意，司令大人。"

"我们都不是没有弱点，"库图索夫说，笑着离开他，"他崇拜巴库斯（巴库斯为酒神——译者）。"

团长害怕他是否因此有过，未作回答。骠骑兵军官这时注意到红鼻子连长的面孔，下凹的肚皮，并那么酷似地模仿他的脸和姿势，以致聂斯维次基忍不住笑。库图索夫转过身。显然是这个军官能够如愿地控制他的面部,在库图索夫转身时,军官已经做了一次歪脸,然后做出最严肃的、恭敬的、天真的表情。

第三连是最后的,库图索夫思索了一下,显然是在回忆什么。安德来郡王从侍从里走出,用法文低声说:"你叫我提起这个团里降级的道洛号夫。"

"道洛号夫在哪里?"库图索夫问。

道洛号夫已换了灰色兵士大衣,未料到被叫。一个美发的、有明亮蓝眼的、好模样的兵从行列中站出。他走到总司令面前,举枪致敬。

"有什么要求吗?"库图索夫微微皱蹙地问。

"这是道洛号夫。"安德来郡王说。

"啊!"库图索夫说,"我希望这个教训可以纠正你,好好地服务。皇帝仁爱。假使你应当受赏,我不会忘记你的。"

蓝色明亮的眼睛那样傲慢地看总司令,如同他看团长时那样,好像是要用他的表情撕破那个把总司令和士兵隔得那么遥远的传统之幕。

"我只要求一件事,大人,"他用响亮的、坚决的、从容的声音说,"要求给我一个机会改过,并证明我对于皇帝陛下和俄罗斯的忠顺。"

库图索夫转过身,在他的脸上现出那样的眼部笑容,好像离开齐摩亨连长时所有的。他转过身,皱眉,好像是要借此表示:道洛号夫向他所说的一切,他能向他所说的一切,他早已,早已知道,这一切已使他厌烦，这一切是全不需要的。他转身走向马车。

这团兵分散成连，开往离不劳诺不远的指定屯驻处，他们希望在这里有鞋、有衣、做艰难跋涉后的休息。

"你不怀恨我吗，卜罗号尔·依格那齐支？"团长说，赶上了前进的第三连，跑近走在前面的齐摩亨上尉。团长的脸，在快乐顺利检阅之后，显出不可抑制的喜悦。"皇家的职务……不能不……有时在队伍前面要严厉一点的……我先道歉，你知道我……很感谢！"他向连长伸手。

"请你原谅，将军，我那么胆大！"上尉回答，鼻子发红，并且笑着，他的笑露出了在依斯马伊尔被枪托打落的两颗门牙的豁子。

"你转达道洛号夫先生，不会忘记他的，他可以安心。但请你告诉我，我很想问到他的行为如何呢？一切……"

"对于职务很精到，大人……但性格……"齐摩亨说。

"什么，什么性格？"团长问。

"每天不同，大人，"连长说，"有时聪明、有教养、仁慈，有时又像是野兽。在波兰他杀死一个犹太人，如愿知道……"

"就是，就是，"团长说，"我们仍然应该同情在不幸中的青年。你知道有大背景……所以你……"

"知道了，大人。"齐摩亨说，用笑容使人觉得他明白了长官的希望。

"那么就是了，那么就是了。"

团长在行列中找到了道洛号夫，勒住坐骑。

"到了第一次交战之后——有肩章。"他向他说。

道洛号夫环顾，未说什么，不变嘲讽带笑的嘴部表情。

"好，这样好了。"团长继续说。"我要给每人一杯麦酒。"他又说得让兵士们都听见。"谢谢大家！感谢上帝！"于是他超过了这一连，驰往另一连。

"这个，他，真是好人，能够和他共事的。"齐摩亨向走在身旁的连副说。

"一句话，红王！……"（团长绰号叫红心牌的王牌。）连副出声地笑着说。

长官在检阅后的快乐心情达及了兵士们，这个连快活地走着，各方面有兵士交谈声。

"果真他们说库图索夫瞎了一只眼吗？"

"怎么不是！确是一只眼。"

"不……弟兄们，比你眼睛还好，瘸子和裹腿他都看了……"

"老兄，他怎样地看我的腿啊……好！我想……"

"那个和他一起的是奥国人，好像涂了粉笔灰，好像白面粉。我敢说，他们擦他好像擦枪！"

"怎么，费介绍武！……他说过什么时候开仗呢，你站得很近？都说保拿巴特自己在不路诺佛。"

"保拿巴特在！废话，呆瓜！他不知道什么！现在普鲁士造反了，你知道奥国在平定它。它平定了，那时候就要同保拿巴特开仗了。他说保拿巴特在不路诺佛！他明明是呆瓜。你听我说。"

"那些鬼军需们！看第五连转弯进村子了，他们煮粥了，我们还未到地方。"

"给我一点饼干,老家伙。"

"昨天给我烟卷的吗?是,是,老弟。好,好,上帝保佑你。"

"他们可以休息了,我们还要空肚子走五里。"

"像日耳曼人给我们马车,那就好了。坐车走,你看好极了!"

"但这里,弟兄们,人都是野的呀。那里好像都是波兰人,都是俄国臣民。现在,弟兄们,碰到真正日耳曼人了。"

"歌班上前!"连长喊叫。

从各行列中跑出二十来人在连的前面。领班的鼓手向歌班转过脸来,挥动手臂,唱出冗长的军歌,开头是:"太阳未出山……"结尾是:"所以荣耀归于我们和卡明斯基父亲……"这支歌是在土耳其编的,现在在奥国唱,唯一的更改是在"卡明斯基父亲"的地方换了"库图索夫父亲"。

照兵士的调子唱出了最后的词句,这个年约四十的、美丽的、清瘦的鼓手,挥动手臂,好像向地上抛东西,他向唱歌的兵士们严厉地环顾,并皱眉。然后,相信所有的眼睛都注视在他身上了,他好像用双手小心地举起什么不可见的宝贵物品在头上,举了几秒钟,又忽然失望地把它抛去!

"啊,我的门廊,门廊!"

"我的新门廊……"二十个声音接唱。敲响板的虽有军械的担负,却敏捷地跳到前面,面对着全连退走向前,摇动肩膀,好像用响板威胁什么人。兵士们按节拍而挥动手臂,踏着大步,不觉地步伐合上拍子。在连的后边,可以听到车轮声、弹簧声和马蹄声。库图索夫和他的侍从们正回城。总司令做手势,要兵士们继续自由地行走,他的脸上和所有侍从们的脸上都表示满意歌声、满意跳舞的兵士们的神态和连中快活地、敏捷地行走的兵士。在马车从那里赶过去的、连的右翼第二行，那个蓝眼的兵道洛号夫不禁惹人注目，他特别伶俐而庄严地合着歌拍而行走，带着那样的表情看骑马走过的人们，好像是他在可怜所有的此时不和这连兵士同走的人们。库图索夫侍从中仿效团长的骠骑兵少尉，落在车后，走近道洛号夫。

骠骑兵少尉热尔考夫曾经有一个时候在彼得堡属于道洛号夫所领导的荒唐团体。但热尔考夫在国外遇见道洛号夫是一个兵，认为无须去认他。现在在库图索夫和降级的军官谈话后，他带了老友的快乐向他说话。

"心爱的朋友，你怎么样？"他在歌声中说，使马的步伐合上兵士的步伐。

"我怎么样？"道洛号夫冷淡地回答，"如同你所见的。"

活泼的歌声，对于热尔考夫说话时轻松愉快的语气，和道洛号夫回答的有意冷淡，给了特别意义。

"那么，同长官处得怎么样？"热尔考夫问。

"没有什么，都是好人。你怎么趱进了司令部？"

"我是随从，我当值。"

他们沉默。

"放去苍鹰，自我右肘。"歌声唱着，不禁唤起活泼愉快的情绪。假使他们不是在唱歌的时候说话，他的谈话便会是别的事了。

"是真的吗，奥国打败了？"道洛号夫问。

"鬼知道他们，他们这么说。"

"我高兴。"道洛号夫简短明了地回答,好像歌声要求如此。

"那么,随便哪天晚上,到我们这里来打法饶牌。"热尔考夫说。

"你们的钱很多吗?"

"你来。"

"不行,我立过誓。不升了级,便不吃酒,不赌钱。"

"那么,到了第一次的交战……"

"那时再看。"

两人又沉默。

"假使你需要什么,你就来,司令部里帮助一切……"热尔考夫说。道洛号夫冷笑。

"你最好不要烦神。我需要什么,我不去请求,我自己拿。"

"那么,我不过……"

"好,我也不过。"

"再见。"

"祝你康健……"

"……又高又远,来到本土……"

热尔考夫刺动坐骑,马惊了三次,踏动蹄子,不知用哪一只先走,然后放步奔驰,绕过了这连兵,赶上了也合着歌拍的马车。

三

库图索夫检阅回来，随同奥国将军走进自己的书室，叫来一个副官，令他交呈关于开到的军队的情形的一些文件，以及指挥前线军队的斐迪南大公寄来的信。安德来·保尔康斯基郡王带了所要的文件来到总司令的书室。在桌上展开的计划的前面，坐着库图索夫和奥国参谋部人员。

"啊！"库图索夫说，环顾保尔康斯基，好像是用这个字要副官等待，并继续用法文说他已开始的话。"我只能说，将军，"库图索夫带着适宜的表情与音调之优美说，使人听着每个从容说出的字眼，显然是库图索夫也高兴地听自己说，"我只能说，将军，假使事情决定于我个人的希望，则法兰西斯皇帝陛下的意志早已完成了，我早已会合大公了。你相信我的话,对于我个人,把最高的军事指挥交给比我更有学问更有本领的将军——这种人在奥国是很多的——从我身上卸去一切的重任,对于我个人是舒快的。但是环境比我们更有力量,将军。"库图索夫带着那样的表情笑着,好像是说,"你有充分的权利不相信我,无论你相信我不相信我,在我都是一样的,但你没有理由说出这个。要点在此"。

奥国将军有了不满之色,但他不能不用同样的语调回答库图索夫。

"相反,"他用争吵的愤怒的语气说,那样地违反了话中阿谀的意向,"相反,大人在全局中的任务极受陛下的称赞。但我们以为,目前的迟缓夺去了勇敢的俄军和他们的总司令在战事中惯于收获的荣誉。"他结束了显然是预拟的词句。

库图索夫躬腰,不变笑容。

"但我是那样地相信,并且根据斐迪南大公阁下惠寄的最后的信,我以为奥军在马克将军这样有本领的帮手之下,现在已获得了决定的胜利,不再需要我们的帮助了。"库图索夫说。

将军皱眉。虽然没有关于奥军失败的确实消息,但已有太多的情形,证明了这个大体上不利的消息,因此库图索夫对于奥军胜利的假定,极似嘲讽。但库图索夫文雅地笑着,仍然带着那样的表情,好像是说,他有权利假定这个。确实,他接到马克自军中寄来最后的信,向他报告了胜利,以及军队最有利的战略地位。

"把那封信拿这里来。"库图索夫向安德来郡王说,"请看。"库图索夫在嘴角上带着讽刺的笑容,用日耳曼文向奥国将军宣读斐迪南大公来信中下面的一段。

"我们有完全集中的兵力,约七万人,以便一旦敌人渡过雷赫河时,攻击并切断他们。因为我们已是乌尔姆的主人,我们不能够失去也为多瑙河两岸的主人的利益。假使敌人不渡雷赫河,而于任何时候渡多瑙河,则我们还可以攻击敌人的交通线,从下游渡过多瑙河彼岸。假如敌人企望以全力攻击我们忠实的同盟者,我们将完全破坏敌人的计划。我们将这样勇敢地等待帝俄军队完全准备的时候,然后我们能够共同容易地为敌人准备他所应得的命运。"

库图索夫读完这一段,深深叹气,并且注意地、和善地看奥国参谋部的人员。

"但总司令大人,你知道圣人的格言,说要准备万一。"奥国将军说,显然是希望结束笑话,进行正事。他不禁环顾副官。

"对不起,将军。"库图索夫插言,也转过来看安德来郡王。"这个,我的好孩子,你从考斯洛夫斯基那里去拿我们侦探们的全部情报。这两封信是诺西提兹伯爵的,这封信是斐迪南大公的,还有一封,"他说,给了他几张纸,"根据这些,用法文明白地写出了一个备忘录来,说明我们所有的关于奥军行动的一切情报。那么,然后呈给这位大人。"

安德来郡王鞠躬,暗示他不仅从第一句话即懂得已说出的,并且懂得了库图索夫要向他说的。他收集了文件,做了一个普通的鞠躬,轻轻地在地毡上走着,进了客室。

虽然在安德来郡王离开俄国之后没有多久,他却在这个时候改变了很多,在他的面部表情上,在动作上,在步态上,几乎看不到从前的虚伪、疲倦与懒惰。他好像这种人：没有时间想到自己对于别人所生的印象，而注意于悦意的、有趣的事务。他的面部显出对于自己及四周的人的更大满足，他的笑容与目光皆愉快而动人。

库图索夫是他在波兰赶上的，很和善地接待他，答应了不忘记他，显出他和别的副官们不同，把他带到维也纳，给他更重要的任务。库图索夫从维也纳寄信给他的老同事安德来郡王的父亲说：

"你的儿子，表示希望做军官，他将由于他的勤勉、坚决与精细而出人头地。我认为自己是幸福的，有这样的助手在身边。"

在库图索夫司令部里，在同僚之间，以及一般地在军队中，安德来郡王正和在彼得堡的社会里相同，有两种完全相反的名声。有些人，小部分的，认为安德来郡王有些地方与他们自己及所有其他的人不同，期待他伟大的成功，听他的话，称赞他，并模仿他。对于这些人，安德来郡王是坦白而可亲的。别的人，大部分的，不欢喜安德来郡王，认为他是脾气太冷淡而可厌的人。但对于这种人，安德来郡王知道那样地处置自己，以致他们尊敬他甚至怕他。

从库图索夫的私室走进客厅，安德来郡王带了文件走近当值的同事考斯洛夫斯基副官，他拿了一册书坐在窗口。

"什么事，郡王？"考斯洛夫斯基问。

"奉命做报告，为什么我们不前进？"

"为什么呢？"

安德来郡王耸肩。

"马克没有消息来？"考斯洛夫斯基问。

"没有。"

"假使真的他打败了，便会有消息来了。"

"也许。"安德来郡王说，向着通外边的门走去。但正在这个时候，一个穿长衣的、高大的、显然刚到的奥国将军迅速走进客厅，猛然闭门，和他相遇。这人用黑巾扎头，颈上挂了玛丽亚——泰利撒勋章。安德来郡王站住。

"库图索夫总司令呢？"来到的将军用粗硬的日耳曼语发音迅速地说，环顾两边，不停地走近书室的门。

"总司令有事，"考斯洛夫斯基说，匆忙走近不相识的将军，阻挡了他进房门的道路，"怎么去通报呢？"

不相识的将军轻蔑地俯视考斯洛夫斯基的矮身躯，似乎诧异他竟会不认识他。

"总司令有事。"考斯洛夫斯基和平地重说。

将军的脸皱蹙，他的嘴唇拉动并颤抖。他取出笔记簿，用铅笔迅速写了什么，撕下一页，递给他，快步走到窗前，把身体抛到椅子上，看着房里的人们，似乎在问：他们为何看我？然后将军抬起头，伸出颈子，似乎想说什么，但立刻似乎粗心地向自己哼了什么，发出奇怪的声音，这声音立刻便断绝了。书室的门开了，库图索夫出现在门口。包扎了头的将军，好像是躲避危险，向前躬腰，瘦腿快步地走近库图索夫。

"你看这个可怜的马克。"他用破碎的声音说。

库图索夫站在房门口，他的脸有一会儿完全未动。然后，一道皱纹好像波浪通过了他的脸，他的前额又平贴了。他恭敬地鞠躬，闭了眼，沉默地让马克从身边走过去，自己跟在他身后闭了门。

先前已流行的关于奥军失败及全军在乌尔姆投降的消息现在证实了。在半小时之内，便派出了副官们带了命令赴各方面，这证明，直至现在尚未作战的俄军立刻就要和敌人相见了。

安德来郡王是总司令部里稀有的人员之一，他把主要的兴趣放在战争大势上。看见了马克，听到他失败的详情，他明白战争的一半已失败了，他明白俄军地位的全部困难，并且生动地设想了军队所要做的，以及他要在军中所担任的任务。想到自恃的奥地利所受的耻辱，想到也许在一星期之内他便要看见并参与苏佛罗夫以后第一次的俄法会战，不禁感觉到兴奋的、快乐的情绪。但他怕保拿巴特的天才，它可以显得强于俄军全部的勇敢，并且他同时不能忍受他的英雄的耻辱。

被这些思想所兴奋、所激怒，安德来郡王走到自己的房间，写信给父亲，他每天写信给父亲。他在走廊上遇到他的同房聂斯维次基和诙谐者热尔考夫，他们与平常一样，在笑什么。

"你为什么这样愁闷？"聂斯维次基问，注意到安德来郡王的有明灼眼睛的苍白面孔。

"没有可以快乐的事情。"保尔康斯基回答。

在安德来郡王与聂斯维次基及热尔考夫相遇时，从走廊的另一端迎面走来奥国将军施特绕黑（他在库图索夫司令部里掌管俄军军需）和昨天到此的奥国参谋部人员。在宽阔的走廊上有足够的地方，将军们可以自由地走过这三位军官，但热尔考夫用胛肘推聂斯维次基，用屏气的声音说：

"来了！来了！让开，让路！请让路！"

将军们带着希望避免烦琐礼节的神情走过来。在诙谐者热尔考夫的脸上忽然显出愚笨的快乐笑容,这似乎是他不能约制的。

"大人,"他走上前用日耳曼语向奥国将军谈,"我有荣幸贺你。"他笨拙地鞠躬,好像小孩学跳舞,开始后移一只腿,又后移另一只腿。

参谋部的将军严厉地看他,但注意到笨拙笑容的严肃,他不能不注意他片刻。他眯眼,表示听见了。

"我有荣幸贺你,马克将军来到了,很好,只是这里有点伤。"他又说,露着笑容,并指自己的头。

将军皱眉,转过身向前走。

"上帝呀,他多么单纯!"他走开了几步,愤怒地说。

聂斯维次基笑着搂抱安德来郡王,但保尔康斯基更苍白,面带怒容,把他推开,转向热尔考夫。被马克的神情,他失败的消息,以及关于俄军目前任务的思索所引起的盛怒,发泄在对于热尔考夫不合宜的嘲讽的愤恨中。

"假使你,阁下,"他厉声地说,下颔打战,"想做小丑,我不能阻止你这个。但我告诉你,假使你下次再敢当我面开玩笑,我就要教你怎么做人。"

聂斯维次基及热尔考夫那样地诧异此番发火,他们沉默地瞪眼看保尔康斯基。

"怎么,我只是贺他们。"热尔考夫说。

"我不和你开玩笑,请你住口!"保尔康斯基喊叫,拉住聂斯维次基的胳膊,离开热尔考夫,热尔考夫不知回答什么。

"呶，算了吧，老兄！"聂斯维次基劝慰地说。

"算了吧？"安德来郡王说，因兴奋而站住。"你该明白，我们——或者是军官们，为皇上、为祖国而服务，为共同的成功而喜，为共同的失败而悲，或者我们是佣工，皇上的事不是我们的事。"他用法文说，"四万人打死了，我们同盟者的军队损失了，而你却在这里面找笑话，"似乎用这几个法文词句加强他的意见，"对于一个无价值的人，像你和他做朋友的那个人，这是很好的。但不是对于你，不是对于你。"安德来郡王用俄文加了一句："只有小孩们才能那么高兴。"他用法文发音说"小孩们"，注意到热尔考夫还可以听见。他等候着，这个骑兵少尉是否要回答什么。但骑兵少尉转过身，离开了走廊。

四

巴夫洛格拉德骠骑兵团驻扎处离不劳诺两里。尼考拉·罗斯托夫在一个骑兵连里当见习官[1]，这一连驻扎在一个日耳曼村庄，萨会奈克。骑兵连长皆尼索夫上尉，整个的骑兵师都知道他叫作发西卡·皆尼索夫，他被分派在村上最好的房子里。罗斯托夫见习官，自从在波兰赶上队伍以后，即和骑兵连长住在一起。

在十月十一日这天，当总司令部里所有的人都在注意马克失败的消息时，连部里常规生活还平静地进行如旧。皆尼索夫整夜赌牌输

---

[1] 见习官原文为 iunker，可译为"贵族志愿兵"或"外委"，在相当时期后即可转为正式军官。——译者

钱,当罗斯托夫清早带了粮秣,骑马归来时,他还未回营。罗斯托夫穿了见习官的制服,走近台阶,勒住了马,用敏捷年轻的姿势伸开腿子在镫上站了一会儿,好像不愿下马,最后跳下来,呼传令兵。

"啊,邦大任考,心爱的朋友。"他向着一个向他马前直奔而来的骠骑兵说。"放马去,好朋友。"他带着那样友爱的、快乐的、和蔼的口气向他说,这是善良的年轻人在快乐的时候对于一切人的态度。

"听到了,老爷。"小俄罗斯人快活地摆头回答。

"当心,好好放马!"

另一个骠骑兵也跑到马前,但邦大任考已经接过了勒缰。显然是见习官多给酒钱,而侍候他是有好处的。罗斯托夫摸了马颈,又摸马臀,停在台阶上。

"好极了!多么好的马!"他向自己说,笑着,握着佩刀,响着靴刺,跑上阶梯。房主日耳曼人,穿短衣,戴尖帽,拿着打扫粪污的叉子,从牛圈里向外看。日耳曼人刚看到罗斯托夫,便立刻面色喜悦。他快活地笑着并眨眼:"早安!早安!"他重说,显然是愿意问候这个年轻人。

"已经做事啦!"罗斯托夫说,仍旧带着快乐的、友爱的笑容,这笑容从未离开他的活泼的脸。"奥国万岁!俄国万岁!亚历山大皇帝万岁!"他向着日耳曼人复述日耳曼房主们所常说的。日耳曼人笑着,全身走出了牛圈门,脱了尖帽,在头上挥动,喊呼:

"全世界万岁!"

罗斯托夫自己也和日耳曼人一样,也在头上挥动帽子,笑着喊叫："全世界万岁！"虽然对于打扫牛圈的日耳曼人，对于运粮草回转的罗斯托夫，并无任何特别快乐的理由，这两个人都带着快乐的狂喜和弟兄的友爱互相对看，摇头表示互相亲爱，并笑着分开——日耳曼人进牛圈，罗斯托夫进皆尼索夫所住的村舍。

"主人在做什么？"他问拉夫路施卡，皆尼索夫的听差，他在全团之中以无赖著名。

"昨天晚上起，就不在家。当然输了，"拉夫路施卡回答，"我已经晓得了，假使赢了，便早回来夸口，假使早上还不回来，就是输了——带着脾气回来。吩咐拿咖啡吗？"

"拿来，拿来。"

十分钟后，拉夫路施卡带来了咖啡。

"来了！"他说，"现在要倒霉了。"

罗斯托夫从窗口看去，看见了回家的皆尼索夫。皆尼索夫身材不高，有红脸、明亮的黑眼、黑虬髯与卷发。他穿了敞开的骑兵外套，松垂成褶的宽裤，脑后戴了压皱的骑兵帽。他愁闷地垂头走近台阶。

"拉夫路施卡！"他大声愤怒地喊叫，r音含糊不清，"来脱衣服，蠢材！"

"是的，我在脱。"拉夫路施卡的声音回答。

"啊，你已经起来了。"皆尼索夫说，走进了房。

"早已了！"罗斯托夫说，"我已经出去运了粮草，看见了马蒂尔德小姐。"

"真的！老弟，我昨晚输了，好像狗儿子！"皆尼索夫叫着，"那样倒霉！那样倒霉！你走了，便这样。哎，茶！"

皆尼索夫皱眉，好像要笑，露出短而坚的牙齿，开始用手指短小的双手搔搔抓乱如森林的厚黑头发。

"鬼把我推到这个老鼠（老鼠是一个军官的诨名）那里！"他说，用双手擦额和头，"你可以设想，他一张牌，一张牌，一张牌也不给我！"皆尼索夫接住递给他的点燃的烟斗，握在拳头里，并继续叫着，把它在地板上敲，冒出火星。

"他输单注子，赢双倍的注子。他输单注子，赢双倍的注子。"

他折破烟斗，散出火星，然后把它抛去。后来他沉默着，忽然用明亮的黑眼睛愉快地看罗斯托夫。

"假使有女人就好了。但这里，除了吃酒外，没有事情可做了。假使马上打仗就好了……"

"谁在那里？"他向着门问，听到门外有响亮马刺的大靴停止声和恭敬的咳嗽声。

"上尉！"拉夫路施卡说。皆尼索夫更加皱眉。

"可恶！"抛去有几枚金币的钱袋。"罗斯托夫，好老弟，数一下，还有多少，把钱袋放在枕头下。"他说，走出去会上尉。

罗斯托夫拿了钱，机械地分类，把新钱和旧钱理成小堆，开始计数。

"啊！切李亚宁！你好！我昨晚输光了。"可以听到皆尼索夫在另一房间说话的声音。

"在谁的地方？在培考夫那里，在老鼠那里？我知道。"另一个低软的声音说，然后切李亚宁中尉走进了房，他是本连中的一个矮小军官。

罗斯托夫把钱袋放在枕下,握了伸给他的小而湿的手。切李亚宁是为了什么缘故在开拔前从卫队中调来的。他在团中处事很好,但他不为人欢喜,特别是罗斯托夫不能克制,不能隐藏对于这个军官的无理的厌恶。

"好,青年骑兵,我的白嘴鸦侍候你怎样?"他问(白嘴鸦是切李亚宁卖给罗斯托夫的马)。中尉从来不看同他说话的人的脸,他的眼睛不断地从一个物体移到另一个物体上。我看见你今天骑马……"

"没有什么,是好马。"罗斯托夫回答,不过这匹马,他用七百卢布购买的,却不值这一半的价钱。他又说:"左前蹄有点儿跛了……"

"蹄铁破了!这没有关系。我教你,我告诉你钉什么样的铁。"

"是,请说吧。"罗斯托夫说。

"我要说,我要说,这不是秘密。但你要谢谢我这匹马。"

"那么我叫人把马牵来!"罗斯托夫说,希望逃避切李亚宁,并且走出去叫人牵马来。

在门廊处,皆尼索夫拿着烟斗,在门槛上皱着脸、坐在上尉的对面,上尉在做报告。看到罗斯托夫,皆尼索夫皱眉,用拇指从肩膀上向切李亚宁所坐的房间指示,并且皱着眉,憎恶地摇头。

"呵,我不喜欢这个人。"他说,不当心上尉的在场。

罗斯托夫耸肩,似乎说:"我也不欢喜,但有什么办法呢!"他下了命令,又回到切李亚宁那里。

切李亚宁仍然在罗斯托夫离开他时那样懒惰的姿势中坐着,擦着白小的手。

"有这样的可厌的人们。"罗斯托夫想,走进了房。

"好,叫人牵了马?"切李亚宁说,立起,粗心地环顾。

"叫过了。"

"你自己来。我来只是要问皆尼索夫昨天的命令。皆尼索夫,你接到了吗?"

"还没有接到。你到哪里去?"

"我要在这里教这个年轻人怎样上马蹄铁。"切李亚宁说。

他们走下台阶,进了马厩。中尉说过了怎么钉马蹄铁,便回到自己的住处。

当罗斯托夫回来时,桌上已经有了一瓶麦酒和香肠。皆尼索夫坐在桌前,用笔在纸上画。他愁闷地看罗斯托夫的脸。

"写信给她。"他说。他的胛肘支在桌上,手拿着笔,显然是因为能够迅速说出他想写的一切而快乐,他把信中的意思说给了罗斯托夫。"你看我亲爱的,"他说,"我们不恋爱的时候,便是在睡觉。我们是尘世的儿子……但恋爱——就是上帝,就好像纯洁在创世的第一日……又是谁?把他赶给鬼!没有工夫!"他向一点也不畏怯地走到他身边的拉夫路施卡喊叫。

"是谁呢?你自己吩咐的,曹长来要钱。"

皆尼索夫皱眉,想喊叫什么,又沉默了。

"讨厌的事情。"他向自己说。"钱袋里还剩多少钱?"他问罗斯托夫。

"七个新的,三个旧的。"

"啊,讨厌!为什么站着,干尸,叫曹长来!"皆尼索夫向拉夫路施卡喊叫。

"皆尼索夫,请你拿我的钱,你晓得我有钱。"罗斯托夫红着脸说。

"我不喜欢向自己朋友借钱,不喜欢。"皆尼索夫说。

"假使你不拿我的钱,像同伴那样,你便是侮辱我了。真的,我有钱。"罗斯托夫又说。

"还用不着。"皆尼索夫走到床前,在枕下摸取钱袋。

"你放在哪里?罗斯托夫?"

"在下边枕头底下。"

"但是没有。"皆尼索夫把两个枕头抛到地上,不见钱袋,"真是怪了!"

"等一下,你没有弄掉下?"罗斯托夫说,把枕头一一捡起,振抖,拖拿起被褥振抖,不见钱袋。

"我没有忘记吧?"

"没有,我还想到你把它当宝贝一样放在枕头底下。"罗斯托夫说。"我把钱袋放在这里。它哪里去了?"他问拉夫路施卡。

"我没有进来。你放在那里,一定在那里。"

"但是没有……"

"你总是这样的,到处抛,又好忘记。在荷包里看看。"

"没有,假使我没有想到这个宝贝,"罗斯托夫说,"但我记得,放在这里。"

拉夫路施卡搜索全床,看床下,看桌下,搜索了全房,然后站在房当中。皆尼索夫沉默地注意拉夫路施卡的行动,当拉夫路施卡惊讶地伸开手臂，说什么地方也不在时，他回顾罗斯托夫。

"罗斯托夫，你不是小孩子……"

罗斯托夫感觉到皆尼索夫的目光看着他，抬起眼睛，同时又垂下。他全身的似乎锁在下喉什么地方的血涌上了他的脸和眼睛，他不能换气。

"房里没有别人，只有中尉和你们自己。总在这里什么地方。"拉夫路施卡说。

"好，你这个鬼东西，当心去找，"皆尼索夫猛然喊叫，脸色发紫，带着威胁的姿势走到听差的面前，"找出钱袋，不然就鞭死你。鞭死你们全体！"

罗斯托夫避免着皆尼索夫的目光，开始扣外衣，佩上军刀，戴上帽子。

"我告诉你，找出钱袋。"皆尼索夫喊叫，推动马弁的肩膀，把他抵到墙上。

"皆尼索夫，让他去，我知道谁拿去的。"罗斯托夫说，走向门口，不抬眼睛。

皆尼索夫站住，想了一下，显然是明白了罗斯托夫指谁而言，抓住了他的手臂。

"废话！"他大叫，以致他的脉管，同绳子一样，在他的颈子和额上暴起来，"我向你说，你发疯了，我不许如此。钱袋在这里，我要撕掉这个混蛋的皮，钱袋就会在这里。"

"我知道谁拿的。"罗斯托夫颤声地说，走向门口。

"我向你说，不许做这事。"皆尼索夫说，走向见习官，要抓住他。但罗斯托夫挣出自己的手臂，并且带着那样的怒气，笔直地、坚决地看他的眼睛，好像皆尼索夫是他的大敌。

"你懂不懂你在说什么？"他颤声地说，"除了我，没有人在这个房间里。所以，假使不是这样，那么……"

他不能说完，跑出了房。

"啊，鬼来找你和所有的人。"是罗斯托夫所听见的最后的话。

罗斯托夫去到切李亚宁的房间。

"老爷不在家，到司令部里去了。"切李亚宁的马弁向他说。"有什么事发生了吗？"马弁又说，诧异见习官的不安的脸。

"没有什么。"

"差一点就会见了。"马弁说。

司令部离萨会奈克三里。罗斯托夫在住处未找到他，便乘马到司令部。在司令部驻扎的村庄里有一家军官们常光顾的食店。罗斯托夫到了食店，看见切李亚宁的马在门口。

中尉坐在食店的第二个房间里，面前有一碟香肠、一瓶酒。

"啊，你也来了，年轻人。"他笑着说，高抬了眉毛。

"是。"罗斯托夫说，好像说这个字费了大力，他坐到邻近的桌上。

两人无言。室内坐着两个日耳曼人，一个俄国军官。大家无言，可以听到碟上刀声和中尉嚼食声。切李亚宁吃完饭的时候，他从衣袋里取出双层的钱袋，用弯曲的白而短的手指，打开环口，取出金币，并且抬起眉毛把钱给了堂倌。

"请你快点。"他说。

金币是新的。罗斯托夫站起,走近切李亚宁。

"让我看看钱袋。"他用低微的,几不可闻的声音说。切李亚宁带着躲避的眼睛,但仍然抬起眉毛,把钱袋递给了他。

"是的,很好的钱袋……是……"他说,忽然脸白。他又说:"你看吧,年轻人。"

罗斯托夫把钱袋拿在手里,又看钱袋,又看里面的钱,又看切李亚宁。中尉习惯地环顾四周,似乎忽然变得很快活。

"假使我们到了维也纳,我要把一切都丢在那里,但现在,在这些可怜的小地方,没有地方用钱。"他说,"好,给我吧,年轻人,我要走了。"

罗斯托夫无言。

"你要做什么?也吃饭吗?他们给你很好的食物,"切李亚宁继续说,"给我吧。"他伸手拿钱袋。罗斯托夫放了钱袋。切李亚宁拿了钱袋,开始把它放在马裤的口袋里,他的眉毛大意地抬起,他的嘴微张,似乎是说:"是,是,把自己的钱袋放进衣袋,这很简单,这件事和任何人无关。"

"怎样,年轻人?"他说,叹着气,从抬起的眉毛下边看罗斯托夫的眼睛。在俄顷之间,一种目光以电光的速度,从切李亚宁的眼睛里射进罗斯托夫的眼睛,又射回来,又射回去,又射回来。

"这里来。"罗斯托夫说,抓住切李亚宁的手臂。他几乎是把他拖到窗口。"这是皆尼索夫的钱,你把它拿来了……"他低声向他耳朵里说。

"什么……什么……你怎敢?什么……"切李亚宁说。话声如同可怜的、失望的呼叫和求饶。罗斯托夫刚刚听到这些话声,他心里便滚去了怀疑的重石。他觉得快乐,而同时又可怜这个不幸的、立在他面前的人,但他必须把已经开始的事做得彻底。

"上帝知道这里的人会想到什么,"切李亚宁低声说,抓了帽子,走向一间小的空房间,"必须说明……"

"我知道这事,我要证明这事。"罗斯托夫说。

"我……"

切李亚宁惊惧的、苍白的脸上的全部肌肉都颤动了,眼睛仍然逃避着,但是向着地下,不抬起到罗斯托夫的脸部,并且有了啜泣声。

"伯爵……不要毁坏一个年轻人……这里是不幸的钱,你拿去……"他把钱抛在桌上,"我有老父,母亲!……"

罗斯托夫拿了钱,躲避着切李亚宁的目光,不说只字,走出房间。但他在门口停住,又转回。

"我的上帝,"他眼里含着泪说,"你怎能做这样的事?"

"伯爵!"切李亚宁说,走近见习官。

"不要碰我,"罗斯托夫说,向后退,"假使你需要钱用,把这钱拿去。"他把钱袋抛给他,跑出食店。

五

当天晚上，在皆尼索夫住处，骑兵连的军官们有了生动的谈话。

"但是我向你说，罗斯托夫，你必须向团长道歉。"一个高大的、有灰发、大胡子的皱脸上有粗大线条的骑兵上尉向面色绯红的、兴奋的罗斯托夫说。基尔斯清上尉曾两度为名誉的事降为兵卒，又两次升级。

"我不许任何人讲我说谎！"罗斯托夫喊叫，"他向我说，我说谎。我向他说，他说谎。事情便是如此。他可以每天叫我值班，把我监禁，但没有人能够使我道歉，因为他是团长，假使他认为向我赔罪是不值得的事，那么……"

"但是你等一下，好先生，你听我说，"骑兵上尉用他的低音进言,安闲地摸着长胡须,"当别的军官的面向团长说有一个军官偷了……"

"当别的军官的面说话,我并无罪。也许是不该当他们面说,但我不是外交家。我是因此进骠骑兵的,我想这里不需要机巧,但他向我说我是说谎……所以让他向我赔罪……"

"这很好,没有人以为你是懦夫,但要点不在这里。你问问皆尼索夫,见习官要求团长赔罪,有没有这样的事情。"

皆尼索夫咬胡子,带着愁闷的神情听着谈话,显然不愿参与。对于上尉的话,他否认地摇头。

"你当军官们的面向团长说了这样的脏事,"上尉继续说,"保格大内支(他们称团长为保格大内支)斥止了你……"

"没有斥止,只说我说谎。"

"就是,你向他说了呆话,应当道歉。"

"一点也办不到!"罗斯托夫叫起来。

"我不想你做这件事,"上尉严肃地、厉色地说,"你不愿道歉,但你,好先生,不只是在他面前,而是在全团的面前,在我们全体的面前,你得罪了大家。是这样的,假使你想到和人商量,如何处置这件事情,那就好了,但你在军官们的面前,照直地说出来了。现在团长怎么办呢?他要将军官交付审判侮辱全团吗?只为一个恶徒,全团要受耻辱吗?在你看来,是这样的吗?在我们看来,不是这样的。保格大内支是对的,他向你说,你说谎。这是不快的,但有什么办法呢,老兄,你是自找的。现在,他们要把事情平息,你因为傲气,不愿道歉,却想出一切。你因为你值班而愤慨,但是你在年老的、可敬的军官面前道歉，有什么关系！无论保格大内支是怎么样的，但仍旧是一个可敬的、勇敢的老团长。你愤慨，但侮辱全团，与你无关吗？"上尉的声音开始打战了，"你阁下在队伍里不一定要待多久，今天在这里，明天又到别处做副官了。你不用担心别人说：'在巴夫洛格拉德团的军官当中有贼！'但对于我们是不一样的。是不是呢，皆尼索夫？是不一样的吗？"

皆尼索夫仍然无言，也不动，偶尔用明亮的黑眼睛看罗斯托夫。

"你觉得自己的骄傲是宝贵的，不愿道歉，"上尉继续说，"但我们老兵们，我们在团里生，愿上帝给我们在团里死，我们觉得团的名誉是宝贵的，保格大内支知道这个。啊，多么宝贵啊，老兄！但这不对，不对！无论你发火不发火，但我总是真话。不对！"

上尉站起，离开罗斯托夫。

"真的，遇鬼！"皆尼索夫叫，跳起来，"来，罗斯托夫！来！"

罗斯托夫发赤又发白，看这个军官，又看另一个。

"不是，诸位，不是……你们不要以为……我很明白，你们那样看我便是错了。我……对于我……我为了团的名誉……但怎么样呢？我要在事实上表现，并且对于我，旗帜的光荣……好，都是一样，真的，我有错！……"泪水涌在他的眼睛里，"我有错，得罪了大家！……那么，你们还要怎样呢？……"

"就是这样，伯爵。"上尉喊叫，转过身来，用大手拍他的肩膀。

"我告诉你，"皆尼索夫大声说，"他是顶好的人。"

"那更好，伯爵，"上尉又说，好像是为了他的认过而开始称他爵位，"去道歉吧，大人。"

"诸位,我要做一切,但没有人听到我一个字,"罗斯托夫用请求的声音说,"但我不能道歉,凭上帝,不能如你们希望的!我怎么去道歉,像小孩子求饶吗?"

皆尼索夫出声笑。

"你这样更坏。保格大内支是怀恨的,你要为你的固执付出代价的。"基尔斯清说。

"凭上帝,不是固执,我不能向你说是怎么样的心情,我不能……"

"好,照你的意思。"上尉说。"那么这个恶棍要怎样办呢?"他问皆尼索夫。

"他称了病,明天就下令开革。"皆尼索夫说。

"这是病,不能有别的说法。"上尉说。

"无论是不是病,他不该落在我的眼里——我杀了他!"皆尼索夫凶狠地叫。

热尔考夫走进房来。

"你怎么出来的?"军官们忽然问来人。

"前进,诸位。马克和他的全军投降了。"

"废话!"

"亲眼看见的。"

"怎么?看见了活马克吗?有手有脚吗?"

"前进!前进!为这个消息要给他一瓶酒。你怎么到这里的?"

"又被谪到团里来了,为了鬼,为了马克。奥国将军控告了我。我贺他马克到此……你为什么,罗斯托夫好像洗澡出来的?"

"这里,老兄,我们这样的混乱已经两天了。"

团部副官进来了,证实了热尔考夫带来的消息。他们奉命明日前进。

"前进,诸位!"

"好,谢谢上帝,我们坐得太久了。"

六

　　库图索夫退到维也纳，毁了后边的因河（在不劳诺）及特劳恩河（在林兹）上的桥梁。十月二十三日，俄军渡过恩斯河。俄军行李车、炮兵和各纵队，中午在桥的两边贯穿了恩斯城。天气是温暖的、秋季的、有雨的。空旷的景致，从俄军守桥的诸炮兵连所占据的高地上展开，有时忽然因为斜雨的纱幕而狭窄，有时忽然放宽，在太阳光下，景物可以遥远地、清晰地看见，恰似涂了油漆。可以看见脚下有白屋、红顶、教堂及桥梁的小城，桥的两边拥挤着、流动着俄军的群体。可以看见多瑙河湾的船只、岛屿和一个有公园的城堡，四周环绕着恩斯河注入多瑙河的流水。可以看见多瑙河的峻峭的左岸，遮满了松林，具有青色树顶与蓝色峡谷的神秘背景。可以看见修道院，尖塔耸立在似乎无人迹的荒野的松林那里。在前面更远的山上，在恩斯河的彼岸，可以看见敌人的骑哨。

在高地的炮位之间，指挥殿军的将军和一个侍从军官站在前面，在望远镜里观察地形。后边，聂斯维次基坐在炮筒上，他是总司令派到后卫队里来的。随从聂斯维次基的卡萨克兵把背囊和水瓶送给他，聂斯维次基邀军官们吃包子和真正的葛楼子酒。军官们快乐地环绕了他，有的跪着，有的盘腿坐在湿草上。

"是的，这位奥国的亲王不是呆子，在这里造了一个城堡，极好的地方。你们为什么不吃，诸位先生？"聂斯维次基说。

"十分感谢，郡王，"军官里一个人回答，满意地和这样一个重要的、总司令部的人员谈话，"极好的地方。我们从公园旁边走过，看见两只鹿，多么华丽的房子！"

"你看，郡王，"另一个人说，他很想再拿一个包子，但怕羞，因此他装看地势，"看，我们的步兵到了那里了。在那里，在草地上，在村庄那里，三个人在挖什么。他们要照管这个宫殿。"他带着显明的赞同说。

"当然，当然。"聂斯维次基说。"不，但我所希望的，"他又说，在美丽的、湿润的嘴里嚼着包子，"是跑到那里去。"他指着山边上有塔尖的教堂。他笑，他的眼睛眯着，并且发光。"那就很好了，诸位先生！"军官们发出笑声。

"恐怕要害了女道士们。据说，有年轻的意大利姑娘。真的，我愿意给五年的生命！"

"她们一定要厌烦的。"一个更勇敢的军官笑着说。

这时，站在前面的侍从军官向将军指点了什么，将军在望远镜里察看。

"是，是这样的，是这样的。"将军愤怒地说，从眼上拿起望远镜，并耸肩，"是这样的，他们是在攻击渡河的地方。他们为什么在那里延迟？"

肉眼可以看到那边的敌人和敌方的炮队，炮队里冒出乳白色的烟。在烟之后传来遥远的炮声，并且可以看到我们的军队在向过河处兼进。

聂斯维次基吐气，立起，笑着走近将军。

"大人可愿意吃点什么？"他说。

"坏事，"将军说，没有回答，"我们的人迟缓了。"

"要不要我去呢，大人？"聂斯维次基说。

"是的，请你去，"将军说，又重复了曾经详细命令过的话，"告诉骠骑兵，他们最后过河，并且照我所命令的，烧桥。他们还要察看桥上的燃烧材料。"

"很好。"聂斯维次基回答。

他喊叫卡萨克兵牵马，命他收起背囊和水瓶，把他的重身躯轻易地跨上马鞍。

"真的，我去找女道士们。"他向着带笑看他的军官们说，顺着曲折的小道下山。

"那么，上尉，看看打多远！"将军向炮兵说，"你要乐而忘忧。"

"炮手们就位！"军官下令。顷刻之间，炮手们从营火处愉快地跑来，上了炮弹。

"一!"命令的声音。

第一号敏捷地回坐。炮发出铿锵的、震耳的声音,炮弹咝咝地飞过山下我军的头上,落在尚离敌人很远的地方,烟尘指出了落地和爆炸之处。

兵士和军官的脸因为这个声音而兴奋。大家立起,观看下边我军的可见的运动,如视手掌,更看前面——来近的敌人的运动。这时,太阳完全出了云,孤单射击的美丽声音和明亮太阳的光混合成一个兴奋的、愉快的印象。

七

　　桥上已经落了两颗敌人的炮弹,桥上有了倾挤。聂斯维次基下了马,站在桥当中,把他的胖身躯贴着桥槛。他笑着回看他的卡萨克兵,他牵着两匹马的缰勒,站在他身后,相隔数步。聂斯维次基郡王刚要向前移动,兵士们和行李车便又挤他,把他挤到槛边,而他除了笑,什么也没有了。

　　"你要怎么,我的兄弟!"卡萨克兵问管行李车的兵说,他向着挤在轮边马旁的步兵里硬挤,"你要怎么!不要挤,等一下,你看,将军要过去。"

　　但辎重兵不注意到他提起将军,向阻挡他的进路的兵士们叫:

　　"哎!弟兄们!向左边靠一下,等一下!"

但弟兄们肩挤肩,刺刀交触,没有分开,成了一个紧密的群体在桥上移动。从槛上俯瞰,聂斯维次基看见恩斯河中急流的潺潺的低浪,在桥柱旁混合,洄漩转折,互相追逐。向桥上观望,他看见同样的兵士们活的波浪,有遮布的高顶帽、帽纽、背囊、长枪、帽下宽颚、凹腮及颓然疲倦的神情和在桥板黏泥上行走的腿。有时,在同样的兵士波浪之间,穿大衣的军官带着与兵士们不同的神情挤过去,好像恩斯河波浪的白沫的顶。有时,在桥上步兵波浪之间卷着步行的骠骑兵、马弁或居民,好像在河中旋转的废物。有时,从桥上浮过连上的或军官的堆得很高、盖着皮篷的行李车,各方面都环绕着人,好像浮在河中的木头。

"呵,他们就像破堤的水,"卡萨克兵说,失望地站着,"你那边还有很多吗?"

"一百万少一个!"一个走过身边的穿破大衣的快乐的兵睬着眼说,走了过去。在他后面走着另一个老兵。

"他要(他——敌人)现在向桥上轰,"老兵向同伴恼闷地说,"你就要忘记抓痒了。"这个兵走了过去。在他后边另一个兵坐着行李车走来。

"鬼,你把裹腿放哪里去了?"一个马弁说,跑在车后,在车子后部摸索。这个兵和行李车走了过去。

后面来了快活的显然是吃醉了的兵士们。

"怎么他,可爱的人,把枪托打上了牙齿……"一个兵快乐地说,他的大衣高高折起,他伸开手臂。

"这正是滋美的火腿。"另一个带笑回答。他们走了过去,所以聂斯维次基不知道谁的牙齿被打,而火腿与什么有关。

"哎,他们赶快起来了。他放来一块冷东西,那么你想,都要打死了。"一个军曹愤怒地、责备地说。

"它从我这里飞了过去,叔叔,一颗炮弹。"一个大嘴的年轻兵士说,忍不住笑声。"我吓呆了。真的,凭上帝,我那样惊恐,倒霉!"这个兵说,似乎夸耀他害怕。

这个兵也走过去了,在他后边有一辆行李车,和一直到现在走过去的车辆都不同,这是一辆双马的日耳曼大货车,似乎载了全家的物具。在日耳曼人所赶的大货车的后边,系了一条好看的有大乳袋的花牛。在羽毛床垫上坐了一个妇人和一个吃乳的婴儿,一个老妇和一个年轻、红润、健康的日耳曼女子。显然,由于特别许可,这些搬家的居民被放过去了。所有兵士们的眼睛都注视在女人身上,当货车一步一步走过时,兵士们所有的注意只落在两个妇女身上,在所有的面孔上几乎是同一的对于妇女不正当思想的笑容。

"呃,香肠,也要走了!"

"把女的卖给我。"另一个兵对着日耳曼人说,日耳曼人垂了眼睛,愤怒地、惊恐地大步而行。

"哎,她穿得那样!鬼们!"

"那么你住到她们家去吧,费道托夫!"

"看见了,弟兄们!"

"你哪里去?"吃苹果的步兵军官问,半笑着看那美丽的女子。日耳曼人闭了眼,表示不懂。

"你想要就自己拿。"军官说,把苹果送给女子,女子笑着拿起。

聂斯维次基和桥上所有的人一样，眼不离开女子，直到他们走了过去。当他们走过去时，又来了同样的兵士们，有同样的谈话，最后大家停住。这是常有的事，拖行李车的马匹在桥的出口处撒野了，所有的人都必须等待。

"为什么站住了？没有秩序！"兵士们说。"向哪里挤？鬼！不等一下。假使他烧桥就更糟了。看，军官挤进来了。"停止的群众在各方面说，互相观望，仍然向前面桥的出口处挤。

看着桥下恩斯河水，聂斯维次基又忽然听到新奇的声音迅速地靠近……什么大东西，什么东西扔进水里。

"你看它落到哪里去了？"站在附近的兵严厉地说，环视这个声音。

"它鼓励我们赶快走过去。"另一个不安地说。

群众又走动。聂斯维次基知道这是炮弹。

"哎，卡萨克兵把马给我！"他说，"现在，你让开！让开！让路！"

他费了大力才走到马前。他不停地喊叫，向前行动。兵士们挤紧，让路给他，但又那么挤他，挤到他的腿。那些靠近的人是无罪的，因为别人更猛力地挤他们。

"聂斯维次基！聂斯维次基！你，老汉！"这时后边传来粗沙的声音。

聂斯维次基环顾，看见十五步外被运动的步兵的活体所隔开的发西卡·皆尼索夫又红又黑的乱发的脸，他的尖帽覆在脑后，外衣活泼地搭在肩头。

"叫他们这些鬼让路。"皆尼索夫叫,显然是在发火的心情中。他的如炭的黑瞳子在血红的眼白之间发亮并转动,他挥动未出鞘的指挥刀,这刀拿在他的和面部一样红的光露的小手里。

"哎!发夏!"聂斯维次基快乐地回答,"但你在做什么?"

"骑兵连不用通过。"发西卡·皆尼索夫叫,愤怒地露出白牙齿,刺动他的美丽的黑马沙漠浪人,它的耳朵碰到刺刀,上耸起来,它喷鼻,从衔铁间向四周溅出口沫,响亮地把蹄子踏在桥板上,好像假使乘骑者允许,它准备跳过桥槛。

"这是什么?像羊!完全像羊!过去……让路……站在那里!你,货车,鬼!我要用刀砍你!"他叫,果然抽出光刀,开始挥动。

兵士们带了惊愕的脸互相拥挤,于是皆尼索夫与聂斯维次基会合。

"怎么你今天没有吃醉?"聂斯维次基走近皆尼索夫时问他。

"他们不给我们喝酒的时间!"发西卡·皆尼索夫回答,"他们把这团人整天拖到这里,拖到那里。打仗——就打仗好了。但鬼知道这是怎么一回事!"

"你今天多么漂亮!"聂斯维次基看着他的新外套和鞍垫说。

皆尼索夫笑着,从挂军刀处的小袋里取出手帕,送到聂斯维次基的鼻子前面,手帕发出香气。

"不行,我要去作战!剃了胡须,刷了牙,洒了香水。"

随带着卡萨克兵的聂斯维次基的魁梧身躯和挥动军刀,拼命喊叫的皆尼索夫的坚决,这样地生了效,他们止住了步兵,到达桥的那边。聂斯维次基在桥口找到了上校,他应该把命令传达给他,完成了自己的任务，他骑马回转。

皆尼索夫开了道路，站在桥的入口处。他大意地牵着追逐同类的、踏蹄的马，看着迎面走来的骑兵连，在桥板上发出清晰的蹄声，好像是几匹马在奔跑。骑兵连，由军官在前，四人一排，展开在桥上，开始走到对面的岸上。

被停止的步兵拥挤在桥上践踏的泥上，带着特别的、恶意的生疏与嘲讽之情绪看着清洁的、漂亮的从他们身边整齐地走过的骠骑兵，这情绪通常是不同的兵种相遇时才有的。

"漂亮的哥儿们！只该放在波德诺文斯基街。"

"他们有什么用！只是去陈设！"另一个说。

"步兵不要扬起灰尘！"一个骠骑兵嘲讽着，他身下的马跃跳着，溅起泥块在步兵身上。

"你要带背囊走两站路，鞋带都要断了，"步兵说，用袖子擦去脸上的泥，"你不是人，像鸟雀坐着！"

"西金，你要坐在马上，一定是好骑手。"一个骑兵伍长嘲笑一个消瘦的、因背囊的重量而弯腰的兵。

"拿个棍子放在腿当中，便是一匹马了。"骠骑兵应答。

八

其余的步兵匆忙地过桥，在桥口挤成一个漏斗形，最后行李车都过去了，拥挤减轻，最后的一营上了桥，只有皆尼索夫的一连骠骑兵留在桥的那边抵抗敌人。从对面山上可以远远看见的敌人，从下面的桥上还不能看见，因为在河流经过的山谷那里，地平线被对面半里内的高地阻断了。前面是旷地，在这里各处有我们侦察的卡萨克兵小队在走动。忽然在对面道路高处出现了穿蓝外衣的军队和炮兵，他们是法军。一小队侦察的卡萨克兵跑下山来。皆尼索夫骑兵连中所有的军官与兵士，虽然企图说别的事，看别的东西，他们却不断地只想到山上的东西，并且不停地看着在地平线上出现的黑点，他们认得这是敌军。午后的天气又晴朗了，太阳明亮地向多瑙河及环绕多瑙河的黑山上倾落。空气安静,从山上时时传来号声和敌人的叫声。在骑兵连与敌军之间,除了少数的骑兵斥候,已没有任何人。空旷的平地,约三百沙绳,把他们彼此分开。敌人停止射击,那条分隔敌对双方的、严肃的、威胁的、不可接近的、不可捉摸的界线,觉得更明显了。

"越过这条划分生死的界线一步,便是——不可知的痛苦与死亡。那里是什么?那里是谁?那里,在田地树木及照着阳光的屋顶的那边?无人知道,无人想知道。越过这条线是可怕的,却希望越过它。你知道,迟早是要越过这条线的,并将知道在线的那边是什么,正如同知道死的那边是什么,是不可避免的事。但自己是强力、健康、愉快、兴奋的,并且环绕了那样健康的、兴奋激动的人们。"每个看见敌军的人,即使不是这么想,却是这么感觉,这种感觉对于这时所发生的一切,给了特别光明、快乐、敏锐的印象。

在敌人的山坡上冒出射击的烟,一颗炮弹响着,飞过骠骑兵连的头上。站在一处的军官们散到各处,骠骑兵们小心地开始排列马匹,骑兵连里大家沉默。大家看着前面的敌人和连长,等候命令。飞过了另一个,第三颗炮弹,显然他们是轰击骠骑兵的。但炮弹规律地、迅速地响着,飞过了骠骑兵头上,落在后边的地方。骠骑兵们不环顾,但在听着每颗飞弹的声音时,好像是听到命令,全连兵士带着相同而又不相同的脸,屏声息气,当一颗炮弹飞过时,在脚镫上立起,又重新坐下。兵士们不转头,互相斜视,好奇地看着同伴的印象。从皆尼索夫到号兵,在每个面孔上,在嘴唇与颈部之间,显出同样的斗争、激怒与兴奋之面色。曹长皱眉看兵士们,好像是以处罚在威胁他们。见习军官米罗诺夫在每颗炮弹飞过时皆俯首。罗斯托夫站在左翼,在跛足的然而美丽的白嘴鸦上,具有小学生的快乐神情——他被叫来在大家面前受试验,他相信他自己要出色。他明了地、愉快地环顾所有的人,好像在请大家注意他在炮弹之下是多么安定。但在他的脸上,某种同样的,新奇严肃情绪的线条,违反他的意志,显在嘴边。

"谁在那里弯腰?米罗诺夫见习官!不行,看我!"皆尼索夫喊叫,他不能站在一个地方,在骑兵连前来回奔跑。

发西卡·皆尼索夫的扁鼻子,黑色、多毛的脸和他矮小的、坚强的身材及他露筋的(有生毛的短指的)手掌——手中执着脱鞘的军刀的柄——都和平常一样,特别是在晚间饮过两瓶酒之后。他只是比平常更红,向上翘起乱发,好像鸟雀饮水时那样,用他的短小腿子凶狠地刺着善良的沙漠浪人肚皮。他好像要后坠,驰往骑兵连的另一翼,粗声喊叫,要他们注意手枪。他骑到基尔斯清面前,上尉坐在宽大强壮的马上,走着来迎皆尼索夫。有长须的上尉是和平常同样的严肃,只是眼睛比平常更亮。

"怎样?"他向皆尼索夫说,"不得打仗了,你看,我们又要退。"

"鬼知道他们做什么!"皆尼索夫咆哮。"啊!罗斯托夫!"他喊见习官,看到他的快乐面孔,"好!等到了。"他善意地笑着,显然是高兴见到这个见习官。罗斯托夫觉得自己十分幸福。这时指挥官在桥上出现,皆尼索夫驰往他面前。

"大人!让我们攻击吧!我要打退他们。"

"这里是多么好的攻击,"指挥官用苦恼的声音说,皱眉,好像是因为可恶的苍蝇,"为什么你留在这里?你看,两翼退却了,下令骑兵连退却。"

骑兵连过了桥，出了射程，未损失一人。在他们后边过来了担任斥候的第二连，最后的卡萨克兵退到了彼岸。

巴夫洛格拉德的两个骑兵连过了桥，前后一道上山。团长卡尔勤·保格大内支·舒柏特[1]赶上了皆尼索夫的骑兵连，走得离罗斯托夫不远，一点也不注意他，虽然在关于切李亚宁的冲突之后，这是他们第一次见面。罗斯托夫在前线上觉得自己是在这个人的权力之中，在这人面前，他现在认为自己有错，眼不离开团长的刚健脊背、卷发的后脑和红颈项。有时罗斯托夫觉得保格大内支只是佯作不注意，而他整个的目的是要现在试验这个见习官的勇气，于是他挺直胸膛，并愉快地环顾。有时他觉得，保格大内支有意走在附近，向罗斯托夫表示自己的勇敢。有时他想到，他的敌人现在有意派这个骑兵连做无望的攻击，以便处罚他——罗斯托夫。有时他想到，在攻击之后，他走近他，大度地向受伤的他伸出和好的手。

巴夫洛格拉德骠骑兵们所知名的高肩膀的热尔考夫（他离开他们的团不久）骑近团长。热尔考夫在总司令部被革后，没有留在团里，他说他不是在前线上做苦工的呆子。当他在总司令部时，他不做事，却有更多的薪水，他在巴格拉齐翁郡王的部下获得传令官的位置，他带着后卫指挥官的命令来见他的旧上司。

"上校，"他带着忧郁的严肃向罗斯托夫的敌人说，并盼顾同事们，"命令：停止，烧桥。"

"命谁的？"上校凶猛地说。

---

[1] 在俄军中服务的日耳曼人之一，托氏描写他说恶劣的俄语。——毛

"上校我也不知道命谁的,"骑兵少尉严肃地说,"郡王只向我说,'去向上校说,要骠骑兵赶快回去烧桥'。"

在热尔考夫之后,一个侍从军官带着同样的命令来见骠骑兵上校。在侍从军官之后,胖大的聂斯维次基骑了卡萨克的马驰来,马费力地奔跑着。

"呵,上校,"他还在奔驰中便喊叫,"我告诉你烧桥,但现在有谁传错了,他们在那里疯了,没有做一点事。"

上校从容地止住了部队,向着聂斯维次基说:

"你向我说到引火材料,但是关于烧桥,你一个字也没有说。"

"当然,好先生,"聂斯维次基说,停住,摘下尖帽,用肥手摸着汗湿的头发,"放了引火材料,怎么没有说烧桥呢?"

"我不是你的'好先生',校官先生,你没有向我说烧桥!我知道责任,严格执行命令是我的习惯。你说烧桥,但是谁烧,我凭神灵不能知道……"

"好,总是这样的。"聂斯维次基挥手说。"你怎么到这里来的?"他向热尔考夫说。

"为了同样的事。但你出汗了,让我来替你擦。"

"你说,校官先生……"上校继续用愤慨的语气说。

"上校,"侍从军官插言,"要赶快,不然敌人就要运来霰弹大炮了。"

上校沉默地看侍从军官,看肥胖的校官,看热尔考夫,并且皱眉。

"我来烧桥。"他用庄严的语气说,好像借此表示虽然有一切对他面做的不快之事,他仍然做他应该做的。

上校用健壮的长腿打马,好像马要负全责。他走向前边,命令第二连,罗斯托夫在皆尼索夫指挥下服务的那一连,回到桥上。

"好,就是这样,"罗斯托夫想,"他要试验我!"他的心跳加速,血涌上脸。"让他看我是不是懦夫!"他想。

在骑兵连全体兵士的快乐面孔上,又出现了他们立在炮弹下时所有的那种严肃神色。罗斯托夫眼不移开地看着他的敌人,团长,希望在他的脸上找出自己假设的证实。但上校一下也不看罗斯托夫,却和平常在前线一样,严厉而庄肃地看着,下了命令。

"赶快!赶快!"他身边几个声音叫。

军刀纠碰了缰勒,响动了勒刺。骠骑兵们匆忙地下马,不知道他们要做什么。骠骑兵们画十字。罗斯托夫已不看团长——他没有闲空。他惧怕,气馁地惧怕,恐怕落在骠骑兵们后边。当他交马给侍卒时,他的手颤抖,他觉得他的血砰地向心里冲。皆尼索夫转回后边,喊了什么,走在他身边。罗斯托夫除了他四周奔跑的骠骑兵、铮釰的靴刺、叮当的军刀,不见任何别的。

"担架兵!"后边的声音喊。罗斯托夫没想到要担架兵是什么意思,他奔驰,只想在一切人们之前。但在桥上,他不看脚下,他坠在滑湿的、践踏的泥上,俯跌在地上。别人跑到他前面。

"走两边,上尉。"他听到团长的声音,团长乘马前行,带着胜利愉快的面孔,停在桥的附近。

罗斯托夫用泥污的手拭马裤,盼顾他的敌人,并想再向前跑,以为他向前面跑得愈远,便愈好。但保格大内支虽然不看并不知道罗斯托夫，却向他叫：

"谁顺桥中心跑？走右边！见习官，回来！"他愤怒地喊叫，又向着骑到桥板上夸耀勇敢的皆尼索夫。

"为什么冒险，上尉！你还是下马吧。"上校说。

"哎！炮打有罪的。"发西卡·皆尼索夫在鞍上转身回答。

*　　*　　*

这时聂斯维次基、热尔考夫及侍从军官一同站在射程之外，有时看着拥集在桥上的一小群戴黄高顶帽、穿深绿色绣鞋的外衣和蓝色马裤的人，有时看彼岸，看远远而来的蓝色外衣和一群有马的人，他们可以容易地被枪射到。

"他们烧不烧桥？谁在前？他们跑到那里烧桥，或是法国人把霰弹对准他们，打死他们？"这是那一大群军队中每个气馁的人不禁自问的问题。他们俯视桥梁，在明亮的夕阳中，他们看着桥梁和骠骑兵们，看彼岸，看来近的蓝外衣和刀枪。

"呵！射得到骠骑兵了！"聂斯维次基说，"现在离霰弹射程不远了。"

"他仗了许多人，没有用。"侍从军官说。

"确实，"聂斯维次基说，"派两个勇敢的去，也是一样。"

"呵，大人，"热尔考夫插言，他的眼不离骠骑兵，但仍然带着单纯的态度，从这种态度里不能猜出他是否严肃地在说话，"呵，大人！你怎样在发议论！派两个人，谁给我们夫拉济米缎绶勋章呢？但这样，即使他们密集射击他们，但可以代表骑兵连，自己受勋章。我们的保格大内支知道处事。"

"呵,"侍从军官说,"这是霰弹!"

他指着法军的炮,各炮皆从炮车上卸下,并匆忙地拖开。

法军方面,在有炮的那些人群里冒出了烟,另一缕,第三缕,几乎是同时,并且在这俄顷之间,在第一个炮声传来时,又冒出了第四缕。两声相连,又是第三声。

"呵,呵!"聂斯维次基哼着,好像是受到剧痛!抓住侍从军官的手臂,"你看,倒了一个,倒了,倒了!"

"两个,好像?"

"假使我是沙皇,我绝不打仗。"聂斯维次基转身说。

法军的炮又迅速地上弹。穿蓝外衣的步兵跑着向桥上推进。在不同的间隔里又冒起了烟,霰弹在桥上碰击并爆炸。但这一次,聂斯维次基不能够看桥上所发生的事。桥上冒起浓烟。骠骑兵烧桥成功了,法国的炮兵射击他们,不是为了阻止他们,而是因为炮已拖来,便应该轰击什么人。

在骠骑兵回到马上时,法军已放了三发霰弹射击。两发射击不准,霰弹全打了过去,但最后的一炮落在骠骑兵们的当中,打倒了三个人。

罗斯托夫注意着自己和保格大内支的关系,留在桥上,不知道要做什么。无人可以刀斩(他总是设想战争是如此的),帮助烧桥他也不能够,因为他不像别的兵士们,他未带一根草。他站着环顾,忽然桥上好像有了胡桃散落的声音,最靠近他身边的一个骠骑兵跟着倒在桥槛上,罗斯托夫和别人一同跑近他。又有人喊:"担架兵!"四个人抓住这个骠骑兵开始把他抬起。

"呵呵呵……抛下吧,为了基督的缘故。"伤兵喊叫,但他们仍然把他抬起,放在异床上。尼考拉·罗斯托夫回转身,好像寻找什么,开始看远处,看多瑙河水,看天,看太阳。天是多么美丽,多么蔚蓝,安宁而深远!夕阳是多么明亮而荣耀!在遥远的多瑙河里的水闪烁得多么温柔而动人呵!更美丽的是多瑙河那边遥远的蓝色的山峦、修道院、神祕的峡谷、顶上弥漫着烟雾的松林……那里安静而幸福……"只要我能在那里,我便什么,什么也不需要,什么也不需要,"罗斯托夫想,"只有我心中和这个太阳光下有那么多幸福,而这里……呻吟、痛苦、恐怖和这种渺茫,这种匆忙……他们又在这里叫什么,又都向回跑,我要和他们一阵跑。这里是它,它,死亡,在我头上,在我周围……俄顷之间——我便永不再看见这个太阳,这个河水,这个峡谷!"这时,太阳开始藏入云中,在罗斯托夫前面出现了许多别的异床。对于死亡和异床的恐怖,对于太阳和生命的爱惜——一切合成一个痛苦而恐怖的感觉。

"主上帝!你在天上,救我,恕我,佑我吧!"罗斯托夫向自己低语。

骠骑兵们回到马前,话声更大、更安宁,异床从眼前消失。

"好,老弟,闻到火药味了吗?……"发西卡·皆尼索夫的声音在他耳边喊叫。

"一切完了,但我是懦夫,是,我是懦夫。"罗斯托夫想,深深叹气,从侍卒的手里取了跛足的白嘴鸦,开始骑上。

"那是什么——霰弹?"他问皆尼索夫。

"是的，就是！"皆尼索夫喊叫，"他们造很好的枪炮！但这是龌龊的事！攻击是快乐的事，斩狗，但这里，鬼知道，他们好像打靶子。"皆尼索夫走向站得离罗斯托夫不远的一群人，团长、聂斯维次基、热尔考夫和侍从军官。

"但，好像没有人注意到。"罗斯托夫自己想。确实，没有人注意到，因为这个未上过火线的见习官第一次所经验到的情绪对于每个人都是熟悉的。

"现在你有了报告材料了，"热尔考夫说，"你看，他们要升我中尉了。"

"你报告郡王，我烧了桥。"上校胜利地、愉快地说。

"但假使问到损失呢？"

"值不上提的事！"上校低声说。"两个骠骑兵受伤，一个当场……"他带着明显的愉快说，无力抑制快乐的笑容，响亮地打断漂亮的字眼"当场"。

九

被保拿巴特指挥下的十万法军所追赶，受到居民的仇视，失去同盟者的信任，感到供给的缺乏，被迫在预料的一切战争条件之外去作战，库图索夫所指挥的三万五千俄军急遽地退到多瑙河下游，停在那里，被敌人追上，用后卫战作抵抗，只因为这是为了撤退而不损失辎重所必需的。在拉姆巴赫·阿姆世太顿及美尔克发生了战事，虽然俄军作战具有敌人所承认的勇敢与顽强，这些战事的结果却只是更快的退却。在乌尔姆逃脱被掳的奥军在不劳诺曾与库图索夫会合，现在与俄军分离，于是库图索夫只剩下薄弱疲竭的兵力。保卫维也纳是不再被人想到的。放弃了攻击的，凭新的科学原则而周密考虑的战略与战争——它的计划是库图索夫驻节维也纳时由奥国参谋部送达的，现在库图索夫眼前唯一而几乎不可达到的目的，就是不要损失军队，如马克在乌尔姆那样，而与自俄国开来的军队联合。

十月二十八日，库图索夫率领军队渡过多瑙河左岸，第一次停留下来，让多瑙河横隔在自己与法军主力之间。三十日，他攻击多瑙河左岸莫尔提页师，将它击溃。在这个战斗中，第一次获得胜利品：军旗、大炮与两名敌将。在两周退却之后，俄军第一次停留，并且在战斗之后，不仅保持了战场，且赶走了敌人，虽然军队衣履破碎、疲乏，因为落伍、伤、亡、疾病而弱了三分之一的力量；虽然在多瑙河彼岸留下了病兵与伤兵，带着库图索夫把他们交托敌军慈善机构的信；虽然克累姆斯的大医院和改为医院的大屋子不能容纳所有的病兵和伤兵——虽然有这一切，但在克累姆斯的停留和对莫尔提页的胜利，大大提高了军队的士气。在全军之中，在总司令部里，流传了最快乐的然而不确实的谣言：说到臆测的从俄国开来的纵队的临近，说到奥军所得的胜利，说到受惊的保拿巴特的退却。

安德来郡王于交战时，是在死于此番战役的奥国将军施密特那里。他的坐骑受伤，他的手臂受到子弹的轻伤。为表示总司令的特别垂青，他被派去送胜利消息给奥国宫廷——他已不在受法军威胁的维也纳，而在不儒恩。在交战的夜间，安德来郡王兴奋而不疲倦（虽然外表上不强健，安德来郡王却能忍受身体的疲倦，远甚于最强健的人），骑马带了文书从道黑图罗夫那里往克累姆斯见库图索夫，当夜被派去不儒恩送信。派为信使的意义，是在报酬之外，还有重要的晋升。

夜黑暗，有星光，道路在交战之日所降落的白雪之间成黑色。有时回想战争的印象，有时快乐地设想他将用胜利消息所产生的印象，忆起总司令及同僚的送别，安德来郡王在驿车里感觉到那种情绪，好像一个人等待了很久，终于等到了所期望的快乐之端倪。他一闭眼，耳中便听到枪炮的声音，这声音与车轮声及胜利的情绪混合在一起。有时他开始梦见俄军奔跑，他自己被杀。但他赶快地醒转，似乎快乐地重新知道这是全属子虚，而是相反的，法国人逃跑。他重新想起胜利的全部详情，在交战时自己镇定的丈夫气概，于是安心，打盹……在黑暗的、星光的夜之后，来了明亮的、愉快的朝晨。雪在阳光中融化，马迅速奔跑，各种新的森林、田地、村庄，一律在左右驰过。

在一个驿站上，他赶过了一列俄国伤兵的车。领导输送的俄国军官，躺在第一辆小车上，喊叫什么，粗声地骂一个兵。在许多长而大的日耳曼军货车上，各有六个以上的苍白、扎裹、脏污的伤兵，在石头道路上颠簸。他们当中有的在说话（他听到俄语），有的在吃面包，最重伤的无言，带着无力的、疾病的、儿童的兴趣，看着驰过他们身边的信使。

安德来郡王命人停住，并问一个兵士，他们是在什么战役中受伤的。

"前天在多瑙河上。"兵士回答。安德来郡王取出钱袋，给了兵士三个金币。

"给大家的。"他向着走来的军官说。"祝你们健康恢复，弟兄们，"他又向兵士们说，"还有许多事。"

"那么，副官先生，有什么消息呢？"军官问，显然是希望谈话。

"好消息！向前赶。"他向车夫喊，向前奔驰。

当安德来郡王到不儒恩时，天色已经全黑，他看见自己四周的高屋、商店、窗牖及街灯的火光，在街道上轰轰走过的华丽车辆，以及活动的大城的那种气氛，这对于战后的军人总是那么有诱惑性的。安德来郡王虽然经过了迅速的奔驰和不眠之夜，到宫廷时却觉得自己比昨晚更有精神，只是眼睛里射出火热的光，思想极迅速而明确地变换着。他又在心中把交战的全部详情做成不紊乱而确定的扼要叙述，这是他在想象中向法兰西斯皇帝报告的。他生动地料想到他们或许问他的偶然问题，以及他对他们的回答。他假定他们立刻便把他传见皇帝。但在宫廷的大门口跑来一个官员，知道他是信使，便领他走另一道门。

"从走廊向右，那里，大人，你便找到值班的副官，"官员向他说，"他领你去见陆军大臣。"

值班副官遇见安德来郡王，要他稍等，自己进去见陆军大臣。五分钟后，副官转来，并且特别恭敬地鞠躬，让安德来郡王走在他前面，领他经过走廊，到了陆军大臣的私室。副官似乎希望用他的精细的礼貌，防止俄国副官对他亲密的企图。当他走进陆军大臣私室的门时，安德来郡王的快乐情绪大大地薄弱了。他觉得自己受了怠慢，这怠慢的感觉出乎他自己意外地、无故地俄顷之间变为轻视的感觉。在这俄顷之间，他的敏觉的智慧告诉了他这个观点，根据这个观点，他有权利轻视副官和陆军大臣。"他们闻不到火药气味，一定以为胜利是很容易获得的！"他想。他的眼睛轻蔑地眯眨，他特别迟缓地走进陆军大臣的私室。当他看见陆军大臣坐在大桌前而在前两分钟不向进房的人注意时，这种感觉更加浓厚。陆军大臣把他的有灰色发卷的光头俯垂在两支高烛之间，阅读公文，用铅笔画着。他一直读完，在开门及有脚步声时，没有抬头。

"把这个拿去给他。"陆军大臣向自己的副官说，把公文交给了他，仍不注意信使。

安德来郡王觉得，或者在陆军大臣所注意的一切事务之中，库图索夫军队的行动最不能引他注意，或者是必须使俄国信使感觉这个。"但这对于我是完全一样的。"他想。陆军大臣集拢了其余的公文，把纸边理齐，然后抬起头来。他有智慧的特殊的头，但当他对着安德来郡王时，陆军大臣脸上智慧的坚决的表现，显然习惯地、意识地改变了：他脸上留着笨拙而不隐藏自己虚伪的笑容，好像一个人先后接见许多请求者时所有的。

"库图索夫总司令派来的吗？"他问，"我希望，好消息吗？和莫尔提页交战吗？胜利吗？正是时候！"

他拿起寄给他的文书，开始带着悲戚的表情阅读。

"啊，我的上帝！我的上帝！施密特！"他用日耳曼语说，"多大损失，多大损失！"

看完了文书，他把它放在桌上，他看着安德来郡王，显然是在思索什么。

"啊，多大损失！你说，是决定的战事吗？但莫尔提页没有被擒。"他想了一下，"我很快乐，你带来好消息，不过施密特的死是胜利的重大代价。当然陛下愿意见你，但不是今天。谢谢你，休息吧，明天检阅后的朝会上，但我会通知的。"

在谈话时消去的笨拙笑容，又显在陆军大臣的脸上。

"再见，很感谢你，皇帝陛下也许很愿意见你。"他重述，并点头。

当安德来郡王出宫廷时，他觉得胜利所给他的一切兴趣与快乐，现在被他留下，被他传达在大臣和恭敬副官的淡漠的手上。他的思想全部趋向忽然改变了：他觉得战争是陈久遥远的回忆。

十

安德来郡王住在不儒恩自己的友人俄国外交官俾利平处。

"啊！亲爱的郡王，没有更痛快的朋友了。"俾利平说，出来迎接安德来郡王。"弗让次[1]，把郡王的东西送进我的卧室！"他向领导保尔康斯基的用人说。"怎么，胜利的信使吗？好极了。我在家害病，你看。"

安德来郡王洗脸穿衣后，走进外交官的华丽书室，坐在预备好的餐食前。俾利平安静地坐在炉旁。

---

[1] 原文弗让次及奥皇法兰西斯皆为 frants，似有嘲笑之意，为就普通起见，奥皇译法兰西斯。——译者

安德来郡王不仅在旅途之后,而且在失去一切清洁享受与生活华丽的行军之后,感觉到休息在他所自小习惯的、华丽的生活环境中的快意情绪。此外,他觉得快意的是在奥国的接待之后,他虽不用俄文说话(他们说法语),却同俄国人说话。他以为,这个人也有俄国人对于奥国人的一般反感(现在他特别敏锐地感到这点)。

俾利平是一个三十五岁的独身男子,与安德来郡王属于同一个社会。他们在彼得堡即相识,但在安德来郡王上次与库图索夫住在维也纳时更加投契。正如安德来郡王是年轻人,在军界上有远大的前途,俾利平在外交界更有前途。他是更年轻的人,但已是不年轻的外交官。因为他十六岁的时候,即开始服务,曾驻巴黎,驻哥本哈根,现在在维也纳充任相当重要的职务。外交大臣和俄国驻维也纳大使都知道他,看重他。他不属于那些大多数的外交官,他们限定只有消极的资格,不做某种事,说法文,以便成为很好的外交官。他属于这种外交官们,他们喜欢并且知道如何工作。他虽然懒惰,却有时夜眈坐在写字台前。无论工作是什么性质,他都做得同样良好。他不注意这个问题"为什么",而是这个问题"如何"。外交事务的内容是什么,他不加注意,但巧善地、清楚地、华丽地写通告、觉书或报告——他在这里面找到巨大的满足。俾利平的服务受人尊重,不仅因为他的写作的工作,还因为他在高等社会中的态度及谈话的优美。

俾利平爱谈话,正如他爱工作,但只是在谈话能够华丽而机智的时候。在交际场中,他不断地等待机会,说点惊人的话,他只在这种情形里才说话。俾利平的谈话总是充满独特的、机智的、完善的、有共同兴趣的词句。这些词句是在俾利平内心的实验室里准备的,好像是有意具备了轻便的性质，以便不重要的社交人物容易记忆，把它们从这个客室带到那个客室。确实，俾利平的词句流行在维也纳的交际场中，常常对于所谓重要事发生影响。

他的消瘦、过劳、黄色的脸上全是深皱纹，这些皱纹好像总是清洁地、仔细地洗过的，好像浴后的指尖。这些皱纹的运动是他的面相的主要表演。有时他的额上皱了宽折，眉毛上举，有时眉毛下落。他的腮上显出深皱，深凹的小眼睛总是对直地、愉快地看人。

"好，现在告诉我们你们功绩吧。"他说。

保尔康斯基用最恭敬的形式报告战况，总不提及自己，他又说到陆军大臣的接待。

"他们对于我和我的消息，好像对于一只玩九柱戏的狗。"他结束。

俾利平冷笑，消去了面皮皱褶。

"但是，我亲爱的，"他说，远远地看自己指甲，抬起左眼睑，"虽然我对于神圣的俄军有崇高的尊视，我承认你们的胜利不是最光荣的。"

他仍然继续用法文说，只当他要用俄文轻蔑地加重语气时，他才说俄国语。

"为什么？你们用全军攻击只有一师兵的不幸的莫尔提页，而这个莫尔提页从你们手中逃脱了！胜利在哪里？"

"但，严格地说，"安德来郡王回答，"我们仍然可以不夸口地说，这比在乌尔姆好一点……"

"为什么不为我们抓住一个，即使是一个将军呢？"

"因为一切的经过并不如所预料的,并不像在检阅的时候那么有规律。我向你说,我们预料在上午七时打到敌人后方,但在下午五时才到。"

"为什么你们没有在上午七时到?你们应该在上午七时到,"俾利平笑着说,"应该在上午七时到。"

"为什么你不用外交方法使保拿巴特觉得他最好离开热那亚呢?"安德来郡王用同样语气说。

"我知道,"俾利平插言,"你以为坐在炉边的沙发上,很容易抓住将军们。这是真的,但仍然,为什么你们不抓住他们呢?你不要惊异,不仅陆军大臣,而且尊贵的法兰西斯皇帝兼国王也不会因为你们的胜利而很喜悦的。就是我,俄国使馆可怜的秘书,也不觉得有任何特别的快乐,不必给我的弗让次一个银币,给他一天假,带他的情人在十拉特尔街去耍,表示我高兴,不过这里没有十拉特尔街……"

他对直地看安德来郡王,忽然把他的皱纹从额上放松。

"现在轮到我问你'为什么'了吧,我亲爱的?"保尔康斯基说,"我向你承认我不懂,也许这里有外交的聪明超过我的薄弱智力,但我不懂:马克丧失金军,斐迪南大公与卡尔勒大公没有一点活气的征象,并且错误不断,最后只有一个库图索夫获得真正的胜利,破坏了法军无敌的声望,而陆军大臣甚至无心要知道详情!"

"正因为这个缘故,我亲爱的。你看见,乌拉,为沙皇,为俄国,为信仰乌拉!这都是极好的,但我们,我是说,奥国宫廷,对于你们的胜利有什么关系呢?你带给我们关于卡尔勒大公或斐迪南大公胜利的好消息——你知道,这个大公和那个大公是有同样价值——即使是对于拿破仑的一连救火队,这又是一回事了,我们要鸣炮的。但是这只能刺激我们,好像是有意的。卡尔勒大公一事无成,斐迪南大公被蒙耻辱。你们放弃维也纳,不再保卫它,好像你对我们说:上帝与我们同在,上帝与你们、与你们的都城同在。我们大家所欢喜的一个将军,施密特,你们把他送在弹雨之下,祝贺我们胜利!你要承认,比你带来的消息更恼人的东西,是不能想出的。这好像是有意的,好像是有意的。此外,假使你们获得真正光荣的胜利,甚至卡尔勒大公获得胜利,这对于战争的大势有什么改变呢?现在已经迟了,维也纳已经被法兵占领了。"

"怎么?占领了?维也纳被占领了?"

"不但被占领了,而且保拿巴特在射恩不儒恩,而伯爵,我们亲爱的夫尔不那伯爵已经去接受命令了。"保尔康斯基在旅途与接见的疲倦与印象之后,特别在餐后,感得他不明白他所问的话的全部意义。

"今天早晨利克顿腓尔斯伯爵在这里,"俾利平继续说,"他给我看了一封信,信里详细地描写了法军在维也纳的检阅。牟拉亲王和所有的别人……你知道你们的胜利不是很快乐的,你不能像救主那样被接待……"

"确实,对于我一切都是一样,完全一切都是一样!"安德来郡王说,开始懂得他的克累姆斯胜利消息,比之奥国首都被占领的这种事件,确是没有什么重要。"维也纳怎么被占领的?桥和著名的要塞,还有奥扼斯柏亲王呢?我们听到传说,说奥扼斯柏亲王保卫维也纳。"他说。

"奥扼斯柏亲王站在这边，我们这边，保卫我们。我想保卫得很坏，但仍然是保卫了。但维也纳在那边。不，桥还没有失陷，我希望不至于失陷，因为桥已经埋了火药，他已奉命炸桥。不然的话，我们就早已在保希米亚山中，而你和你们的军队要在夹攻之下过了很坏的一刻钟了。"

"但这仍然不能算战争已经结束了。"安德来郡王说。

"但我以为它结束了。这里的要人们都这么想，但不敢说这话。它将像我在战争的开始所说的，不是我们在丢任施坦的攻击，总之不是火药决定战事，而是发明火药的人。"俾利平说，重复他的警句之一，放松了他额上的皱纹，并稍停，"问题只在这里，就是亚历山大皇帝与普鲁士国王的柏林会议要决定什么。假使普鲁士加入联盟国，它加强奥国的势力，便会有战争。假使不然，则要点只在这里，就是布置在何处作成新卡姆波·福密俄条约[1]的重要条款。"

"但他是多么非常的天才啊！"安德来郡王忽然喊叫，握紧他的小手，打在桌上，"这人多么幸运啊！"

"布呵拿巴特吗？"俾利平疑问地说，皱额头，借此使人觉得马上便有警语。"Buonaparte（布呵拿巴特吗）？"[2]他说，把u字说得特别重，"但我想，现在，他在射恩不儒恩向奥国规定法律了，我们应该把这个u字去掉。我决定作改革，简称他保拿巴特。"

"不，不要说笑话，"安德来郡王说，"你当真以为战事结束

---

[1] 一七七九年之法奥和约。——毛
[2] Buonaparte 为原来的拼法，本书中人物如此称呼时，有反对拿破仑之意。——毛

了吗?"

"我是这么想。奥国做了傻事,这是他不习惯的。它要寻找代价。它做了傻事,因为,第一各省被劫(他们说,神圣的俄军抢得很凶),军队溃散,首都失陷,这一切都是为了萨提尼亚[1]的陛下的美丽眼睛。因此,说句知己的话,我亲爱的,我的本能听到我们受骗了,我的本能听到他们和法兰西的来往与和平计划,单独订立的和平计划。"

"这是不可能的!"安德来郡王说,"这太卑鄙了。"

"活着看吧。"俾利平说,又放松皱纹,表示谈话完结。

当安德来郡王走进为他预备的房间,穿着清洁的麻布衣,躺在羽毛床垫与香暖的枕头上时——他觉得,他带来情报的那个战事是遥远了,离他遥远了。普鲁士的联盟,奥地利的欺骗,保拿巴特的新胜利,法兰西斯皇帝明天的上朝、阅兵及接见——吸取了他的注意力。他闭了眼,但同时他的耳朵里响起了炮声、枪声、车轮声,展长的毛瑟枪行列又从山上下来,法军射击,他觉得他的心在跳动,他和施密特并排着在前驰奔,子弹愉快地在他四周飞响,他感觉到自幼不曾经验过的,加强十倍的生活快乐之情绪。他醒来……

"是的,有过这一切! ……"他快乐地、儿童般地向自己笑说着,于是睡着酣沉的青年的觉。

---

[1] 萨王 Victor Emmanusl(爱麦虞)一世在"岛国受英舰保护,为反法之象征"。——毛

十一

次日，他醒得迟。回忆着过去的印象，他最先想起今天他要觐见法兰西斯皇帝，想起陆军大臣、恭敬的奥国副官、俾利平以及昨晚的谈话。为了入朝觐见，他穿了久未穿的全副礼服，他新鲜、活泼、美丽，带着一只挂吊腕带的手臂，走进俾利平的房间，在房间里有四个外交界的人。依包理特·库拉根是使馆的秘书，保尔康斯基和他是相识。俾利平为他介绍了别人。

在俾利平这里的人，是时髦、年轻、有钱、快乐的人，他们在维也纳，在这里成一单独团体，俾利平是这个团体的首领，并且称他们为"知己"。这个几乎全是由外交官组成的团体，显然有它自己的，与战争及政治无关的上层社会的兴趣，对于某些妇女及官方的关系。

这些先生们，显然乐意地在自己团体中接待安德来郡王，如同自己的人（这是他们对于少数人的荣誉）。由于礼节，好像是谈话的题目，他们向他问了几个关于军队与会战的问题，谈话又散为间断的、愉快的笑话与闲谈。

"但特别好的，"一个人说到同辈外交官的不幸事件，"特别好的是，大臣直接向他说，派他去伦敦是升官，他应该这么看这件事。你看到他这时候的形状吗？"

"但最坏的，诸位，我要向你们泄露库拉根的秘密：他是不幸的人，这个当。胡安利用了这一个，这个可怕的人！"

依包理特郡王躺在安乐矮椅上，把腿架在肘上，他出声笑。

"告诉我这件事。"他说。

"呵，当。胡安！呵，蛇！"许多声音说。

"你不知道，保尔康斯基，"俾利平向安德来郡王道，"法军所有的残忍（我差一点没有说出俄军），比较这个人在女人当中所做的，便不算什么了。"

"女人是男人的侣伴。"依包理特郡王说，开始在眼镜里看自己的抬起的腿。

俾利平和知己们哈哈大笑，看着依包理特的眼睛。安德来郡王看到这个依包理特送这个团体里的小丑，他（应该承认）几乎为了自己夫人而嫉妒他。

"不，我一定要请你欣赏库拉根，"俾利平向保尔康斯基低声说，"当他谈到政治的时候，他妙极了，你应当看着他的出色的地方。"

他坐近依包理特，额头上打了皱，引他谈到政治。安德来郡王和别人站在两人的四周。

"柏林的内阁不能表示对于联盟的意见,"依包理特开言,严重地看大家,"没有表示……如同在最早照会里……你明白……你明白……此外,假使皇帝陛下不改变我们联盟的原则……"

"等一下,我还没有说完……"他向安德来郡王说,抓住他的手臂,"我以为干涉比不干涉强,并且……"他沉默。

"我们十一月十八日的照会不能当作根本不可接受的东西。一切便是要这样地完结。"

他放开保尔康斯基的手臂,借此表示他现在完全结束了。

"代摩斯代涅,我从你藏在金嘴里的结石认识了你!"俾利平说,他的一绺头发因为满意而下移。

大家嗤笑。依包理特笑得比别人高,他显然是痛苦、喘气,但不能抑制野放的笑声,这笑容拉长了他的一向无动作的脸。

"那么,好了,诸位,"俾利平说,"保尔康斯基是我家里的客人,现在在不儒恩,我想尽可能地请他看看这里生活的一切快乐。假使我们是在维也纳,这是容易事。但这里,在这个可怜的莫拉夫的坏地方,这是较难的,我要请大家帮忙。我们应当对他尽不儒恩的招待责任。你们带他看戏,我带他去交际。你,依包理特不用说——女人。"

"我们应该给他看阿美丽,标致!"知己中的一人说,吻着手指头。

"总之,"俾利平说,"我们应该使这个残忍的兵注意到更人道的方面。"

"我不能叨光你们的款待了,诸位,现在是我要去的时候了。"保尔康斯基看着表说。

"哪里去?"

"看皇帝!"

"呵!呵!呵!"

"好,再见,保尔康斯基,再见,郡王,早点来吃饭,"大家说,"我们等你。"

"和皇帝说话的时候,尽可能地多称赞军需供给与行军路线的纪律。"俾利平送保尔康斯基到外厅时向他说。

"我想称赞,但按照我所知道的,我不能够。"保尔康斯基笑着回答。

"好,总之,尽可能地多说。他极愿意接见人。但他自己不爱说,也不能说,你会看到。"

十二

在朝见时，法兰西斯皇帝只注神地看着站在奥国官员间指定地位上的安德来郡王的脸，并向他点自己的长头。但在朝会后，昨天的副官恭敬地向保尔康斯基传达了皇帝接见他的意旨。法兰西斯皇帝站在房间当中接见他，在开始谈话之前，使安德来郡王诧异的是，皇帝好像慌乱，不知道说什么，且脸红。

"你说，战事是什么时候开始的？"他匆促地问。

安德来郡王回答了。在这个问题之后，有别的同样简单的问答："库图索夫康健吗？""他什么时候离开克累姆斯的？"等等。皇帝带着那样的神情，好像他全部的目标，只是在问相当数量的问题。对于这些问题的回答，是太显然地不能使他产生兴趣。

"战事是几点钟开始的?"皇帝问。

"不能奉闻陛下,前线的战事是几点钟开始的,但在丢任施坦,我所在的地方,军队是晚上六点钟开始攻击的。"保尔康斯基说,活泼起来,并且此时以为他能够说出他在心中所准备的,关于他所知所见的一切情形的精确叙述。但皇帝笑着打断他。

"多少里?"

"从何处到何处,陛下?"

"从丢任施坦到克累姆斯?"

"三里半,陛下。"

"法军退出了左岸吗?"

"据侦探报告,最后的在晚间乘木筏渡了河。"

"在克累姆斯的粮草够用吗?"

"粮草还未达到这个数额……"

皇帝打断他:

"施密特将军是在几点钟被打死的?……"

"大约是七点钟。"

"七点钟。很悲伤!很悲伤!"

皇帝说了感谢他,并鞠躬。安德来郡王走出,立刻四周围绕了朝臣。和善的眼睛在各方面看他,并且听到和善的话声。昨晚的副官怪他为什么不住在宫里,并且向他提及自己的屋子。陆军大臣走来,带了三等玛丽亚·泰利撒勋章来贺他,这是皇帝赐给他的。皇后的侍官请他去见皇后陛下,女大公也希望见他,他不知道怎么办,思索了几秒钟。俄国大使拉他的肩膀,领他走到窗口,开始向他说话。

虽有俾利平的一番话,他所带来的消息却被愉快地接受了。下了指令做感恩祈祷。库图索夫被赏赠了玛丽亚·泰利撒大十字勋章,并且全军获得奖赏。保尔康斯基接到各方面的邀请,他必须整个的早晨去拜访奥国的显要。拜访完毕后,在下午五时,安德来郡王回到俾利平家,腹拟着给父亲的信,报告他战事及自己的不儒恩旅行。在俾利平的屋子的台阶前,停着一辆半载物品的小车,俾利平的仆人弗让次走出门,费力地拖衣箱。

在回到俾利平家之前,安德来郡王曾去书店为战争时期储购书籍,在书店坐了一会儿。

"这是什么?"保尔康斯基问。

"呵,大人,"弗让次说,费力地把衣箱拖上小车,"我们要走得更远,恶徒又跟在我们的脚后了!"

俾利平出迎保尔康斯基。在俾利平的一向安静的脸上有了兴奋气色。

"不,不,你要承认这是动人的,"他说,"这个塔宝桥(此桥在维也纳)的故事,他们不放一枪就过来了。"

安德来郡王一点也不明白。

"你从哪里来的,你不知道全城车夫都知道的事吗?"

"我从女大公那里来的,我在那里什么也未听到。"

"没有看见各处在装运行李吗?"

"没有看见……但,这是什么事?"安德来郡王急躁地问。

"是什么事?是这件事,法国人过了奥扼斯柏所守的桥,桥没有炸,所以牟拉现在顺大道向不儒恩在跑,他们今明两天就要到这里。"

"这里？怎么没有炸桥呢，它埋了火药呀？"

"我要问你这个。没有人知道，保拿巴特自己也不知道这个。"保尔康斯基耸肩。

"假使他们过了桥，便是军队失败了，它要被切断。"他说。

"要点在此，"俾利平回答，"你听法国人要进兵维也纳，我向你说过，一切都很好。第二天，就是昨天，将军牟拉、兰恩及白利尔骑了马到桥上来（注意，三个都是加斯科思人）。有一个说：'诸位，你们知道，塔宝桥埋了地雷，又加埋了地雷，在前面有可怕的桥垒和一万五千军队，他们奉命炸桥，不让我们过去，但我们的皇帝拿破仑陛下要乐意的，假使我们占领了这座桥。我们三个人去占领这座桥。'别人说：'我们去。'于是他们动身，占领了桥，现在领了全军在多瑙河这边直扑我们，你们，和你们的交通线。"

"不要说笑话了。"安德来郡王愁戚地、严肃地说。

这个消息对于安德来郡王是可悲而又可喜的。他刚刚知道了俄军处在这种无望的地位，便想到他正是注定了要使俄军出脱这种地位的人。而这，这个图隆[1]，将使他超出无名官员的阶层，为他开辟第一条光荣之路。听着俾利平说话，他已经设想到他如何到了军中之后，在军事会议里提出唯一拯救军队的意见，如何委托他执行这个计划。

"不要说笑话了。"他说。

"不要说笑话，"俾利平继续说，"没有别的比这更真确、更痛心

---

[1] 图隆于一七九三年遭共和党人侵袭时，拿破仑在此大露头角。——毛

了。这几位先生单独来到桥上，举起白手帕，宣布这是停战，而他们，将军们，是来与奥扼斯柏郡王做谈判的。值班的军官让他们上了桥头。他们向他说了一千种加斯科思人的蠢话，他们说，战争已完结，法兰西斯皇帝决定了与保拿巴特相会，他们愿见奥扼斯柏郡王等等。军官派人去找奥扼斯柏，这几个先生抱住军官说笑话，坐在炮上，而这时一营不被注意的法军来到桥上，把燃烧材料的包抛到水里，来到桥头上。最后中将自己，我们可爱的奥扼斯柏·封·毛忒恩郡王，出现了。'亲爱的敌人！奥军之花，土耳其战争的英雄！仇恨完结了，我们可以互相握手了，拿破仑皇帝极愿认识奥扼斯柏郡王。'总之，这些先生不是无用的加斯科思人，他们向奥扼斯柏郡王说了那些漂亮话，他是那样地被法将如此迅速的熟识所诱惑，那样地被外衣的样式和牟拉的鸵鸟花翎所眩惑，他只看到他们的热情，忘记了自己应该攻击，攻击敌人。"（虽然他的话有气愤，俾利平却没有忘记这警语之后稍停让它有时间被人欣赏。）"这营法军跑上桥头，钉了炮眼，桥被占领了。不，但最好的地方，"他继续说，他兴奋，因为自己的故事的动听与平静，"是在这里，看守这门炮的军曹——凭这门炮的信号，他们就要放地雷，炸桥。这个军曹看到法军跑到桥上，便想放炮，但兰恩推开了他的手。军曹显然比自己的将军聪明，他走近奥扼斯柏，说：'郡王，我们受骗了，这是法国人！'牟拉看到，假使让军曹说，事情便糟了。他带着虚伪的惊异（真正的加斯科思人）向奥扼斯柏说：'我不知道世界上这么称赞的奥军纪律。'他说：'你让下级的人向你这样说话！这是天才！'奥扼斯柏郡王被冒犯，便下令拘押这个军曹。不，你要承认这全部塔宝桥的故事是动人的，这既不是愚蠢，又不是怯懦……"

"这也许是欺诈。"安德来郡王说，生动地向自己想象着灰大衣、伤兵、火药烟气、子弹声和等待他的光荣。

"也不是。这使朝廷处于很困难的地位，"俾利平继续说，"这既不是欺诈，又不是懦怯，也不是愚蠢，这好像在乌尔姆……"他似乎思索了一下，寻找词句："这是……马克式。我们马克化了。"他说完，觉得自己说了一个警语，一个新鲜的字，这个字将被重复。额上聚到现在的皱纹迅速地平了，表示满意，他微笑着，开始看自己的指甲。

"你到哪里去？"他忽然向安德来郡王说，他已站起到他的房间里去。

"我要走了。"

"到哪里去？"

"到军队里。"

"你不是要留两天的吗？"

"但现在马上就要走。"于是安德来郡王走进他的房间，准备上道。

"你知道，我亲爱的，"俾利平在房里走近他说，"我想到你，你为什么要走呢？"

为证明这个理由的不可拒绝，他脸上皱纹全消失了。

安德来郡王疑问地看他的对谈者，未作回答。

"你为什么要走？我知道，你以为你的责任是——在军队有危险时，现在跑回军队。我懂得，我亲爱的，这是英雄主义。"

"一点不是。"安德来郡王说。

"但你是一个哲学家,完全是一个哲学家,要从另一方面观看人事,你便看到,你的责任,相反地,是当心你自己。把这事让其他不适宜做别的事的人……你没有奉命回去,这里并未放你走。所以,你可以留在这里和我们一同走,到我们不幸的命运带我们去的地方。据说,他们要去奥尔牟兹。奥尔牟兹是一个很可爱的城,我和你一同舒服地坐我的马车去。"

"不要说笑话了,俾利平。"保尔康斯基说。

"我诚心友谊地向你说。想想看,当你可以留在这里的时候,现在你到哪里去,为什么去?等待你的,是两件当中的一件(他皱了左太阳穴的皮),或者是你未到军中便已媾和,或者是库图索夫全军的失败与耻辱。"

俾利平卷了皱纹,觉得他的两难论法是不可辩驳的。

"这个我不能判断。"安德来郡王冷淡地说,但心中想:"我要去救军队。"

"我亲爱的,你是一个英雄。"俾利平说。

十三

当晚,辞别了陆军大臣,保尔康斯基即回营,他不知道在何处找到他的军队,并且在赴克累姆斯的途中,有被法军擒捕的危险。

在不儒恩,所有朝廷官员都收拾了行装,而且笨重的东西已送往奥尔牟兹。在爱塞斯道夫附近,安德来郡王上了德军所走的道路,他们的速度极快,秩序极坏,道路是那样地被行李车所阻,以致马车不能通过。向卡萨克兵队长要了一匹马和一个卡萨克兵,又饥饿又疲倦的安德来郡王,穿越行李车辆,乘马寻找总司令和自己的行李车。关于军队地位的最坏的谣言在途中传到他耳里,无秩序的奔跑的军队的情形证实了这些谣言。

"英国的金钱从地角上运来的俄军,我们要使它受到同样的命运

（乌尔姆军队的命运）。"他想起保拿巴特在战前向自己军队所说的话，这些话同样地引起他对于天才英雄的崇拜、骄傲受到打击的感觉和光荣的希望。"假使除了死亡，一无所余呢？"他想，"好，假使是必要的！我要做得不亚于别人。"

安德来郡王轻蔑地看这些不尽的、混乱的军队，行李车、辎重车、大炮，又是行李车、运货车，各种可能样子的行李车，互相追赶，并且三四成排，阻塞泥泞道路。从各方面，从前面和后面，从耳朵能听到的地方，传来车辆声，运输车、小车及炮车的轰轰声，马蹄声，鞭子抽搠声，车夫叫声，兵士、马弁及军官的骂声。在路边上他不断地看到倒地的破皮及未破皮的马，破碎的行李车上面坐着单独的兵，等待着什么，落伍的兵，他们成群地赴附近的村庄，从村庄里拖出家禽、羊、草秸或装满了东西的袋子。在上山与下山的地方，人群更拥挤，并有不断的呼叫声。兵士们陷在及膝的泞淖中，手抓着炮和车辆，鞭子抽响，马蹄滑荡，挽革破断，喉咙喊得开裂。率领开拔的军官们，在行李之间，骑着马有时上前，有时退后。他们的声音在全体的喊叫中是低弱的，他们的脸上显出他们对于停止这种混乱的可能是失望了。

"这就是可爱的神圣军队。"保尔康斯基想，忆起俾利平的话。

他骑到一辆行李车前，希望向他们当中的人探问总司令的地方。和他正对面，来了一辆奇怪的单马的车子，显然是装载了家庭的和士兵的用具，看来是在两轮货车、单马篷车与轻便轿车之间的东西。有一个兵赶车，在皮篷下有一个女子坐在窗子后边，裹着披巾。安德来郡王骑马走近，他正要向兵士发问时，车中的女子失望的叫声引起他的注意。率领车辆的军官打了坐在这辆车子上赶车的兵士,因为他想越过别的车子,他的鞭子落在车窗上。女子尖声喊叫,看见了安德来郡王,她从窗下把头探出,并挥动从披巾下高举的瘦手,喊叫!

"副官!副官先生……为上帝的缘故……保护我……这要发生什么事呢?……我是第七骑兵团军医的夫人……他们不让过去,我们落后了,失了同阵的人……"

"我要把你打成肉饼,滚回去!"愤怒的军官向士兵喊叫,"和你的贱妇一同滚回去。"

"副官先生,保护我。这是什么意思?"医生夫人说。

"请你让这辆车子过去吧,你没有看见这是女子吗?"安德来郡王骑到军官面前说。

军官看着他,未回话,又转向兵士:"我来赶你……回去!……"

"让它过去,我向你说。"安德来郡王紧抿着嘴唇又说。

"你是什么人?"军官忽然带着醉汉的狂怒同他说,"你是什么人?你(他特别地说你)。""是长官,是吗?这里我是长官,不是你。你,回去。"他重说,"把你打成肉饼。"

这个词句,显然是军官欢喜的。

"给了小副官一个大霉头。"后边的声音说。

安德来郡王看到这个军官是在醉汉的无理狂怒中,在这种情形中,人们不能记得他们所说的。他看到,他为车中医生夫人的代求,成了他在世界上最怕的东西,即是法文中所谓 ridicule(笑话),但他的本能向他说了别的。军官还未说完最后的字句,安德来郡王便带了因大怒而变色的面孔走近他,举起鞭子。

"让—他—们—过—去。"

军官摇手,迅速地跑开。

"一切是由于这些人,司令部里的人,一切的混乱,"他低声诉怨,"照你的意思去做吧。"

安德来郡王未抬眼睛,匆忙地离开呼他为救主的医生夫人,并且厌恶地回想着这受气情节的琐碎详情,驰赴一个村庄,他听说,总司令在这里。

进了村庄,他下马走到第一户人家,打算休息一会儿,吃点东西,把这一切气愤的,使他苦恼的思想澄清一下。"这是一群恶棍,不是军队。"他想,走到第一个屋子的窗前,这时一个熟悉的声音叫他的名字。

他环顾,在小窗子里伸出了聂斯维次基的美丽面孔。聂斯维次基在潮润的嘴里嚼着什么,挥着手,叫他进去。

"保尔康斯基,保尔康斯基!你听不见吗?赶快来。"他喊叫。

进了屋,安德来郡王看到聂斯维次基和另一副官在吃东西。他们匆忙地向保尔康斯基问这个问题:"他知道不知道什么新闻呢?"在他所熟悉的他们的面孔上,安德来郡王看出了惊讶与不安的表情。这表情在聂斯维次基一向带笑的脸上特别显著。

"总司令在哪里?"保尔康斯基问。

"这里,在这个屋子里。"副官回答。

"那么,和平同投降是真的吗?"聂斯维次基问。

"我要问你。我一点也不知道,除了我费力来到你们这里。"

"我们的事,老兄,什么样子!可怕!老兄,我错了,我们笑马克,自己却要遇到更坏的情形,"聂斯维次基说,"但是坐下来,吃点东西吧。"

"现在,郡王,你找到行李车和任何东西了,你的彼得,上帝知道他在哪里。"另一个副官说。

"总司令部在哪里?"

"我们要在兹那依姆过夜。"

"我把自己所需要的一切驮在两匹马上,"聂斯维次基说,"他们替我弄了顶好的行装,总可以走过保希米亚山。很不好,老兄,但你怎么样,当真不好过吗,你那样打战?"聂斯维次基问,看到安德来郡王如何地打战,好像触到了蓄电池。

"没有什么。"安德来郡王回答。他在这时候想起刚才为医生夫人而与运输军官的冲突。

"总司令在这里做什么?"他问。

"我一点也不懂。"聂斯维次基说。

"我只懂一点,一切是可恶、可恶、可恶。"安德来郡王说过,走进总司令所住的屋子。

走过库图索夫的马车,走过大声互相谈话的卡萨克兵及侍从们的疲倦坐骑,安德来郡王进了门廊。如他们向安德来郡王所说的,库图索夫自己和巴格拉齐翁及威尔罗特在这个农舍里。威以罗特是代替打死的施密特的奥国将军。在门廊处,矮小的考斯洛夫斯基蹲在一个书记的前面。书记坐在侧转的桶上,卷了衣服的硬袖,迅速地写字。考斯洛夫斯基脸色劳瘁——他,显然,夜间也不曾睡。他看安德来郡王,甚至不向他点头。

"第二行……写了吗?"他继续向书记口授,"基也夫的掷弹兵,波道尔斯克……"

"不要快,大人。"书记看着考斯洛夫斯基不恭地、愤怒地说。

这时,可以听到门那边库图索夫兴奋的、不满的声音,被别的不相识的声音所打断。由于这些话声,由于考斯洛夫斯基对他的不注意,由于劳顿的书记的不恭,由于书记及考斯洛夫斯基坐在桶旁的地上,离总司令那么近,以及由于牵马的卡萨克兵在屋外窗下大声笑——由于这一切,安德来郡王觉得一定要发生什么严重的不幸的事情。

安德来郡王急迫地向考斯洛夫斯基发问题。

"等一下,郡王,"考斯洛夫斯基说,"给巴格拉齐翁的作战命令。"

"投降呢?"

"没有这种事,下了交战的指令。"

安德来郡王走近传出话声的门前。但在他要开门时,房里的话声沉默,门自己开了,库图索夫带着胖脸上的鹰鼻子出现在门口。安德来郡王正站在库图索夫的对面,但由于总司令一只好眼的表情,可以看到,思索与焦虑那么有力地吸引了他的注意力,好像遮了他的视线。他对直地看他的副官的脸,认不出他。

"好,完了吗?"他向考斯洛夫斯基说。

"马上就完了,大人。"

巴格拉齐翁是一个矮小,有东方式的、坚决的、无表情的脸,消瘦,尚未老的人。他跟在总司令后边。

"我有荣幸报告。"安德来郡王够高声地说,递给他一个信封。

"啊,从维也纳来的吗?好。等一下,等一下!"

库图索夫和巴格拉齐翁走到台阶。

"好郡王,再见,"他向巴格拉齐翁说,"基督与你同在!祝你有伟大的胜利。"

库图索夫的脸忽然柔软,泪水涌在他的眼睛里。他用左手将巴格拉齐翁拉到面前,用戴戒指的右手,用显然习惯的姿势,替他画十字,并把胖腮伸给他,但巴格拉齐翁却吻了他的颈子。

"基督与你同在!"库图索夫重说,走到车前。"和我坐一起。"他向保尔康斯基说。

"大人阁下,我想在这里有点用处。让我留在巴格拉齐翁的部队里吧。"

"坐上,"库图索夫说,注意到保尔康斯基延迟,"我自己需要,自己需要好军官。"

他们坐上马车,沉默地乘了几分钟。

"还有很多,一切很多的事情在我们前面。"他带着老年人透视的表情说,好像明白保尔康斯基心中发生的一切。"假如明天他带回十分之一的部队,我就要感谢上帝。"库图索夫说,好像自言自语。

安德来郡王看库图索夫,他的眼睛不觉地看到半阿尔申之外库图索夫太阳穴上洗净的疤痕,在依斯马伊尔一粒子弹从这里穿过了他的头,看到他的空眼窝。"是的,他有权利那么安静地说到这些人的毁灭!"保尔康斯基想。

"因此我请求派我到那个军队里去。"他说。

库图索夫未回答。他似乎忘记了他所说的,坐着思索。过了五分钟,在马车的柔软弹簧上平稳地颠宕着,库图索夫向安德来郡王说话。他的脸上没有兴奋的痕迹,他带着轻淡的讽刺,向安德来郡王问到他和皇帝会面的详情,他在朝廷里听到的对于克累姆斯战役的批评,以及几个大家认识的妇女。

十四

　　库图索夫在十一日接到侦探的谍报,表示他所指挥的军队几乎处在无望的地位。侦探报告,有大量的法军,过了维也纳桥,进攻库图索夫与俄国开来的军队之间的交通线。假使库图索夫决定留在克累姆斯,则拿破仑的十五万军队将切断他和各方面的交通线,包围他的四万疲顿之师,而他将处在马克在乌尔姆的地位。假使库图索夫决定放弃那条联络俄国开来的军队的交通线,则他必须不从大道退入保希米亚山中不可知的地方,抵抗力量优越的敌军,而放弃与部克斯海夫顿联络的一切希望。假使库图索夫决定从克累姆斯顺大道去奥尔牟兹与俄国开来的军队会合,他便要遇到过了维也纳桥的法军先到达这条道路的危险,并因此要带了全部辎重与运输品,在行军中被迫而交战,要和有他三倍力量的并在两面包围他的敌人交战。

库图索夫选择了最后一条路线。

据侦探报告，法军过了维也纳桥，以急速行军进往库图索夫退路上的兹那依姆，在他前面一百里的地方。在法军之前到达兹那依姆——意思是获得拯救军队的巨大希望，让法军在他之先到达兹那依姆——意思是使全军受到类似乌尔姆战事的侮辱或全部覆灭。但带领全军在法军之先到，是不可能的。法军自维也纳到兹那依姆的道路短于并优于俄军自克累姆斯到兹那依姆的道路。

在接得消息的晚间，库图索夫派了四千巴格拉齐翁的前卫军从克累姆斯—兹那依姆大道上，开赴山右维也纳！兹那依姆大道！巴格拉齐翁必须做无休息的急行军，停止时要面对维也纳背向兹那依姆，假使能够先法军而到，则他必须尽可能地阻挡他们。库图索夫自己率领全部辎重进赴兹那依姆。

带领了饥饿的、无鞋的兵士，没有道路，在暴风雨的夜间，在山间走了四十五里，损失了三分之一的落伍兵，巴格拉齐翁到达了维也纳—兹那依姆道路上的号拉不儒恩，正在从维也纳赴号拉不儒恩的法军之前数小时。库图索夫还要整整的一昼夜才能率领他的运输队到达兹那依姆，因此，要救军队，巴格拉齐翁必须以四千饥饿疲乏的兵士，在一昼夜之间，阻挡相遇于号拉不儒恩的全部敌军，这显然是不可能的。但奇怪的幸运使不可能的成了可能的。法军不战而夺得维也纳桥——这个欺骗的成功，鼓动了牟拉试图同样地欺骗库图索夫。在兹那依姆道路上遇到了巴格拉齐翁的薄弱的军队，牟拉以为这是库图索夫的全军。为了确实地击溃这个军队，他等待维也纳道路上落后的部队，并且怀着这个目的，他提议停战三日，而条件是双方军队不变更他们的阵地，也不离开地方。牟拉断言和平谈判已在进行，为了避免无谓的流血，他提议停战。站在前哨线上的奥国将军诺西提兹相信了牟拉军使的话，并且退开，暴露了巴格拉齐翁的部队。另一个军使来到哨线，说明了同样的和平谈判的消息，并且向俄军提议停战三日。巴格拉齐翁回答说他不能接受或拒绝停战，并且派副官带了停战提议的报告去见库图索夫。

对于库图索夫，停战是唯一的方法：使他获得时间，给巴格拉齐翁的疲乏之师休息，放过运输队与辎重更向前进，到达兹那依姆（辎重的运输是瞒着法军的）。停战的提议使军队之拯救有了唯一的意外的可能性。接到这个消息，库图索夫立刻派身边的高级副官文村盖罗德去敌方军营。文村盖罗德不但要接受停战，并且要提出投降的条件，而同时库图索夫派副官们回去尽可能地催促全军的行李在克熙姆斯—兹那依姆道路上的运送。巴格拉齐翁的疲乏饥饿的部队必须单独地掩护这个行李列车和全军的运动，不动地停在力量大八倍的敌军之前。

库图索夫的两个预料同样地实现了：投降的提议没有任何拘束，却能给他的一部分行李车有时间走过去，牟拉的错误一定会很快地被发觉。在号拉不儒恩二十五里外的射恩不儒恩的保拿巴特，刚刚接到牟拉的报告以及停战与投降的计划，他便识破了欺骗，并写了如下的信给牟拉：

"致牟拉亲王。射恩不儒恩，雾月二十五日，一八〇五年，上午八时。

"我不能找出话来，向你表示我的不满。你只指挥我的前卫队，你没有权利不得我的命令而停战。你使我损失了全部战争的战果。立刻破坏停战，并进攻敌人。你要向他们宣布，签署这个投降书的将军没有权利做这件事，只有俄国皇帝有这个权利。

"无论何时，俄国皇帝批准了上述条约，我也批准，但这只是一种策略。进攻！毁灭俄军！你可以夺取他们的行李和大炮。

"俄国皇帝的高级副官是一个骗子……军官们无权，便没有价值，这个人也没有……奥国人因为过维也纳桥而让他们自己被骗，你却让自己受了皇帝副官的骗。

拿破仑"

保拿巴特的副官带了这封给牟拉的威吓的信，驰马猛奔。拿破仑自己，不相信他的将军们，带了全部卫队走上战场，恐怕放走了落网的牺牲品。而巴格拉齐翁的四千部队，愉快地架起营火，烘干衣着，烤火取暖，煮三日来的第一顿粥，部队中没有一个人知道或想到他们前面的事情。

十五

下午四时前,安德来郡王坚持了自己对库图索夫的要求,来到格儒恩特,到了巴格拉齐翁的军中。保拿巴特的副官尚未来到牟拉的队伍里,战斗尚未开始。巴格拉齐翁的队伍里无人知道战事的大势,他们谈到和平,却不相信和平的可能。他们谈到战事,也不相信战事的临近。

巴格拉齐翁知道保尔康斯基是得宠的、心腹的副官,以特别的长官的殊礼与垂爱接待他,向他说,也许今明两天会有战事,给了他充分的自由,他在战争的时候可以在他身边,或者在后卫队里监察退却的秩序,"这也是很重要的"。

"不过,今天,也许不会有战事。"巴格拉齐翁说,好像是安慰安德来郡王。

"假使他是一个平常的司令部的公子哥儿,派来猎取十字勋章,那么他可以在后卫队里获得奖赏。但假使他想和我在一起,让他这样……假使他是勇敢的军官,他是有用的。"巴格拉齐翁想。安德来郡王未做回答,要求准许他巡视阵地,明白军队的布置,以便一旦接到任务时,他知道向何处去。当值的军官是一个美丽的男子,穿得华丽,在食指上戴了一个锻石戒指,恶劣地但爱好地说法语,他奉命领导安德来郡王。

各方面可以看见汗湿的、带着愁闷面孔的军官们,好像在寻找什么。兵士们从村庄里拖出门板、木凳及栏栅。

"郡王,我们这里不能够去掉这些人。"校官说,指着这些人。"官长们放纵他们,看这里,"他指着随车商人的帐篷,"他们聚坐在这里,今天早晨我把他们都赶出去了,你看,又满了。郡王,我必须去吓吓他们,一会儿。"

"一起去吧,我想吃点干酪和面包。"安德来郡王说,他还未吃饭。

"你为什么不说呢?郡王?我要给你一点吃的。"

他们下了马,走进随军商人的帐篷。几个军官,带着发红的劳顿的脸,坐在桌上吃东西、饮酒。

"哎,这是什么意思,诸位!"校官用谴责的语气说,好像一个人把同一的话重复了几次。"要知道不能够这样离开职守的。郡王下过命令不许有一个人如此。哎,是你,上尉。"他向一个矮小、脏牙、消瘦的炮兵军官说,他没有鞋子(他把鞋子交给了随军商人去烘),

穿着袜子，立在他们面前，很不自然地笑着。

"屠升上尉，你怎么不知羞？"校官继续说，"似乎你应当如何地向炮兵做榜样，但是你没有鞋。他们吃惊，而你没有鞋子却觉得很好。"（校官笑。）"请你们回到自己的地方去吧，诸位，全体，全体。"他命令地说。

安德来郡王不禁笑着看屠升上尉。屠升沉默地笑着，光脚轮流移动着，疑问地用大的、智慧的、善良的眼睛时而看安德来郡王，时而看校官。

"兵士们说，赤脚更方便。"屠升上尉笑着羞怯地说，显然，希望在笑话语气中脱离他的不自如的地位。

但他还未说完，他觉得他的笑话不被接受，不曾说出，他慌乱。

"请你们去吧。"校官说，企图保持尊严。

安德来郡王又看了看炮兵军官的身躯。他的身体有点特别，完全不是军人的，有点是喜剧的，但极动人的地方。

校官与安德来郡王上了马，向前行。

出了村庄，不断地越过并遇见步行的兵士们及各队军官们，他们看见左边有人用红色的、刚掘的、新鲜的泥土在建筑工事。几营兵士，不顾寒风，穿了单衫，好像白蚁，在这工事上活动，成锹的红色泥土不断地被看不见的人从壕沟里抛出。他们骑到工事前，观看了战壕，又向前行。在这道战壕的那边，他们遇到九十个不断地轮流跑开战壕的兵士。他们不得不捏了鼻子，刺马快跑，以便离开这个有毒的空气。

"这就是军营的乐趣，郡王先生。"值班的校官说。

他们上了对面的山，在这个山上他们便可以看见法军。安德来郡王停住，开始观察。

"你看，我们的炮兵阵地在这里，"校官说，指示最高点，"就是那个不穿鞋子坐着的怪人指挥的，从那里可以看见一切。我们去，郡王。"

"我十分感谢你，现在我一个人去。"安德来郡王说，希望脱离这个校官，"请你不要麻烦了。"

校官离开，安德来郡王独自乘马前去。

他向前走得愈远，愈近敌军，军队的情形愈有秩序、愈快乐。最没有秩序和丧气的地方是在兹那依姆前面的运输队里，他们是安德来郡王早晨所越过的，距法军十里。在格儒恩特也感觉到几分惊慌与恐怖。但安德来愈近法军哨线，我军的情形愈自信。穿大衣的兵士们站成行列，曹长和连长点一点名，指着行末的一个兵士的胸前，叫他举手，散在平地上的兵士们拖来木头与木柴搭盖棚子并快乐地笑着交谈。在营火旁边坐着穿衣的及袒裸的兵士，烘衬衫与裹腿，或群集在粥锅与伙夫前，刷大衣。有一个连已经预备了饭，兵士们带着饕餮的面孔看着冒烟的锅，等候着用木碗带给军需官的样品，他坐在自己棚前的一个木块上。

在另一更快乐的连里（因为大家都没有酒），兵士们聚立在一个宽肩的曹长旁边，他斜举着一只酒桶，注进轮流伸来的水壶盖里。兵士们带着虔敬的面孔把壶盖举到口边，翻起它们，于是舐着嘴唇，用大衣里子拭着嘴，带着快活的面孔离开曹长。所有的面孔是那么安静，好像一切不是发生在敌人的面前，在战争之前——在这个战争里一定要丢下至少一半的军队——却好像是在祖国内的什么地方,具有平静的驻扎地的情况。安德来郡王经过了第六轻骑兵团,到了基也夫掷弹兵队里,勇敢的兵士们做着同样的和平的事情。距离大的,与其他棚子不同的团长的棚子不远,他来到一排掷弹兵的面前,在他们面前躺着一个裸体的人。两个兵抓住他,两个兵抽着软柔的树枝,规律地打在光背上。被处罚的人不自然地喊叫。肥胖的少校,在这排兵前不停地走着,不注意叫声,说道:

"偷窃是兵士们的耻辱,兵士们应当有名誉、高尚、勇敢,假使要偷自己的弟兄,他便没有名誉,他是贱人。再打!再打!"

仍然可以听到柔软的抽打和伤痛的然而伪作的喊叫。

"再打,再打!"少校说。

一个青年军官,面上带着迷惑与痛苦的表情,离开被打的,怀疑地看着骑马而来的副官。

安德来郡王来到最前线,在前线上骑马走过。我军与敌军的哨兵线在左右翼相隔很远,但在中央,在早晨军长们来往之处,哨兵线相隔得那么近,彼此可以互相看见、互相谈话。在这个地方除了担任前哨的兵士们以外,两边都有许多好奇的兵,他们笑着观看奇怪的生疏的敌人。

自清晨以来,虽有命令禁止去前哨,官长们却不能赶回好奇的兵士们。站在哨位上的士兵们,好像表示什么稀有事物的人,不再观看法国人,却观看着来到的人们,并且苦恼地等候换班。安德来郡王停止住观察法军。

"看,看,"一个兵士向他的同伴说,指着一个俄国枪兵,他和一个军官来到前哨,在和一个法军掷弹兵迅速地、热烈地说话,"你看他说得多漂亮!法国人也赶不上他。那么你,谢道罗夫!"

"等一下,听着,呵,漂亮!"谢道罗夫回答,他自认是说法文的能手。

他们笑着所指示的兵是道洛号夫,安德来郡王认识他,于是听他说话。道洛号夫和他的连长从他们的团所驻扎的左翼来到前哨。

"好,再说,再说!"连长怂恿,他身子向前伸着,企图不放过任何一个他听不懂的字,"请你再说。他说什么?"

道洛号夫未回答连长,他和法国掷弹兵发生了热烈的争论,他们说到必然要有的战事。法国人弄混了奥国人和俄国人,他证明俄国人败了,并且跑开了乌尔姆。道洛号夫证明俄国人并未败,却打败了法国人。

"我们奉命要把你们赶出这里,我们要赶的。"道洛号夫说。

"只是你当心,你们不要连你们所有的卡萨克兵都被俘虏了。"法国掷弹兵说。

旁观的和听话的法国人都笑了。

"我们要使你们跳舞(On Vous fera danser),好像我们在苏佛罗夫的时候那样。"道洛号夫说。

"他在说什么?"一个法国人问。

"古代史。"另一个说,他猜中了谈话,涉及昔日的战事。

"皇帝要指教你们的苏佛罗夫,如同别的……"

"保拿巴特……"道洛号夫要开始说,但法国人打断他。

"不是保拿巴特,是皇帝!神圣名字……"他愤怒地叫。

"鬼谴你的皇帝!"

道洛号夫用俄文粗声说出兵士的咒骂,背了枪走去。

"走吧,依凡·卢基支。"他向连长说。

"就是那样说法国话,"前哨上的兵士们说,"那么你,谢道罗夫!"

谢道罗夫眨眼,向着法国人,开始迅速地、迅速地说些不可解的字:

"卡锐——马拉——塔法——萨非——牟特尔——卡斯卡。"他胡说,企图给他的声音一种传情的腔调。

"呵,呵!哈哈哈哈!唔!"兵士们当中发出那么好意的、快活的大笑声,不觉地传达到哨线那边,而法国人在大笑之后,好像必须放下枪,炸去火药,赶快跑回他们的家。

但枪仍装了弹药,防舍内及战壕内的炮眼仍威胁地对着前面,而在互相对着的、去了炮车的大炮也仍然如旧。

十六

从右翼到左翼走过了军队的全部阵线,安德来郡王上了炮兵阵地,据校官说,从这里可以看见全部的战场。他在此下了马,站在四尊卸了炮车的大炮旁边。一个炮兵步哨在炮前走动,他正在军官面前伸直身躯,但由于他所做的暗示,又恢复了他的规律的、单调的步子。在炮的后边是炮车,再后是绳索与炮兵们的营火。左边离炮不远,为一个新搭的棚子,里面传出军官的生动的声音。

确实,在炮兵阵地前展开了几乎全部的俄军配置和敌军的一大部分。正对着炮兵阵地,在对面山坡的地平线上可以看到射恩格拉本村庄,在左边和右边可以辨出三处营火中的法国军队,显然,他们大部分的人是在村庄和山那边。在村庄左边,在烟中,有点东西好像是炮兵阵地，但肉眼不能看得清楚。我们的右翼扎在很陡的高地上，这高地控制了法军阵地。我们的步兵扎在附近，并且就在这个山边上，可以看到新骑兵。在中央，在屠升的炮兵连所在的地方，在安德来郡王视察阵地的地方，是极陡的直达河流的山坡，这条河隔开了我们和射恩格拉本。左边军队靠近森林，那里有我们的伐木的步兵在烧营火。法军的阵线比我们宽，显然是，法军能够很容易地从两边包围我们。在我们阵地的后边是很深陡的山谷，骑兵和炮兵很难由这里退却。安德来郡王把胳肘支在炮身上，取出记事簿，为自己草拟了一个军队配置计划。他用铅笔在两个地方做了记号，打算报告巴格拉齐翁。第一，他提议集中全部炮兵在中央；第二，把骑兵撤退到山谷的那边。安德来郡王不断地侍卫总司令，注意军队的运动和一般的调遣，并且不断地研究战争的历史著作。在这个迫近的战争中，他不禁只在一般的特点上考虑战事的未来趋势，他想到下面这个巨大的可能性。"假使敌人攻击右翼，"他向自己说，"基也夫掷弹兵和波道尔斯克轻骑兵必须保持阵地，直到中央的预备队到达他们那里。在这种情形下，新骑兵可以从侧面攻来并赶回他们。如敌人攻击中央，我们把中央的炮兵扎在这个高地上，并在它的掩护下我们撤退左翼，成小队退至山谷。"他独自思考……

在他留在炮台上火炮旁边的全部时间内——这是常有的——他一直听着在棚子里说话的军官们的声音，但是没有懂得他们所有的话中的每一个字。忽然棚内的话声用那样诚恳的语调惊动了他，他不禁注听。

"不，亲爱的！"一个快意的，安德来郡王似乎熟识的声音说，

"我说，假使我们能够知道在死后是什么样子，我们当中就没有人怕死了。就这样，亲爱的。"另一个年轻的声音打断他：

"但怕不怕，都是一样——你逃不了。"

"总是怕！哎，你们有学问的人，"第三个男子的声音说，打断了双方，"你们，炮兵，是很聪明的，因为你们带了一切能够带的，有喝的，有吃的。"

有刚性声音的人笑了，他显然是步兵军官。

"但仍然是怕，"第一个熟识的声音说，"人不怕不可知的事，就是这个。尽管是说灵魂要上天堂……但我们知道这个，天堂是没有用的，只有空气。"

刚性的声音又打断了炮兵。

"好，请我们吃点植物酒吧，屠升。"他说。

"啊，他就是那个没有鞋子站在随军商人里的上尉。"安德来郡王想，快意地认出了那个做哲学议论的声音。

"植物酒是可以的，"屠升说，"但仍然要明白未来的生命……"他未说完。

这时空中有一声呼呼声，更近，更近，更快，更清晰，更清晰，更快；一颗炮弹，好像没有说完他必须说的一切，落在棚子附近的土中，用超人的力量炸翻了土地，土地好像因为可怕的轰击而呻吟。

同时，矮小的屠升含着烟斗从棚子里最先跑出，他的良善聪明的脸有些发白。在他的后边走出有刚性声音的人，勇敢的步兵军官，他边跑边扣衣纽，跑回自己的连里。

十七

　　安德来郡王骑马留在炮兵连，看着飞出炮弹的大炮的烟。他的眼睛飞盼广大的平地，他只看见先前不动的法国军队在来回移动，而左边确实是炮兵阵地，在这里烟还未散。两个法军骑兵，也许是副官，在山上奔驰。有两个明晰可见的敌军纵队向山下移动，也许是为了增援前哨。第一炮的烟还未消散，又出现了烟，打出另一炮，战斗开始。安德来郡王掉转坐骑，驰回格儒恩特寻找巴格拉齐翁郡王。他听到身后的炮击变得更密，更响。显然，我军开始还击。下边，在军长们来往的地方，听到步枪射击声。

　　勒马华带了保拿巴特的威胁的信刚刚来到牟拉这里，羞愧的牟拉，希望去除自己的过失，立刻把他的军队向中央和两翼调动，希望在黄昏之前，在皇帝来到之前击破前面不足重的军队。

"开始了！它在这里！"安德来郡王想，觉得血液更快地向他心里涌。"但在何处？如何表现我的图隆呢？"他想。

经过半小时前吃粥喝酒的各连之间，他看见处处是同样的排队，拿枪的兵士们迅速地运动，在所有的面孔上，他看到他心中所有的那种兴奋情绪。"开始了！它在这里！可怕而欣喜！"每个兵士和军官的脸上说。

还未到达在建造的工事，他在暗淡秋日的暮色中看见许多骑马向他走来的人。最前面的人，穿斗篷，戴羊皮尖帽，骑了白马，这个是巴格拉齐翁郡王。安德来郡王停住等候他。巴格拉齐翁郡王停住自己的马，认出了安德来郡王，向他点头。当安德来郡王向他报告他所见的情形时，他继续向前看。

这个表情"开始了！它在这里！"，也显露在巴格拉齐翁郡王的坚强的、棕色的脸上，脸上有半闭的、无光的、好像打盹的眼睛。安德来郡王不安地、好奇地看这个无表情的脸，他想知道：这时候这个人在思想、在感觉吗？他思想什么呢？感觉什么呢？"在这副无表情的面孔之外，那里究竟有点什么呢？"安德来郡王看着他自问。巴格拉齐翁点头，表示会意安德来郡王的话，并且带着那样的表情说了"很好"。好像一切所发生的及向他报告的，正是他已经预料的。安德来郡王因奔驰迅速而喘气，说得很快。巴格拉齐翁郡王用他的东方发音特别迟缓地说话，好像暗示不需急迫。但是，他刺动了坐骑，奔赴屠升的炮兵连。安德来郡王和侍从们一同跟他驰去。在巴格拉齐翁的后边是一个侍从军官、郡王的私人副官热尔考夫、传令官、骑美丽英国种的马的值班校官和一个文官审计,他因为好奇心而请求来观战。审计是一个有肥脸的胖子,他带着单纯的快乐笑容环顾四周,在马上摇荡,他穿着绒大衣在辎车队的马鞍上,在骠骑兵、卡萨克兵及副官之间显出奇怪的样子。

"他想看战事,"热尔考夫指着审计向保尔康斯基说,"但已经胃痛了。"

"好,说够了。"审计带着鲜明的、单纯的,同时狡猾的笑容说,好像他觉得成为热尔考夫嘲笑的对象是受称赞,好像他有意要显得比实际上更愚蠢。

"很有趣,我的郡王先生!"值班校官用法文说(他想把"郡王"称号用法文说得很特别,但他说不正确)。

这时候,他们已经骑到屠升的炮兵连,一个炮弹打在他们的前面。

"落下的是什么?"审计单纯地笑着问。

"法国薄饼。"热尔考夫说。

"他们用这个射击你们吗?"审计问,"多么可怕!"

他似乎满意得心花怒放。他还未说完他的话,便又传来意外可怕的呼呼声,忽然碰落在什么柔软的东西上,啪的一声——在审计右后方不远的一个骑马的卡萨克兵从马上落地。热尔考夫和值班校官躬身贴鞍,转马他去。审计站在卡萨克兵的对面,带着注意的好奇心看着他。卡萨克兵已死,他的马还在挣扎。

巴格拉齐翁郡王垂下眼、脸,环顾了一下,看到混乱的原因,不关心地转了头,好像是说,为什么注意闲事!他停了马,带着良好骑手的安闲,微微低头,理出绊在大衣襟上的指挥刀。指挥刀是旧式的,不像现在所用的。安德来郡王想起这个故事,就是苏佛罗夫在意大利把自己的指挥刀赠了巴格拉齐翁,这个回忆在这时候对于他是特别悦意的。他们骑马到了保尔康斯基观察阵地时所站的炮兵连。

"谁的炮兵连?"巴格拉齐翁问站在火药箱边的炮手。

他问:谁的炮兵连?但实际上他是问,你们在这里不害怕吗?而炮手懂得这个。

"屠升上尉的,大人!"红发的、脸上有皱纹的炮手用愉快的声音叫出,挺直了身子。

"好的,好的。"巴格拉齐翁说,思索着什么,从炮身旁边骑到极边的炮前。

当他走到的时候,这尊炮打出一弹,震了他和侍从官的耳朵,在立刻蒙绕着大炮的烟气里可以看见炮兵们扶着炮,匆忙地用着劲,把炮推到原先的地位。一个宽肩的魁梧的第一号炮兵,执着炮刷,跑到轮旁,撑开了双腿。第二号用打战的手,把炮弹放进炮口。一个矮小的、圆肩的人,屠升上尉,跄上了炮身,跑到前面,未注意到将军,从遮眼的小手下瞻看。

"再高两格,就合适了。"他用尖锐的声音喊叫,他企望在声音里加上不合他身躯的威武,"二!"他尖声喊,"打过去,灭德维皆夫!"

巴格拉齐翁喊叫军官,于是屠升跑到将军面前用畏怯的、拙笨的动作放了三只手指在帽檐上,完全不像军人行礼,却像神甫祝福。虽然屠升的炮被指定射击山谷,他却把炮弹打在前面可见的射恩格拉本村上,有大量的法军在村前出动。

没有人向屠升下过命令向何处并用什么射击,他和他所尊敬的曹长萨哈尔晴考商量后,决定最好是烧掉村庄。巴格拉齐翁对军官的报告说了一声"好!",于是开始环顾展开在他面前的全部战场,好像在思索什么。在右边,法军靠得很近。在高地下边基也夫团驻扎的地方,在河流经过的山峡里,可闻惊心动魄的、急速的步枪声。更右,在龙骑兵的那边,侍从官向郡王指示包围我军侧翼的法军纵队。左边的地平线被附近的森林遮断。巴格拉齐翁郡王下令从中央调两营兵去增强右翼。侍从官大胆地提醒郡王说,移去了这两营,大炮便无掩护。巴格拉齐翁转向侍从官,用无光的眼睛沉默地看他。安德来郡王觉得侍从官的指示是正确的,并且确实没有什么可说的。但在这时,驰来在山峡里的团长的副官,他带来消息说大量的法军来到山下,这团兵没有秩序,退到基也夫掷弹兵那里。巴格拉齐翁点头表示同意与称赞。他骑马慢步走到右边,派副官去龙骑兵那里传令攻击法军。但派去的副官半小时后,带了消息回来,说龙骑兵团长已退至山谷这边,因为有强大的火力向他攻击,他空损失了部队,所以把射击兵们急速退入森林。

"好!"巴格拉齐翁说。

当他离开炮兵阵地时,在左边森林里也传来射击声,并且因为要亲自及时赶到左翼去又太遥远,巴格拉齐翁派热尔考夫去那里告诉将军——那个在不劳诺将部队给库图索夫检阅的人——尽可能地赶快退到山谷的那边,因为左翼也许不能长久对抗敌人。关于屠升和掩护的一营被忘却了。安德来郡王细心地听巴格拉齐翁和官长们所说的话,以及他们所发的命令,并且诧异地看到他并未发出任何命令,而巴格拉齐翁郡王只是企图显得由于必要、机会及个别官长们意志所做出的一切。这所做出的一切,即使不是由于他的命令,却合乎他的意思。由于巴格拉齐翁所表现的机才,安德来郡王注意到,虽然是由于事件的机会,并无关于指挥官的意志,但他之在场却做了极多的事情。指挥官们带着不安的面色走近巴格拉齐翁,转为心安。兵士和军官们愉快地欢迎他,在他面前变得更灵活,并且显然在他面前夸耀他们自己的勇敢。

十八

巴格拉齐翁郡王骑马到了我军右翼最高点,开始下山,山下可闻急速的射击声,因为火药的烟而看不到任何东西。他们愈下到山峡,他们愈看不见东西,却更加觉得接近真正的战场。他们开始遇见伤兵。有一个头上流血的,没有帽子的兵,由两个兵扶他腋下拖着走。他咳嗽并唾吐,显然子弹打进他的嘴里或喉咙里。他们遇见的另一个兵,没有枪,独自轻快地走,大声呻吟,因新伤而摇手,血从他的手上,好像从瓶子里,流在他的大衣上。他的脸上好像是恐惧多于疼痛。他是在一分钟前受伤的。过了路,他们开始斜陡地下降,在山坡上他们看见几个人倒在地上。他们遇见一大群兵,其中有些不曾受伤的兵士们上山,深重地喘气,不顾将军在场,大声地说话并摇动手臂。在前面的烟里已经看见了成行的灰色大衣，军官看见了巴格拉齐翁，便喊叫着，跑在成群后退的兵士们的后边，要他们回转。巴格拉齐翁骑到行伍前，在行伍中，有时那里有时这里迅速地发出枪声，压倒了谈话与口令声。整个的空气里弥漫着火药的烟。士兵们的脸都染了烟污，并且兴奋。有的在扳动枪杆，有的在药池里加火药，从袋子里取出子弹，又有的在射击。但他们在射击谁，因为未被风吹去的火药烟而不能看见。愉快的吱吱声和嗒嗒声响得很密。"这是什么？"安德来郡王想，骑到这群兵士前，"这不能够是前线，因为他们挤成一团。这不能够是攻击，因为他们不动。这不能够是一个方阵，因为他们不是那样站着。"

一个瘦弱的老人，团长，带着可爱的笑容，戴着遮了老眼一大半并增加他的和气的眼镜，骑马走近巴格拉齐翁，并且好像欢迎贵客般地接待他。他报告巴格拉齐翁郡王说，他的一团兵受到法国骑兵的攻击，虽然这个攻击被打退，但他的兵损失过半。团长说这个攻击被打退，以为这个军事名词是指他的部队里所发生的事件的，但他证实自己不知道在这半小时内在他所指挥的队伍里发生了什么，并且不能够确实地说出是攻击被打退，或者他的一团兵被攻击所打败。在战争开始时，他只知道，炮弹与霰弹开始飞入他的全团之内，并打死了人，然后有人喊叫"骑兵"，于是我军开始射击。直到此时他们还在射击，但已不是对于不见了的骑兵，而是对于出现在山下的，射击我军的法国步兵。巴格拉齐翁点头，表示这一切完全是他所希望和预料的。他转向副官，命令他从山上领来他们刚才所经过的第六轻骑兵团的两个营。安德来郡王诧异此刻巴格拉齐翁郡王脸上所发生的变化，他的脸上显出那样集中的与快乐的决心,好像一个在热天跑了最后途程而准备跳水的人所有的。没有了未清醒的、无光的眼睛,也没有了虚伪的、深思的神情:圆的、强硬的鹰眼,欣喜地并且有点轻蔑地看着前面,虽然在他的动作里还有先前的迟缓与规律,却没有看定什么。

团长对着巴格拉齐翁郡王,要他回转,因为这里太危险。"赏光,大人,为了上帝!"他说,为求赞助而看着侍从官,侍从官离开了他。"这里,请看!"他要他注意他们四周不停地嗞嗞的、呼啸的、吱吱的弹雨。他用那种请求的谴责的语气说,好像一个木匠向拿起斧头的绅士说:"这是我们弄惯的事,你却会弄得手上生泡。"他那样地说,好像子弹不能打死他,他的半闭的眼睛在他的言语上加了更多的劝说的表情。校官附和了团长的劝说。但巴格拉齐翁郡王未回答他们,只下令停止射击,并排队,以便让出地方给开来的两个营。在他说话的时候,遮蔽了山峡的烟云,因为吹起的风而自右向左移动,好像是由于不可见的大手,于是对面的山和在山上的移动的法军在他们前面露出。所有的眼睛不觉地都注视这个向他们走来的、在斜坡上曲折而行的法军纵队。已经可以看见兵士的皮帽,已经可以分辨军官与兵卒,可以看见军旗在杆上招展。

"走得多好。"巴格拉齐翁侍从中有人说。

纵队的前锋已下到山坳。战斗要发生在这边的山坡上……

我方参战的这团人的余留的兵,匆忙地排队开往右方。在他们后边,来了整齐的第六轻骑兵团的两个营,赶着落伍的。他们还未走近巴格拉齐翁,便已经听到全体兵士的沉重的、合一的步声。走在左翼的最靠近巴格拉齐翁的连长,是一个圆脸的庄严的男子,有呆笨的快乐的面情，他就是在屠升之后从棚子里跑出的。他显然此时什么也不想，除了他要英勇地走过指挥官面前。

他带着检阅般的满足轻快地走在他的强壮的腿上，好像是在游泳，他不费丝毫力量，挺起身躯，用这种轻快对照出沉重的、合着他的步伐的、兵士们的脚步。他的腿旁挂着一柄无鞘的窄细的刀（一柄不像武器的小弯刀），有时看顾指挥官，有时回顾后方，伶俐地转过他的整个强壮的身躯，不乱脚步。似乎他全部的精神只注意在用最好的姿势走过指挥官面前，并且他快乐，觉得他这件事做得很好。"左……左……左"，似乎每隔一步便内心地这么说。而肩负着背囊与枪的兵士之墙，带着各种严肃的面孔，按着这个拍子而行动，好像这几百兵士里每一个人每隔一步便内心地这么说："左……左……左……"一个胖少校，绕过了路旁的一丛灌木，喘息着，并变着脚步；一个落伍的兵，喘息着，因为自己的不准确而带着惊恐的面孔，跑着追赶他的那个连；一颗炮弹，震动空气，飞过巴格拉齐翁郡王及侍从们的头上，并合着拍子"左……左……左……"落在纵队中。"靠拢！"连长喊出活泼的声音。兵士们呈半圆形在落弹的地方环绕着什么。一个年老的骑兵，侧翼的军曹，落后在死者的旁边，他赶上自己的行伍，独脚跳了一下，换了脚，合上步子，于是严肃地环顾。"左……左……左……"似乎从可怕的沉默及同时落地的单调足音里发了出来。

"好极了，儿郎们！"巴格拉齐翁郡王说。

"为了大——大——大——人……"在行伍中发出。一个走在左边的沉闷的兵，叫着，用眼睛盼顾巴格拉齐翁，带着那样的神情，好像说"我们自己知道"。另一个兵，不盼顾，好像恐怕分心，张开嘴，喊过，即走去。

下了命令停止，并取下背囊。

巴格拉齐翁绕过从他身旁走过去的行列，下了马。他将马缰交给卡萨克兵，脱了大衣交给他，伸舒了腿，戴正了头上的帽子。法军纵队在山下出现了，军官在前。

"靠上帝！"巴格拉齐翁用坚决的响亮的声音说。在俄顷之间，他转向前线，轻轻摇动手臂，用骑兵的笨拙的脚步，好像是费力地在不平的地上向前走。安德来郡王觉得有什么不可克服的力量领他前进，并且感觉到巨大的快乐。[1]

法军已经靠近，和巴格拉齐翁并肩的安德来郡王已经清楚地辨出法兵的皮带，红肩章，甚至面孔（他清楚地看见一个年老的法国军官，他的向外弯曲的腿穿着软皮靴，他抓住灌木，困难地向山上走）。巴格拉齐翁郡王未下新的命令，却仍旧沉默地走在行伍的前面。然而在法军当中发出一枪，第二枪，第三枪……在全部散乱的敌军行列里冒出了烟，射出了子弹，我们的人有几个跌倒了，其中有圆脸的那么快活地、小心地行走的军官。但在发出第一枪声的这一俄顷之间，巴格拉齐翁环顾并喊出："乌拉！"

"乌拉——啊——啊！"我军全线发出冗长的叫声，于是我军越过巴格拉齐翁郡王并互相超越，以散乱的然而快乐兴奋的群众，奔向山下散乱的法军。

---

[1] 这里所发生的攻击，即是如彼挨尔所说的："俄国人行为奋勇，而且这是战争中少有的事，两群步兵互相攻击，双方始终不让。"拿破仑在圣·爱仑拿岛上说："有几营俄兵显出无畏精神。"

十九

第六轻骑兵团的攻击保护了右翼的撤退。在中央被遗忘的屠升炮兵连的行动竟得烧去射恩格拉本村,停止了法军的运动。法军扑灭了被风煽起的火,给了他们退却的时间。中央的退却迅速而嘈杂地穿过了山谷,但军队撤退时,且未混乱队形。左翼阿索夫及波道尔斯克的步兵及巴夫洛格拉德的骠骑兵,因为同时受到兰恩指导下的优势法军的攻击与包围而散乱。巴格拉齐翁派了热尔考夫带了命令去见左翼的将军,要他立刻退却。

热尔考夫未从帽边拿开手,便敏捷地刺马奔驰。但他还未离开巴格拉齐翁,他的勇气已馁,他发生了不可克服的恐怖,他不能去到危险的地方。

到了左翼军队那里,他不去到前面有子弹的地方,却到将军与军官们不能在的地方去找他们,因此没有传达命令。

左翼的指挥权按资格属于那个在不劳诺受库图索夫检阅的团长,道洛号夫即在他部下当兵。极左翼之指挥权属于巴夫洛格拉德骠骑兵团团长,罗斯托夫在这里服务。因此,发生了误会。两个指挥官互相大发脾气,正当右翼早已开仗而法军已开始进攻时,这两个指挥官还忙于谈判,谈判的目的只是互相侮辱。各部队——骑兵与步兵相同——毫未准备目前的战事。各团里的人,自兵卒到将军,未期望战争,却安闲地忙于和平的工作:骑兵里忙于喂马,步兵里——搜集木头。

"但是他的阶位比我高,"骠骑兵上校,日耳曼人,红着脸向一个骑马走近的副官说,"让他照他所想的去做吧,我不能牺牲我的骠骑兵。号手!吹退却号!"

但形势紧急了。炮弹与枪弹混合地在右边和中部响起,法军兰恩的射击手们已越过了磨坊的水堤,在这边两个步枪射程的地方排队。步兵团长用颤抖的步子走到马前,上了马,挺得很直很高,骑到巴夫洛格拉德骠骑兵团长那里。团长们带着礼貌的鞠躬与藏在心中的怒火和他相见。

"还是这么说,上校。"将军说。"我不能把一半的人留在森林里。我求您,我求您,"他再说,"占据阵地,并准备作攻击。"

"我请你不要干涉别人的事,"上校发火地回答,"假使你是骑兵……"

"我不是骑兵,上校,但我是俄国的将军,假使你不知道个个……"

"很知道，大人，"上校忽然喊叫，刺动坐骑，并且脸色赤红，"假使你愿意去到前线，你就看到这个阵地没有一点好处了。我不愿意为了你的快乐损失我的部队。"

"你忘记你自己了？上校，我不注意我自己的快乐，我不许人说这话。"

将军把上校的提议当作比勇，挺起胸膛，皱着眉，和他一同骑马赴前线，好像他们全部的冲突要在那里，在前线上的炮火下解决。他们到了前线，几颗子弹飞过他们，他们沉默地停住。观看前线是无用的，因为从他们先前站立的地方，可以明白地看出，由于灌木和山谷，骑兵不能作战，并且法军在包围他们的左翼。将军和上校严厉地、庄重地互相看着，好像两只要斗的公鸡，未能找怯懦的征象。两人都通过了试验，因为没有什么可说的，双方皆不愿给对方有借口说他最先走出火线。假使不是在这时，在森林里，几乎是在他们后面，发出步枪和粗沙的混杂的叫声，他们也许在这里停留很久，互相试验勇气。法军射击在森林里取木的兵士们。骠骑兵已不能和步兵一同撤退，他们已被法军前线在左边切断了退路。现在，虽然地势不利，他们却还须攻击，杀出一条道路。

罗斯托夫所服务的那连骠骑兵刚刚上了马，便遇到了敌军。又和在恩斯桥上一样，在骑兵连与敌人之间没有任何人，在他们之间横着那条同样可怕的不定与恐怖的界线，隔开了他们，好像一条隔开生死的界线。所有的人都感觉到这条界线，而这个问题——他们是否要跨过这条界线，并如何跨过这条界线，使他们兴奋。

上校到了前线，愤怒地回答了军官们的问题，好像一个人拼命地坚持自己的权利，发了几个命令，没有人说出确定的话，但在骑兵连中传播了关于攻击的流言。发出了排队的命令，然后响了出鞘的刀声，但仍然无人动弹。左翼的军队，步兵和骠骑兵，觉得长官自己不知如何办，而长官的犹豫传染给了兵士们。

"赶快，赶快吧。"罗斯托夫想，觉得尝试攻击之乐的时间终于来到了，关于这个他从同伴处听了很多。

"托上帝保佑，儿郎们，"皆尼索夫发出叫声，"跑，前进。"前行里的马臀开始移动，白嘴鸦拉动缰勒，自己跑动了。

罗斯托夫从右边，看见自己骠骑兵的最前行。更远处，他看见一个黑条子，他不能看清，但以为是敌人。可闻射击声，但在遥远处。

"加快！"传来命令声，罗斯托夫感觉到他的白嘴鸦蹈起后蹄，纵身奔腾。

他向前测试它的奔腾，于是更觉愉快。他注意到前面的一棵树。这棵树起初是在前面，在那条似乎么可怕的界线当中。但现在，他们越过了这条线，不仅没有任何可怕的东西，却变得更愉快、更兴奋。"啊，我要斩他。"罗斯托夫想，抓住剑柄。

"乌拉——啊——啊！"群声震吼。"好，现在无论他来的是谁。"罗斯托夫想，刺动白嘴鸦，越过了别人，让他纵奔。前面已经可以看到敌人。忽然有什么东西好像大扫帚扫过了这一连，罗斯托夫举起军刀，准备斩下。但这时候，驰骋在前的兵士尼基清考离开了他，罗斯托夫觉得好像在梦里，继续以超自然的速度向前行，而同时却留在原处。一个相识的骠骑兵邦大尔丘克从后边奔来，愤怒地看他。邦大尔丘克的马惊了一下，他从旁边越过。

"这是怎么一回事？我不在动？我跌下，我被打死了……"在刹那间罗斯托夫问了又回答，他已是单独地在原野上。代替驰骋的马匹与骠骑兵的脊背，他看到四周不动的土地与余藿。温暖的血在他身下，"不，我伤了，我的马被打死了"。白嘴鸦试图用前蹄立起，但又跌下，压了乘骑者的腿。马头上流血，马挣扎，但也不能立起。罗斯托夫想站起，也跌下了，他的剑囊绊在鞍子上。何处是我军，何处是法军，他不知道，他身边没有任何人。

拿开了腿，他立起。"现在何处，哪一边是那条俨然隔开两军的界线？"他问自己，不能回答。"我发生什么错误的事情吗？这种事情发生了吗？在这种时候应该怎么办呢？"他立起来问自己。这时候他觉得在他的麻木的左臂上挂着什么多余的东西。他的手腕好像不是他的。他看手，小心地寻找手上的血迹。"好，有人来了，"他快乐地想，看见了几个向他跑来的人，"他们会帮助我！"在这些人前面的是一个戴奇怪高顶帽，穿蓝色大衣，面色晒黑，有勾鼻子的人。后边是两个人，再后边是很多的人。当中有一个人说了些奇怪的、非俄语的话。在后边戴同样高顶帽的、同样的人当中，站着一个俄国骠骑兵。他们抓住他的手臂，在他后边，他们牵了他的马。

"也许是我们被俘虏了……是的。他们会捉我吗？这些人是干什么的？"罗斯托夫仍然在想，不相信自己的眼睛，"他们是法国人吗？"他看着来近的法国人，虽然在一秒钟前，他说要走到这些法国人面前杀死他们，但现在他觉得他们的来近是那么可怕，他不相信自己的眼睛。"他们是谁？他们为什么跑？是向我这里跑吗？他们是向我这里跑吗？为什么？杀我吗？我，每个人都是那么爱的，我吗？"他想起了母亲、家人、朋友对他的爱，他觉得敌人杀他的意念是不可能的。"但也许——杀我！"他站了十多秒钟，未移动地方，也不明白他的地位，最前面那个勾鼻子的法国人跑得那么近，已可看见他脸上的表情。这个人斜执着刀，屏住气息，轻快地向他跑来，他的兴奋陌生的面孔惊悸了罗斯托夫。他拿起手枪，但不射击，却抛给了法国人，用力向灌木中跑。他奔跑，没有他上恩斯桥时那种怀疑与冲突情绪，却有着兔子逃避狗子时的情绪。对于他的青春快乐生活的一种不可分的恐怖情绪，支配了他全部身心。在田野间迅速地跳跃着，他带着在捉迷藏游戏中奔跑时的那种猛急，在田畴上飞奔，偶尔回转他的苍白、善良、年轻的脸，恐怖的冷感穿过了他的脊背。"不，最好不要看。"他想，但跑到灌木前，他又回顾了一下。法国人放弃了他，正当他回顾的时候，最前面的人刚把跑步变为步行，并转身向后边的同伴们大叫着什么。罗斯托夫停住。"不是那回事，"他想，"不会是他们要杀死我的。"这时，他的左手是那么沉重，好像有两甫得（每甫得合 16 公斤余，或 36 磅余，或 27 斤余——译者）的重量挂在上边。他不能再跑远。法国人也停住，并向他瞄准。罗斯托夫皱眉并弯腰。一粒子弹，又一粒子弹，嗖嗖地飞过他的身旁。他用了最后的力量，用右手托着左手，跑到灌木里，在灌木中有俄国射击手。

二十

在森林中突然被攻击的步兵团从森林里跑出,各连互相混杂,走成无秩序的团体,一个兵在惊恐中说出在战争中可怕的、无意义的话:"切断了!"这话和恐怖情绪一同传给了全体。

"包围!切断!失败!"奔跑的人声喊叫着。

团长,当他听到后边的枪声与喊叫时,明白了他的部队发生了什么可怕的事,而这种思想——他,一个服务多年,过失毫无的模范军官,或许在长官面前受到疏忽或无纪律的罪名——那样地惊骇了他。他在俄顷之间,忘记了不服从的骑兵上校和他自己的将军尊严,而尤其是——完全忘记了危险和自卫情绪,他抓住鞍桥,刺动坐骑,在纷纷的但幸而未打中他的弹雨中驰回自己的部队。他希望一件事,明白是怎么一回事,假使错误是由于他这方面,则无论是什么错误,他要设法改正它,而他这个服务二十二年,毫无过失的模范军官不至于有罪。

侥幸地在法军之间驰跑过去,他驰到森林后边的田畴,我军曾穿过这个森林,不听命令,跑下山去。来到了军纪动摇的时间,它决定战争的命运:这些没有秩序的军队团体,听从他们指挥官的声音呢,或者他们看着他却跑得更远呢?虽有先前兵士们觉得那么可怕的、团长声音之失望的呼喊,虽有团长的愤怒、发紫、变样子的脸,虽有指挥刀的挥舞,兵士们仍然奔跑、交谈、向空放枪,不听命令。决定战争命运的军纪动摇,显然倾向于恐怖。

将军因为喊叫及火药烟而咳嗽,失望地停住。似乎一切都失去了,但这时候攻击我军的法军没有显见的原因,忽然向回奔跑,从森林边消失了,在森林中出现了俄军射击手。这是齐摩亨的一连,只有他们在森林中保持了纪律,他们埋伏在森林里沟壑中,突然攻击法军。齐摩亨带着那样拼命的喊叫奔向法军,并且带着那么疯狂的如醉的坚决,拿了一把刀,向敌人冲去,以致法军抛了枪逃跑,没有时间定神。和齐摩亨并排奔跑的道洛号夫正面地打死一个法兵,最先抓住一个投降军官的领子。逃跑的又回转了,各营集合了,把右翼分为两部分的法军在俄顷之间被打回去了。后备军有了时间会合,逃跑的止住了。团长和爱考诺摩夫少校站在桥边,让撤退的各连从身边走过去。这时候有一个兵跑到他面前,抓住他的脚镫,几乎要倚靠在它上面。这个兵穿着蓝布大衣,没有背囊和高顶帽,他的头包裹着,肩上背了一个法国弹囊。他的手里拿着一把军官的刀。这个兵脸色发白,他的蓝眼睛傲慢地看着团长的脸,他的嘴笑着。虽然团长忙着向爱考诺摩夫少校下令,却不能不向这个兵注意。

"大人,这是两件战利品。"道洛号夫说,指着法国指挥刀和弹囊,"我抓住了一个军官。我止住了那一连兵。"道洛号夫因疲倦而沉重叹气,他说话时时停顿:"全连可以证明,请你记住,大人!"

"好,好。"团长说,又转向爱考诺摩夫少校。

但道洛号夫没有走开,他解开手巾,拿在手里,指示凝在发间的血。

"刺刀的伤,我留在前线。记住大人。"

* * *

屠升的炮兵连被遗忘了,只是在战事完结时,巴格拉齐翁郡王继续听着中央的炮声,派了值班的校官,又派了安德来郡王去那里,命令炮兵连赶快退却。在屠升的大炮下面担任掩护的部队,在战争当中,奉了谁的命令退却了,但炮兵连继续射击,未被法军攻下,只是因为法国人不能料想到四门无人掩护的炮有射击的勇气。相反,由于这个炮兵连的猛烈轰击,敌人以为在这里,在中央,集中了俄军全力,敌人两次试图攻击这一点,但两番都被单独地站在这个高地上四门大炮的霰炮赶回。

刚刚在巴格拉齐翁郡王离开后,屠升烧掉了射恩格拉本村。

"看,他们乱了!烧了!看,烟!巧妙啊!好极了!烟!烟!"炮手们兴奋地说。

所有的大炮不待命令都对着失火处射击。好像是互相催促,兵士们在打每一炮时都喊叫:"巧妙,这才像样儿!咻,你……好极了!"被风煽动的火迅速地蔓延。出了村庄的法军纵队又走回去,但好像是为了这个失败做报复,敌人在村庄右边架了十门大炮,开始向屠升射击。

由于火所引起的孩子的欢乐,以及向法军射击成功的兴奋,我们的炮手们直到两颗炮弹及以后的四颗炮弹落在大炮之间,以及一颗炮弹打倒两匹马,另一颗炮弹打掉弹箱班长一条腿的时候,才注意到这个炮兵阵地。但一度振起的兴奋,不曾衰减,只是改变了方向。用马匹换了弹药车上的马,受伤的被抬起,四门大炮转对着敌方十门大炮的阵地。一个军官,屠升的同事,在战事的开始被打死,在一小时内,四十个炮手当中损失了十七个,但炮兵们仍然是愉快而兴奋。他们两次看到法军出现在下边,靠近他们,那时候他们便用霰弹射击敌人。

那个动作软弱而笨拙的矮子,不断地要他的侍卒为这事再来一袋烟,像他所说的,他散出火星,跑上前,从小手下边看法军。

"毁掉他们,儿郎们!"他说,自己抓住炮轮,转下螺钉。

屠升在烟气中被不断的炮声震聋了耳朵,炮声每次都使他发抖,他从这门炮跑到那门炮,不放下他的短烟斗,有时瞄准,有时数炮弹,有时命令调换并解除死伤的马匹,用他的虚弱、失魄、不坚决的声音喊叫,他的脸渐渐地兴奋。只在打死或打伤了人的时候,他皱眉,离开打死的人,向那些和平常一样迟缓地抬起伤兵或尸身的人愤怒地喊叫。兵士们大都是美丽的青年(在炮兵中总是如此,他们比他们的军官高两头,宽一倍),好像困难地位中的孩子们,看着他们的长官，他脸上的表情不变地反映在所有人的脸上。

由于可怕的吼声与噪音，以及注意与活动的需要，屠升不感觉到丝毫不快的恐怖情绪，而他会被打死或受重伤的这样思想，也不曾来到他的心中。反之，他变得更加愉快。他觉得，他看见敌人以及放第一炮的那个时候，即使不是昨天，也是很早的时候了，而他所站立的这块地方，是他已熟识的，本乡的地方。虽然他想起一切，思索一切，做了最好的军官在他的地位上所能做的一切，他的心情却好像热病的狂烧或醉汉的酩酊。

由于他的大炮在各方面的震耳的声音，由于敌人炮弹的吱吱声与碰击声，由于淌汗的、脸红的、在炮旁忙碌的炮手们的样子，由于人和马的血，由于那方面敌人的烟缕（在烟缕之后，每次皆飞出炮弹，打在地上，打到人，打到炮或马），由于这一切的对象，在他心中构成了自己的幻想世界，这世界造成他此时的喜悦。敌人的炮在他幻想中不是大炮，而是烟斗，一个不可见的人从烟斗里吐出间断的烟缕。

"看，又冒烟了，"屠升低声向自己说，这时候，从山上冒出一缕烟，被风向左吹成一长条，"现在，等着球——打回去。"

"什么吩咐，大人？"一个炮手问，他站在他旁边听到他咕噜了什么。

"没有什么，一个榴弹……"他回答。

"好，我们的马特维夫那。"他向自己说。马特维夫那在他的幻想中是一尊大的、旁边的、旧式的炮。他觉得法兵在他们炮旁好像蚂蚁。第二门大炮的第一号美丽的酒徒，在他的幻想世界中是"叔叔"，屠升看他的次数多于看别人，并且满意他的每个动作。山下时而寂静时而猛烈的步枪射击声,对于他,好像是谁的呼吸声。他注听这些声音的涨落。

"看,她又透气了,透气了。"他向自己说。

他在自己心中是一个巨人,一个有力的男子,他用双手将炮弹抛掷法兵。

"好,马特维夫那,老太婆,不要离开。"他说,离开大炮。在他的头上好像有奇怪的不相识的声音在叫:

"屠升上尉!上尉!"

屠升惊恐地环顾。这人就是那个在格儒恩特把他赶出商店的校官。他用喘气的声音向他喊:

"你干吗,疯了吗?两次命你退却,而你……"

"他们找我为什么呢?……"屠升自己想,恐怖地看长官。

"我……没有什么……"他说,伸了两个手指到帽边,"我……"

但校官没有说完他要说的一切。飞在附近的一颗炮弹使他向下俯,躬身下马。他无言,他刚刚还要说什么,又有一颗炮弹止住了他,他转马跑开。

"撤退!全体撤退!"他远远地喊叫。

兵士们发笑。一分钟后一个副官带来同样命令。

这人是安德来郡王。到了屠升的大炮所在的地方,他所看见的第一件事,是一匹解放的断腿的马,它在配套的马旁边嘶叫,它的腿上流血如泉涌。在炮车之间躺着几个死尸,炮弹连续地向他们飞来。当他来到时,他觉得一阵剧烈的震颤穿过他的脊背。但他所怕的一种思想又激动了他,"我不会害怕的",他想,在大炮间迟迟地下马。他传了命令,但未离开炮位。他决定当面从阵地上移开大炮并领走它们。他和屠升在可怕的法军炮火下,在尸体间行动着,忙着收拾大炮。

"刚才来了一个长官,他跑走得更快,"一个炮手向安德来郡王说,"不和大人一样。"

安德来郡王未同屠升谈话。两人是那样忙,好像彼此没有看见。当他们将四门中两门完好的炮套上炮车下山时(丢了一门破炮和一门独角炮),安德来郡王走近屠升。

"好,再会。"安德来郡王说,向屠升伸手。

"再会,亲爱的,"屠升说,"可爱的人,再会,亲爱的。"屠升含泪说,泪水不知何故涌进了他的眼睛。

二十一

　　风平息，黑云低垂在战场上，与地平线上火药烟相混合。天色已暗，火光在两处显得更明亮。炮声变弱，而步枪的噼啪声在后边和右边更近更密。刚刚屠升带了他的大炮，一路绕越着并迎遇着伤兵，出了火线，退到山谷时，便见了长官和副官们，其中有校官及热尔考夫，他曾被派两次，却没有一次达到屠升的炮兵连。他们互相打断着，发出并传达命令，要他向何处去，并且责备他、批评他。屠升未下任何命令，并且沉默，怕说话，因为对于每个字，他自己不知何故。他准备流泪，他骑马走在他炮队马匹之后。虽然下了命令抛弃伤兵，却有许多拖在军队后边，并要求坐到炮上。那个勇敢的步兵军官，就是在战前从屠升的篷子里跑出来的，肚子上中了弹，躺在马特维夫那的炮车上。山下一个苍白的骠骑兵见习官，一只手托着另一只手，走近屠升，要求许他坐。

"上尉，为了上帝，我手臂折伤了，"他羞怯地说，"为了上帝的缘故，我不能走了。为了上帝！"

显然这个见习官已不止一次要求坐处，并且处处遭了拒绝。他用迟疑的、可怜的声音喊叫。

"叫他们给我坐吧，为了上帝。"

"让他坐上，让他坐上。"屠升说。"你放一件大衣在下边，叔叔，"他向心爱的兵说，"受伤的军官呢？"

"丢掉了，他完结啦。"有谁回答。

"让他坐上。坐下吧，亲爱的，坐下吧。垫一件大衣，安托诺夫。"

这个见习军官是罗斯托夫。他用一只手托着另一只手，面色苍白，下颚因为剧烈的痉挛而打战。他们让他坐在马特维夫那上，这正是抛去死军官的那门大炮。在垫下的大衣上有血，罗斯托夫的马裤及手臂都沾了血。

"怎么，你伤了，亲爱的？"屠升说，走近罗斯托夫所坐的炮。

"不是，折伤了。"

"为什么炮架上有血？"屠升问。

"大人，那个军官染的。"炮兵回答，用他的大衣袖子擦去血迹，好像因为大炮的不清洁而道歉。

他们费力地，并得步兵的协助，把大炮拖上山，到了根特斯道夫村停下。天色已经是那么黑，在十步之外便不能辨别士兵的军装，射击声开始平息。忽然在左边附近处又有了喊叫声和子弹声。子弹在黑暗中发光。这是法军最后的攻击,埋伏在各村舍的兵士们回了枪。大家又都跑出了乡村,但屠升的大炮不能移动,炮兵们、屠升和见习军官无言相觑,等待他们的命运。射击开始平息,从街边流出兵士们兴奋的谈话声。

"没有你吗,彼得罗夫?"一个问。

"我们给了他们一把火,弟兄们,现在他们不找麻烦了。"另一个说。

"什么也看不见。他们烧自己的人!没有看见。黑了,弟兄们,没有喝的吗?"

法军最后一次被打退了。在全然的黑暗中,屠升的炮,被嘈杂的步兵好像框子般围绕着,又向前行。

在黑暗中好像一条不可见的忧郁的河在流动,总是朝着一个方向,发出低语、谈话、蹄蹈、轮辗的噪音。在一般的声音中,黑暗里伤兵的呻吟及话声比一切其余的声音都响亮。他们的呻吟好像充满了包围军队的全部黑暗,他们的呻吟和夜的黑暗化而为一。过了片刻,在运动的人群中发生了骚动。有人骑了白马和侍从走来,说了什么话,走过去。

"他说了什么?现在往哪里去呢?站住,是吗?他感谢,什么呀?"各方面发出切望的问题,全部运动的群众开始自相拥挤(显然,前面的停顿了),传出了流言,说是下令停止,都停在所走到的泥泞道路的中心。

火亮了,话声更加清晰。屠升上尉向部下发命令,派了一个兵为见习军官去寻找野战病院或医生。他坐在兵士们在路边架起的火旁，罗斯托夫也挨到火边。因疼痛、寒冷及潮湿而有的剧烈痉挛使他全身打战，瞌睡不可压制地来了，但他因为痛苦的、无处安放的手臂剧痛而不能睡。他时而闭眼，时而看炎炎的红火，时而看屠升的弯曲虚弱的身躯，他像土耳其人那样盘坐在他附近。屠升善良而智慧的大眼睛怜悯地看他。他看到屠升全心全意的希望，却不能帮助他。

各方面听到去的、来的、环烧火边的步兵们的尾音和话声。话声、足音、踏在泥泞中的蹄声、远近木柴的燃炸声——合成一种流动的噪音。

现在黑暗中不可见的河已不像先前那样在流动，却好像在暴风雨后凄惨的海在平息而颤动。罗斯托夫无意地看着、听着他面前及四周所发生的。一个步兵走近营火，蹲下，伸手向火，并转过脸来。

"没有关系吧，老爷？"他怀疑地向着屠升说，"我丢开了我的队伍，老爷，我自己不知道我在哪里。倒霉！"

一个包扎了腮的步兵军官和兵士一同来到营火边，向着屠升，请他下令把炮移动一点，让运输车过去。在连长之后有两个兵跑近营火，他们失望地咒骂并殴打，互相争夺一只鞋。

"当然，你拾的！哟，漂亮！"一个兵粗声地叫。

后来，一个消瘦的、苍白的，用染血的破布裹着颈子的兵，用愤怒的声音向炮兵索水。

"怎么，一个人死得像狗？"他说。

屠升令人给他水，后来跑来一个愉快的兵，为步兵索引火的柴。

"给步兵一点着火的柴吧！侥幸停了，老乡们，谢谢你们的柴火，我们要加利奉还。"他说，在黑暗中带走红亮的燃柴。

在这个兵之后，四个兵在大衣里抬着什么，从火旁走过。其中之一颠蹶了一下。

"啊，鬼们，把柴放在路上。"他抱怨着。

"他完结了，为什么抬他？"其中之一说。

"呶，你！"

于是他们带着所抬的东西在黑暗中消失。

"怎么样？痛吗？"屠升低声问罗斯托夫。

"痛。"

"大人，去见将军。他们在这里的一家农舍里。"一个炮手走近屠升说。

"就来，亲爱的。"屠升站起，扣了大衣，挺起身子，离开了营火……

离炮兵的营火不远，巴格拉齐翁郡王坐在为他预备的农舍里吃饭，和聚在他那里的几个部队长官谈着话。这里有眼睛半闭的老人，他贪馋地啃着羊骨头。二十二年未受责备的将军，因为一杯麦酒和食物而脸红。戴印记指环的校官和热尔考夫不安地观察大家。安德来郡王面色苍白，抿着嘴，眼睛火热地发光。

农舍里有一面搴夺的法国军旗靠在屋角，审计带着单纯的脸摸弄旗布，并且迷惑地摇头，也许是因为军旗确实使他有兴趣，也许是因为他饿着肚皮看人吃饭觉得难受，他未获得食具。在邻近农舍里，有一个被龙骑兵俘虏的法国上校。我们的军官围绕着他，看他。巴格拉齐翁郡王感谢了各指挥官，问战事的详情及损失。在不劳诺受检阅的团长向郡王报告说，战事一开始，他便从森林中退出，集合了伐木的兵，让他们从自己身边走过，和两营敌兵作白刃战，打退了法军。

"大人，当我看到第一营已溃散，我站在路上想：'让他们过去了，再用全营火力迎战。'我这么做了。"

团长是那么希望做这件事，他那么可惜未做成这件事，而他觉得这正是所发生的一切。但，也许，事实是如此吗？在混乱的时候，能够判别什么发生了，而什么未发生吗？

"大人，我要顺便说一句，"他继续说，想起道洛号夫与库图索夫的谈话以及他和被贬者最后的相会，"降级的道洛号夫在我眼前俘虏了一个法国军官，并且特别有功。"

"大人，我在这里看到巴夫洛格拉德骠骑兵的进攻。"热尔考夫插言，不安地环顾，他这天根本未看见骠骑兵，只从步兵军官口中听说，"他们冲破了两个方阵，大人。"

对于热尔考夫的话有几个人笑，他们好像总是等着他的笑话。但注意到他所说的也是关于我军今天的光荣，便做出严肃的神情，虽然许多人都很知道热尔考夫所说的是谎话，毫无根据。巴格拉齐翁郡王转向老上校。

"诸位，我感谢大家全体，各部队战斗英勇，步兵、骑兵、炮兵。怎么在中央丢下两门大炮呢？"他问，用眼睛找谁（巴格拉齐翁郡王未问到左翼的大炮，他已经知道，在战争的开始，所有的大炮都放弃了）。"好像我派你去的。"他向值班的校官说。

"一门打坏了，"值班校官说，"但另一门，我不明白，我始终在那里发命令，只是离开……我那时发热，这是真的。"他有礼貌地说。

有谁说屠升上尉驻在这个村庄里,并且已经派人去找他。

"但你在那里。"巴格拉齐翁郡王向着安德来郡王说。

"确实,我们差不多是骑马走在一起。"值班校官说,可爱地向保尔康斯基笑着。

"我没有造化看见你。"安德来郡王冷淡地、突然地说。大家寂静。

屠升在门口出现,畏惧地从将军们的背后挤入。在拥挤的农舍里绕过将军们,屠升和向来在长官面前一样,显得慌乱,他未看见旗杆,绊在上面。有几个声音发笑。

"怎么放弃了一门炮?"巴格拉齐翁皱眉向着上尉,却较久地向着发笑的人,其中热尔考夫声音最大。

屠升只是现在在发火的长官面前,极恐惧地想到自己的罪状和耻辱,他丢了两门炮,却还活着。他是那么兴奋,直到那时,他还未遑想到这件事。军官们的笑声更使他迷糊,他带着打战的下颚站在巴格拉齐翁的面前,只说出:

"我不知道,大人……没有人了,大人。"

"你可以从掩护部队里调!"

屠升未说没有掩护部队,虽然这是事实。他怕因此牵涉别的军官,沉默地,用不动的眼睛对直地看巴格拉齐翁郡王的脸,好像一片慌乱的小学生看着考试人。

沉默的时间很久。巴格拉齐翁郡王显然不愿严格,找不出说话,别人又不敢插言。安德来郡王低头看屠升,他的手指痉挛地动着。

"大人,"安德来郡王用尖锐的声音打破沉默,"承蒙派我去到屠升上尉的炮兵连。我在那里看到三分之二的人马被打死了，两门大炮打坏了，但没有任何掩护的部队。"

巴格拉齐翁郡王和屠升现在同样坚持地看着压制地、兴奋地说话的保尔康斯基。

"假使大人准许我表达我的意见，"他继续说，"那么对于今天的胜利，我们最感谢这个炮兵连的活动和屠升上尉同他的部队的英勇的坚决。"安德来郡王说后，不待回答，即离开桌子。

巴格拉齐翁郡王看着屠升，显然不愿表示不相信保尔康斯基的突然判断，同时又觉得自己不能完全相信他，向屠升点头，并说他可以去。安德来郡王跟在他身后走出。

"谢谢，亲爱的，你救了我。"屠升向他说。

安德来郡王看了看屠升，未说什么，即离开了他。安德来郡王觉得悲哀而痛苦。这一切那么奇怪，不像他所希望的。

* * *

"他们是谁！他们为什么？他们需要什么？他们需要什么？这一切何时完结？"罗斯托夫想，看着他面前变幻的影子。手臂上的疼痛变得更加剧烈，瞌睡不可抵抗地来了，红圈子在他眼睛里跳动，这些声音、这些面孔的印象及寂寞情绪和痛苦的感觉相混合了。是他们，这些兵，伤的和未伤的——是他们在拥挤，在压他，绞扭他的血脉，在他的折伤的手臂和肩膀里烧他的肉。为了逃避他们，他闭了眼睛。

他眠了一分钟，但在这短促的瞌睡时间里，他梦见无数的东西，他梦见了自己的母亲和她的大白手，梦见索尼亚的细瘦肩膀，娜塔莎的眼睛和笑声，皆尼索夫和他的声音及胡须，切李亚宁以及他和切李亚宁及保格大内支的全部事件。这全部事件正是这个有尖锐声音的兵士，这全部事件和这个兵士那么痛苦地、迫切地抓住他，拥挤他，并且同向一边拖他的手臂。他企图脱离他们，但他们没有一秒钟，没有一分钟放开他的肩膀。假使他们不拖它，它便不痛，它便健康了，但不能逃避他们。

他睁开眼睛向上看。黑色的夜幕悬在火光上一阿尔申（约二点二华尺，〇点七一公尺——译者）的地方，在这火光里飞着落雪的花。屠升未回，医生未至。他独自一个人，只有一个兵现在裸体坐在火那边烘自己瘦黄的身躯。

"没有一个人需要我！"罗斯托夫想，"没有一个人帮助我，可怜我。但我仍然曾经在家里住过，强壮，愉快，被爱。"他叹气，并且不觉地带着叹气声而呻吟。

"什么地方痛呀？"一个兵问，他在火上抖自己的衬衣，不待回答，便粗声地又说，"今天损失多少人啊——可怕！"

罗斯托夫未听兵士说。他看着落在火上的雪花，想起俄国的冬季有温暖的、明亮的家，毵毵的皮衣，迅速的橇车，健康的身体以及全部的家庭亲爱与关心。"而我为什么到这里来！"他想。

第二天，法军未再攻击，巴格拉齐翁部队的残余会合了库图索夫的军队。

第三部

一

　　发西利郡王不考虑自己的计划，他尤不为了自己获得利益而想对别人做坏事。他只是一个世俗的人，在社会上获得了成功，并且在这种成功里养成了习惯。由于环境，由于和人们的接近，他心中不断地形成各种计划及思虑，对于它们他自己不做周密的打算，但它们组成他生活的全部兴趣。在他心中进行的不是一两种计划或思虑，而是数十种，其中有的是刚刚开始出现，有的达到目的，有的化为乌有。他从来不向自己说，例如"这个人现在有权，我必须获得他的信任与友谊，而由他去为自己获得整领津贴"，也不说"现在彼挨尔有钱，我必须引诱他娶我的女儿，并借来我所需要的四万块钱"。但这个有权的人遇见了他，同时他的本能向他说这个人或许有用，于是发西利郡王接近他,并且在第一个机会中,不待预备,即本能地阿谀他,和他亲昵,向他说他所需要的东西。

彼挨尔在莫斯科时是在他手边,发西利郡王为他求得了御前侍从的官职,在那时这官职等同于政府顾问[1],他坚持要这个年轻人去彼得堡并住在他家里。好像是无意的,而同时又无疑地相信这是必需的。发西利郡王为了要彼挨尔娶他的女儿,而做了一切必要的事情。假若发西利郡王预先考虑了自己的计划,他的行为便不能有那样的自然,对于一切比他地位较高及较低的人们不能有那样的坦直和亲密。有什么东西不断地拖他接近比他更有权、更有钱的人,他禀赋了这种稀有的本领,在必需并且能够利用人的时候,他能抓住恰当的时机。

彼挨尔意外地成为富人和别素号夫伯爵,在短时间孤独与逍遥之后,他觉得自己是那样被环绕,那样忙,只有在床上的时候才能够独自安居。他需签署文件,赴政府机关,对于它们的意义他却没有明白的概念。他需向总管事问点什么,去看莫斯科乡下的田庄,接见许多人。这些人从前不愿知道他的存在,而现在假使他不愿意接见他们,他们便觉得受侮辱而难过了。所有这些各种的人——商人、亲戚、朋友——对于年轻的继承人都有同样良好友善的态度,他们全体显然无疑地相信彼挨尔的高尚性格。他不断地听到这种话:"你有非常的仁慈",或"你有极好的心肠",或者"你自己是那么纯洁,伯爵……",或者"假使他是像你这样的聪明",等等,所以他开始当真相信自己非常仁慈和非常智慧,因此,在他的心坎里他总是更加觉

---

[1] 政府顾问为文武十一品中之五品官。——毛

得他确实很仁慈、很聪明，甚至从前可鄙的及仇恨他的人们也变得温柔而可爱。那么有脾气的、最长的、有长腰及头发光滑如木偶的郡主，在丧仪之后来到彼挨尔的房里，垂着眼睛，不停地脸红，她向他说，她很惋惜他们当中的误会，并且现在她不认为自己有权利要求什么，除非是在她所受的打击之后，她要求在这个屋里多留几个星期，这里是她那么心爱的，并且在这里她忍受了很多牺牲。她不能节制自己，并在讲这些话的时候淌眼泪。因为石像般的郡主能够那么改变而受感动，彼挨尔抓住她的手并要求原谅，他自己也不知道为什么。从这天起，她开始为彼挨尔织条子颈巾，对他完全改变了态度。

"为她做这件事吧，亲爱的，无论如何，她为过世的人受了许多苦。"发西利郡王向他说，为了郡主利益给他一张纸签字。发西利郡王认定这块骨头，三万卢布的支票，是必须抛给可怜的郡主的，好使她不想说出发西利郡王参与镶花公文夹的事情。彼挨尔签了这张支票，从那时起，郡主变得更可爱了。年幼的妹妹们对于他也同样的和善，特别是最小的、美丽的、有痣的郡主常常用她的笑容和在他面前的局促使彼挨尔心乱。

彼挨尔觉得所有的人都爱他，这似乎是那么自然，假使有谁不爱他，便似乎是那么不自然，以致他不能不相信身边人们的诚实。此外，他没有时间向自己怀疑这些人们的诚实或不诚实。他总是没有闲时，他不断地觉得自己是在温和而适意的沉醉心情中。他觉得自己是某种重要社会运动的中心，觉得他们不断地期望他什么，觉得假使他不做什么，他便使别人悲伤，使别人失望，假使他做了什么，则一切都好——于是他做了别人期望于他的，但这种最好的什么还在将来。

在起初的时候，发西利郡王，较之所有的别人，最能支配彼挨尔的事和彼挨尔自己。自别素号夫伯爵逝世后，他便不曾把彼挨尔放出手心。发西利郡王有这种人的神气——这人被事务所压迫、疲倦、苦恼，但由于同情而到底不能把这个无助的青年，总之，他朋友的儿子，巨大财产的继承人，放弃给命运和混蛋们去支配。在别素号夫伯爵死后，他住在莫斯科的数日之间，他曾邀彼挨尔去见他，或自己去见彼挨尔，用那种疲倦而确信的语气，向他指示应该所做的事情，好像他每次是要说：

"你知道，我被事务忙坏了，只是为了纯粹的同情，我才当心你，并且你很知道，我向你所说的，是唯一可以做的事情。"

"呶，我的朋友，总之，我们明天要走了。"有一天，他闭着眼睛向他说，用手指敲着胛肘，用着那样的语气，好像他所说的是他们早已决定的，且不能再有变更。

"我们明天走，我在自己的马车里给你一个座位。我很喜欢，我们在这里的一切要事都完结了，我早该回去了。这是我从大臣那里得到的。我为你向他请求，把你列在外交界，并且做了御前侍从。现在外交界的门径向你打开了。"

不顾说这话时的疲倦与确信的语气之全力，为自己的职业考虑了这么久的彼挨尔还打算反驳。但发西利郡王用嗡嗡的低声打断他，这声音使人不能插言，这是他在必须极端说服时所用的。

"但我的亲爱的，我做这事是为了你，为了我的良心，无须感谢我的。从来没有人抱怨别人太爱他，只要你明天抛弃他们，你便自由了。你自己可以在彼得堡看见一切。你早该离开这些可怕的回忆了。"发西利郡王叹气。"就是这样,我心爱的,让我的跟班坐你的车子。呵,是的,我几乎忘记了,"发西利郡王又说,"你知道,亲爱的,我和你先君还有一笔账,我从锐阿桑田庄上得到一点东西,我要留下的,这是你不需要的,我再同你算。"

发西利郡王所说的"从锐阿桑田庄上得到的",是发西利郡王留给自己的几千块卢布的田租。

在彼得堡和在莫斯科一样,人们温柔亲爱的气氛包围着彼挨尔。他不能拒绝发西利郡王为他求得的地位,尤其是头衔(因为他什么也未做),而朋友、邀请及社交事务是那么多,以致彼挨尔较之在莫斯科更感觉到麻醉、忙碌以及将来的但不得实现的幸福。

在他从前独身的友伴中有许多人不在彼得堡。卫兵队上前线去了,道洛号夫被降级,阿那托尔在军中、在外省,安德来郡王在国外,因此彼挨尔既不能像他从前所欢喜的那样消磨他的夜晚,又不能偶尔和年老的、被尊重的友人做知心的畅谈。他所有的时间都消磨在宴会和跳舞会中,主要的是在发西利郡王家——和肥胖的郡妃,他的夫人及美丽的爱仑在一起。

安娜·芭芙洛芙娜·涉来尔和别人一样,对于彼挨尔也显出了社会态度对于他所发生的改变。

从前彼挨尔在安娜·芭芙洛芙娜面前觉得他所说的是不适宜的、不机智的、不需要的。觉得他的言语,当他在自己心中准备时,似乎聪明,但当他大声说出口时,便变得愚笨了。反之,依包理特最无意义的话却是聪明而可爱的。现在只要是他所说的一切,总是 Charment(漂亮——译者)。即使安娜·芭芙洛芙娜未说这话,他却看出她想说这话,而她只是为了尊重他的威仪而约制不说。

在一八〇五与一八〇六年间的冬初,彼挨尔接到安娜·芭芙洛芙娜通常的粉红色请柬,其中加了一句法文:"你将在我这里看见美丽的爱仑,谁都看她不厌。"

读至此处,彼挨尔第一次觉得在他与爱仑之间形成了某种为别人所承认的关系,这个思想立刻惊吓了他,好像在他身上加了他不能完成的责任,同时又乐了他,如同一件有趣的提议。

安娜·芭芙洛芙娜的夜会还是和第一次的一样,只是她款待来宾的新奇之物,现在不是莫特马尔了,而是从柏林来此的外交家,他带来关于亚历山大皇帝驻跸波兹达姆,以及两位最崇高的朋友在那里誓结不可解的同盟,为正义而抵抗人类仇敌的最近详情。安娜·芭芙洛芙娜接待彼挨尔,带着忧悒神情,显然,这是为了这位青年新遭的丧痛,为了别素号夫伯爵的死(大家都不断地觉得应该使彼挨尔相信他是为了他几乎不知道的父亲之逝世而哀伤),这忧悒正如同她怀念最尊敬的玛丽亚·费道罗芙娜皇后时所有的那种高尚的忧悒。彼挨尔觉得自己受到这态度的奉承。安娜·芭芙洛芙娜用她通常的本领安置了客厅里的团体。大的团体利用了外交家,发西利郡王和几个将军们在这个团体内,另一个团体是在茶桌旁。彼挨尔想加入第一个团体,但安娜·芭芙洛芙娜——处在战场上将军的那种激动心情中,那时候来了上千的灿烂的新思想,而无暇执行它们——她看到彼挨尔,便用手指捣他的袖子。

"等一下,今晚上我替你做了打算。"

她盼顾爱仑,向她笑。

"我亲爱的爱仑,你应该怜悯我可怜的姑母,她爱慕你。你去陪她十分钟吧,为了不致你觉得很无趣,这里有可爱的伯爵,他不至于拒绝同你一道的。"

美人去陪姑母,但安娜·芭芙洛芙娜把彼挨尔留在身边,做出神情,好像她还必须做最后必要的布置。

"她美极了,是不是?"她向彼挨尔说,指着轻飘而去的庄严的美人,"多么好的仪态!这样年轻的姑娘,有那样的才智,那样十分聪明的态度啊!这是从心里发出的!谁获得了她,谁是幸福的!有了她,最不社交的男子将要不觉地在社会上处于最光荣的地位。对吗?我只想知道你的意见。"于是安娜·芭芙洛芙娜放走彼挨尔。

彼挨尔诚恳地、肯定地回答了安娜·芭芙洛芙娜关于爱仑美好仪态的问题。假如他有时想到爱仑,他便是想到她的美丽和她在社会上非常的沉默庄重的安静本领。

姑母在自己的角落里接待这两个年轻人,但似乎她希望遮藏她对于爱仑的爱慕,却更希望表现对于安娜·芭芙洛芙娜的恐惧。她看着她的侄女,好像是问,她该如何接待他们。离开他们的时候,安娜·芭芙洛芙娜又用手指触动彼挨尔的袖子说:

"我希望你不要再说在我这里是无趣的了。"她并且看了看爱仑。

爱仑带着那样的神情笑着,好像是说她不承认会有这种可能,就是谁能看见了她而不动心。姑母咳嗽,咽下口液,用法文说她很喜欢看见爱仑,然后她用同样的面情向彼挨尔表示同样的欢迎之意。在无趣的、断续的谈话中途,爱仑看彼挨尔,并用她向一切人们所有的那种鲜明的、巧倩的笑容向着他笑。彼挨尔是那样习惯了这种笑容,她对他所表现的意义是那么少,他对她毫不注意。这时姑母说到彼挨尔的亡父别素号夫伯爵所有的鼻烟壶的收集,并出示自己的鼻烟壶。爱仑郡主要求看一看画在鼻烟壶上姑母丈夫的像。

"这也许是维奈斯的作品。"彼挨尔指这个有名的小画像而言。他弯腰向桌子取鼻烟壶,并听着别的桌上的谈话。他站起,想走过去,但姑母从她身后爱仑的头上直接递给他。爱仑向前弯腰让地方,并带笑盼顾。她和一向在夜会里时相似,穿着时髦的前后领开得极低的衣服。她的上半身,对于彼挨尔总好像是大理石的,离他的眼睛是那么近,他的近视的眼睛不自觉地辨别出她肩膀和颈子的活的美,并且离他的嘴唇是那么近,他只要微微前弯,便可以吻到她。他感觉到她身体的温暖,闻到香气,听到她动作时的胸衣声。他没有看见她的大理石的美丽和她的衣服合成一个整体,他看见并觉得她的只被衣服所遮蔽的身体的全部美丽,并且一旦看见了这个,他便不能有别的看法,正如同我们不能够回到一度被说明的错觉。

"所以你到现在还未注意到我是多么美吗?"好像爱仑这么说。"你没有注意到我是女子吗?是的,我是女子,我可以属于任何人,还有你。"她的目光这么说。在这个时候彼挨尔觉得爱仑不仅能够而且应该做他的夫人,这不能不如此。

他此刻是那么确定地知道这个,正如同他戴了婚冠站在她旁边时所知道的。此事将如何?何时?他不知道,他甚至不知道这是不是好的(他甚至觉得因为某种缘故这是不好的),但他知道,这事将如此。

彼挨尔垂下眼睛,又抬起眼睛,重新希望看她如同一个遥远而陌生的美人,如同从前每天看见她时那样,但他做不到这件事。他不能,正如一个人,先前在雾中看草叶,把它当作树,现在看见了草,不能重新把它看作树。她是极度地靠近他,她已经对他有了魔力。在他与她之间,除了他自己意志的阻碍,没有任何阻碍。

"好,我让你留在你的小角落里,我看到你在那里很好。"安娜·芭芙洛芙娜的声音说。

于是彼埃尔恐惧地想着他是否做了什么可责备的事,红着脸,环顾四周。他似乎觉得别人都和他一样地知道他心中所发生的事。

过了一会儿,当他走近大团体时,安娜·芭芙洛芙娜向他说:

"听说你在修理你在彼得堡的宅第。"

(这是事实,建筑师向他说这是必要的,而彼埃尔,自己不知何故,便修理他在彼得堡的大房子。)

"这很好,但不要搬离发西利郡王家。有郡王这样的朋友是很好的,"她说,向发西利郡王笑,"我知道一点事情。是不是?你呢,是这么年轻,你需要别人的劝告。你不要怪我利用老太婆的权利。"她沉默,正如同妇女们一向在她们说了自己年纪的时候,沉默着等候什么,"假使你结婚,那是另一回事了。"她将他们连合在一瞥之中。彼埃尔不看爱仑,她不看他,但她仍然那么可怕地靠近他。

他低语了什么,并且脸红。

回了家,彼埃尔好久不能入睡,想着他所经过的事。他发生了什么呢?没有什么。他只明白,这个女子,他从小所认识的,当别人向他说到这个美人爱仑时,他无心地说道:"是,漂亮。"他明白,这个女子可以属于他。

"但她愚蠢,我向自己说过,她愚蠢。"他想。"在她所引起的我的情绪之中,有什么丑恶的东西,有什么不法的东西,我听说她的弟兄阿那托尔爱她,她也爱他,并且有了全部的故事,因此他们送走了阿那托尔。她的弟兄依包理特……她的父亲——发西利郡王……这不好。"他想。正当他如是思索的时候(这些思索没有完结),他发现自己在笑,并且觉得另一串思索从第一串中浮起,他想到她的卑微,同时又注意到她会成为他的妻室,她能够爱他,她能够变得完全不同,以及他所想的、所听的关于她的一切或许是不确实的。他又不把她看作发西利郡王的女儿,却看见她的只被灰色衣服遮盖的全部身体。"但不,为什么从前我不发生这种思想?"他又向自己说。这是不可能的,在这个婚姻中有什么丑恶的,他觉得不自然的、不光荣的地方。他想起她从前的言语、目光以及看见他们在一起的人的言语与目光。他想起安娜·芭芙洛芙娜向他说到房子时的言语与目光,想起发西利郡王及别人的上千的这种暗示,于是他发生恐怖,他是否已经让自己被什么东西逼迫着去做那种显然不好的,他不该做的事情。但同时,当他向自己表现这个决心时,在他心中另一方面浮出她的意象及她的全部的女性美丽。

二

一八〇五年十一月发西利郡王须出巡考察四省。他为自己谋得了这个任务,以便同时视察他自己混乱的田庄并在儿子阿那托尔队伍驻扎之处找到他,和他一同去见尼考拉·安德来维支·保尔康斯基郡王,以便使他的儿子娶这个殷富老人的女儿。但在出行做这些新任务之前,发西利郡王必须和彼挨尔把事情解决。他确实近来整天在家,即是在他所寄宿的发西利郡王的家里,在爱仑面前显得可笑、兴奋、愚笨(恋爱的男子应当如此),但仍然未求婚。

"这一切都是很好的,但这件事该有一个结束。"发西利郡王一天早晨带着忧悒的叹息向自己说,意识到彼挨尔是那么蒙他的恩(好,基督保佑他),对于这件事却做得很不好。"年幼……轻浮……

好,上帝保佑他。"发西利郡王想,满意地感觉自己的仁慈,"但这事该有一个结束。后天是辽利亚(即爱仑)的命名日,我要请一批客人,假如他不懂得他所应该做的事,则这还是我的事。是的,我的事,我是父亲!"

在安娜·芭芙洛芙娜的夜会之后的无眠兴奋的夜晚,彼挨尔决定了娶爱仑是不幸的,并且他应该逃避她,并走开。但在这个决定后的一个半月,彼挨尔并未离开发西利郡王,并且恐怖地觉得他在别人的心目中是每天更加与她有关系,觉得他不能恢复自己从前对她的看法,他不能离开她,觉得这是可怕的,但觉得他必须把自己的命运和她连在一起。也许他可以控制自己,但没有一天发西利郡王家没有夜会(很少招待客人),假使彼挨尔不愿破坏大家的兴致,不使大家失望,他便必须出席。发西利郡王在那些稀少的居家的时候,走过彼挨尔身边,抓住他的手,无心地伸头给他吻自己剃光的打皱的腮,或说"在明天之前",或说"去吃饭,不然我就不要见你了",或说"我为你而留下",等等。但虽然在发西利郡王为他而留下的时间里(他这么说),他却没有向他说两个字,彼挨尔觉得自己不能令他失望。他每天向自己说一样的话:"总之,应该了解她,给自己回答:她是什么样的人?我从前有错,还是现在有错呢?不,她不愚蠢。不,她是美丽的姑娘!"他有时向自己说:"她从来没有在什么地方做错事,她从来没有说什么愚蠢的话。她少说话,但她所说的总是简单而明了,所以她不愚蠢。她从前不发窘,现在也不发窘,所以她不是坏女子!"他常常和她开始谈论,出声地思想,而每次她回答他时,或者是用简短但顺便说出的意见表示她对此无兴趣,或者是用沉默的笑容与目光极具体地向彼挨尔证明了她的优越。她认为一切的谈论比之这种笑容皆是废话,她是对的。

她对于他总是带着喜悦的、信托的、单独对他的笑容,其中有比那装饰她面孔的寻常笑容更重要的东西。彼挨尔知道大家只等待他最后说一个字,跨过某一条界线,并且他知道他迟早要跨过这条界线,但想到了这个可怕的步骤,便有某种不可解的恐怖抓住他。在这一个半月之间,他觉得自己更深入了这个令他惧怕的深渊,在这个时期之中,彼挨尔向自己说了上千次:"但这是什么意思?需要决断!难道我没有决断吗?"他希望决断,但恐怖地觉得,在这个事件中,他没有了他知道自己所具有的,且确实有过的那种决断。彼挨尔属于这一类的人,他们只在觉得自己十分纯洁时,才有力量。自从那天他在安娜·芭芙洛芙娜家看鼻烟壶时所感觉到的那种欲望支配了他以来,对于这种冲动的无意识的罪恶感觉,毁坏了他的决断。

在爱仑的命名日,发西利郡王家里,照郡妃说,有最亲近的小团体吃夜饭,即是亲戚与朋友。所有的这些亲戚和朋友都不能不觉得在这天要决定这命名日者的命运。客人坐下了吃饭。库拉根郡妃,肥胖的、一度美丽的、庄严的妇人,坐在女主人的位子上。在她的两边坐了最光荣的客人——一位老将军和他的夫人,安娜·芭芙洛芙娜·涉来尔。在桌端坐着较年轻的,次要的客人,在那里还坐着家里的人,彼挨尔和爱仑并排着。发西利郡王不吃,他绕着桌子转动,在愉快的心情中,有时坐近这个客人,有时坐近那个客人。他向每个人说点不当心的悦意的话,只除了彼挨尔和爱仑,好像他未注意到他们在场。发西利郡王提起了大家的精神。蜡烛明亮地点着,银器和玻璃器、妇女们首饰及肩章上的金银都发光。穿红衣的侍仆们在桌子四周走动，可闻食刀、玻璃杯、碟子声及桌旁几处谈话的兴奋声，可以听到年老的御前侍臣在桌端向年老的男爵夫人说他对于她的热烈爱情和她的笑声。在另一端——谈到某一玛丽亚·维克托罗芙娜的失败。在桌子当中，发西利郡王把听话者集中在他四周，他在嘴唇上带着谐趣的笑容，向妇女们说到最近——星期三的枢密会议。在会议中塞尔盖·库倚米支·维亚倚米齐诺夫，新任彼得堡军务总督接到并宣读亚历山大·巴夫诺维支皇帝自军中寄来的当时有名的谕旨。在谕旨里，皇帝向塞尔盖·库倚米支说，他接到各方面关于人民精忠的报告，而彼得堡的报告尤使他悦意，并说他骄傲自己有做这种国民的首领的光荣，并且他力图对得起他们。这道谕旨开头的话是"塞尔盖·库倚米支！从各方面传来消息"云云。

"所以这个谕旨不外'塞尔盖·库倚米支'吗？"一个妇人问。

"是，是，一点也不意外，"发西利郡王笑着回答，"'塞尔盖·库倚米支……从各方面。''从各方面，塞尔盖·库倚米支……'可怜的维亚倚米齐诺夫不能再向下念了。他几次重新念信，但刚刚念出'塞尔盖'……啜泣……'库……倚米……支'——眼泪……于是'从各方面'被泣咽声压下，他不能再向下念。又是手帕，又是'塞尔盖·库倚米支'，'从各方面'，于是眼泪……所以我们请了别人宣读。"

"库倚米支……从各方面……眼泪……"有人带着笑复述。

"不要顽皮，"安娜·芭芙洛芙娜说，在桌子另一端用手指威胁，"我们的维亚倚米齐诺夫是那么勇敢卓越的人。"

大家很高声笑，在桌子的上端，似乎大家都愉快，并处在各种兴奋心情中，只有彼挨尔和爱仑沉默着，几乎是在桌子下端并排而坐，在两人的脸上压制着鲜明的笑容，这与塞尔盖·库倚米支无关——而是对于自己情绪的羞报笑容。无论别人是怎么说话、发笑、诙谐，无论他们怎么有胃口地吃来因酒、蜂蜜及冰食，无论他们怎么避免看见这一对男女，无论他们怎么显得对她不关心、不注意，但由于某种原因，由于偶尔看他们的目光，令人觉得，关于塞尔盖·库倚米支的趣闻以及笑声、菜肴，一切都是虚伪的，而这整个团体的全部注意只集中在这一对男女的身上——彼挨尔与爱仑。发西利郡王表演了塞尔盖·库倚米支的啜泣，同时却避免看见女儿。而当他发笑的时候，他脸上的表情说："那么，那么，一切都好，今天一切要决定了。"安娜·芭芙洛芙娜为了"我们的好维亚倚米齐诺夫"而向他威胁，在她于此时一瞥彼挨尔的眼睛里，发西利郡王注意到她祝贺他将来的女婿和他女儿的幸福。老郡妃带着愁闷的叹息向邻座的妇人敬酒，并愤怒地看女儿，好像这一声叹息是说："是的，现在我同你一点关系都没有了，但是吃甜酒吧，我亲爱的，现在是年轻人无礼、刺激、快乐的时候。""我所说的一切是多么愚蠢啊，好像它令我生兴趣，"外交家看着爱人们快乐的脸，"这才是幸福！"

在那些维系这个团体的、琐屑微小的、人为的兴趣之中，发生了美丽、健康、年轻男女互相倾慕的单纯情绪。这种人性的情绪，压倒了一切，并高腾在他们一切人为的谈话之上。笑话是不愉快的，新闻是无趣的，而热闹显然是做作的。不仅他们，而且在桌旁侍候的仆役们，都似乎感觉到相同的心情，而看着美人爱仑和她的鲜明的脸，看着彼埃尔发红、胖大、快乐不安的脸,竟忘记侍候的秩序,似乎烛光只集中在这两个快乐的脸上。

彼埃尔觉得他是全体的中心,这个地位使他又乐又窘。他好像一个人潜心注意在什么事情上。他不能明了地看见、明白或听见任何东西,只偶尔在他心中意外地闪出不连续的思想和现实生活的印象。

"一切是这样完结了!"他想,"这一切是怎么发生的?这么迅速?现在我知道,不是为她一个人,不是为我一个人,而是为了所有的人,这是不可避免地要发生的。他们都这么期待这个,那么相信,这是会发生的,而我不能,不能令他们失望。但这事将如何?不知道,但是,要有的,是不可变更的!"彼埃尔想,看着那一对闪耀于他眼前的肩膀。

有时,他忽然感觉到某种羞涩。他觉得不自在,他一个人吸引了全体的注意,他在别人目光中是幸福的人,他带着巴黎式的丑脸儿,要占有爱仑。"但,确实,这事情总是如此的,必须如此的。"他安慰自己,"但我对于这件事应该怎么办呢?这是何时开始的?我和发西利郡王一同从莫斯科到此,此外没有别的了。后来为什么不住在他家呢?后来,我和她玩牌,拾起她的提袋,和她坐车出去。这是何时开始的,这一切是何时发生的?"他在这里靠近她坐着如同她的情人,听见、看见、感觉到她的接近,她的呼吸,她的动作,她的美丽。有时,他忽然觉得,不是她,而是他自己非常美丽,他们是因此而看他。他因为大家的惊奇而快乐,挺起胸膛,抬起头,因自己幸福而欣喜。忽然他听到谁的声音,一个熟人的声音,第二次向他说了什么。但彼埃尔是那么注神,未懂得他所听说的。

"我问你，你什么时候接到了保尔康斯基郡主的信的？"发西利郡王问第三次，"你怎样地心不在焉，我亲爱的。"发西利郡王笑着，彼挨尔看到大家，大家都向他和爱仑笑着。

"好，怎么样呢，假使你们都知道，"彼挨尔向自己说，"好，怎么样呢？这是真的。"他自己带着文雅的儿童般的笑容笑着，爱仑也笑。

"你什么时候接到的？从奥尔牟兹寄的吗？"发西利郡王重说，他似乎为了解决争端，需要知道这个。

"他们能够说出并想到这种琐事吗？"彼挨尔想。

"是的，从奥尔牟兹寄的。"他叹气地回答。

饭后彼挨尔领导他的女伴跟着别人进了客室。客人们开始离散，有几个人未向爱仑道别便走了。好像是不愿使她离开严重的事务，有几个人走来留一会儿，便迅速离开，拒绝她送出。外交官忧悒地沉默着，走出客厅。他觉得他的外交事业，比之彼挨尔的幸福，乃是虚荣。老将军当他的夫人向他问到腿部情形时，向她愤怒地咆哮。"这样的老呆瓜，"他想，"你看爱仑·发西莉叶芙娜到五十岁还是美人。"

"似乎我可以贺你。"安娜·芭芙洛芙娜向郡妃低语并热情地吻她，"假使不是头痛，我便留在这里。"郡妃未作回答，她对女儿幸福的嫉妒使她苦恼。

彼挨尔在客人离散时，独自和爱仑在他们所坐的小客厅里留了好久。在以前一个半月之间，他常常独自和爱仑留在一处，但从未向她说到爱情。现在他觉得这是必需的，但他不能决定走这最后的一步，他觉得羞。他似乎觉得在这里，在爱仑的身边，他是处在别人的地位上。"这种幸福不是为你的，"有一种内心的声音向他说，"这种幸福是为那些人的，他们没有你所有的东西。"但他必须说点什么，于是他说话。他问她是否满意今晚的夜会。她和平常一样，带着特有的单纯回答说，今天的命名日是她最快乐的命名日之一。

最亲近的亲戚中还有人留着，他们坐在大客厅里。发西利郡王用懒懒的脚步走近彼挨尔。彼挨尔立起，并说时间已经很迟了。发西利郡王严厉地、疑问地看他，似乎他所说的是那么奇怪，还是不能听得到的。但之后严厉的表情改变了，发西利郡王向下拉彼挨尔的手臂，使他坐下，并和蔼地说着。

"好吗，辽利亚？"他立刻用无心的、习惯的、温柔的语气向女儿说，这语气是从小即爱自己小孩们的父母所用的，而发西利郡王用这种语气只是模仿别的父母们，于是他又转向彼挨尔。

"塞尔盖·库倚米支，从各方面。"他说，解着背心的最上的扣子。

彼挨尔笑着，但他的笑容显得他明白，不是塞尔盖·库倚米支的趣闻现在使发西利郡王发生兴趣，而发西利郡王也明白，彼挨尔懂得这一点。发西利郡王忽然咕噜了什么，就走去。彼挨尔似乎觉得甚至发西利郡王也失措了。这个年老的、有社会地位的人的失措样子感动了彼挨尔，他盼顾爱仑——而她，似乎也失措，并用她的目光说："怎么，这是你自己的错。""我必定不可避免地越过界线，但我不能，我不能。"彼挨尔想，于是又说到不相干的事，说到塞尔盖·库倚米支，问到这个趣事的要点何在，因为他不曾听到。爱仑笑着说她也不知道。

当发西利郡王进客厅时，郡妃低声地同老妇人谈着彼挨尔。

"当然，这是极美好的一对儿，但幸福，我亲爱的……"

"婚姻是天定的。"老妇人回答。

发西利郡王，好像未听到妇人说话，走到远处的角落里，坐在沙发上。他闭了眼睛，好像打盹。他的头下垂，于是他提起精神。

"阿丽娜，"他向夫人说，"去看看他们在做什么。"

郡妃走到门前，带着严重的、不关心的神情走过门，向客厅看。彼挨尔和爱仑还仍然坐着在谈话。

"还是这样。"她回答了丈夫。

发西利郡王皱眉，把嘴歪曲向一边。他的腮皱出了他特有的、不悦的、粗鲁的表情，他振作精神，立起，将头向后仰，用坚决的脚步，经过妇女们，走进小客室。他快步地、喜悦地走近彼挨尔。郡王的脸是那么严肃，以致彼挨尔看见了便惊恐地立起。

"谢谢上帝！"他说，"内人向我说了一切！"他一手抱彼挨尔，一手抱女儿，"我亲爱的辽利亚！我很，很欢喜。"他的声音打战，"我爱你的父亲……她要成为你的好夫人……愿上帝保佑你！……"

他搂抱女儿，又搂抱彼挨尔，并用长者的嘴唇吻他。泪水确实潮了他的眼睛。

"郡妃，到这里来。"他喊叫。

郡妃走来，也淌眼泪。老妇人也用手帕拭眼泪。他们吻彼挨尔，他们吻了美丽的爱仑的手好几次。过了一会儿，他们又被单独留下了。

"这一切都是应该如此的,不能有别样儿的,"彼埃尔想,"所以无须问,这是好是坏。好,因为他确定了,没有从前恼人的怀疑。"彼埃尔沉默地抓住他的许婚女的手,看着她的美丽的起伏的胸脯。

"爱仑。"他出声又停止。

"在这种情形下,他们要说些特别的话。"他想,但他一点也想不起来他们在这种情形下所正要说的。他看她的脸,她更靠近他,她的脸发赤。

"啊,去掉这些……这些……"她指他的眼镜。

彼埃尔去了眼镜,他的眼睛,在通常人们摘下眼镜时所有的眼光异常之外,还显得惊悸与怀疑。他想低头吻她的手,但她带着头部迅速而粗鲁的动作凑近他的嘴唇,并用自己的嘴唇吻它。她脸上变样的、不悦的、慌乱的表情惊动了彼埃尔。

"现在已经太迟了,一切都完结了,但我爱她。"彼埃尔想。

"我爱你!"他说,想起在这种情形下所必须说的。但这句话说得那么可怜,以致他为自己而觉得羞。

一个半月之后,他结婚了,并如人们所说的,成了美丽夫人与数百万家业的幸福的占有者,住在新修理的别素号夫伯爵在彼得堡的大房子里。

三

尼考拉·安德来维支·保尔康斯基老郡王在一八〇五年十二月接到发西利郡王的信,向他通知他要同儿子一道来拜访("我出外考察,当然,要拜访你,我深敬的恩人,对于我一百里路不能算是绕道,"他这么写,"我的阿那托尔伴我上路,他去从军。我希望你准许他亲自向你表示深深的敬意,这是他和他父亲一样对你所感怀的")。

"那么无须把玛丽带出去了,求婚者自己到我们这里来了。"娇小的郡妃听到这话不当心地说。

尼考拉·安德来维支郡王皱眉,未说什么。

在接到信后两星期,某天晚上,发西利郡王的仆人先到,第二天,他自己和儿子来到。

老保尔康斯基一向对于发西利郡王的性格没有好感,近来更甚,因为发西利郡王在新皇朝巴弗尔及亚历山大之下达到崇高的地位与荣禄。现在由于这封信和娇小郡妃的暗示,他明白了他是为了什么,而对于发西利郡王的坏感在尼考拉·安德来维支郡王的心中成了恶意的轻视。他说到他的时候总是嗅鼻子。在发西利郡王来到的那天,尼考拉·安德来维支特别不高兴,并且有脾气。或者是因为发西利郡王来此,他有脾气,或者是因为他有脾气而特别不高兴发西利到此。但总之,他是有脾气,齐杭早晨就劝建筑师不要带报告去见郡王。

"你听,怎么在走,"齐杭说,要建筑师注意郡王的足音,"用脚跟在走……那么我们知道……"

但和寻常一样,在早晨九点钟,郡王穿了貂皮领的天鹅绒外衣,戴了貂皮帽,出门散步。头天晚上落了雪,尼考拉·安德来维支郡王常去花房的路径已扫除,在被扫的雪上可见帚迹,有一把锹插在路旁脆弱的雪堆上。郡王皱着眉,沉默着走过花房、下房及厢房。

"雪车可以走过吗?"他问伴他进屋的、可敬的、面貌和态度类似主人的管家。

"雪深,大人。我已经叫人扫除了大道。"

郡王点头,走到台阶。"谢谢你,我主,"管家想,"暴风雨过去了!"

"车子不容易赶过,大人,"管家又说,"听说,大人,有一个大臣要来见大人?"

郡王转向管家,用皱蹙的眼睛看着他。

"什么？大臣？谁命令你的？"他用尖锐的、残忍的声音说，"你们不替郡王、我的女儿扫路，却替大臣扫！我没有大臣们！"

"大人，我以为……"

"你以为！"郡王咆哮，他说话更快、更不连贯，"你以为……强盗们！恶棍们！……我要教你以为。"于是他举起手杖，向阿尔巴退支挥去，假如不是管家不自觉地躲开这一击，便打上他了。"以为！……恶棍们！……"他急促地叫着。但虽然阿尔巴退支自己因为大胆——躲开打击而惊恐着，走近郡王，在他面前恭顺地垂着光头，或者也许正因此，郡王叫着"恶棍们……把路塞起来……"，却不再举起手杖，跑回房间。

在餐前，郡主和部锐昂小姐知道了郡王有脾气，站着等候他。部锐昂小姐发光的脸似乎说："我什么也不知道，我是和平常一样。"而玛丽亚郡主苍白、惊惧、眼睛下垂，使玛丽亚郡主更觉痛苦的是，她知道在这种情形下，应该做得和部锐昂小姐一样，但她不能这么做。她觉得"我要做得那样，好像没有注意到，他便要以为我对于他没有同情。我要显得我也苦恼，有脾气，他便要说（这是常有的），我丧气了"，云云。

郡主看了看女儿恐惧的脸，嗅鼻子。

"'废物！'或'呆瓜！'……"他说着。

"她不在这里！"他们已经向他说了。他想到娇小的郡妃，她不在饭厅里。

"郡妃在哪里？"他问，"藏起来了吗？"

"她不好过，"部锐昂小姐愉快地笑着说，"她没有出房。在她的情形中，这是自然的。"

"哼！哼！嘿！嘿！"郡王说完坐到桌前。

他觉得碟子不干净，他指示了污点，把碟子抛去。齐杭接住，递给厨子。娇小郡妃不是不舒服，但她是那么不可抑制地怕郡王，听到他有脾气，她便决定了不出房。

"我因为小孩子害怕，"他向部锐昂小姐说，"天晓得，恐惧将产生什么结果。"

总之，娇小郡妃住在童山，不断地对老郡王怀着恐怖与厌恶情绪，这是她不意识到的，因为恐惧是那么强烈，使她不能感觉到这个。在郡王方面也有同样的厌恶，但他被轻视压倒了。郡妃在童山住惯，特别欢喜部锐昂小姐，和她整天相处，请她在自己房中过夜，常常同她说到公公，并批评他。

"有客人要到我们这里来了，郡王。"部锐昂小姐说，用红润的手打开白餐巾。"库拉根郡王大人和他的公子，我听说？"她探问地说。

"哼，这个大人是一个后辈小子……我送他进了大学，"郡王愤怒地说，"他儿子来为什么，我不能明白。莉萨维塔·卡尔洛芙娜郡妃和玛丽亚郡主也许知道，我不知道，他为什么把他的儿子带到这里来。我不需要他。"他看着面色发红的女儿。

"不好过，是吗？是怕阿尔巴退支这个蠢材今天所说的那个大臣吗？"

"不，爸爸。"

部锐昂小姐的谈话题目未得成功，她不再提起，她说到花房，新开的花的美丽,于是郡王在汤后变得和平了。

饭后他去看媳妇。娇小郡妃坐在小桌子旁和女仆玛莎在谈话,她看见了公公,脸色发白。

娇小郡妃大大改变了,她现在变得丑而不美,腮下垂,嘴唇噘起,眼睛下陷。

"是的,一种沉重。"她回答了公公问他觉得如何的问题。

"你不需要什么吗?"

"不,谢谢,爸爸。"

"那么,好,好。"

他出去,走到客室。阿尔巴退支垂头站在客室里。

"路塞起来了吗"?

"塞起了,大人,为了上帝,恕我一次过错。"

郡王打断他,并发出不自然的笑声。

"唉,好,好。"他伸手给阿尔巴退支吻过,走进书房。

晚上发西利郡王来到。车夫们和仆人们去迎接他,在有意铺了雪的路径上把他的马车和雪车拖到厢房。

发西利郡王及阿那托尔被领至个别的房间,阿那托尔脱了外衣,手叉着腰,坐在桌前,他笑着,固定地、无心地把他的美丽大眼看着桌子角。他把自己的全部生活看作不间断的娱乐,这是什么人为了某种缘故而应分为他布置的。现在他用同样的态度看这次对于怪癖老人及富而丑的女继承人的拜访。这一切,照他的预料,也许是很好的,有趣的。"假使她很富贵,为什么不结婚呢?这绝不碍事。"阿那托尔想。

他刮了脸,用他所惯有的细心与优美姿势洒了香水,并带着天生的善意而胜利的表情,高抬着美丽的头,走进房去看父亲。发西利郡王身边有两个侍仆忙着替他在穿衣。他自己活泼地环顾四周,愉快地向进来的儿子点头,似乎他说:"这样,我正需要你这样!"

"不,不是笑话,爸爸,她很丑吗?啊?"他用法文说,好像是要继续在途中谈过不止一次的问题。

"够了。废话!要点是,努力对老郡王显得恭敬而敏捷。"

"假使他要说气话,我就走开,"阿那托尔说,"我不能忍受这种老头儿。啊?"

"记住,对于你是一切都决定在此。"

这时候在妇女们当中不仅知道了大臣和他儿子到此,而且两人的外表也详细地形容了。玛丽亚郡主独自坐在房间里,企图压制内心的激动而无结果。

"为什么他们写信,为什么莉萨向我说到这事?但这是不可能的!"她看着镜子,向自己说,"我怎么进客厅里?即使他甚至满意我,我也不能现在和他在一起。"想到她父亲的目光,她觉得恐怖。

娇小郡妃及部锐昂小姐已从女仆玛莎那儿听到必要的消息,她说到大臣的儿子是多么红润的、黑眉的美男子,说到他的父亲如何费力地上楼梯,而他如同鹰子,一步三级,跑在他身后。接到了这些消息,娇小郡妃和部锐昂小姐便来到郡主的房间,她们生动谈话的声音在走廊上便已听见。

"他们已经来了,玛丽,你知道吗?"娇小郡妃说,摇晃着她的肚子,沉重地坐到安乐椅上。她未穿早晨所穿的外衣,却穿了一件最好的衣服,她的头发曾仔细修饰,她的脸上有兴奋表情,但没有遮盖她的衰弱的、惨白的面容。穿了她在彼得堡交际场中所常穿的衣服,更显出她变得很丑。在部锐昂小姐身上也不觉地显出衣服的某种效果,它在她美丽的、新鲜的脸上增加了更多的动人处。

"那么,你就照你这个样子吗,亲爱的郡主?"她说,"他们就会来报告绅士们在客室里,我们就要下楼了,你却一点也不注意到装扮!"

娇小郡妃从椅上站起,按铃唤女仆,并且匆忙地、愉快地着手考虑玛丽亚郡主应穿的衣服,并执行她的考虑。玛丽亚郡主觉得自己的尊严受到冒犯,因为向她求婚者的来临使她兴奋,而更使她觉得受屈的,是她的两个友伴也不以为她是可以不这样兴奋的。向她们说,她是如何为自己、为她们觉得羞,这便是泄露了自己的兴奋。此外,若拒绝她们的提议,不穿好看的衣服,将引起不断的嘲笑与坚持。她脸发红,美丽的眼睛没有了光彩,她脸上布了红块,并且带着那种丑陋的、她脸上最常有的牺牲者的表情,她顺从了部锐昂小姐和莉萨的主张。两个女子十分诚意地关心着,要使她美丽。她是那么丑,她们没有一个人想到和她竞争,因此她们十分诚意地替她打扮,她们带着那种单纯的、固执的、女性的信念,以为衣服可以使面孔美丽。

"不,确实,我亲爱的,这件衣裳不好,"莉萨说,远远地斜视郡主,"叫人去拿你的栗色天鹅绒的衣服。确实啊,你看,也许一生的命运决定在此。但这个太鲜明了,不好,不,不好!"

不是衣服不好,而是郡主的脸和全身。但部锐昂小姐和娇小郡妃不觉得这一点,她们都觉得,假使在向上梳的头发上放一条蓝色缎带，把蓝色颈巾从棕色衣服上垂下来，等等，则一切都好了。她们忘记了惊惧的脸和身躯不能改变，因此，无论她们怎样改变这个面孔的外廓和修饰，这个面孔仍然是可怜而丑陋的。玛丽亚郡主遵顺地服从了两三次的修改，然后，当她的头发已向上梳（这种梳妆完全改变了并加丑了她的脸），戴上了蓝颈巾，穿上了美丽的天鹅绒衣服时，娇小郡妃在她身旁绕过两次，用小手理顺这里的衣褶，抹下那里的颈巾，并且歪着头，时而从这边，时而从那边看她。

"不行，这不行，"她坚决地说，伸开双臂，"不行，玛丽亚，这确实不适合你。我最爱你穿灰色的便服。""不，请你替我做这事，卡洽，"她向女仆说，"把银灰色的衣裳拿来给郡主。""你看，部锐昂小姐，我来怎样布置。"她带着艺术的、喜悦的笑容说。但当卡洽取来所需要的衣服时，玛丽亚郡主仍然不动地坐在镜前，看着自己的脸，在镜中她看见她的眼睛里有泪，她的嘴打战，准备哭泣。

"来，亲爱的郡主，"部锐昂小姐说，"再稍微努点力。"

娇小郡妃拿了女仆手中的衣服，走近玛丽亚郡主。

"不，现在我们要做得简单、可爱。"她说。

她和部锐昂小姐的话声及卡洽的笑声，合成愉快的喋喋声，有如鸟雀的啾啾。

"不，让我吧。"郡主说，她的声音说得那么严肃而苦痛，而致鸟雀的啾啾立刻停止。她们看着充满眼泪与思想的、美丽的大眼睛明亮而恳求地看她们，于是明白了坚持是无用的，甚至是残忍的。

"至少要换换头发的样子。"娇小郡妃说。"我向你说过，"她谴责地向着部锐昂小姐说，"玛丽亚的面孔是属于这种人的，她们一点也不适合这种发妆，一点也不，一点也不。请你换一换吧。"

"让我吧，让我吧，这一切对我都是一样。"不能约制眼泪的声音回答着。

部锐昂小姐和娇小郡妃不得不自己承认，玛丽亚郡主打扮是很丑的，比平常更不如，但已经太迟了。她用那样的表情看她们，她们知道，这是思想与悲伤的表情。这种表情未引起她们对于玛丽亚郡主的恐惧（她不曾引起任何人这种情绪）。但她们知道，当她脸上显出这种表情时，她便沉默，而她的决心不可动摇。

"你要换一下，是吗？"莉萨说，而当玛丽亚郡主不作回答时，莉萨走出了房。

玛丽亚郡主只剩下独自一人。她未满足莉萨的希望，并且不仅不改变发妆，而且也不向镜子里看自己。她无力地垂眼垂手，沉默地坐着思索。她想象到丈夫，一个男子，一个有力的、优势的、不可思议的动人人物，他将忽然把她带进他自己的、全然不同的、快乐的世界。自己的小孩，好像她在奶妈的女儿那里昨天所见的那个小孩。她想象着在自己的胸口，丈夫站着，并温柔地看她和小孩。"但不，这是不可能的，我太丑了。"她想。

"请吃茶，郡王马上就要出来了。"女仆声音在门外说。

她警觉了，并惧怕她所想的事。在下楼之前，她立起，走进祈祷室，看着被灯光照亮的救主大圣像的黑线条，捧手在圣像前站了几分钟。玛丽亚郡主心中有苦恼的怀疑，她能有爱情的喜悦，对于男子的尘世爱情吗？在结婚的臆想中，玛丽亚郡主幻想到家庭幸福和小孩，但她主要的、最有力的、最神秘的幻想是人世爱情。这情绪愈强烈，她愈想隐瞒别人，甚至自己。"我的上帝，"她说，"我怎么样在自己心中压下这些魔鬼的念头呢？我怎么永久地拒绝恶劣的臆想，而安静地执行你的意志呢？"她还未说出这个问题，上帝已经在她自己的心中回答她道："不要为自己希求任何东西，不要贪图，不要激动，不要欣羡。人类的将来和你的命运应该是你不知道的。但要生活，以便对一切有所准备。假使上帝要在婚姻的责任上试验你，你便准备执行他的意志。"带着这种安慰的思想（但仍然希望实现自己禁止的尘世幻想），玛丽亚郡主叹了口气，画了十字，走下楼，不想到自己的衣服、自己的发妆，也不想到她要如何走进去，并说什么。这一切比之上帝的注定，能够有什么意思呢？没有上帝的意志，人头上不会落一根头发。

四

当玛丽亚郡主进房时,发西利郡王已经和他的儿子在客厅里和娇小郡妃及部锐昂小姐交谈。当她踏着脚跟,用沉重的步子走进房时,男子们及部锐昂小姐立起,娇小郡妃把她指给男子们说:"这是玛丽亚!"玛丽亚郡主看见了大家,并且详细地看了。她看见:发西利郡王的脸,在见到郡主时,俄顷之间变为严肃,并立刻带笑。娇小郡妃的脸,好奇地在客人们脸上,注意玛丽亚使他们所生的印象。她也看见部锐昂小姐和她的缎带、美脸,以及从未有过的、注视他的兴奋目光。但她不能看见他,当她进房时,她只看见什么大的、鲜明的、美丽的东西向她移动。最先发西利郡王走近她,她吻了俯在她手上的光头,并且回答了他的话,相反地,她记得他很清楚。然后阿那托尔走近她,她仍然未看见他。她只感觉到一双柔软的手紧握她的手,她接触到白额,在额上是洒过香水的、美丽的金发。当她看见他的时候,他的美丽惊动了她。阿那托尔把右手的大拇指放在制服的扣着的纽子上,有向前挺起的胸膛,脊背向后曲着,他摆着一双后伸的腿,头微垂,沉默着,愉快地看郡主,显然完全没有想到她。阿那托尔不敏捷、不伶俐,说话不流利,但在另一方面他有为社会所看重的本领——镇静和绝不改变的信仰。一个无自信的人,在初相识的时候沉默着,并表示意识到这种沉默的不合宜,希望找点话说,结果是不好的。但阿那托尔沉默,摆腿,愉快地注意郡主的发妆,显然是他能够那么安静地沉默很久。"假使有谁觉得这种沉默不舒服,那么你就说话,但我却不想说。"似乎他的面色这么说。此外,在阿那托尔对于妇女的态度中还有那种神情,它比一切更能引起妇女的好奇、恐惧甚至爱念——就是对于自己优越的骄傲神情。似乎他的态度向他们说:"我知道你们,我知道,但为什么要和你们麻烦呢?你们已经是喜悦了!"也许他遇见妇女们不这么想(他大概是不想的,因为他通常很少思索),但他的神情和态度是那样的。郡主感觉到这个,好像她希望向他说,她不敢想到引他注意,她转向老郡王。谈话是普通的、生动的,这是由于娇小郡妃的声音和在白齿上举动的、有毫毛的嘴唇。她用那种说笑话的谈吐对答发西利郡王,这种谈吐是多言的、愉快的且人们所常用的,它的要点是假定:在一个人自己与被如此对待的人之间,有某种久已存在的笑话和愉快的、一部分不公开的、有趣的回忆,而其实并没有这种回忆,正如同在娇小郡妃与发西利郡王之间没有这种回忆。发西利郡王乐意地凑合了这种语气,娇小郡妃把她所几乎不认识的阿那托尔也引入这种从未有过的可笑的偶然事件之回忆中。部锐昂小姐也参加了这种普通的回忆，甚至玛丽亚郡主也满意地觉得自己牵入了这种愉快的回忆。

"那么，至少，我们现在要充分请教你们了，亲爱的郡王，"娇小郡妃向发西利郡王说，当然是用法文，"这里不像我们在安涅特家的夜会那样，你在那里总是跑走。你记得亲爱的安涅特吗？"

"啊，但你不要向我说到政治，像安涅特那样！"

"我们的小茶桌呢？"

"啊，是！"

"你为什么总不到安涅特家去？"娇小郡妃问阿那托尔。"啊！我知道，我知道，"她眨着眼说，"你的哥哥依包理特向我说到你的事。啊！"她用手指威胁他，"我还知道你在巴黎的恶作剧！"

"但，他，依包理特，没有告诉你吗？"发西利郡王说（向着他的儿子，并抓住娇小郡妃的手臂，好像她要跑走，而他刚好留住她），"他没有告诉你，他自己，依包理特，怎么为了可爱的郡妃而憔悴吗，她怎样把他赶出门吗？"

"啊！她是妇女中的珍宝，郡主！"他向郡主说。

部锐昂小姐那方面，听人谈到巴黎，便不放过机会，也加入了这共同的回忆叙谈。

她大胆地问阿那托尔离开巴黎是否很久，他是否欢喜这个城。阿那托尔极乐意地回答了法国女子，并且笑着看她，同她谈到她的祖国。看见了美丽的部锐昂小姐，阿那托尔认定，在这里，在童山，将不觉得乏味。"很不丑！"他想，看着她。"这个陪伴的小姐很不丑。

我希望,当她嫁我时,带了她一道,"他想,"这个小东西很漂亮。"

老郡王在房里从容地穿衣服,皱着眉,并思索着他要做的。这些客人的到来使他发怒。"发西利郡王和他的儿子会我做什么?发西利郡王是一个吹牛皮的人,脑子空虚,他的儿子应当还好。"他向自己低语。使他发怒的是,这些客人的来临,在他心中引起了未决的、不断压制的问题——关于这个问题,老郡王总是欺骗自己。这个问题就是,他是否决定有一天要和玛丽亚郡主分离,而把她交给一个丈夫。郡王从来不曾直接向自己提出这个问题,他预先知道,他要公正地回答这个问题,而"公正"所要损伤的不仅是情感,而是他生命的可能。虽然似乎他不看重她,但没有玛丽亚郡主的生活,对于尼考拉·安德来维支郡王是不堪设想的。"她为什么要结婚呢?"他想,"当然,是不幸福的。看莉萨和安德来吧(更好的丈夫现在似乎是难找的)!她果然满意她的命运吗?谁为了爱情娶她呢?丑,不优雅。人为了关系、为了财产而娶她,老处女们不能过活吗?更幸福!"尼考拉·安德来维支郡王穿衣服的时候这么想,而同时这个像被延搁的问题需要立即解决。发西利郡王带来他的儿子,显然是企图提议婚事,也许今天或明天,他将要求直接的回答。姓名、社会地位,是合适的。"那么,我不反对,"郡王向自己说,"但是他配得起她,这就是我们所要看的。"

"这就是我们所要看的,"他出声说,"这就是我们所要看的。"

于是,他和平常一样,用敏捷的步子走进客室,用眼睛迅速地看了大家,注意到娇小郡妃衣服的更换、部锐昂的缎带、玛丽亚郡主丑陋的发妆、部锐昂和阿那托尔的笑容以及女儿在大家谈话中的孤独。

"她打扮得好像呆瓜!"他想,愤怒地看女儿,"不知羞,他不想结交她!"

他走近发西利郡王。

"呀,好吗,好吗?我很欢喜看见你。"

"为了亲爱的朋友,七里不是绕道,"发西利郡王像平常一样地说,迅速、自信且亲密,"这是我的第二个孩子,请你垂爱赏光。"

尼考拉·安德来维支郡王看了阿那托尔。

"好孩子,好孩子!"他说,"好,来吻我。"他把腮伸给他。

阿那托尔吻了老人,十分好奇地、镇静地看他,等待着,看他是否发生如他父亲所料的奇怪处。

尼考拉·安德来维支郡王坐在沙发角上他坐惯的地方,为发西利郡王移近一张椅子,指示了椅子,开始问到政事及新闻。他似乎是注意地听发西利郡王的话,却不断地向玛丽亚郡主看。

"他们已经从波兹达姆这样写信了吗?"他重复了发西利郡王最后的话,忽然立起,走近女儿。

"你是为了客人们打扮得这样吗,啊?"他说,"好,很好。你在客人面前梳新式的头,我在客人面前向你说,以后你不许再敢没有我的准许就换衣裳。"

"这是我不对,爸爸。"娇小郡妃红着脸插言。

"你有充分的自由,"尼考拉·安德来维支郡王说,在媳妇面前退足鞠躬,"但她用不着把自己弄丑,她是那样丑。"他又坐到自己的地方,不再注意被他弄得落泪的女儿。

"相反地,这种发妆很适合郡主。"发西利郡王说。

"好，世兄，小郡王，你叫什么？"尼考拉·安德来维支郡王向阿那托尔说，"到这里来谈谈，我们认识认识。"

"现在笑话开始了。"阿那托尔想，笑着坐近老郡王。

"好，就是这样，我亲爱的，我听说你在国外受教育的，不像我和你父亲由教会执事教导写读。告诉我，我亲爱的，你现在在骑兵卫队里服务吗？"老人问，靠近注意地看着阿那托尔。

"不是，我调入军队了。"阿那托尔说，忍不住要笑。

"啊！好事情。所以，我亲爱的，你想报效皇帝和祖国吗？是战争的时候。这样的好汉子应当服役，应当服役，那么，上前线吗？"

"不是，郡王。我们的队伍开出去了，我派了差。我派了什么差，爸爸？"阿那托尔向着父亲发笑。

"他服务得好极了，好极了。我派了什么差！哈哈哈！"尼考拉·安德来维支发笑。

于是阿那托尔笑声更高。忽然，尼考拉·安德来维支皱眉。

"好，去吧。"他向阿那托尔说。

阿那托尔笑着又走近妇女们。

"你把他送到国外受教育吗，发西利郡王？啊？"老郡王向发西利郡王说。

"我做了我能够做到的，我向你说，那里的教育远比我们的好。"

"是，现在一切不同了，一切要时新，可爱的汉子！好汉子！好，到我房里去。"他拉了发西利郡王手臂，领他走进书房。

发西利郡王和郡王单独在一处，立刻向他说明了自己的愿望与希望。

"为什么你以为，"老郡王愤怒地说，"是我留住她，我不能舍开她？你自己想的！"他愤怒地说："我明天都行！只是我告诉你，我想更认识我未来的女婿。你知道我的原则：一切公开！我明天当你面问她，她若愿意，就让他住下来。让他住下来，我要看看。"郡王嗅鼻子。"让她出阁，对于我都是一样。"他用那种尖锐的声音咆哮，这是他和儿子分别时所有的。

"我老实向你说，"发西利郡王用一个狡猾的人的语气说，这个人相信在透达的对谈者面前无须狡猾，"你是看透人的。阿那托尔不是天才，但是纯洁善良的好孩子和亲戚。"

"好，好？很好，我们看吧。"

对于好久不同男性群体在一起的孤寂的妇女们，这是常有的事，尼考拉·安德来维支郡王家的三个妇女，在阿那托尔面前，同样地觉得她们的生活直到现在为止不曾是生活。她们思想、感觉、观察的力量俄顷之间都增大十倍，好像她们的生活，直到此时为止，是在黑暗之中，而忽然被新的、有充分意义的光辉照亮。

玛丽亚郡主完全不想到，不记得她的面孔和发妆。这个也许做她丈夫的人的美丽开诚的脸，吸引了她全部注意。她觉得他善良、勇敢、坚决、男子气、宽宏，她相信这个。关于未来家庭生活的千种幻想不断地跳入她的想象中，她赶出并企图藏隐它们。

"但我对他不太冷淡吗？"玛丽亚郡主想，"我企图约制自己，因为在心底，我觉得自己对他已太接近。但他并不知道我对他所想的一切，并且或许以为我不中意他。"

于是玛丽亚郡主企图而不知如何亲切地对新客人。

"可怜的女子！她丑得像怪！"阿那托尔想到她。

部锐昂小姐也被阿那托尔的来临引入高度兴奋之中，她有另一种想法。当然，一个没有确定社会地位，没有亲戚朋友，甚至没有祖国的美丽女子，并不想把自己的生活贡献于侍候尼考拉·安德来维支郡王，读书给他听，以及做玛丽亚郡主的友伴。部锐昂小姐久已期待这种俄国郡王，他能立刻看重她的优点胜过俄国丑陋的、衣着不称的、不雅致的郡主，爱上她，并把她带走，而这种俄国郡王终于来到了。部锐昂小姐有一个故事，这是她从姑母那里听来并由她自己编完的，她爱在自己的想象中重复这个故事。这个故事是说一个可怜的母亲（Sa Pauvre mere）来到被引诱的女儿面前，责备她不结婚便献身于男子。部锐昂小姐常常在她的想象中向他，引诱者，说这个故事时感动得落泪。现在这个他，真正的俄国郡王出现了。他带走她，然后"我可怜的妈"出现，于是他娶了她。当她和他谈到巴黎的时候，在部锐昂小姐脑里形成了她未来的全部故事。不是计算领导了部锐昂小姐（她甚至无时间想到她所要做的），但这一切早已准备好在她心中，现在只是集合在出现的阿那托尔身旁，她希望并试行尽可能地使他欢喜。

娇小郡妃好像老战马，听到号声，忘记自己的地位，无意识地准备做习惯的媚态之奔腾，没有任何潜隐的动机或冲突，只有单纯的、轻浮的愉快。

虽然阿那托尔在妇女间通常采取这样的态度，好像一个人厌烦妇女们纠缠他，但他看到自己对于这三个妇女的影响，便感到虚荣的快意。此外，他对于美丽的、活泼的部锐昂小姐，开始感到那种热烈的、野兽的情绪，这情绪在他心中极迅速地出现，推动他去做粗暴、最大胆的行为。

茶后，大家移到休息室，他们请郡主奏大钢琴。阿那托尔在部锐昂小姐旁边对着她支了胂肘，他的眼睛笑而欣喜，看着玛丽亚郡主。玛丽亚郡主带着窘迫的、欣喜的激动，感觉到他的目光注意她，心爱的鸣奏把她带入最灵感的诗境的世界，觉得看着她的那目光在这个世界里增加了更多诗境。阿那托尔的目光，虽然是看着她，却不是对于她的，而是对于部锐昂小姐脚部的动作，这时候他用自己的脚在琴下接触她的脚。部锐昂小姐也看着郡主，在她的美丽的眼睛里也有玛丽亚郡主觉得新奇的惊喜与希望之表情。

"她多么爱我！"玛丽亚郡主想。"现在我多么快乐，同这样的朋友和这样的丈夫在一起，我将多么快乐！他会做我的丈夫吗？"她想，却不敢看他的脸，仍然感觉他注视在她身上的目光。

晚上，在饭后大家分散时，阿那托尔吻了郡主的手。她自己不知道她如何获得了这大胆量，但她对直地看着靠近她的近视眼的、美丽的面孔。在郡主之后，他去吻了部锐昂小姐的手（这是无礼，但他那么确信地、简单地做了一切），部锐昂小姐脸红，惊惶地看郡主。

"多么优美，"郡主想，"难道阿美丽（部锐昂小姐的名字）以为我会嫉妒她，不看重她对我的纯洁的温柔与忠实吗？"她走近部锐昂小姐，热情地吻她。阿那托尔走近娇小郡妃的手前。

"不，不，不！你父亲写信给我说你行为好的时候，我就给你吻我的手，之前不行。"于是，举起手指，笑着，她走出了房。

五

大家分散了。除了阿那托尔躺上床立刻入睡外,这大晚上别人都很久没有入睡。

"他真能够做我的丈夫吗?他这个陌生的、美丽的、仁慈的男子,主要的——仁慈。"玛丽亚郡主想。而她从未有过的恐惧在她心中发生了,她怕环顾,她似乎觉得有谁站在屏风后边,在黑暗的角落里。这个谁便是他——魔鬼,而他是——那个有白额头、黑眉毛、红唇的男子。

她按铃唤来女仆,要她睡在自己的房里。

部锐昂小姐这天晚上在冬季的花园里徘徊了很久,空等候着什么人,有时向谁笑着,有时因为想象中"可怜的母亲"责备她堕落的话而感动得落下泪。

娇小郡妃向女仆抱怨说床不好,她不能侧睡,又不能俯卧,一切姿势都沉重而不自在。她的肚子扰乱她,这天晚上比平常更搅乱她,因为今天阿那托尔的莅临把她生动地带回另一种时候,在那时候,她没有这种情形,而且她是轻松愉快的。她穿着睡衣,戴着睡帽,坐在靠椅上。瞌睡沉沉的、头发凌乱的卡洽,咕哝着什么,第三次拍打并翻转沉重羽毛床垫。

"我向你说,这全是凸凸凹凹的,"娇小郡妃重说,"我自己是欢喜睡觉的,所以这不是我的错。"她的声音打战,好像一个要哭的小孩。

老郡王也未睡。齐杭在睡梦中听到他愤怒地走动,并嗅鼻子。老郡王觉得他为女儿受了侮辱。这种侮辱是最痛苦的,因为这不是关于他自己,而是关于另一人,他女儿,他爱她胜于自己。他向自己说,他要考虑这全部事件,并且要找出什么是正当的和应当做的,但未能如此,他只更加激怒了自己。

"来了第一个客人——她便忘记了父亲和一切,跑上楼,梳了头,摇尾乞怜,她自己不像自己了!她欢喜抛弃父亲了!她知道我要注意到的。呋尔……呋尔……呋尔……我没有看到这个呆瓜只看着部锐昂吗(一定要把她赶走)!怎么她这样不自尊,懂不到这一点!即使不是为她自己,即使她不自尊,至少也要为了我!她应当觉得这个呆瓜没有想到她,却只看着部锐昂。她没有自尊,但我要叫她看到这个……"

老郡王知道,向女儿说她弄错了,说阿那托尔想向部锐昂求爱,他便要损伤玛丽亚郡主的自尊心,而他的目的(不与女儿分离的愿望)将达到,因此他对于这事心安了。他叫了齐杭,开始解衣。

"鬼带来了他们!"在齐杭把睡衣披上他的瘦老身躯时,他这么想,他的胸脯生着灰毛。"我没有请他们来,他们来扰乱我的生活。我的生活所余无几了!"当他的头遮住睡衣时,他说,"鬼谴他们!"

齐杭知道郡王有出声表达自己思想的习惯,因此带着不感动的脸遇见从睡衣下出现的疑问的、发怒的面色。

"睡了吗?"郡王问。

齐杭和一切好仆人们相同,本能地知道主人思想的方向。他猜中是问发西利郡王和他儿子。

"都睡下熄了灯,大人。"

"不为什么,不为什么……"郡王迅速说,把脚伸入跋鞋,把手伸进睡衣,走近他所睡的躺榻。

虽然在阿那托尔与部锐昂小姐之间未说什么,但在 Pauvre mere(可怜的母亲——译者)出现之前,关于这个"浪漫事"的第一部,他们已完全彼此了解,他们明白他们需要秘密地互相说许多事情,因此他们从早上就寻找单独见面的机会。在郡主按照习惯的钟点去见父亲的时候,部锐昂小姐在冬花园里和阿那托尔相会。

玛丽亚郡主这天带着特别的战抖走到书房门前。她觉得,不仅大家知道她的命运决定在今天,而且知道她对于这件事所想的。她在齐杭脸上及发西利郡王跟班脸上看到这种表情,这个跟班拿着热水在走廊上遇见她,曾向她低低鞠躬。

老郡王这天早晨对于女儿的态度是极和蔼而紧张。这种紧张的表情玛丽亚郡主很知道。这种表情是他的脸上在这种时候所有的,就是当他因为玛丽亚郡主不懂得数学习题时,他的干枯的手便苦恼地握成拳头,并且他站立起来,离开她,低声重复几次同样的话。

他立刻达到要点,开始说话,称"您"。

"关于您,他们向我提出了婚事。"他不自然地笑着说。"我想,您看到了,"他继续说,"发西利郡王到此,并带来他的学生(由于某种缘故尼考拉·安德来维支郡王称阿那托尔为学生),不是为了我的美丽的眼睛。他们昨天向我提到您的婚事。您知道我的原则,我让您[1]自己过问。"

"我怎样懂你的话,爸爸?"郡主说,发白又发赤。

"怎样懂!"父亲愤怒地咆哮,"发西利郡王觉得你适合做他的媳妇,为他的学生向你提议婚事。就是这样懂,怎样懂?!……我问你。"

"我不知道您觉得怎样,爸爸。"郡主低声说。

"我?我?与我何干?让我站旁边吧,不是我结婚。您如何?这是我希望知道的。"

郡主看到父亲恶意地看这件事,但同时又想到,现在要决定或永不决定她的生活命运。她垂下眼睛避开父亲的目光,在这种目光的影响下她觉得自己不能思想,只能习惯地服从。

"我只希望一件事——实现你的意志,"她说,"但假使需要说出我的愿望……"她不及说完,郡王打断了她。

"好极了!"他喊叫,"他要你和你的妆奁,顺便还要部锐昂小

---

[1] 你为 Tbl,你们为 Bbl,平常习惯称你(Tbl)亦用你们(Bbl),但对于亲密之人则称你(Tbl),称你们(Bbl)时,则是有客气及疏远之意。中文译为您,近似耳。——译者

姐，她将成为他的夫人，而你……"郡王止住，他注意到这些话对于女儿所发生的印象。她垂了头，准备要哭。

"好，好，我说笑话，说笑话，"他说，"记住一点，郡主，我坚持我的原则，女子有充分的选择权利。我给你自由。记住一件事，你的决定关系你一生的幸福，无须说到我。"

"但我不知道……爸爸。"

"不用说！他们会告诉他，他不只是为了你，他可以随便娶谁，但你可以自由选择……回自己房去吧，考虑一下，过一个钟头再到这里来，并且当他面说是和否。我知道你要祷告。好，请祷告吧，但最好是想一想。去吧。"当郡主已经好像在雾中蹒跚着走出书房时，他还叫着："是或否，是或否，是或否！"

她的命运决定了，并且幸福地决定了。但父亲说到部锐昂小姐的话——这个暗示是可怕的。我们以为，这是不确的，但这仍然是可怕的，她不能不想到这个。她对直地穿过冬花园向前走，未看见、未听见什么，忽然部锐昂小姐的熟识的低语声惊动了她。她抬起眼睛，在两步之外的地方看见了阿那托尔，他搂抱着法国女子，向她低语。阿那托尔在漂亮面孔上带着可怕的表情盼顾玛丽亚郡主，在第一秒钟的时候没有放开部锐昂小姐的腰，她未看见郡主。

"谁在那里？为了什么？等一下！"似乎阿那托尔的脸这么说。玛丽亚郡主无言地看他们，她不能懂得这个。最后，部锐昂小姐叫了一声，跑走了。阿那托尔带着愉快的笑容向玛丽亚郡主鞠躬，好像是请她笑这个奇怪的事件，于是耸了肩，走进通他住房的门。

过了一小时，齐杭来召玛丽亚郡主。他召她去见郡王，又添说，发西利·塞尔盖维支郡王在那里。在齐杭来的时候，郡主坐在自己房间的沙发上，把流泪的部锐昂小姐抱在怀里。玛丽亚郡主轻轻抚她头。郡主美丽的眼睛，含着如旧的镇静与光辉，带着温柔的爱怜与同情，看着部锐昂小姐美丽的小脸儿。

"不，郡主，我在你心里永远失信了。"部锐昂小姐说。

"为什么？我比从前更爱你，"玛丽亚郡主说，"我要为你的幸福，尽我的力量去做一切。"

"但你轻视我，你这样纯洁，你绝不懂得情感的热火。啊，这只是我可怜的母亲……"

"我懂得一切，"玛丽亚郡主忧郁地笑着说，"你安心，我亲爱的。我到父亲那里去。"她说完即走出。

当玛丽亚郡主来时，发西利郡王高架着腿坐着，手拿鼻烟壶，面带感动的笑容，好像感动到了极点，好像自己惋惜并笑自己的动情。他匆忙地拿了一撮鼻烟凑近鼻子。

"啊，我亲爱的，我亲爱的。"他说，站起握住她双手。他叹气，添说："我儿子的命运是在你的手里。决定吧，我亲爱的，我尊贵的，我优美的玛丽亚，我一向爱你如同我的女儿。"

他走开，果然泪水出现在他眼睛里。

"呋尔……呋尔……"尼考拉·安德来维支郡王嗅鼻子。"郡王代他学生……他儿子向你提议婚事。你愿意不愿意做阿那托尔·库拉根郡王的夫人？你说：是或否！"他大声说。"然后我为自己保留表示意见的权利。是的，我的意见，只是我的意见，"尼考拉·安德来维支说，向着发西利郡王，回答他的恳求的表情，"是或否？"

"我的愿望,爸爸,是永不离开你,永不让我的生活离开你的生活。我不愿结婚。"她坚决地说,用美丽的眼睛看发西利郡王和父亲。

"废话,呆话!废话,废话,废话!"尼考拉·安德来维支皱眉咆哮,抓了女儿手,把她拉到自己面前,但不吻她,只把自己额头贴上她的额头,凑近她,并且那样地捏他所握的手,以致她皱眉并呼叫。

发西利郡王立起。

"我亲爱的,我要告诉你,这个时候我绝不会忘掉,绝不。但,亲爱的,你不给我们一点希望去感动这样仁慈、这样宽宏的心吗?说吧,也许……前途是这样伟大,说吧,也许。"

"郡王,我所说的,便是我心里的一切。我感谢这个荣幸,但绝不做你儿子的夫人。"

"好,完结了,我亲爱的,很欢喜看见你,很欢喜看见你。回自己房去吧,郡王,去。"老郡王说。"很,很欢喜看见你。"他搂抱着发西利郡王说。

"我的天职又是一样,"玛丽亚郡主想到自己,"我的天职——是要为别种的快乐,为爱情与自我牺牲的快乐而快乐。无论我花多大代价,我要为可怜的阿美丽造幸福。她那样热情地爱他,她那样热情地忏悔。我要做一切,使她同他结婚。假使她没有钱,我要给她过活,我将请求父亲,我将请求安德来。她做了他的夫人的时候,我是那么快乐。她是那么不幸,人地生疏,孤单没有帮助!我的上帝呀,她多么热烈地爱他啊,甚至她能够忘掉了自己。也许,我要做同样的事情……"玛丽亚郡主想。

六

罗斯托夫家好久没有尼考卢施卡(即尼考拉——译者)的消息,只在仲冬的时候伯爵接到一封信,他从地址上认出儿子的笔迹。接到了这封信,伯爵惊惧地、匆促地轻脚跑进自己的房里,关闭起来,开始阅读,企望不被人注意。安娜·米哈洛芙娜知道了接到信(她总知道家中所发生的一切),轻脚地走进伯爵的房里,发现他拿了一封信在手里,又哭又笑。

安娜·米哈洛芙娜虽然境况转好,却仍旧住在罗斯托夫家。

"我亲爱的朋友?"安娜·米哈洛芙娜疑惑地、忧伤地说出,并准备做任何种的同情。

伯爵哭得更凶。

"尼考卢施卡……信……伤了……受……受……我亲爱的……伤了……我心爱的……小郡妃儿……升为军官了,谢谢上帝……怎样告诉小伯爵夫人呢?……"

安娜·米哈洛芙娜坐在他旁边,用自己的手帕拭去他眼睛上和落在信上的泪,以及自己的泪,读了信,安慰了伯爵,并且决定在吃饭吃茶之前使伯爵夫人有所准备。饭后,假使上帝帮助她,她便说明一切。

在全部吃饭的时间,安娜·米哈洛芙娜说到战事的消息,说到尼考卢施卡。问了两次,是什么时候接到了他最近的信,虽然她是早已知道,她并且提示,也许今天很容易地接到信。每次听到了这些提示,伯爵夫人即开始不安,并惊惶地时而看伯爵,时而看安娜·米哈洛芙娜,安娜·米哈洛芙娜用最不被注意的方法把谈话转入不重要的题目。娜塔莎在家庭之中,最禀赋察觉音调、目光及面情之含意的本领,从吃饭的开始即竖起耳朵,并且知道了在父亲与安娜·米哈洛芙娜之间有什么事情,有什么关于哥哥的事情,而安娜·米哈洛芙娜在做准备。虽有自己的大胆(娜塔莎知道她的母亲对于一切有关尼考卢施卡的消息是如何易受感动),她却决定不在吃饭的时间发问,并且因为不安,在吃饭的时候未吃什么,只在椅子上转动,不听女教师的暗示。饭后,她笔直地追赶安娜·米哈洛芙娜,在休息室里跑着冲到她的颈子上。

"姑妈,亲爱的,告诉我,是什么事?"

"没有什么,我亲爱的。"

"不,心爱的,亲爱的,亲爱的桃子,我不走,我知道,你晓得这件事。"

安娜·米哈洛芙娜摇头。

"你是很敏感的,我的孩子。"她说。

"尼考林卡来信吗?一定是的!"娜塔莎喊叫,在安娜·米哈洛芙娜的脸上看出了肯定的回答。

"但为了上帝,要更加小心,你知道,这会怎样地惊动你的妈妈。"

"我这样,我这样,但你说。不说吗?好,我马上去说。"

安娜·米哈洛芙娜用简短的话向娜塔莎说了信的内容,而条件是不向任何人说。

"我立誓,"娜塔莎画着十字说,"不向人说。"于是她立刻跑到索尼亚面前。

"尼考林卡……伤了……有信……"她胜利地、欣喜地说。

"尼考拉!"索尼亚刚说出,立刻脸色发白。

娜塔莎看见了哥哥受伤的消息对于索尼亚所生的印象,第一次感觉到这消息的痛苦方面。

她冲到索尼亚怀里,搂抱她并流泪。"伤得很轻,但升了军官。他现在好了,他自己写的。"她含泪说。

"显然你们女子都是好哭的,"彼洽说,用坚决的大步子在房中徘徊,"我很欢喜,确实,很高兴,哥哥那样出风头。你们都哭!什么也不懂。"

娜塔莎含泪而笑。

"你没有看信吗?"索尼亚问。

"没有看，但她说这都过去了，他已经是军官……"

"感谢上帝，"索尼亚画着十字说，"但也许是她骗你。我们去看妈妈。"

彼洽沉默地在房中徘徊。

"假使我是在尼考卢施卡的地位，我要杀死更多的法国人，"他说，"他们是这样的野兽！我要杀死他们那么多，把他们堆成一个小堆子。"彼洽继续说。

"不要说，彼洽，你是怎样的一个呆瓜！"

"我不是呆瓜，为不相干的事哭的才是呆瓜。"彼洽说。

"你记得他吗？"经过了俄顷的沉默，娜塔莎忽然问。索尼亚笑着："我记得尼考拉吗？"

"不，索尼亚，你那样地记得他，记得清楚，记得一切。"娜塔莎用努力的姿势说，显然，希望对于自己的话加上最严肃的意义。"我记得尼考林卡，我记得，"她说，"但我记不得保理斯，完全记不得……"

"怎么？你记不得保理斯？"索尼亚诧异地问。

"不是说我不记得他——我知道，他是怎样的，但不像我那样记得尼考林卡。他，我闭了眼睛便能记起他，但对于保理斯却不行（她闭了眼睛），不！什么也没有！"

"啊，娜塔莎，"索尼亚说，严肃地、庄重地看着她的友伴，好像她不值得去听她所要说的，好像她是向那个不能和她说笑话的别的人在说，"我一旦爱了你的哥哥，无论是我，是他发生了什么事，我一生之内绝不停止去爱他。"

娜塔莎用好奇的眼睛诧异地看索尼亚,并且无言。她觉得索尼亚所说的是对的,索尼亚所说的那种爱情是有的,但娜塔莎尚不曾感觉同样的事情。她相信这是可能的,但她不明白。

"你要写信给他吗?"她问。

索尼亚思索了一下,怎样写信给尼考拉,以及是否需要写信——这个问题苦恼了她。现在,当他已是军官受伤英雄时,她这方面是否应当使他想起她自己和那似乎是他对于她的义务。

"我不知道。我想,假使他写信,我也写。"她脸红着说。

"你写信给他不觉得羞吗?"

索尼亚笑着。

"不。"

"我写信给保理斯觉得羞,我不要写。"

"但为什么怕羞呢?"

"但是我不知道。不自在,可羞。"

"我晓得她为什么怕羞,"彼洽说,因为她刚才的话而愤慨,"因为她爱上了那个戴眼镜的胖子(彼洽这样地称谓他的同名者[1]新别素号夫伯爵),现在又爱上这个唱歌的(彼洽说那个意大利人,娜塔莎的唱歌教师),她就是因此怕羞。"

"彼洽,你蠢。"娜塔莎说。

"不比你更蠢,姑娘。"九岁的彼洽说,好像是一个老旅长。

---

[1] 彼洽为彼得的亲爱称,即小彼得之意,而彼挨尔是法文的彼挨黑(Pieve)的音译,也是俄文的彼得的意思,故作者称彼挨尔是彼洽的同名者。彼得若按原文发音应译为漂特尔。——译者

伯爵夫人在吃饭的时候被安娜·米哈洛芙娜的暗示准备了，回到了自己房里，她坐在安乐椅上，眼不离开那个画在鼻烟壶上的儿子小像，泪水含在眼睛里。安娜·米哈洛芙娜拿了信踮脚走到伯爵夫人的房前站住。

"不要进去，"她向随在身后的老伯爵说，"迟一下。"于是，她闭了身后的门。伯爵把耳朵贴在钥匙眼里，开始谛听。

起初他听到淡漠的谈话声，然后听到单独的安娜·米哈洛芙娜的声音，她说了很长的话，然后是喊叫，然后是沉默，然后又是两个声音用喜悦的音调一同说话，然后是脚步声，于是安娜·米哈洛芙娜为他把门打开。在安娜·米哈洛芙娜的脸上有外科医生的骄傲表情，好像她完毕了一次艰难的割治，而引进观众去欣赏她的技术。

"好了！"她向伯爵说，用胜利的姿势指示伯爵夫人，她一手拿着有画像的鼻烟壶，一手拿书信，用嘴唇时而贴这个，时而贴那个。

看见了伯爵，她向他伸开手臂，搂抱他的秃头，从秃头上又看信和画像，并微微推开秃头，以便又将信和画像贴上嘴唇。韦娅、娜塔莎、索尼亚和彼洽走进房，开始了读信。信中简短地描写了尼考卢施卡所参加的行军和两次战役，他升了军官，并说，他吻妈妈和爸爸的手，求他们的祝福，他吻韦娅、娜塔莎、彼洽。此外致候射林先生、邵斯夫人、他的保姆。此外，他请他们吻亲爱的索尼亚，他仍旧爱她，仍旧挂念她。听到了这话，索尼亚是那样脸红，以致泪水涌入眼里。她不能支持注视她的那些目光，跑进大厅。她跑着，旋转着，把自己衣服飘成一只气球，脸红着，笑着，坐到地上。伯爵夫人流着泪。

"你为什么哭呢，妈妈？"韦娅说，"依照他所写的我们应当欢喜，不用哭。"

这是十分对的，但伯爵、伯爵夫人、娜塔莎——都谴责地看她。"她成了什么样的人"——伯爵夫人想。

尼考卢施卡的信念了数百遍，那些自认值得去听这信的人，都到伯爵夫人那里，她不放信离手。来了教师们、保姆们、德米特锐、几个知交，伯爵夫人每次都带着新的喜悦读这封信，在这里每次发现她的尼考卢施卡的新德行。她觉得那是多么奇怪，非常喜悦啊，她的儿子——这个儿子，二十年前用他的娇小四肢在她帐里微微地活动着；这个儿子，她曾为了他和姑息小孩的伯爵争吵；这个儿子，他先学说 qrusha（梨——译者），后学说 baba（农妇——译者）；这个儿子，现在在异域，在陌生的环境中，成了勇敢的战士，他单独地没有帮助及领导，他在那里做他自己的丈夫事业。一切的全世界的历代经验，指出孩童不觉地从摇篮里长大成人——这对于伯爵夫人是不存在的。她的儿子在每一生长阶段中的发育，在她看来是那么非常，好像亿兆众生从不曾有过同样的发育。如同在二十年前，她不相信这个活在她心下边什么地方的小生物，会哭、会吮乳、会说话，现在她也不相信这个同样的生物能够成为那么强壮、勇敢的男了，成为儿了与男了的模范，从这封信上看来，他现在是如此的。

"多么好的笔调啊！他描写得多么可爱啊，"她读着信中描写的地方说，"多么好的灵魂啊！关于自己只字不提……只字不提！说到一个皆尼索夫，但他自己，一定，比他们一切的人更勇敢，一字不提自己的痛苦。多么好的心！我要怎样地认识他！他怎样地记得大家啊！一个人也不忘记。我总是，总是说，在他还是那么大的时候，我总是说……"

他们预备了一星期以上，写了底稿，抄誊了全家给尼考卢施卡的漂亮的信。在伯爵夫人的注意与伯爵的忙碌之下，他们集齐了各项必要的物件和新任军官的衣服及装具所需的钱。安娜·米哈洛芙娜，一个实际的妇人，她甚至在通信方面也为自己和军中的儿子获得了特别的关照。她有机会把自己的信寄给统率卫兵队的康斯丹清·巴夫洛维支大公。罗斯托夫家以为俄国驻外卫兵队是十分确定的地址，假使信到了统率卫兵队的大公那里，便没有理由不达到巴夫洛格拉德的国，他们一定是在附近地方。因此他们决定把信和书由大公的信使寄给保理斯，保理斯一定会把书和信转给尼考卢施卡。有老伯爵、伯爵夫人、彼洽、韦啦、娜塔莎及索尼亚寄给他的信，还有伯爵寄给儿子做衣装及各种物品之用的六千卢布。

七

十一月十二日,库图索夫的军队扎营在奥尔牟兹的附近,准备次日给俄、奥两国的皇帝检阅。新从俄国开来的卫兵队在奥尔牟兹十五里外的地方过夜,第二天上午十时,径赴奥尔牟兹的旷野检阅。

这天尼考拉·罗斯托夫接到保理斯的信,通知他说,依斯马伊洛夫的团在奥尔牟兹十五里外的地方宿夜,说保理斯等他去拿信和书。现在罗斯托夫特别需要书,这时军队从前线上调回,驻扎在奥尔牟兹,货物齐全的随军商店和供给各种引诱的奥国犹太人充满了军营。巴夫洛格拉德的骠骑兵们举行了许多次欢宴,庆贺因战功受奖赏的祝宴,并且常赴奥尔牟兹,到新来的匈牙利女人卡罗林那里去,她在那里开设了一间有女招待的馆子。罗斯托夫新近庆祝了他的升任骑兵少尉,买了皆尼索夫的坐骑"沙漠浪人",并且周身欠了同事和商店的债务。接到了保理斯的通知,罗斯托夫和一个同事骑马来到奥尔牟兹,在那里吃了饭,饮了一瓶酒,独自骑到卫队营寻找他幼年的友伴。罗斯托夫尚未置备衣装,他穿着破旧的挂了一个兵士十字勋章的见习官的衣服和同样破旧的镶了破皮的马裤,挂了一柄有结子的军官指挥刀。他所骑的马是顿省种的,在行军中买自卡萨克兵的,压皱了的骠骑兵帽子活泼地戴在头后的一边。到了依斯马伊洛夫团的兵营,他想到将如何用自己经过火线的、作战的骠骑兵的样子惊动保理斯和所有他在卫兵队里的朋友。

卫兵队在全部行军中好像是散步,夸耀着他们的漂亮与纪律。他们的行军段落是短的,背囊运在车上,奥国当局对于军官们在各站预备了精美食物。队伍进城出城皆有音乐队,并且奉大公命令,在全部行军中(卫兵队因此自豪)兵士步行,军官们也各按自己的地位步行。保理斯在全部行军时间步行,并与别尔格——现在已为连长同住。别尔格在行军时期就任了连长,用他的谨慎与精确获得了长官的信任,把他的经济情形也弄得极好。保理斯在行军时期认识了许多可以于他有用的人,由于他带来的彼挨尔的介绍信,认识了安德来·保尔康斯基郡王,他希望由他而在总司令部里获得一个位置。别尔格和保理斯在昨日的行军之后有了休息,穿得清洁而整齐,坐在指定给他们的清洁的房子里,在圆桌上下棋。别尔格在双膝之间夹着冒烟的烟斗。保理斯带着他特有的精确,用细白的手把棋子垛成一个尖塔,等候别尔格的着子,并且看他同伴的脸,显然是在思索棋局,他总是只想到他所从事的事情。

"那么，你怎么解救这个局面呢？"他说。

"我们试试看。"别尔格回答，摸到卒子，又放下了手。

这时候门开了。

"终归在这里，"罗斯托夫叫着，"别尔格也在这里！呵，你，白地桑房，阿来库涉道黑米！"[1]他叫着，重复保姆的话，他曾和保理斯嘲笑这些话。

"哎哟！你怎样地改变了！"保理斯立起迎接罗斯托夫，但站立时却并未忘记扶着棋盘，把落下的棋子放在原处。他想搂抱他的朋友，但尼考拉闪开他。带着年轻人特有的情绪——怕走旧路，不模仿别人，希望用新方法，用自己的方法表现自己的情绪，只是不像老人们虚伪地所表现的——尼考拉希望在和朋友见面时做一点特别的事情，他想捏一捏、推一推保理斯，但只是不接吻，如一般人所做的。保理斯，相反地，镇静地、友爱地搂抱着罗斯托夫吻了三次。

他们几乎半年不见了。在年轻人开始踏上人生道路的那个年纪，两人互相发现了巨大的改变，和他们的人生初步所经过的各社会之全新的反映。在他们上一次的相见之后，两人都改变了很多，两人都希望赶快互相说出他们所发生的改变。

"呵，你们，见鬼的漂亮哥儿！干净、漂亮，好像是从欢宴中出来的，不像我们有罪的火线上的兵。"罗斯托夫用火线上兵士的态度和保理斯觉得新奇的上低音说，指着他的沾泥的马裤。

主妇日耳曼女人从门里伸头听罗斯托夫的大声音。

---

[1] 这是法文"孩子们，上床睡觉吧"的原文音译。——译者

"呵,漂亮吗?"他眨眼说。

"你为什么那样叫!你吓了他们。"保理斯说。"我料不到你今天来。"他添说,"我昨天只把通知托一个相识的、库图索夫的副官保尔康斯基交给你。我没有想到他那么快交给了你……好,你怎么样?已经开过火吗?"

罗斯托夫未回答,摇了摇挂在军服绶带上的圣乔治十字勋章,指着吊腕带中自己的手,笑着看别尔格。

"你看。"他说。

"当然,是,是!"保理斯笑着说,"我们也做了很好的行军。你知道太子不断地随着我们的队伍,所以我们有一切的方便和一切的好处。在波兰有那样好的招待,那样好的饭,跳舞会——我不能告诉你。太子对于我们军官们都很仁慈。"

于是两个朋友互相报告,一个说到骠骑兵的欢宴和交战生活,另一个说到在高级人员指挥下服务的悦意与利益,云云。

"呵,卫兵队!"罗斯托夫说,"但,叫人弄点酒来吧。"

保理斯皱眉。

"假使你一定要。"他说。

于是,走到床前,从干净的枕头底下取出书袋,并命人带酒来。

"呵,要给你钱和信。"他添说。

罗斯托夫拿了信,把书抛在沙发上,把双肘支在桌上,开始阅读。他读了几行,并愤怒地看别尔格。遇见了他的目光,罗斯托夫用信蒙了脸。

"无论怎样,他们寄给你很多的钱,"别尔格说,看着沉重的压进沙发里的钱袋,"不过我们是凭饷苦对付,伯爵。我来向你说我的事情……"

"我说,我亲爱的别尔格,"罗斯托夫说,"当你接到家信,并且遇到一个自己的朋友,你想向他探问一切的时候,我如在那里,我便立刻走开,不妨碍你。你听着,走开,请,无论何处,无论何处!……去见鬼!"他咆哮,立刻又抓住他的肩膀,亲善地看他的脸,显然企图减轻他言语的粗暴,添说:"你知道,不要发火,亲爱的,我是向老朋友说心里的话。"

"啊,当然,伯爵,我很明白。"别尔格说,站起用喉音说着什么。

"你到主人家去吧,他们请过你。"保理斯添说。

别尔格穿上干净的,没有脏迹污点的军服,在镜前把鬓发抹得向上卷,好像亚历山大·巴夫诺维支的样子,并且凭罗斯托夫的目光,相信了他的衣服已受注意,便带着悦意的笑容走出房。

"啊,我是怎样的一只猪啊!"罗斯托夫读着信说。

"啊,我是怎样的一只猪啊,我从来没有写过信,没有那样惊骇过他们!啊,我是怎样的一只猪啊!"他说,忽然脸红。"那么,你派加夫锐洛弄酒去了吗?好,我们喝一点!"他说。

东家信中还有一封给巴格拉奇翁郡王的介绍信,这是伯爵夫人听了安娜·米哈洛芙娜的话托朋友获得的,她寄给儿子,求他按照地址携去,并利用它。

"蠢事!我很需要。"罗斯托夫说,把信抛到桌下。

"你为什么把它抛掉?"保理斯问。

"一封什么介绍信,我要这信有鬼用?"

"信里有什么鬼?"保理斯说,拾起信,看地址,"这封信对你是很需要的。"

"我什么也不需要,我不需做任何人的副官。"

"为什么?"保理斯问。

"听差的事情!"

"你还是那样的一个幻想家,我看。"保理斯摇头说。

"你是那样的一个外交家。呶,但要点不在这里。呶,你怎样?"罗斯托夫问。

"就像你所见的这样,直到现在一切都好。但我要承认,我很想做副官,不留在前线。"

"为了什么?"

"因为已经进了军界,假使可能,就该造成光荣的事业。"

"是,就是!"罗斯托夫说,显然是想着别的事。他注神地、疑问地看朋友的眼睛,显然未能找到某项问题的解决。

老人加夫锐洛带来了酒。

"现在不要找阿尔房斯·卡尔果支吗?"保理斯说,"他能陪你,我不行。"

"去叫,去叫!呵,这个日耳曼人怎样?"罗斯托夫轻蔑地笑着说。

"他是很……很好,诚实可爱的人。"保理斯说。

罗斯托夫又注神地看保理斯的眼睛,并叹气。别尔格回来了,三个军官间的谈话在酒瓶前活泼起来。卫队军官们向罗斯托夫说到他们的行军,说到他们如何在俄国波兰及国外受优待,说到他们指挥官大公的行为、他的仁慈与暴躁之逸事。别尔格和寻常一样,在事情不涉及他个人时,沉默着,但谈到大公[1]的暴躁时,他欢欣地说到,当大公在加利西阿视察队伍,因为运动不整齐而发火时,他曾和大公说话,他在脸上带着悦意的笑容说,大公如何大怒地骑马到他面前,大叫"阿尔瑙特!"[2](阿尔瑙特——是太子发怒时的口头禅)并传见连长。

"你相信吗?伯爵,我一点也不惊惶,因为我知道我是对的。你知道,伯爵,不是说大话,我能说,我心里知道全部的军队命令,我还知道规律,好像知道我们在天上的父。因此,伯爵,在我的连里没有疏忽的地方,所以我的良心是安的,我出来了。"别尔格立起,脸上表现他如何把手举到帽边,走了出来。确实,难以在脸上设想更多的恭敬与自足了。"他已经骂了我,我这么说吧,骂了,骂了,他不是骂活的,是骂死的,就这么说吧,骂'阿尔瑙特',骂鬼,骂西伯利亚。"别尔格敏锐地笑着说。"我知道我是对的,因此我不说话,不这样吗,伯爵?'怎么你哑了,呵?'他这么大叫。我还是不说话。你想如何呢,伯爵?第二天在命令里没有了这事,这就是不慌乱的意思。"别尔格说,吸着烟斗,冒出烟圈。

"是呀,这好极了。"罗斯托夫笑着说。

但保理斯看到罗斯托夫预备嘲笑别尔格,巧妙地转了话题。他请

---

[1] 此与下句的太子是一个人。——译
[2] 阿尔瑙特是土耳其人对阿尔巴尼亚人的称呼。——毛

罗斯托夫告诉他，他如何并在何处受了伤。这使罗斯托夫悦意，于是他开始报告，在报告时，他渐渐兴奋起来。他向他们说了他在射恩格拉本的战役，完全如同参与战事的人们平常那样说到战役，即如同他们所希望的，如同他们听别人所说的，要说得动听，但事实完全不是那样。罗斯托夫是正直的青年，毫不有意说谎。他开头希望说出一切，正如同实际上所发生的，但不觉地、无意识地、不可避免地转为说谎。假使他向这两个听话的人说了事实——他们和他自己一样，已听过许多关于进攻的报告，并且对于进攻的情形也有了确定的概念，并等候同样的报告——则他们或者不相信他，或者更坏，以为这是罗斯托夫自己的过失，他不曾发生寻常报告骑兵攻击的人们所发生的事情。他不能向他们那么简单地说，大家都驰马快跑，他坠马，折伤了手臂，并且用全力逃避一个法兵，进入森林。此外，要照曾经发生的而说一切，则必须约制自己，只说到发生过的事。说实话是很困难的，年轻人很少能够如此。他们期待他说到，他是如何周身发火，忘记了自己，如何像一阵暴风飞驰方阵，如何冲杀进去，左右斩灭，如何一柄军刀刺入肌肉，以及他如何困乏地坠马，云云，他向他们说了这一切。

在报告的当中，当他说到"你不能设想，在进攻的时候你会感觉到多么奇怪的狂怒"时，保理斯所期待的安德来·保尔康斯基走进了房。安德来郡王欢喜对于年轻人怀着庇助的态度，因为别人求他保护而得意。他对保理斯态度很好，保理斯昨天曾使他高兴，他希望实现这个年轻人的愿望。被库图索夫派来送呈文给太子，他来看这个年轻人，希望单独地会见他。进房看见叙述战绩的前线骠骑兵（安德来郡王不能忍受这种人),他亲善地向保理斯笑,皱眉,向罗斯托夫垂下眼睑,微微鞠躬,疲倦地、懒懒地坐上沙发。他不愿意来到这种丑恶的团体里。罗斯托夫脸红,明白了这个。但这对于他没有关系,这是生人。但看了看保理斯,他看见他也似乎因为前线的骠骑兵而发羞。虽然有安德来郡王不快的、嘲讽的调音,虽然有他在前线战士的观点上对于一般司令部人员的轻视,当然进房的人也在这类人之中——罗斯托夫却觉得自己局促、脸红、沉默。保理斯问司令部里有什么新闻,问他可否不关机密地说一点我们的计划。

"也许要前进。"保尔康斯基回答,显然不愿在生人面前说得更多。

别尔格利用这个机会特别恭敬地探问,是不是照他所听说的,现在连长的粮草津贴要发双倍?对这个问题安德来郡王笑着回答,说他不能批评这样重要的政府措置,于是别尔格欣喜地发笑。

"关于你的事,"安德来郡王又向着保理斯说,"我们迟一迟再说,"他又看了看罗斯托夫,"检阅过后你来看我,我们要做一切能够做的。"

他看了看房间,对着罗斯托夫说话,他的小孩般的、不可遏制的窘迫心情变为愤怒,他不想听:

"似乎你是在说射恩格拉本战事吧?你在那里吗?"

"我在那里。"罗斯托夫激怒地说,好像希望借此侮辱这个副官。

保尔康斯基注意到骠骑兵的态度,他觉得有趣。他微微轻视地笑着。

"啊!关于这个战事现在有许多故事!"

"是的，许多故事！"罗斯托夫大声说，用顿然发怒的眼睛时而看保理斯，时而看保尔康斯基，"是的，许多故事，但我们的故事是那些在敌人炮火下的人们的故事，我们的故事有意义，不是那些司令部小汉子们的故事，他们什么事都不做，拿报酬。"

"你以为我属于哪一种人呢？"安德来郡王说，镇静地、特别悦意地说着。

奇怪的愤怒情绪和对于这人的镇静的尊敬，这时在罗斯托夫心中合在一起。

"我不是说你，"他说，"我不认识你，并且我承认，我不希望认识。我说一般的司令部人员。"

"我要向你说这话。"安德来郡王在声音里带着镇静的力量打断他。"你想侮辱我，并且我准备同意你，假使你对于自己没有充分的尊敬，这是很容易办到的。但你要同意，时间和地点对于这个争吵皆不相宜。一两天之内，我们都要参与大规模的、更严重的决斗。此外，德路别兹考说他是你的老友，我的面相不幸使你不高兴。无论如何，"他站起来说，"你知道我的姓，知道在何处找我，但你不要忘记。"他添说："我毫不认为自己，也不认为你受了侮辱，我比你年纪大，我的意见是不再过问这回事，那么，在星期五，检阅过后，我等你，德路别兹考，再见。"安德来郡王说完，向两人鞠躬，于是走出。

罗斯托夫在他已经走出时，才想起他应该回答的，于是他更怒，因为他忘记了说。罗斯托夫立刻令人带马，和保理斯冷淡地道别后，骑马回自己住处。他明天要不要去总司令部挑衅那个自负的副官呢，或者这件事让他去呢？这个问题在路上苦恼了他。有时他愤怒地想到，他看见了这个矮小、虚弱、骄傲的人在他手枪前的惊恐，他便多么满意；有时他诧异地觉得，在他所认识的许多人之中，他不曾这样地希望谁做他的朋友，如同他对于他所仇恨的这个副官。

八

在保理斯和罗斯托夫会面的第二天,奥军及俄军举行检阅,俄军中有新从俄国开来的,有随同库图索夫从前线上回来的。两个皇帝——俄国皇帝和皇太子,奥国皇帝和大公[1]做了八万联合军的大检阅。

漂亮的整齐清洁的军队从清晨开始运动,在要塞前的平原上成队形。有时成千的腿子、刺刀和招展的军旗运动着,并遵军官们的命令而停止、转弯,并在相隔的时间成队形,绕过穿不同军服的、别的同样的步兵群体。有穿蓝色、红色、绿色花边军服的,有穿绣花衣服的

---

[1] 奥国皇太子称大公。——译

军乐队在前的，骑黑色、棕色、灰色马匹的，漂亮的骑兵发出韵律的蹄声与刀枪声。有时炮兵带着炮车上颤动的、擦净的、明亮的大炮的铜声和火把的气味展开着，在步兵与骑兵之间蠕动，并到达指定的地位。不仅将军们穿了全副的礼服，带着束得太急的、胖的瘦的腰杆和硬领撑的红颈子，挂了颈巾和全部勋章；不仅擦发油的、穿漂亮衣服的军官们，而且每个兵——带着新鲜的、洗净的、剃光的脸和擦得不能再亮的武器，每匹马料理得如同缎子，毛色发光，出汗的鬃上的鬃毛有条不紊——都觉得要发生不是玩笑的、重大的、严肃的事情。每个军和兵士都觉得自己的渺小，意识到自己是人海中的沙粒，同时又觉得自己的权能，意识到自己也是这个巨大整体的一部分。

从清晨开始了紧张的忙碌与努力，在十点钟的时候，一切都合了规定的秩序。在广大的原野上站立着各行列。全军排成三线，前面是骑兵，后边是炮兵，再后边是步兵。

在各种军队之间好像是有一条街道。这个大军的三部分彼此分得很明显：库图索夫的作战部队（在右翼的前线是巴夫洛格拉德的骠骑兵），自俄国开来的作战部队及卫兵队和奥军。但都站成一条线，听从一个指挥，并遵照同一的秩序。

好像风吹树叶，兴奋的低语声发出："来了！来了！"可以听到惊惶的声音，在全军之间通过了最后准备的骚动之波。

在前面，从奥尔牟兹出现了一群来近的人。这时候虽然是无风的天气，一阵微风却吹过了军队，轻轻飘动了矛缨，吹动松的、下垂的军旗扑着旗杆。好像军队自己是用这种轻微的运动表现他们对于皇帝驾临的欣喜。听到一个声音："立正！"然后，好像黎明时的鸡，这声音在各个角落里重复。于是,大家安静。

在死静中只听到马蹄声。这是皇帝们的侍从。皇帝们骑马到了侧翼,于是发出了第一骑兵团的号声,吹着进行曲。好像不是号手们在吹,而是军队本身,欣喜皇帝们驾临,自然地发出这种声音。在这些声音之中,可以清晰地听到亚历山大皇帝的一种年轻的、和善的声音。他说了问候的话,于是第一团大呼:乌拉!那样震耳地、冗长地、喜悦地,以至于他们自己也诧异他们这个大团体的人数与力量。罗斯托夫站在库图索夫军队中的最前列,皇帝最先来看这个军队,他感觉到这个军队中每个人所感觉到的同样情绪——自妄、骄傲的权力意识,对于这个典礼的中心人物之热烈效忠的情绪。

他觉得,这个人的一句话将决定这巨大团体(他也是与巨大团体有关系的一个渺小沙粒)去赴汤蹈火,去犯罪,去死,或做最伟大的英雄事业,所以他对于这句要说的话,不能不抖颤而心惊。

"乌拉!乌拉!乌拉!"各方面喊叫,并见各团先后地用进行曲欢迎皇帝。然后乌拉!进行曲,又是乌拉!乌拉!这些声音更有力,更众多,合成震地的呼吼。

在皇帝还未来到时,每个团在无言无动中,好像无生命的躯体。刚刚皇帝来到那里时,这个团便有了生气,并呼喊,喊声和皇帝已经走过的全线的呼吼合成一体。在这些声音可怕的、震耳的吼叫中,在不动的、好像在方形队中成了石头的军队中,大意地,但对称地,尤其是自由地走过了数百骑马的侍从,在他们前面是两个皇帝。这整群人的约制而热烈的注意力完全集中在他们身上。

美丽的年轻的亚历山大皇帝,穿骑卫队制服,戴三角形帽,帽边向前，他的可爱的脸和嘹亮的不高的声音吸引了全部的注意力。

罗斯托夫站在号手的附近，用敏锐的眼睛遥远地认出了皇帝，并看见他来近。皇帝来到了二十步外的地方，尼考拉清晰地、极详细地看见了皇帝美丽、年轻、快乐的脸，这时他感觉到从来不曾感觉过的温柔与狂喜情绪。他觉得皇帝的一切——每一特点，每一动作都是漂亮的。

停在巴夫洛格拉德的面前，皇帝用法文向奥皇说了什么，并且笑了一下。

看见了这个笑容，罗斯托夫自己也不禁开始笑着，感觉到对于皇帝更有力的亲爱冲动。他希望用什么方法表现他对于皇帝的亲爱，他知道这是不可能的，于是他想哭。皇帝叫了团长，向他说了几句话。

"我的上帝！假使皇帝向我说话，我要发生什么呢？"罗斯托夫想，"我要快乐死了。"

皇帝向军官们说：

"各位先生们（罗斯托夫听到了每个字，好像天上的声音），我全心全意地感谢你们。"

假使能够现在为皇帝死，罗斯托夫是多么快乐啊！

"你们获得了圣乔治军旗，要对得起这些军旗。"

"只要死，为他死！"罗斯托夫想。

皇帝又说了罗斯托夫未听到的别的话，兵士们挺起胸膛，高呼："乌拉！"

罗斯托夫也弯腰向鞍，用力高呼，希望用这个呼声损伤自己，只要能够充分表现他对皇帝的热情。

皇帝在骠骑兵面前站了几秒钟，好像在犹豫中。

"皇帝怎么能够犹豫呢？"罗斯托夫想，但后来罗斯托夫甚至觉得这种犹豫也是庄严的、可爱的，正如同皇帝所做的一切。

皇帝的犹豫只有一刹那。皇帝的穿时髦矢头窄鞋的脚，刺动了他所骑的、英国种棕色马的肚子，皇帝的戴白手套的手挽起缰勒，于是他走动了，随带着无规律的、波动的副官之海。他走得更远，在别的部队前停留。最后，罗斯托夫只能从环绕皇帝的侍从们后边看见他的白羽。

在侍从军官之中，罗斯托夫看见保尔康斯基懒懒地、怠惰地骑在马上。罗斯托夫想起了昨天和他的争吵，于是出现了这个问题——应该不应该挑衅他。"当然，不应该，"罗斯托夫现在想……"在现在这样的时候，值得想起、说到这种事吗？在这种亲爱、热情、自我牺牲的情感之下，我们一切的争吵与愤怒有什么意思呢？现在我爱一切的人，宽恕一切的人。"

当皇帝几乎走过了全体部队时，军队开始用检阅进行式走过他身边，罗斯托夫骑在新买的皆尼索夫的"沙漠浪人"上，走在自己骑兵连的后边，即单独地、直接地在皇帝的目光中。

未走到皇帝面前时，罗斯托夫，著名的骑手，用马刺把"沙漠浪人"刺了两下，把它快乐地引入那种发狂的奔腾步态中，这是兴奋的"沙漠浪人"所常有的。把发沫的长鼻子弯向胸脯，伸起尾巴，好像在空气中飞腾而不触地，庄严地、高高地跳起并更换腿子，"沙漠浪人"壮丽地驰过，也感觉到皇帝对他的目光。

罗斯托夫自己，缩腿向后，收起肚子，觉得自己和马成为一体，带着皱眉的然而幸福的脸,走过皇帝面前,他如同皆尼索夫所说的,像一个鬼。

"好巴夫洛格拉德兵们!"皇帝说。

"我的上帝啊!假使他此刻令我蹈火,我是多么快乐啊!"罗斯托夫想。

检阅完毕时,新来的和库图索夫部下的军官们,开始聚成许多团体,他们开始谈到奖赏,谈到奥军和他们的服装,谈到他们的前线,谈到保拿巴特,谈到他现在要受到的厄运,特别是在爱森的军团要开到而普鲁士加入我们这边的时候。

但在各团体中,他们谈得最多的是关于亚历山大皇帝,他们传达了他的每个字、每个动作,并因此而狂喜。

大家只希望一件事:在皇帝的领导下,赶快去接触敌人。在皇帝自己的指挥下,他们不会不打败任何敌人——罗斯托夫和大部分军官在检阅后都这么想。

大家在检阅之后,比较在两次胜仗之后,要相信胜利。

九

在检阅的次日,保理斯穿了最好的军装,带了同伴别尔格祝他成功的希望,骑马到奥尔牟兹去看保尔康斯基,希望利用他的亲善而为自己获得最好的位置,特别是要人下边的副官位置,他觉得这是军中特别惹目的地位。"罗斯托夫很好,他的父亲寄给他一万卢布,他能说他不向任何人低头,不做任何人的听差。我呢,除了我的头脑,什么也没有,我应该造成自己的事业,不放弃机会,却利用他们。"

这天他在奥尔牟兹未找到安德来郡王。但奥尔牟兹的外观——在这里驻扎了总司令部、外交团体,还住了两个皇帝和侍从们、朝臣们、近臣们——更使他希望属于这个高级社会。

他不认识任何人,虽然他有华丽的骑兵制服。但所有这些高级人员坐着华丽的马车，戴花翎，佩绶带与勋章，文的、武的，在街中来往着，好像都站得不可测地比他这个小骑兵军官高。他们不仅不希望，而且不能够承认他的存在。他在库图索夫总司令的司令部里探问保尔康斯基，这里所有的副官们甚至马弁们都那样地看着他，好像希望他明白，很多像他这样的军官们在这里走动，他们已经很厌烦了。虽然如此，也许正因此，在第二天，十五日，他饭后又来到奥尔牟兹，进了库图索夫所住的屋子，谒见保尔康斯基。安德来郡王在家，保理斯被领进大厅，在这里从前也许跳过舞，而现在却摆了五张床，各种家具：桌、椅和一架大钢琴。一个副官靠近门，穿了波斯睡衣，坐在桌前写字。另一个，红润肥壮的聂斯维次基躺在床上，把手支在头下，和一个坐在他旁边的军官在笑。第三个在大钢琴上奏维也纳华尔兹舞曲。第四个靠在大钢琴上和唱着。保尔康斯基不在。看见了保理斯，他们当中没有一个人变更地位。那个写字的、保理斯向他问话的人，厌烦地转过来向他说，保尔康斯基值班，假使他需要见他，便进左边的门，进客厅。保理斯道了谢，走进客厅。客厅里有数十个军官与将军们。

在保理斯走进来时，安德来郡王轻蔑地眯着眼（带着特别恭敬的疲倦神情，这明显地说，假如这不是我的责任，我便一分钟也不同你说），听一个年老的有许多勋章的俄国将军在说话，他几乎是踮着脚，站得挺直，红脸上带着兵士的、谄媚的表情，向安德来郡王报告什么。

"很好，请你等一下。"他用俄语向这个将军说，却带着法语的声调，这是在他要轻蔑地说话时所用的，并且看见了保理斯。安德来郡王便不再注意将军（他请求地跟在他身后，求他再听一点），带着愉快的笑容转向保理斯，对他点头。

保理斯这时候清楚地明白了他从前略知的，即在军队中，除了法规中所规定的、部队中所承认的、他所知道的服从与纪律，还有别的更实际的服从，他使这个追赶的红脸的将军恭敬地等候着。而这时，上尉安德来郡王却为了自己的高兴更愿意和德路别兹考少尉去谈话。保理斯较之任何时候更坚定，决定了以后不按照法规中所规定的去服务，却要按照这个未规定的服从。他现在觉得，只是因为他被介绍给了安德来郡王，他便立刻比这个将军高了一等，而他在别种情形下，在前线上，可以消灭他这个骑兵少尉。安德来郡王走近他，和他握手。

"很抱歉，昨天你没有找到我。我整天和日耳曼人在一起，我们陪威以罗特去审核作战计划。日耳曼人开始精确时——便没有完结！"

保理斯笑着，好像他懂得安德来郡王所指示的，如同常识一样。但他是第一次听到威以罗特这个姓，甚至"作战计划"这个名词。

"好，我亲爱的，还想当副官哟？我那里已替你想过了。"

"是的。"保理斯说，不觉地为了什么缘故而脸红。"我想求总司令，库拉根郡王有一封为我写给他的信。我想请求只是因为，"他添说，好像宽恕自己，"我恐怕卫兵队不作战。"

"好！好！我们再来讨论一切，"安德来郡王说，"只是让我报告了这个先生的事，我就听你吩咐。"

当安德来郡王去报告红脸的将军的事情，这个将军显然不同意保理斯对于未规定的服从之利益的见解，用眼睛注视这个使他不能和副官傲慢地把话说完，以致保理斯不自在。他转过身，不耐烦地等候安德来郡王从总司令房间里出来。

"好，我亲爱的，我替你想过了。"当他们走进有大钢琴的大厅时，安德来郡王说。"你无须去见总司令，"安德来郡王说，"他要向你说许多客气话，要你到他那里去吃饭，"（保理斯想，"为了按照'未规定的服从'去服务这是不坏的"），"但从此便不再有什么别的了，我们副官和传令官快有一营了。但我们所要做的是这个，我有一个好朋友，一个高级副官，一个极好的人，道高儒考夫郡王，虽然你也许不知道这个，但事实是这样，现在库图索夫和他的司令部人员，和我们大家都同样地不知道，现在一切都集中在皇帝的手里，所以我们要到道高儒考夫那里去一下，我需要去看他，我已经向他说到你。所以我们要看，他能不能把你安插在他的地方，或者任何靠近太阳的地方。"

安德来郡王，当他去领导青年，并帮助他达到人世的成功时，总是特别热心。在这种帮助别人的借口下，他因为自尊从来不为自己接受帮助——他接近了这个给人成功的中心，这个中心把他也吸进去了。他乐意地为保理斯帮忙，同他去见道高儒考夫郡王。

当他们走进皇帝们及他们随员们所住的奥尔牟兹宫殿时，已是晚上很迟的时候。在这天有了一个军事会议，全部御前军事参议院人员及两位皇帝都曾出席。在这个会议里，违反老将军库图索夫及施发曾堡郡王的意见，决定了立即进攻，并与保拿巴特作大会战。当安德来郡王带了保理斯来皇宫寻找道高儒考夫郡王时，军事会议刚完毕。总司令部里全体的人还处在今天少壮派胜利的军事会议的兴奋中。主张还等待什么而不进攻的主张派的声音,那么一致地被压下去了,他们的理由被无疑的、进攻利益的证明驳斥了。在会议中所谈的未来战役,以及无疑的胜利,好像已不是将来的,而是过去的。一切利益都在我们这方面,无疑地超过拿破仑兵力的巨大兵力集中在一处,军队受到两个皇帝驾临的鼓励,并勇往作战。要作战的战略地位是指挥军队的奥国将军威以罗特极详细地熟识的(好像是侥幸的机会造成的,奥军去年演习的地点正是现在要和法军打仗的这个原野),四周的地方是他们极详细知道的,并且绘在地图上,而显然力量薄弱的保拿巴特什么也未准备。

道高儒考夫是最热心的主攻派之一,刚刚从会议上回来,疲倦、困乏,但因为所得的胜利而活泼、骄傲。安德来郡王介绍了他所关照的军官,但道高儒考夫郡王恭敬地、热烈地握手,却未向保理斯说话,显然他不能压制此刻极强烈地激动他的那些思想,他用法文向安德来说话。

"呶,我亲爱的,我们得到了多大的一个胜利啊!上帝只允许他的结果是那样的胜利。但,我亲爱的,"他急剧地、兴奋地说,"我应该承认我在奥国人面前,特别是在威以罗特面前的错处。多么精确,多么详细,多么好的地形知识,多么好地预料到一切可能性、一切条件、一切最小的细情!不,我的亲爱的,我们所处的有利的环境是不能够有意地想出来的。有奥军的精确与俄军的勇敢合在一起——你还在想什么呢?"

"那么,攻击是最后决定了吗?"保尔康斯基说。

"你知道,我亲爱的,我觉得保拿巴特确实丢掉脑袋了。你知道,他今天寄了一封信给皇帝。"道高儒考夫有表情地笑着。

"当真！他写了些什么？"保尔康斯基问。

"他能写什么呢？特拉地锐地拉云云，一切只是要拖延时间。我向你说，他是在我们手心里，这是确实的！但最有趣味的，"他说，忽然好意地笑，"是这个，没有人能够想到如何称谓他。假若不称执政，他当然不是皇帝，那么，在我看来，就称保拿巴特将军。"

"但不承认他是皇帝，称他保拿巴特将军，在两者之间是有差别的。"保尔康斯基说。

"要点就在此，"道高儒考夫笑着迅速插言，"你知道俾利平，他是很聪明的人，他提议称谓他：'人类的暴君和仇敌。'"道高儒考夫愉快地笑。

"没有别的吗？"保尔康斯基问。

"但俾利平仍然找到了庄重的称谓，他是又敏捷聪明的人。"

"怎样的呢？"

"致法国政府的首长，Au chef du governement fancais。"道高儒考夫严肃地、满意地说，"对不对呢，好吗？"

"好，但要使他很不高兴。"保尔康斯基说。

"啊，很不高兴！我的哥哥知道他。他在巴黎和他——现在的皇帝——吃过许多次饭，他向我说过，他没有看见过更精细、更狡猾的外交家。你知道，他合并了法国人的伶俐和意大利人的表演技能！你知道保拿巴特和马尔考夫伯爵的逸事吗？只有马尔考夫伯爵一个人知道应付他。你知道可怕的故事吗？有趣极了！"于是多言的道高儒考夫时而向着保理斯，时而向着安德来郡王，说出保拿巴特如何希望试验马尔考夫,我国的大使,他有意地在他前面掉下手帕,停下来,看着他,也许是期望马尔考夫拾起来。又说如何马尔考夫也立刻把自己的手帕掉在旁边,他拾起自己的,却不拾保拿巴特的手帕。

"好极了,"保尔康斯基说,"但郡王,我到你这里来是为这个青年做请求。你看到……"但安德来郡王还未说完,便有一个副官进了房,召道高儒考夫郡王去见皇帝。

"啊!多么麻烦!"道高儒考夫说,匆促立起,和安德来郡王及保理斯握手,"你知道,为了你,为了你这位可爱的青年,我很高兴做一切需要我做的事情,"他带着好意、诚恳、活泼的轻快表情,又和保理斯握一次手,"但你看……下一次!"

保理斯想到自己接近了高级势力而兴奋,他觉得自己此时是在高级势力之中。他意识到自己在这里接触了那些发条,他们指挥一切团体的巨大运动,在他自己的队部里,他觉得自己是这些团体中一个微小、卑下、不重要的部分。他们在道高儒考夫郡王之后走进了走廊,遇见一个走出来的(道高儒考夫进去的那道皇帝房间的门里)穿文官制服的矮子,他有聪明的脸和显明的凸出的下颚,这不损他的美丽,却增加了他表情的特别的灵活与变化。这个矮子好像对于自己的人一般,向道高儒考夫点头,并用注意的、冷淡的目光看着安德来郡王,向他对直走来,显然期望安德来郡王向他鞠躬或让路。安德来郡王一样也未做,他脸上表示了怒意,于是这个年轻的矮子转过去,走到走廊的边上。

"这人是谁?"保理斯问。

"这是最非常的但我最不欢喜的人之一,他是外交大臣,阿丹·

洽尔托锐示斯基郡王。"

"就是这些人，"当他们走出皇宫时，保尔康斯基带着不能压制的叹息说，"就是这些人决定各国人民的命运。"

第二天，军队向前推进，保理斯在奥斯特里兹战役之前未得再见保尔康斯基及道高儒考夫，在依斯马伊洛夫的团里留了些时候。

十

在十六日的早晨,皆尼索夫的骑兵连——他属于巴格拉齐翁的支队,尼考拉·罗斯托夫在这个连里边服务——照他们说,从宿营的地方开拔去打仗,在别的纵队的后边大约走了一里,便在大路上被停止了。罗斯托夫见卡萨克兵,第一、第二骠骑兵连,步兵各营和炮兵从他身边走上前,巴格拉齐翁将军及道高儒考夫将军和副官们骑马走过去。他和从前一样在交战之前所感觉到的一切恐惧,他用来压制这种恐惧的一切内心冲突,关于他要用骠骑兵的精神在这个战役中立功的一切幻想——都落了空。他们的骑兵连留在后备队,尼考拉·罗斯托夫厌倦地、乏味地过了这一天。在上午九点钟的时候,他听到前面的开火声、乌拉声,看见抬回后方的伤兵(人数不多),最后看见在几百个卡萨克兵当中带走了整队的法国骑兵。显然,战事已完结,并且显然战事不大,但是胜利的。回转的兵士们和军官们谈说光荣的胜利,谈说维绍城的占领和整个法国骑兵连的被擒。在夜间的重霜之后,昼色是明朗的,有阳光的,并且愉快的秋日之光符合了胜利消息。这消息不仅由参战者的谈话,而且还由罗斯托夫身边来往走过的兵士、军官、将军及副官们脸上的欣喜表情表达了出来。罗斯托夫更加心痛,他空受了战前的一切恐惧,而把这个愉快的日子消磨在不活动中。

"罗斯托夫,到这里来,我们来吃酒解闷!"皆尼索夫喊叫,他坐在路边的酒瓶、食物之前。军官们在皆尼索夫的酒桶旁边环绕成圈,吃着、讲着。"又带来了一个。"军官中有一个人说,指着一个被擒的法国龙骑兵,两个卡萨克兵押他步行。其中之一牵着擒获的一匹高大的、美丽的法国马。

"卖马!"皆尼索夫向卡萨克兵呼叫。

"好,大人……"

军官们站起,围绕着卡萨克兵和被擒的法兵。这个法国龙骑兵是一个年轻的阿尔萨斯人,带着日耳曼语声调说法文。他兴奋得不能透气,脸色发红,听到了法文,便迅速和军官们说话,时而看这个,时而看那个。他说,他也许不得被擒,说他被擒不是自己的错,而是伍长的错,他派他去取马衣。他向他说过,有俄国人在那里。他在每一个字上添说"但不要损害我的小马",并抚摩他的马。显然是,他不很明白,他在什么地方。他有时自恕被擒,有时设想着自己的长官在自己面前,他表现自己的兵士的精确和对于职务的当心。他随身把我们觉得陌生的法军的气氛十分新鲜地带到我们的后卫队。

卡萨克兵把马卖了二十卢布。[1]

罗斯托夫接到钱后,现在是军官中最富的,买了匹马。

"但不要损害我的小马。"当马交给骠骑兵时,阿尔萨斯人善意地向罗斯托夫说。

罗斯托夫笑着安慰了龙骑兵,并给了他钱。

"作!作![2]"卡萨克兵说,拉俘虏的手臂,要他向前走。

"皇帝!皇帝!"这声音忽然在骠骑兵之间发出。大家奔跑,纷忙,于是罗斯托夫看见后边路上来了几个帽上有白羽的骑马的人,在俄顷之间,大家归了他们的地位,并期待着。

罗斯托夫不记得也不觉得,他怎样跑回自己的地方,上了马。关于未参与战事的懊悔,在许多常见的面孔的圈子中的单调心情,都在顷刻间过去了,任何关于自己的思想都在顷刻间消失了,他完全被快乐情绪吸引了,这快乐是因为皇帝的临近而产生。他自己觉得,单单这临近补偿了今天的损失。快乐,好像一个情人等到了期待的相会。他不敢向前面看,也不回看,便凭了狂喜的本能而感觉到他的临近。他感觉到这个,不是凭了来近的一队马蹄声。他感觉到这个,是因为皇帝的临近,他四周的一切变得更光明、更喜悦、更尊严、更欢乐。罗斯托夫心目中的太阳更加靠近了,在他四周散出温和庄严的光辉。他此刻觉得自己被这种光辉所包围,他听到他的声音——那个亲善

---

[1] 原文 Chervonete,索莫斯科俄英字典为十卢布,毛德注为"三卢布"。原文为两个此种币,故译二十卢布。——地

[2] 把"Allez! Allez!"(法文——走)说为"Alyo! Alyo!"(故将走译作)。——译

的、安静的、尊严的，然而同时是那么简单的声音。好像罗斯托夫觉得这是需要的，来了死一般的寂静，在这种寂静中发出了皇帝的声音。

"巴夫洛格拉德的骠骑兵吗？"他疑问地说。

"后备队，陛下！"别一个人的声音回答，这么凡人的声音在那么超人的"巴夫洛格拉德的骠骑兵吗？"的声音之后。

皇帝平着罗斯托夫，停住。亚历山大的脸比较三日前检阅时更美丽，他闪耀了那样的愉快和年轻，那样天真的年轻，令人想起十四岁青年的顽皮，而同时这仍然是尊敬的皇帝的脸。观看着骠骑连，皇帝的眼睛偶然交遇了罗斯托夫的眼睛，在他的眼睛上停留了两秒钟。无论皇帝是否明白了罗斯托夫心中的事情（罗斯托夫觉得他明白了一切），但他是用自己的蓝眼睛在罗斯托夫的脸上看了两秒钟（它们射出柔软的、温和的光）。然后他忽然竖起眉毛，用敏捷的动作使左足刺马，奔驰向前。

年轻的皇帝不能压制亲临战场的欲望，不顾朝臣们的一切谏劝，在十二点钟离开他所跟随的第三纵队，驰奔到前卫。还未走近骠骑兵，便有几个副官遇见他，报告了战事胜利的消息。

战事仅是擒获一个法国骑兵连，却被当作对于法军的光荣胜利，因此皇帝及全军，特别是在战场上火药的烟尚未散时，相信法军打败，并且被迫退却了。在皇帝骑马过去了几分钟后，巴夫洛格拉德的骠骑兵师奉令前进。在维绍，一个小日耳曼城市，罗斯托夫又看见了皇帝。城内的市场上，在皇帝来到之前有过激烈的战斗，倒着几个死的和伤的兵，不及抬去。皇帝环绕着文武侍从，骑着栗红色英国纯种的马。这不是检阅时的那一匹,他侧向一边,用尊严的姿势把金的长柄眼镜放在眼前,看一个面向地躺着的、没有帽子的、有血迹的兵士头颅。这个伤兵是那么脏、凶而可嫌,以致罗斯托夫愤慨他接近皇帝。罗斯托夫看见皇帝的圆曲的肩膀如何地打战,好像是打冷战,看见他的左腿如何抽搐地用马刺踢马肚,如何这匹有训练的马漠然盼顾着并不离开地方。一个下马的军官在腋下扶起伤兵,开始把他放在出现的舁床上。兵士呻吟。

"轻一点,轻一点,不能轻一点吗?"皇帝说完,即骑马走去,显然他比将死的兵更觉得痛苦。罗斯托夫看见泪水充满皇帝的眼睛,听到他离开时如何用法文向洽尔托锐示斯基说:

"战争是多么可怕的事情,多么可怕的事情!"

前卫的军队扎在维绍的前面,可以看见敌人的哨线,敌人在全日之间带着轻微的射击向后退却。皇帝的感谢传给了前锋,许诺了奖赏,分散了双份的麦酒给兵士们。露营的燎火燃炸得比前一夜更愉快,并唱出了兵士的歌声。皆尼索夫这天晚上庆祝自己升为少校,罗斯托夫在宴饮结束时已经饮得饱够,他提议饮祝皇帝的健康,但他说:"不是我主皇帝,像在正式宴会上所有的,而是祝皇帝,仁慈、可爱、伟大人物的健康,我们来饮祝他的健康和对法军的确实胜利!"

"假使我们早就作战,"他说,"不让法军像在射恩格拉本那样,现在,他在前面的时候,是个什么样子呢?我们都要死,我们要欢欣地为他死。是吗,诸位,也许,我不是这么说的,我喝得很多,但我这么感觉,你们也这样。祝亚历山大一世的健康!乌拉!"

"乌拉!"军官们用热烈的声音喊叫。年老的骑兵上尉基尔斯清叫得热烈而诚恳，不亚于二十岁的罗斯托夫。

当军官饮过酒击碎杯盏时，基尔斯清又斟了几杯，穿着单衬衣和马裤，一手执杯，走近兵士的燎火前，用尊严的姿势，向上举手，站在燎火的光中，他有灰色长胡须，从敞开的衬衫里可见白胸脯。

"儿郎们，祝我主皇帝的健康，祝对敌人的胜利，乌拉！"他用勇武、老年、骠骑兵的上低音喊叫。

骠骑兵们环挤着，用巨大声音一致地回应。

夜间很迟的时候大家才散，皆尼索夫用他短小的手，拍他的爱友罗斯托夫的肩膀。

"你看在行军中他不爱任何人，所以他爱上了皇帝。"他说。

"皆尼索夫，你不要说笑话，"罗斯托夫大声说，"这是那样高尚的，那样优美的情绪，那样……"

"我相信，我相信，亲爱的，我同意，我赞成……"

"不，你不懂！"

于是罗斯托夫站起，走到燎火间徘徊，幻想着死是多么幸福，不是救皇帝性命（他甚至不敢幻想到这个），而只是在皇帝的眼前死。他确实是爱中了沙皇，爱中了俄国军事的光荣和未来胜利的希望。不仅他一个人在奥斯特里兹战役前的那些可纪念的日子里感觉到这种情绪，俄军中十分之九的人在这时候都爱中了他们的沙皇和俄国军事的光荣，不过较不狂热。

十一

第二天，皇帝留在维绍。御医维利挨被召了数次。在总司令部和附近的军队里流传了消息，说皇帝御体违和。据侍从的人说，他未吃食物，这天夜里也睡得不好。违和的原因是死伤的情形对于皇帝敏感的心灵发生了强烈的刺激。

在十七日早晨，从前哨带了一个法国军官来到维绍，他在休战旗下来此要求谒见俄皇，这个军官是萨发利。皇帝刚刚入睡，所以萨发利必须等候。中午的时候他被引见皇帝，一小时后，他随同道高儒考夫郡王去到法军的哨线。

据说萨发利奉使的目的是提议亚历山大皇帝与拿破仑皇帝相会。使全军喜悦而骄傲的是，亲自的会面被拒绝了，维绍战事中的胜利将军道高儒考夫郡王代表皇帝,被派同萨发利一道去和拿破仑作谈判,假使这个谈判——违反期望——是以真正和平希望为目的。

晚上道高儒考夫回转,直接去见皇帝,在他那里留了很久。

十一月十八日及十九日,军队又向前作了两次行军,敌军前哨在短时的射击后即向后退。在军队的上层中,从十九日中午开始了强烈的匆忙而兴奋的运动。继续到次日,十一月二十日的早晨,在这天发生了可纪念的奥斯特里兹战役。

在十九日中午以前,运动、热烈的谈话、纷忙及副官的派遣只限于皇帝的行辕。在同日的中午以后,这个运动达到了库图索夫的总司令部和各纵队指挥官的司令部。晚间,这个运动由副官们带至所有的角落和军队的各部分。在十九日到二十日的夜间,八万联军的团体从宿营处起来,发出嘈杂声音,好像一幅九里路长的大鱼图,向前摇荡、移动。

早晨从皇帝行辕开始的并推动一切远处运动的中心运动,好像是巨大塔钟里的中心轮盘的运动。一个轮子迟缓地运动着,第二个转动,第三个,于是别的轮子、滑轮、小齿轮更快、更快地转动着,开始鸣敲,跳出人物,并且指针规律地移动,表示运动的结果。

正如同在时钟里的机械一样,在战事的机械里,一日发作的运动也不能约制以后的结果,并且同样地,在运动达到之前,那些未受到推动的一部分机械是无情地静止的。轮子在轴上响动,轮齿衔套,转动的滑轮因迅速而发声,而附近的轮子仍然安静不动,好像它准备这样不动地停一百年。但时间到了——杠杆套住了,于是轮子服从动力,发响,转动,加入了一致的活动,而活动的结果与目的它却不知道。

好像在时钟里一样，无数各种轮盘的复杂运动的结果，只是指示时间的指针迟缓而规律的运动。十六万俄军、法军的全部复杂人类运动——这些人的一切情感，希望、惧悔、羞辱、痛苦以及骄傲、恐惧与狂喜的冲动的结果只是奥斯特里兹战役，即所谓三帝战役的失败，即人类历史钟面上世界历史指针的迟缓移动。

安德来郡王这天当值，侍随总司令不离身。

晚间六点钟，库图索夫来到皇帝的行辕，在皇帝那里停留不久，即去见二等功大臣托尔斯泰伯爵。

保尔康斯基利用这个时间，去找道高儒考夫探问战事的详情。安德来郡王觉得库图索夫因为什么而烦乱不满，觉得总司令部的人员不满意，并且觉得皇帝行辕里所有的人都用那种语气对于他，好像他们知道了别人不知道的事情，因此他希望和道高儒考夫谈谈。

"啊，你好，我亲爱的，"道高儒考夫说，他同俾利平坐着喝茶，"庆祝明天。你的老人怎样？情绪不好吗？"

"我不要说他情绪不好，但似乎他希望别人听他说话。"

"但别人在军事会议里听他说过话了，在他要说正经事的时候，别人还要听，但现在，当保拿巴特最怕大战的时候，要延迟并等待什么——是不可能的。"

"但你看见了他吗？"安德来郡王说，"那么，保拿巴特怎样呢？他给了你什么印象？"

"是的，看见了并且吃了饭，他怕大战胜于怕世界的一切，"道高儒考夫重说，显然他看重这个一般的结论，这是他根据他和拿破仑的会面所下的，"假使他不怕交战，他为什么要求这个会面，作谈判，并且尤其是后退呢？而后退是那么违反他全部的作战方法。相信我，他害怕，害怕大战，他的时候到了。这是我向你说的。"

"但是告诉我，他是如何的人，什么样儿？"安德来郡王又问。

"他是一个穿灰大衣的人，很希望我称他'陛下'，但令他失望的是，他没有获得我的任何称呼。他就是这样的人，没有别的了。"道高儒考夫回答，笑着盼顾俾利平。

"虽然我十分尊重老库图索夫，"他继续说，"假若现在当他确实在我们手心里的时候，我们等待着什么，因此给他机会逃走或者欺骗我们，我们是太好了！不，一定不要忘记了苏佛罗夫和他的原则：不要使自己处于被攻击的地位，要使自己去攻击。你要相信，在战争中，年轻人的精力，常常较之老年的待机而动者的经验，指出了更可靠的途径。"

"但我们在什么样的阵地上攻击他呢？今天我在前哨上，不能决定他的主力在何处。"安德来郡王说。

他想向道高儒考夫说出自己所拟的攻击计划。

"啊，这全都是一样，"道高儒考夫迅速说，站起，在桌上打开地图，"一切或有的事都预料到了，假使他在不儒恩……"道高儒考夫郡王迅速地、含糊地说出威以罗特侧翼运动的计划。

安德来郡王开始反对，并证明自己的计划：他可以和威以罗特的计划同样地好，但弱点是威以罗特的计划已经通过了。安德来郡王刚刚开始说那个计划的缺点和自己计划的优点，道高儒考夫便停止了听他说，并且不看地图，却烦乱地看安德来郡王的脸。

"不过,库图索夫今天还有军事会议,你可以在那里提出一切。"道高儒考夫说。

"我要做这个。"安德来郡王说,离开地图。

"你们为了什么在劳神呢,诸位?"俾利平说,他直到此时都是带着愉快的笑容听他们谈话,而现在,显然,要说笑话了,"无论明天是胜是败,俄国军事的光荣是安全的。除了你们的库图索夫,没有一个俄国的纵队指挥官。指挥官们:维姆卜芬将军先生,兰惹隆伯爵,利克顿施泰恩郡王,好亨洛亲王,最后卜尔施,卜尔施……波兰的名字。"

"不要说了,坏嘴巴。"道高儒考夫说,"不对,现在已经有两个俄国人了,米洛拉道维支和道黑图罗夫,还有第三个,阿拉克捷夫郡王,但他的神经衰弱。"

"但我想,米哈伊·依拉锐诺维支出来了。"安德来郡王说。"祝诸位幸福、成功。"他添说,和道高儒考夫及俾利平握了手,即走去。

回到屋里,安德来郡王不能约制自己不问默坐在他身边的库图索夫:他觉得明天战事如何?

库图索夫严厉地看他的副官,默沉片刻,说道:

"我想,战事要失败,我向托尔斯泰伯爵说了这话,请他去传达这话给皇帝。你想,他回答了我什么话?'哎,我亲爱的将军,我管的是米和肉,你管的是军官。'是的,这就是给我的回答!"

十二

夜晚十时，威以罗特带了他的计划来到库图索夫住处，这里将举行军事会议。各纵队指挥官皆被召赴总司令部，除了巴格拉齐翁郡王拒绝赴会，全在指定时间到会。

威以罗特是眼前战役的全责主持人，用他的热情与忙碌，和不满的、打盹的库图索夫做成鲜明的对照，后者不愿担任军事会议主席与指挥的角色。威以罗特显然觉得自己是这个已经不可约制的运动的首脑。他好像一匹拖车的马，带着车子向山下奔跑。是他拖车，抑或车推他，他不知道，但他用最可能的速度拖着，没有时间考虑这个运动要达到何处。威以罗特这天晚上两度亲自视察敌军前线，两度觐见俄皇与奥皇做报告与说明，并在他的办公室作德文的作战命令。他现在疲倦地来见库图索夫。

显然他是太忙，以致忘记了对于总司令要恭敬，他打断他的话，迅速地、不清地说话，不看对谈者的脸，不回答向他提出的问题，他受到非议，他有可怜、困乏、烦乱，同时自信、骄傲的神情。

库图索夫住在奥斯特里兹附近的一个贵族小城堡里。他们聚在大厅里，这是总司令的书室。库图索夫自己，威以罗特及军事会议的人员，他们在吃茶，他们只等巴格拉齐翁郡王来开会。八点钟，巴格拉齐翁的传令官带来消息，说郡王不能出席。安德来郡王进来向总司令报告此事，并利用先前库图索夫给他的列席会议的许可，留在室内。

"因为巴格拉齐翁郡王不来，我们可以开会了。"威以罗特说，匆忙地从他的位子上立起，走近桌前，桌上打开了一幅不儒恩区域的大地图。

库图索夫未扣衣纽，他的胖颈子伸出在衣领上，好像是解放了。他坐在安乐椅上，把肥老的手对称地放在肘上，几乎睡着了。听到威以罗特的声音，他费力地睁开独眼。

"是，是，请吧，已经迟了。"他说，点了点头，又垂头闭眼。

假使在起初的时候，会议里的人员以为库图索夫是伴睡，那么在以后宣读时，他鼻子里发生的声音便证明，这时候总司令的事情远重要于——希望表示自己对于作战命令或任何事情之轻视：他的事情是人类要求的、不可压制的满足——睡眠，他实在睡着了。威以罗特带着太忙的人的动作，好像一分钟也不要失去，看了看库图索夫，并且相信他睡着了，他拿起一张纸，开始用高大单调的声音宣读未来战役的作战命令，他的题目他也读出：

攻击考拜尼兹及索考尔尼兹后方敌军阵地之作战命令，一八〇五年十一月二十日。

这个作战命令很复杂，很困难。原文（德文——译）开始是：

因敌军左翼扎于树山之对面，敌军右翼顺沼地后方之考拜尼兹及索考尔尼兹前进。反之，我军左翼伸出敌军右翼之外，故攻击敌军右翼于我有利，如我军能占领索考尔尼兹及考拜尼兹两村庄，则更能因此而立即攻击敌军后方，并追赶敌军于施拉巴尼兹及丢拉萨森林间之平原，同时避免通过敌军前后所掩护之施拉巴尼兹及培洛维兹间之狭道。为达此目的，必须……第一纵队前进……第二纵队前进……第三纵队前进……云云。威以罗特宣读。

似乎将军们勉强地听着这个困难的作战计划。金发、高大的部克斯海夫顿将军背靠墙站着，眼睛停在燃烧的蜡烛上，似乎没有听，甚至不希望别人以为他在听。正对威以罗特，坐着那有上翘的头发与肩膀的、红润的米洛拉道维支，他的明亮的眼睛直视着他，按照军人姿势，双手放在膝盖上，胛肘向外。他久久地无言，看着威以罗特的脸，只在奥国参谋总长沉默时，才把眼睛离开他，这时米洛拉道维支有表情地环顾别的将军们。但凭了这个有表情的目光之含义，不能说他同意或不同意，满意或不满意这个作战命令。坐得最靠近威以罗特的是兰惹隆伯爵，他的法国南方人面孔的微笑在全部宣读时间没有离开他,他看着自己的细手指在有画像的金鼻烟壶的四周转动。在一个长句子当中,他停止了鼻烟壶的转动,抬起头,在薄唇的角上带着敌意的恭敬,打断威以罗特,并希望说什么;但奥国将军并未中断宣读,愤怒地皱眉,并摇动胳肘,好像是说,等一下,等一下你再向我说你的意思,现在请你看地图,听着。兰惹隆带着疑惑的表情抬起眼睛,看着米洛拉道维支,好像是寻找光明,但遇见了米洛拉道维支有表情的而不表示任何东西的目光,他又丧气地垂了眼,又着手转动鼻烟壶。

"一堂地理课。"他似乎向自己说,但高得可以给人听见。

卜尔惹倍涉夫斯基带着恭敬而庄严的礼貌用手把耳朵倾向威以罗特,显出注意力集中的神情。道黑图罗夫的矮小身躯,带着努力的、恭敬的神情,坐在威以罗特正对面,俯首看着打开的地图,认真地研究着作战命令和他所不知道的方位。他几次要威以罗特重说他所未听清的话和困难的村庄名称。威以罗特满足了他的要求,道黑图罗夫写了下来。

在经过一小时以上的宣读完结时,兰惹隆又停止转动鼻烟壶,不看威以罗特,也不看任何人,开始说到执行这个作战命令是如何困难,在这里,敌人的阵地是假定知道了,但这个阵地也许是我们不知道的,因为敌军在运动之中。兰惹隆的反驳是有根据的,但显然,这个反驳的目的主要是希望使威以罗特将军——他那么自信,好像是向小学生们读自己的作战命令——觉得,他不是和呆子们处事,而是和可以教他军事知识的人们在处事。

当威以罗特单调的声音停止时,库图索夫睁开眼睛,好像磨工,在磨轮的催眠声停止时醒过来，听了兰惹隆所说的，他好像是说："你们还是在做无聊的事情！"又赶快地闭了眼，把头垂得更低。

企图尽可能地恶意侮辱威以罗特的主稿人的军事自尊心，兰惹隆证明保拿巴特很容易作攻击，而不被攻击，因此将使这全部的作战命令完全无用。威以罗特对于一切的反驳都用坚决、轻视的笑容做回答，显然这是对于一切反驳所预先准备的，而不愿他们对他所说的。

"假使他能攻击我们，他今天就做过了。"他说。

"那么你以为他没有力量吗？"兰惹隆说。

"不知他有没有四万人。"威以罗特带着那样的笑容回答，好像医生看到护士要告诉他诊治方法。

"在那种情形下，他是自取灭亡，等候我们的攻击。"兰惹隆带着讽刺的微笑说，又盼顾附近的米洛拉道维支，希望赞助。

但米洛拉道维支显然此时毫不想到将军们的争论。

"当然，"他说，"明天我们在战场上看一切。"

威以罗特又笑，这笑容说，他觉得可笑而奇怪的是，他遇到了俄国将军们的反对，并且还要证明不仅是他所深信，而且也是皇帝们所相信的东西。

"敌人熄了火，并且听到敌营里不断的杂声，"他说，"这是什么意思。或者是他想退却，这是我们应当唯一害怕的，或者是他们变换阵地，"（他冷笑，）"但即使他们占据丢拉萨阵地，他们只是要我们避免巨大的困难，我们的作战计划，在极微的地方，也仍然如旧。"

"怎么样的呢？"安德来郡王说，他早已等待机会表示他的疑惑。

库图索夫醒来，粗声咳喉嗓，并盼顾将军们。

"诸位,明天的,实在是今天的作战命令(因为已经是快一点钟了)是不能改变了。"他说,"你们已经听到了,我们都要尽我们的责任。在交战之前没有东西更重要了……"(他稍停,)"像睡好觉。"

他做出立起的样子,将军们鞠躬散去。已经是半夜,安德来郡王走出。

*　　*　　*

这个军事会议在安德来郡王心中留下不明了的、不快的印象,他未能如愿地表示自己的意见。谁是对的?是道高儒考夫和威以罗特,还是不赞同这个攻击计划的库图索夫、兰惹隆和别人——他是知道。"但当真库图索夫不能向皇帝直接说出自己的意思吗?难道这不能有别的办法吗?难道因为朝廷和个人考虑而要冒险十万人生命和我的生命吗?"他想。

"是的,很可能的,明天我要被打死。"他想。但忽然在发生这个思想的时候,在他的想象中出现了整串的回忆,最久违的和最亲密的,他想起了和父亲及夫人的最后分别,他想起对她爱情的初期,想起她的妊娠,他开始可怜她和自己,于是在神经疲弱的、兴奋的心情中走出他和聂斯维次基所住的农舍,开始在屋前徘徊。

夜有雾,月光神祕地穿过雾。"是的,明天,明天!"他想,"明天,也许,我一切都要完结了,所有这一切回忆都不再有了,这一切回忆对我不再有任何意义,明天,也许,甚至是确实的,明天,我预感到这个,终于,我能第一次表现我能做的一切。"他想象到战役,他的损失,集中在一点的战事和所有指挥官们的迟疑。于是那个幸福的时间——他所久待的图隆——终于来到了。他坚决地、明了地向库图索夫、威以罗特和皇帝们说出了他的意见。大家被他考虑的正确感动了，但没有人想执行他的意见，于是他带了一团、一师，说出了条件，不让任何人干涉他的指挥，于是他领了这个师到了要害之点，独自获得胜利。"而死亡与痛苦呢？"另一个声音说。但安德来郡王未回答这个声音，并继续他的胜利。下一次战役的作战命令是他一个人做的。他以库图索夫军中副官的名义，但他独自做一切。下一次战役是他一个人打胜的，库图索夫撤职了，任命了他……"那么，以后呢？"另一个声音又说，"以后呢，假使你在他之前有十次不受伤，不打死，不受骗，那么，以后怎样呢？""那么，以后……"安德来郡王回答自己，"我不知道以后怎样，不想也不能知道，但假使我希望他，希望光荣，希望被人们知道，希望被他们爱，我希望这个，这不是我的过，我只希望这个，我只为这个而活。是的，只为了这个！我从未向任何人说到这个，但，我的上帝！假使我什么都不爱，只爱光荣，只爱人们的爱情，我要怎么办呢？死，伤，家庭损失——没有东西对于我是可怕的。无论许多人对我是怎样宝贵而亲爱——父亲、妹妹、夫人，对我最宝贵的人，但这仍然似乎是可怕而不自然的，我要立刻放弃他们全体，为了一刻的光荣，对人们的胜利，为了我不知道也不会知道的人们对我的爱情，为了这里这些人的爱情。"他这么想，听着库图索夫院子里的话声。在库图索夫的院子里可以听到收拾行李的马弁们的声音。有一个人，也许是车夫，取笑库图索夫的老厨子，安德来郡王知道他，他叫齐特，这个人说："齐特，阿齐特！"

"干吗？"老人回答。

"齐特，你去摩洛齐特。"（你去打杀，）说笑话地说。

"啐，你去见鬼。"被马弁与仆役笑声遮压的声音说。

"我仍然只爱、只宝贵对于他们所有的人的胜利，宝贵那个神秘的力量和光荣，它在雾里悬在我头上的地方！"

十三

　　罗斯托夫这天晚上带了一排兵在侧翼的哨线上，在巴格拉齐翁分队的前面。他的骠骑兵成双地布在哨线上，他自己骑马在哨线上巡逻，企图克制那不可抵抗的瞌睡。在他后边，可以看见不明亮地燃烧在雾中的我军燎火的广大区域，在他前面是雾气的黑暗。无论罗斯托夫怎样注意这个雾气的远方，他什么也看不见，有什么东西忽而发火，忽而发黑，忽而在应是敌人的地方好像有火光闪烁，忽而他觉得只是在他眼睛里发亮。他闭了眼睛，在想象中出现了，忽而皇帝，忽而皆尼索夫，忽而莫斯科的回忆。他又迷茫睁开眼睛，在前面不远之处他看见坐骑的头和耳朵，有时在相隔六步的地方他看见骠骑兵们的黑影子，但远处仍然是雾气的黑暗。"为什么！很可能，"罗斯托夫想,"皇帝遇到我,给我任务,好像对于任何军官,他说:'你去看看那里是什么。'许多人说,他如何完全偶然地这样相识了军官,把他放在身边。呵,假使他要把我放在他的身边呵!呵,我要怎样地保护他,我要怎样地向他说一切事实,我将怎样地揭去骗子们的假面具!"于是罗斯托夫,为了生动地想象出他对皇帝的亲爱与精忠,为自己设想了敌人或骗子日耳曼人,他不仅要欢欣地杀死他们,并且要当皇帝的面揭他们嘴脸。忽然远处的叫声惊醒了罗斯托夫,他震动了一下,睁开眼睛。

"我在何处?是的,在哨线上,口令和口号——柱子,奥尔牟兹。多么厌烦,我们的骑兵连明天要作预备队……"他想,"我将要求作战。这也许是我看见皇帝的唯一机会。是的,现在快要换班了。再巡逻一次,回去时,我要去看将军,请求他。"他在鞍上振作了一下,催动坐骑,以便再巡逻一次他的骠骑兵们。他觉得稍微明亮了,在左边可以看见斜陡的被照亮的山坡和对面的陡峭如壁的黑色山冈。在这些山冈上有一个白色点子,罗斯托夫不懂得这是什么:是森林中被月光照亮的空地呢,是积雪呢,是一些白屋呢?他甚至觉得在这个白点子上有什么东西在动。"一定是雪——这个点子,点子——云塔施Wne tacee,"罗斯托夫想,"但她不是塔施……娜塔莎,妹妹,黑眼睛。娜……塔施卡。(当我向她说我看见了皇帝,她要惊异的!)娜塔施卡……塔施卡(挂剑处小袋——译)挂起来……""靠右边,大人,这里有矮树。"一个骠骑兵的声音说,罗斯托夫瞌睡着从他身边走过。罗斯托夫抬起垂至马鬃的头,在骠骑兵旁边站住。青年儿童的睡眠不可抵抗地支配了他。"但,那么,我想起了什么呢?不得忘记。

我要向皇帝怎么说呢？不，不是那个——那是明天。是的！娜塔施卡（此处是双关的意义，又可作'挂起剑袋'解——译），进攻……攻我们——什么人？骠骑兵们。呵，骠骑兵和胡须……这个有胡须的骠骑兵在特维挨按街上走过，我还想到他，正在顾尔挨夫家对面……老顾尔挨夫……哎，漂亮可爱的皆尼索夫！是，这都是无聊。现在重要的——皇帝在这里。他怎样地看我，想向我说什么，但他不敢……不，是我不敢。但这是无聊，主要的是——不要忘记了我想到必要的事情，是的，那——塔施卡（可作娜塔莎解，可作挂上剑袋解——译），那斯——图比其（可作攻击解，可作攻击我们解——译）。是，是，是，那很好。"他又把头垂在马颈上。他忽然觉得有人向他射击。"什么？什么？什么……斩死……什么？"罗斯托夫说，醒过来。在他睁眼的俄顷之间，罗斯托夫听到前面敌人的地方成千声音的长啸。他和他身边骠骑兵的马都竖起耳朵听这些叫声。在发出声音的地方有一个火点着又熄灭，然后有另一个火，于是在山上法军的全线里都点起了火，而叫声也更加响亮。罗斯托夫听到法国话的声音，但他不能辨别，声音太多太杂，只听到"啊啊啊"和"尔尔尔尔"。

"这是什么？你看是什么？"罗斯托夫向站在身边的骠骑兵问，"这是敌人那边的吗？"

骠骑兵没有回答。

"怎么，你没有听见吗？"罗斯托夫等待了回答很久，又问。

"谁知道，大人。"骠骑兵勉强地回答。

"按照地方应该是敌人的吧？"罗斯托夫又说。

"也许是敌人，也许是什么声音。"骠骑兵说。"夜晚的事情。"

呶！站好！"他向身下站立不安的马喊叫。罗斯托夫的马也动弹，在冰地上踏蹄，听着声音，看着火光。叫声更大、更大，合成了共同的吼啸，这吼啸只有数千人的军队才可以产生。火光更广、更广地伸展，大概是顺着法军营地的阵线。罗斯托夫已不想睡，敌军愉快胜利的呼叫刺激地感动了他：“皇帝，皇帝万岁！"罗斯托夫现在已清晰地听到。

"不远了，一定在河那边。"他向身边的骠骑兵说。

骠骑兵只叹气，未作回答，并愤怒地哼喉嗓。在骠骑兵哨线上听到马蹄行走声，在夜雾中忽然出现了一个骠骑兵军曹，好像一头大象。

"大人，将军们！"军曹骑到罗斯托夫面前说。

罗斯托夫仍然注视着火光与叫声，和军曹一同骑马去迎接几个骑马来到前线的人，有一个人骑白马。巴格拉齐翁郡王和道高儒考夫郡王及副官们出来观看敌军营中火光与叫声的奇怪现象。罗斯托夫到了巴格拉齐翁面前，做了报告并和副官们合在一起，听着将军们所说的。

"你要相信，"道高儒考夫郡王向巴格拉齐翁郡王说，"这不过是诡计，敌人退却，在后卫里下令燃火、呼叫，欺骗我们。"

"未必。"巴格拉齐翁说。"我傍晚便看见他们在那个山冈上。假使他们退却，他们要退出那里的，军官先生，"巴格拉齐翁郡王向罗斯托夫说，"敌人侧翼哨兵还在那里吗？"

"晚上是在那里，但现在我不能知道。大人，请吩咐，我带骠骑们去看一下吗？"罗斯托夫说。巴格拉齐翁停住，未作回答，企图在雾中看出罗斯托夫的脸。

"好,去看看。"他稍沉默后说。

"听到了。"

罗斯托夫刺马,叫来军曹费德清卡和两个骠骑兵,命他们随在自己身后,骑马下山向继续呼喊的方向而去。罗斯托夫和三个骠骑兵走向这个神秘的、危险的、有雾的远方,没有人在他前面,他觉得又惧怕又愉快。巴格拉齐翁在山上向他大声说,要他不要走过了河。但罗斯托夫装作未听见他的话的样子,不停地向前、向前走,不断地发生错误,以为矮树是乔木,以为丛树是人群,并不断地发现自己的错误。驰马下山时,他已看不见我军和敌军的火光,但更高地、更清楚地听到法军的叫声。在山谷中,他看到前面有东西像是河流,但当他走近时,他认出这是过道。上了道,他怀疑地勒住马:顺路走呢,还是穿过去,走到山上的黑地方。顺着雾中明亮的道路走是较平安的,因为可以较容易地辨别出人来。"跟我走。"他说,穿过了道路,开始驰奔上山,去到晚间站过法军哨兵的地方。

"大人,他在这里!"后边的一个骠骑兵说。

罗斯托夫还没有看出什么,忽然有了什么东西在雾中发黑,有了一道火光、一声射击声。子弹好像抱怨着什么,高射在雾中,飞出听觉以外。另一枪未能射出,但药池里冒出了火。罗斯托夫掉转马首,向回驰奔,在间隔的时间里又响了四次枪声,子弹在雾中发出不同的音调。罗斯托夫勒住了马步走,马和他同样地因为枪声而愉快。"好,再放,好,再放!"一个愉快的声音在他心里说。但枪声不再有。

快走近巴格拉齐翁时,罗斯托夫放马奔腾,把手举在帽边,走到他面前。

道高儒考夫仍然坚持自己的意见,以为法军退却,并且只是为了欺骗我们而散布火光。

"这证明什么?"在罗斯托夫走进他们时,他说,"他们或者退却了,只留下哨兵。"

"显然,还没有全走,郡王,"巴格拉齐翁说,"到明天早晨,明天我们就知道一切了。"

"山上有步哨,大人,仍然是在晚间那地方。"罗斯托夫报告,向前弓着身子,把手举在帽边,不能约制他的愉快的笑容,这是他的出探,尤其是枪声所引起的。

"好,好,"巴格拉齐翁说,"谢谢你,军官先生。"

"大人,"罗斯托夫,"请准许我求你。"

"什么事?"

"明天我们的骑兵连指定做后备,请你准许我求你把我调到第一连。"

"姓什么?"

"罗斯托夫伯爵。"

"啊,好!留在我这里做传令官。"

"依利亚·安德来维支的儿子吗?"道高儒考夫问。

但罗斯托夫未回答他。

"那么我依仗这话了,大人。"

"我要下命令。"

"明天,很可能,要派我什么任务去见皇帝,"他想,"谢谢上帝!"

* * *

敌军的叫声与火光是因为这个:这时,有人向军队在宣读拿破仑的命令,皇帝自己骑马巡视野营。兵士们看见了皇帝,点着秸束,喊叫"皇帝万岁!",跟在他身后奔跑。拿破仑的命令如下:

兵士们!俄军来对抗我们,为奥国乌尔姆的军队复仇。他们就是被你们在号拉不儒恩击溃的军队,就是被你们从那时一直追到此地的。我们所守的阵地是强力的,当他们要包抄我右翼时,他们的侧翼就暴露给我们了!兵士们!我要亲自领导你们各营。假使你们带着你们惯有的勇敢,将混乱与失败带给敌军,我就脱离火线。但假使胜利有一分钟的怀疑,你们将看到你们的皇帝处在敌人最前线的攻击中,因为对于胜利是不能有怀疑的,特别是在事关法国步兵荣誉问题的日子,而这是对于国家荣誉所极不可少的。不要在抬伤兵的借口下混乱行列!每人要充分认识这个思想,就是必须打败这些英国的雇工,他们是被那对我国的仇恨所激起的。这个胜利将结束你们的战斗,我们可以回到冬季的驻扎处,在那里我们要遇到新的法军,他们正在法国组织,那时我要订的和平将对得起我的人民、你们和我。

拿破仑

十四

在早晨五点钟的时候还完全是黑暗。中央、后备及巴格拉齐翁右翼的军队仍然驻扎未动。但左翼上，步、骑、炮兵各纵队——他们应该最先从高地下去，以便攻击法军右翼，并按照作战命令，把敌军赶入保希米亚山中——已有动作，并开始起身。燎火的烟刺激了他们的眼，他们把一切残余都抛在火中。天气寒冷而黑暗，军官们匆忙地吃茶、吃早饭，兵士们吃着干粮轻轻踏脚，拥挤在火前取暖，把木棚的残余、椅子、桌子、车轮、盆桶，一切多余而不能带走的东西都抛入燃柴里。奥国纵队指挥官们在俄军中走动着，担任了进攻的前驱。奥国军官刚刚走近团长的住处，这团部即开始动作：兵士们离开燎火，把烟斗藏入鞋筒里，把行李放上车，拿了枪，并排队。军官们扣上衣纽，挂上军刀与弹囊，并环绕着行列喊叫着。运送兵与马弁们套马、搬抬并捆绑车辆。副官们、营长、团长们骑上马，画了十字，向留下来的运送兵发出最后的命令、劝告与派差，于是成千脚步的单调声音带动了。各纵队联动了，不知道向何处去，又不能从四周的人、从烟气、从变厚的雾里看见他们所从来的地方和他们所前进的地方。

兵士们在运动中被他们的队伍那样环绕着、限制着、领导着，好像水手被他们的船所限制。无论他们走多远，无论他们进入怎样奇怪、未知、危险的境地，在他们四周——好像水手时时处处所见的是他们船上的甲板、樯桅、索缆——时时处处是同样的伙伴、同样的行列、同样的曹长依凡·米特锐支、同样的军犬如其卡、同样的官长。兵士们很少希望知道他们的船所在的境地。但在交战之日，上帝知道如何并从何处，在军队的精神世界里发出了一种对于全体的严厉的声音，这声音是因为某种决定的、严肃的东西之来到而发出的，并唤起他们非所素习的好奇心。兵士们在交战之日兴奋地企图脱离他们的队伍的兴趣，而谛听、注视并贪问他们四周正在发生什么。

雾变得那样浓，以致虽然天色发白，却看不见十步以外的东西。矮树好像是巨大的乔木，平地好像是削壁与斜坡。在各方面，处处可以碰到十步外不能看见的敌人。但各纵队仍然在同样的雾里走了很久，下山又上山，走过花园与篱笆，到了新的、不知的地方，未在任何地方遇到敌人。相反，兵士们知道在前面、在后面、在各方面我们俄军的各纵队是朝着同一方向在进行。每个兵士心中觉得悦意，因为他知道他所去的地方，还有许多、许多我们的人向这个不可知的地方在走。

"你看,库尔斯克的兵走过去了。"行伍中有人说。

"哎哟,呵,我的弟兄们,我们的人聚在一起!昨晚我看见火光摆开,看不见边际。一句话——像莫斯科!"

虽然纵队指挥官中没有人来到行伍中和兵士们说话(纵队指挥官们如同我们在军事会议上所见的,都有脾气,并不满意所采取的计划,因此,只是执行命令,而不当心到鼓励士气),虽然如此,兵士们却和平常去作战时,特别是进攻时一样,愉快地走着。

但在浓雾中走了约莫一小时,大部分的军队应该休息了,在行列之间传播了无秩序、无纪律的不快意识。如何传播了这个意识——是极难确定的。但无疑,它异常准确地传播了,并且迅速地、不觉地、不可约制地传播了,好像山谷里的水。假使俄军是单独的,没有同盟者,则也许要很多的时候,这个无秩序的意识才能变为共同信念。但现在,特别满意而自然地把混乱的原因归于无知的日耳曼人,大家相信做香肠的人造成了有害的混乱。

"他们为什么停止?阻塞道路,呵?或者已经碰见法军吗?"

"没有,没有听说,或者已经开火了。"

"那样地催我们前进,前进了——又无意义地站在田野当中——都是该死的日耳曼人捣乱,这些无知的鬼!"

"我要放他们到前面去,但无疑,他们要挤回来的。现在站在这里没有东西吃。"

"但快到那里了吗?据说骑兵阻了路。"一个军官说。

"哎,该死的日耳曼人,不知道自家地方。"别人说。

"是哪一师的?"副官骑马来大声问。

"十八师。"

"那么你们为什么在这里？你们早该在前面了，现在到晚不得走到了。"

"这是呆爪的指挥，他们自己不知道要做什么。"军官说过即走开。

然后骑马来了一个将军，用非俄语愤怒地大声说了什么。

"塔发——拉发，咕噜什么，你一点辨不出，"一个兵说，仿效走去的将军，"我要枪毙他们，恶棍们！"

"命令在九点钟到达，但我们还未走到一半。就是这样的指挥！"各方面重复着。

军队开动时的精力之感觉，开始变为对于无意义的指挥和对于日耳曼人的厌烦与愤怒。

混乱的原因在此，在开往左翼的奥国骑兵运动时，高级当局发现我军中央离右翼太远，所有的骑兵奉令向左边调动。几千骑兵在步兵前调动，步兵不得不等候。

前面在奥国纵队指挥官与俄国将军之间发生了冲突。俄国将军大叫，要求骑兵停止。奥国人说明这不是他有错，而是高级当局。这时军队站住，觉得乏味，丧失士气。在一小时的阻碍之后，终于军队又向前移动了，开始下山。布在山上的雾，在军队所去的山下边，是更浓。前面，在云里，发出一个又一个枪声，在间隔的时间里断续地开始了，特拉他……他特，然后更连续、更密，于是开始了号德巴赫小河的小战。

没有打算在小河下边遇见敌人，却在雾中意外地遇到敌人，没有听到高级指挥官们鼓励的话,军中散布着延迟的感觉。特别是在浓雾中看不见前面和四周的东西——俄军懒懒地、迟缓地向敌军还击,向前进,又停止,不曾适时地接到指挥官和副官们的命令,他们在雾中不可知的地方漫游,找不到自己的部曲。下了山的第一、第二、第三纵队便这样开始了战事。第四纵队扎在卜拉村高地,库图索夫在这里。

在下边战事开始的地方仍有浓雾,上面的消散了,但仍归丝毫看不出前面所发生的事。敌军全力是如我们所料的在我们十里之外,或者是在那一带的雾里——在十点钟之前没有人知道。

已是上午九时。雾好像不尽地海布在山下,但在施拉巴尼兹村,在高地上,在拿破仑环绕着将军们站立的地方,已完全开朗。他头上是明亮的蓝天、巨大的日球,好像巨大空洞的红色浮筏在乳白色雾海上摇荡着。不仅全部法军,并且拿破仑自己和参谋人员,不在小河及索考尔尼兹村与施拉巴尼兹村的那边——我们要在那边占据阵地并开始攻击——却在这边,那样接近我军,拿破仑可以用肉眼在我军之中辨别出骑兵与步兵。拿破仑站在将军们稍前的地方,骑灰色小阿拉伯马,穿灰色大衣,这正是他在意大利战争中所穿的。他沉默地看着各山冈,它们好像是雾海中凸出来的,而俄军正远远地在上边移动,他注听山谷中的射击声。那时他的还瘦的脸上没有任何肌肉动作,明亮的眼睛不动地注视在一个地方。他的预料证实了。俄军一部分下到山谷,走向池沼与湖,一部分退出卜拉村高地,这是他想攻击并认为是阵地之要害的。他在雾中看见,在卜拉村村庄旁两山间的深谷里,俄军各纵队顺着一个方向,向各山谷移动,刺刀闪亮着,各纵队先后隐没在雾海中。据他晚间所得的情报，根据夜间在前线上所听的车轮声与脚步声，根据俄军各纵队运动的混乱，根据一切的假定，他明了地看出联军以为他在前面很远的地方，靠近卜拉村移动的各纵队是俄军的中央，而中央要能够顺利地攻击他却是太弱了，但他仍然不开始战事。

这天是他的胜利之日——加冕礼的周年纪念日。早晨他睡了几小时，骑了马走到田野，他健康、愉快、清新，并带着那种快乐心情，好像一切都是可能的，一切可以成功的。他站立不动，看着从雾中出现的高地，他冷静的脸有那种特殊的、自信的、荣誉的快乐神情，这是在恋爱中快乐少年的脸上所有的。将军们站在他身后，不敢分散他的注意。他时而看卜拉村高地，时而看雾中浮出的太阳。

当太阳完全从雾里升起，用闪耀的光芒射在田野与雾上时（好像他只等待着这个来开始战事），他从美丽白手上脱去手套，用手向将军们做暗示，并下令开始战争。将军们带了副官驰往各处，几分钟后，法军主力迅速地开赴卜拉村各高地，这里俄军已逐渐撤完，由左边下到山谷里。

十五

八点钟，库图索夫骑马来到卜拉村，在米洛拉道维支第四纵队的前面，这个纵队应该占据下山的卜尔惹倍涉夫斯基及兰惹隆两纵队的地方。他问候了第一团的将士们，发出前边的命令，借此表示他想自己领导这个纵队。到了卜拉村村庄，他停住。安德来郡王在总司令的一大群侍从之中，站在他后边。安德来郡王觉得自己兴奋、激荡，同时又有压制的镇静，好像一个人达到久已期待的时候那样。他坚决地相信今天是他的图隆之日，或阿尔考拉[1]桥之日。这将如何实现，他不知道，但他坚决地相信这是要如此的，我军的地点与地位是他所

---

[1] 拿破仑于一七九六年败奥国于此。——毛

知道的,这些是我军中任何人可以知道的。他自己的战略计划,显然现在不能想到去执行,已被他忘记了。现在,已经采用了威以罗特的计划。安德来郡王考虑到各项可能发生的偶然事件,并做新的思考,这时可以用到他的思维敏捷和他的坚决。

左边下方的雾里可以听到不可见的军队间的开火声。安德来郡王觉得战事集中在那里,在那里遇见了阻碍。"我将被派到那里去,"他想,"带一旅或一师,在那里,我要手执军旗向前走,击碎我前面的一切。"

安德来郡王不能漠然看着走过的各营的军旗。看着军旗,他不断地想,也许这就是那个军旗,我拿着它走在军队的前面。

早晨,在高地上,夜雾只留了严霜,变着露水。在山谷里仍然布着雾,好像乳白的海。在左边的山谷里什么也看不见,我军曾下到那里,并从那里飞来枪声。在各处高地之上是深蓝色明朗的天空,右边是巨大的日球。在前面远方,在雾海彼岸,可见高耸的树山,那里一定有敌军,并且可以看见什么。右边,卫兵队进了雾区,响着蹄声和车轮声,有时刺刀闪光;左边,在村庄的那边,走过同样的骑兵团体,并隐没在雾里,步兵在前面和后面移动。总司令立在村口,让军队从身边走过。库图索夫这天早晨显得困乏而激动。从他身边经过的步兵没有命令便停止,显然,因为前面有什么东西阻止了他们。

"告诉他们,总之,成营纵队绕过村庄,"库图索夫愤怒地向骑马而来的将军说,"怎么你不懂,阁下,亲爱的大人,在我们去攻击敌人的时候,不能够拖延在村庄的狭街上。"

"我提议过在村庄外边成队,大人。"将军回答。

库图索夫愠怒地发笑。

"你们很好,把前线露在敌人的眼前,很好。"

"敌人还很远,大人。按照作战命令……"

"作战命令!"库图索夫愠怒地大声说,"但谁向你说这话的?……请你做那命令你做的。"

"是,是。"

"亲爱的,"聂斯维次基向安德来郡王低声说,"老家伙发狗脾气了。"(此句系法文,照字面直译,与原文译注不同。——译)

一个穿白军服的,帽上有绿色羽毛的奥国军官骑马奔至库图索夫面前,代表皇帝问,第四纵队作战了没有?

库图索夫未回答他,转过身,他的目光无意地落在身边安德来郡王的身子上,看见了保尔康斯基,库图索夫减轻了愤怒与痛苦的目光表情,好像意识到他的副官对于所发生的事无过的,于是他不回答。奥国副官却向保尔康斯基说:

"你去看看,我亲爱的,第三师过了村庄没有。叫他们停住,等我的命令。"

安德来郡王刚刚走开,他又止住了他。

"问他们,射击兵是不是布置好了。"他添说。"他们在做什么,他们在做什么!"他向自己说,仍旧没有回答奥国军官。

安德来郡王驰马去执行他的任务。

赶上了所有走在前面的各营,他止住了第三师,并且确定了在我军各纵队之前确实没有射击兵。最前面一团的团长,因为他传来总司令要派射击兵的命令而很惊异。团长充分地相信在他前面还有别的军队，而敌人不能够在十里之内。事实上，在他前面，除了向前斜倾的、罩着浓雾的空地，什么也看不见。用总司令的名义命令他弥补疏忽后，安德来郡王骑马回奔。库图索夫仍然站在那个地方，他在鞍上龙钟地弯着胖身躯，费力地打哈欠，闭了眼。军队还未移动，立正地站着。

"好，好。"他向安德来郡王说，并转向将军。他拿了表在手里说，已是移动的时候了，右翼各纵队已下山了。

"我们还来得及，大人。"库图索夫在哈欠中说。"我们来得及！"他又说。

这时，在库图索夫后面，可以听见远处部队的敬礼声，这声音顺着前进的俄军各纵队所展开的全部阵线而迅速地靠近。显然是，他们所敬礼的人骑马走得很快。当库图索夫身后那一团兵士们喊叫时，他向旁边移动了一点，并皱眉环顾。从卜拉村道路上好像驰来一连各种颜色的骑手。其中有两个并排地驰骋在其余的人前面。一个穿黑军服，戴白翎，骑栗色英国马；另一个穿白军服，骑黑马。他们是两位皇帝和侍从们。库图索夫带着在前线老兵的矫情，向站立的军队发令"立正"，于是敬着礼，走向皇帝们。他整个的体态和神情都改变了，他做出顺从的、不批评的人的神情。他带着恭敬的矫情走上前敬礼，这矫情显然引起亚历山大皇帝不快。

不快的印象，好像晴空中的残雾，只在皇帝年轻、快乐的脸上驰过，并消失了。在违和之后，他这天较之在奥尔牟兹原野上稍瘦，在那里，保尔康斯基在国外第一次看见他，但在他的美丽灰眼里仍然有尊严与温和之可爱的混合，在他的薄唇上仍然有各种表情的可能性和仁慈、天真、年轻的显著表情。

在奥尔牟兹的检阅中，他更尊严，在这里他更愉快、更有精力。驰骋了三里，他微微脸红，勒住了马，轻松地叹气，盼顾侍从们和他一样的年轻而兴奋的脸。洽尔托锐示斯基、诺佛西操夫、福尔康斯基郡王、斯特罗加诺夫和别人，都是衣着华丽、愉快、年轻的人，骑美丽、讲究、活泼，只微微淌汗的马，站在皇帝后边，交谈着，笑着。法兰西斯皇帝，一个红润的、长脸的青年，挺直地坐在美丽的黑马上，焦虑地、从容地环顾四周。他召来一个白衣副官，问了他什么。"大概他们是几点钟出动的。"安德来想着，注视他的旧相识，带着他不能压制的笑容，想起他的会面。在皇帝们的侍从中有俄、奥卫兵队及作战部队中遴选的年轻的传令官。在他们当中，由马师们牵着沙皇的、披绣花马布的、美丽的后备马匹。

好像从敞开的窗里，忽然一阵新鲜的野外空气吹进窒息的房间，这群辉煌的青年也把青春、活力与胜利的信念吹进库图索夫不愉快的随从人员中。

"为什么你没有开始呢，米哈伊·依拉锐诺维支？"亚历山大皇帝急速地向库图索夫说，同时恭敬地看了看法兰西斯皇帝。

"我等待着，陛下。"库图索夫回答，恭敬地鞠躬。

皇帝侧着耳朵，微微皱眉，表示他未听清。

"我等待着，陛下。"库图索夫重复（安德来郡王看到库图索夫的上唇在说"我等待着"时不自然地打战），"各纵队还没有完全集齐，陛下。"

皇帝听清了，但这个回答显然不使他满意。他耸了耸斜倾的肩膀,看了看站在附近的诺佛西操夫,好像是用这种目光抱怨库图索夫。

"要晓得我们不在皇后检阅场上,米哈伊·拉锐诺维支,在那里,部队不到齐,不开始检阅。"皇帝说,又看法兰西斯皇帝的眼睛,好像是请他,即使不参加,至少要听他所说的,但法兰西斯皇帝继续环顾,没有听。

"因此我未开始,陛下。"库图索夫用响亮的声音说,好像预料到他的话或许不被注意,他的脸又打战了一次。"因此我未开始,陛下,因为我们不是检阅,不在皇后检阅场上。"他清晰地、正确地说。

在皇帝侍从中所有倏然互相观望的脸上,显出了埋怨与谴责。"无论他多么老,他不应该,毫不应该这样说。"这些面孔这么表示。

皇帝固定地、注意地看库图索夫的眼睛,等着看他说不说什么。但库图索夫那方面,恭敬地垂头,也似乎等待着。沉默经过了几分钟。

"无论如何,假使陛下有命令。"库图索夫说,抬起头,又把语气变为先前笨拙的、不批评的、服从的将军的语气。他催动坐骑,召来纵队指挥官米洛拉道维支,给了他命令前进。

军队又走动了,诺夫高罗德团的两营和阿卜涉让团的各营从皇帝身边走到前面。

当阿卜涉让营走过时,红润的米洛拉道维支没有大衣,穿了军服,佩了勋章,有大花翎的帽子斜戴在头上,他向前驰奔,在皇帝面前勒住马,勇敢地敬礼。

"上帝保佑你,将军。"皇帝向他说。

"一定，陛下，我们要做我们所能做的，陛下。"他愉快地回答，他的恶劣的法文发音引起皇帝侍从官们不少的嘲笑。

米洛拉道维支敏捷地掉转坐骑，停在皇帝稍后的地方。阿卜涉让的兵士们因为皇帝的在场而兴奋，用勇敢伶俐的步伐踏着脚，走过皇帝们和他们的侍从们身边。

"儿郎们！"米洛拉道维支用高大、自信、愉快的声音呼叫。显然，他是因为射击声、战争的期待、勇敢的阿卜涉让兵士的神情、雄壮地从皇帝们身边走过的苏佛罗夫的同志们而那样兴奋，以致忘忽了皇帝的在场。"儿郎们！不是占领第一个村庄！"他呼叫。

"一定尽力！"士兵们呼喊。

皇帝的马因为意外的叫声而惊吓。这匹马曾经在俄国的各检阅中驮着皇帝，现在在奥斯特里兹田野上驮着他的主人，忍受着他左腿的无意打击，因为射击声而耸起耳朵，正如同它在马尔梭夫阅兵场上所做的一样，不明白这些可闻的枪声的意义，不明白法兰西斯皇帝黑马在旁的意义，不明白骑在背上的人这天所说、所想、所觉的一切的意义。

皇帝笑着向侍从中的一个人指示勇敢的阿卜涉让兵士们，向他说了什么。

十六

库图索夫随带了副官们,在手枪队后,向前徐行。

在纵队尾部走了半里,他停在一个孤独荒凉的屋子旁(也许是一个旅店),在两路分道的附近。两条路都通达山下,都有军队在走。

雾开始消散了,在大约两里之外,可以模糊地看见对面高地的敌军。下边左方的射击更清晰了。库图索夫停住,和奥国将军谈着话,安德来郡王站在稍后的地方,注视他们,希望向一个副官借用望远镜,向着他看。

"看看,"这个副官说,他不看远处军队,却看前面的山下,"这是法军!"

两个将军和副官们开始拿望远镜,互相争取。所有的面孔都忽然变色了，都显得恐怖。他们以为法国人在两里之外，他们却忽然意外地在我们面前出现了。

"这是敌人吗？……不！……但是，看吧，敌人……一定的。这是怎么一回事？"这是各人的声音。

安德来郡王用肉眼看见下边右方密集的法军纵队上山来迎战阿卜涉让兵，离库图索夫站立的地方不过五百步。

"来了，决定的关头来到了！我们的任务到了。"安德来郡王想，打马，驰到库图索夫面前。

"应当停止阿卜涉让兵，"他大声说，"大人！"

但在这时候一切被烟气遮隐了，近处发出射击声，在安德来郡王两步之外单纯惊惶的声音喊出："哎，弟兄们，完了！"好像这声音是命令，大家听到这个声音都动身逃跑。

混乱的、逐渐加多的群众跑回五分钟前从皇帝身边走过的地方。不仅难以停止这个群众，而且不能不让自己随同这个群众向回跑。保尔康斯基企图不落后，他环顾，迷惑着，不懂得他面前所发生的事。聂斯维次基脸红得不像他自己了，带着愤怒的神情向库图索夫大声说，假使他不马上走开，便一定要被擒。库图索夫站在原来的地方，未作回答，取出手帕。他的腮上流出了血。安德来郡王挤到他面前。

"你伤了吗？"他问，不能约制下颚的打抖。

"伤不在这里，却在那里！"库图索夫把手帕按住受伤的腮，指着奔跑的士兵说。

"止住他们！"他大呼，同时又大概相信不能够止住他们，他打马向右走。

又有一群涌来的逃跑的兵包围了他,带他回跑。

军队合成那么密集的人群向回跑,以致一旦落在人群的当中,便难以走出。有人大呼:"走呀!为什么迟疑?"有人在那里转过身向空中放枪,有人打库图索夫所乘的马。用大力从人群潮流中向左边出来,库图索夫和少了一半以上的侍从们走向附近炮声处。从逃跑的人群走出,安德来郡王企图不落在库图索夫后边,看见山边烟气中仍然在射击的俄国炮兵和向他们冲来的法军。俄国步兵站在稍高的地方,不前进去协助炮兵,不随同逃跑的兵朝一个方向后退。一个将军骑着马离开步兵,来看库图索夫。库图索夫的侍从中只剩下四个人,大家都面色发白,无言相觑。

"停止这些恶徒们!"库图索夫喘息着,指着逃跑的兵向团长说。但同时,好像是处罚这句话,一阵子弹好像一群鸟吱吱地飞过步兵团和库图索夫的侍从。

法军在攻击炮兵,看见了库图索夫,所以向他射击。随着这排枪声,团长抓住自己的腿,倒了几个兵,执旗站立的准尉放掉旗子,旗子摇荡一下,向下倒,挂在附近兵士的枪上,兵士们不奉令即开始射击。

"呵呵呵,嘿!"库图索夫带着失望的表情哼着,并环顾。"保尔康斯基!"他用他的因年老无力的意识而打战的声音说。"保尔康斯基,"他指着溃散的一营兵和敌人,低声说,"这是怎么一回事?"

但在他说完这话之前,安德来郡王已经感觉到喉咙里涌起了羞耻与愤怒之泪,跳下马向旗子跑去。

"儿郎们,前进!"他用儿童般的尖锐声大呼。

"他来了！"安德来郡王想，抓住旗杆，欢欣地听着显然向他射击的子弹声，倒下了几个兵。

"乌拉！"安德来郡王大呼，几乎双手拿不起沉重的军旗，他向前奔跑，无疑地相信全营要跟他跑。

确实，他只单独地跑了几步。一个兵动，另一个兵动，全营的兵大呼"乌拉"向前奔跑，并赶上了他。营中的军曹跑来抓住安德来郡王手中因沉重而摇晃的军旗，但立即被打死了。安德来郡王又抓住军旗，在旗杆上挥动，和全营向前跑。在前面他看见我军的炮兵，其中有的在战斗，有的丢了炮迎面跑来，他看见法国步兵夺得炮兵马匹并转动大炮。安德来郡王和全营距大炮只隔二十步了，他听到头上不断呼啸的子弹声，在他的左右两边兵士们不停地哼着倒下。但他不能看他们，他只看他前面所发生的事——看炮兵。他清楚地看见一个红发的炮兵，戴着打破一角的帽子，在一边拖炮帚，而法兵在另一边把炮帚向自己面前拖。安德来郡王还清楚地看见这两个人慌乱而同时愤怒的面情，他们显然不明白他们在做什么。

"他们在做什么？"安德来郡王想，看着他们，"红发炮兵在没有武器的时候为什么不跑呢？为什么法兵不杀死他呢？法国人想起了枪要打他的时候，他来不及跑了。"

果然，另一个法兵不平衡地拿着枪，跑近争执的士兵们，红发的炮兵还不明白他目前的境况，胜利地夺回了炮帚，他的命运是决定了。但安德来郡王未看到这是如何结束的，他觉得好像附近兵士中有人举起硬棒打在他头上，这不甚疼痛，但重要的是不愉快，因为这个疼痛分散了他的注意力，阻碍了他看他所看着的事情。

"这是什么？我倒地了吗？我的腿子不稳了。"他想着，仰跌下去。他睁开眼睛，希望看见法兵和炮兵的斗争是怎么结束的，愿意知道红发炮兵是否被杀，大炮被夺抑或得救。但他什么也看不见，在他头上什么也没有，除了天——高远的天，不明朗，但仍然是不可测得高远，有静静地在天空飘移的灰云。"多么静寂、安宁、严肃，完全不像我奔跑，"安德来郡王想，"不像我们奔跑、喊叫、斗争，完全不像法兵和炮兵带着愤怒惊惶的脸互相拖炮帚——云在这个高远无极的天空飘移着，完全不像那样。为何我从前未曾看过这崇高的天穹？我终于认识了它，是多么快乐啊。是的！除了这个无极的天，一切是空虚，一切是欺骗。除了天，什么、什么也没有。但甚至他也是没有的，除了寂静与安宁，什么也没有。谢谢上帝！……"

十七

在巴格拉齐翁的右翼上，九点钟战事还未开始，不愿同意道高儒考夫的开仗的要求，只希望卸去自己的责任，巴格拉齐翁郡王向道高儒考夫提议派人去请示总司令。巴格拉齐翁知道，在两翼间相隔几乎十里的距离中，假使派去的人不被打死（这是很可能的），并且即使他找到了总司令（这是极难的），派去的人在天晚之前是来不及回转的。

巴格拉齐翁用他的无表情、有睡态的大眼睛看侍从们，罗斯托夫因兴奋与希望而不禁震动的、小孩的脸最先投入他的眼里。他派了他去。

"但假使我在遇见总司令之前遇见陛下呢，大人？"罗斯托夫说，把手举在帽边。

"你可以报告陛下。"道高儒考夫说,匆促地打断了巴格拉齐翁。

从前哨上换班之后,罗斯托夫得于天亮之前睡了数小时,他觉得自己愉快、勇敢、果决,具有动作的灵活和对于自己幸运的信念,并且有这种心情,在这种心情中一切都似乎是轻易、愉快而可能的。

他的全部希望都在这天早晨满足了:有着大会战,他参与了这个战役。此外,他做了最勇敢将军的传令官。此外,他带了任务去见库图索夫,也许要见到皇帝自己。早晨天气明朗,他所骑的马是善良的,他的心是欣喜而快乐的。奉到了命令,他催动马匹,顺着阵线驰骋。起初他顺着巴格拉齐翁军队的阵线奔腾,他们还未作战,站立不动,然后他驰入乌发罗夫骑兵所守的阵地,在这里他看到了移动和准备作战的征象。走过乌发罗夫的骑兵,他便清楚地听到前线枪炮射击的声音,射击声更加猛烈起来。

在新鲜的早晨的空气中,已经不是先前那样在不规律间隔中发出两三枪和一两炮声,而在卜拉村前的斜坡上可以听到枪弹射击声,夹杂着那么密的炮弹声,有时几响大炮声不能彼此分别,而合成一个共同的吼声。

他看到斜坡上的枪烟好像在奔跑,互相追赶着、炮烟卷起、开散、互相混合。由于烟中刺刀的闪光,可以看见运动的步兵和带着绿色弹箱的炮兵狭窄阵线。

罗斯托夫在小山上把马停了一会儿,以便看清所发生的事,但无论他如何集中注意,他什么也不明白,不能辨别所发生的事。在烟那里有什么人在动,有什么军队的行列向前向后在移动。但为什么?谁呢？到何处去呢？不能明白。这种情形和这些声音不仅不引起他任何沮丧或畏怯情绪，且反之更增加了他的精力与决心。

"好，再添，再添！"他在心中向这些声音说，又纵马顺阵线奔驰，逐渐深入了已作战的军队区域中。

"那里情形将如何，我不知道，但一切都好！"罗斯托夫想。

走过奥军的某部，罗斯托夫注意到，在后边的一部分阵线（这是卫兵队）已经作战。

"这样更好！我要靠近看。"他想。

他几乎是顺着前线走。几个骑手向他奔来，他们是我方一群纷乱的乌兰卫兵，从攻击中回转。罗斯托夫经过了他们面前，不禁注意到其中之一流血，他又向前奔驰。

"这不是我的事！"他想。

他骑马向前走了不到几百步，从左边驰来了一大群骑黑马、穿白色灿烂制服的骑兵，他们横越全部的田野，直向他快步而来，截阻他前进。罗斯托夫放马飞腾，以便避开这些骑兵的进路，假使他们还照着原来的快步前进，他便避开他们了，但他们增加了速度，有几匹马已经奔跑了。罗斯托夫渐渐更听清他们的马蹄声和刀枪声，更看清他们的马、身躯甚至脸部。这是我们的骑卫兵，去进攻迎战他们的法国骑兵。

骑卫兵奔驰，但仍然勒住马匹。罗斯托夫已经看见了他们的脸，听见他们的命令。军官喊着"进攻，进攻！"，让他的纯种马的全力飞腾。罗斯托夫恐怕被撞到，或者被卷带去攻击法军，尽他的马所能有的力量，顺着他们前线奔驰，但仍然未能越过他们。

极边的骑卫兵,一个麻面大汉,看到罗斯托夫在他前面,愤怒地皱眉,他一定不可避免地要和他相撞。假使不是这个骑卫兵想到挥鞭打自己马匹的眼,他一定要把罗斯托夫从他的"沙漠浪人"上撞翻下来(罗斯托夫自己觉得他比之这些大汉和马匹是那样渺小而软弱)。黑色、沉重、高长的马惊了一下,耸起耳朵,但麻面骑卫兵用大马刺猛刺马腹,马摆尾伸颈,跑得更快。骑卫兵们还未走过罗斯托夫面前,他已听到他们的呼喊"乌拉!"并且环顾着,看见他们的前列和陌生的、挂红肩章的、大概是法国的骑兵混在一起,不能再看到什么别的了,因为在此之后,立刻在什么地方开始了大炮射击,一切隐没在烟中。

在骑卫兵越过他并隐没在烟中的时候,罗斯托夫迟疑了一下,他将跟他们驰去呢,抑或去到他应该去的地方。这就是赫赫的骑卫兵攻击,法军自己曾因此惊异。罗斯托夫后来听到此事觉得可怕——在这群巨大、美丽的人之中,在所有这些灿烂的、骑千金之马的、富贵的、年轻的、从他身边驰过的军官与见习军官之中,在攻击之后,只剩下十八个人。

"我无须羡慕,我不要失职,我也许立刻可以看到皇帝!"罗斯托夫想,于是向前奔。

达到步卫兵时,他注意到炮弹飞过他们头上,飞落他们旁边,这与其说是由于他听到炮弹声,不如说是由于他看见了兵士脸上的不安,军官脸上不自然的、军人的严肃。

在步卫兵团的一个行列的后边走过时,他听到呼他名字的声音:"罗斯托夫!"

"什么?"他回应,未认出保理斯。

"怎么,我们来到前线了!我们的团去进攻!"保理斯露出那种快乐的笑容,这是第一次上火线的年轻人们所有的。

罗斯托夫停住。

"当真!"他说,"好,怎样?"

"打败他们了。"保理斯兴奋地说,他变得多话,"你可以想想看吗?"于是保理斯开始说到卫兵们如何在阵地上看见了前面的军队,以为他们是奥国人,忽然由于这些军队所放出来的炮弹,知道了他们自己是在前线上,于是意外地开始了战事。罗斯托夫未听完保理斯的话,即催动坐骑。

"你到哪里去?"保理斯问。

"奉命去见陛下。"

"他在这里!"保理斯说。他听到好像罗斯托夫要见"大人",而不是"陛下"。

他向他指示大公,他在他们百步之外,戴帽盔,穿骑卫兵外衣,带着举起的肩膀和皱蹙的眉毛,向穿白衣的、脸发白的奥国将军大声叫着什么。

"但这是大公,我要去见总司令或者皇帝。"罗斯托夫说,催动了坐骑。

"伯爵,伯爵!"别尔格呼叫,他和保理斯同样兴奋,从另一方面跑来,"伯爵,我伤了右手,"他指示流血的、用手帕包裹的手,"我留在前线。伯爵,我左手拿剑,伯爵,我们封·别尔格全家都是骑士。"

别尔格还想说什么,但罗斯托夫未听,又向前奔。

走过了卫兵和空地,罗斯托夫为了不再走上前线,好像走进了骑卫兵攻击线那样,便顺着后备队的阵线前进,遥远地绕过了枪炮声最猛烈的地方。忽然,在前面,在我军的后方,在他绝不能想到有敌人的地方,他听到靠近的枪声。

"这是怎么一回事?"罗斯托夫想,"敌人在我军后方?不可能。"罗斯托夫想,但忽然一种为自己、为全部战事结果的恐怖情绪支配了他。"无论怎样,但,"他想,"现在已经无法逃开。我要在这里找到总司令,假使一切都损失了,则我的责任是和大家一同损失。"

他愈走近卜拉村村庄后边各种军队所占据的地方,罗斯托夫所忽然感觉到的凶兆愈为肯定。

"这是什么?这是什么?向谁射击?谁在射击?"罗斯托夫问,他遇到跑着横截他进路的俄、奥军队的混乱人群。

"鬼晓得他们!把他们全杀死!一切都完了!"奔跑的人群用俄语、日耳曼语、捷克语回答他,他们也和他一样不明白那里所发生的事。

"杀死日耳曼人!"有一个人说。

"鬼抓他们这个奸贼!"

"Zum Henker diese Rus……"[1]一个日耳曼人说。

有几个伤兵在路上走,咒骂、呼叫、呻吟,混合成一种共同嘈杂声。枪声停止了,罗斯托夫后来知道,这是俄军和奥军互相射击。

---

[1] 这些俄国人去见吊死鬼!

"我的上帝！这是怎么一回事？"罗斯托夫想。"这里，皇帝任何时候可以看见他们。但不，这也许只是少数的恶徒，这就要过去的，这不是那回事，这是不可能的。"他想，"只是要赶快，赶快走近他们！"

失败与逃跑的思想不能够进罗斯托夫的脑子。虽然他在奉命寻找总司令的那个地方，正在卜拉村山上，看见了法国的大炮和军队，他却不能够也不希望相信这个。

十八

罗斯托夫奉命在卜拉村附近寻找库图索夫和皇帝。但这里不但没有他们,而且没有一个指挥官,只有各种混乱的军队人群。他催策已经疲倦的马,以便赶快越过这些人群,但他愈向前走,人群愈是混乱。在他所走的大路上拥挤着许多驮篷车,各种轿车,俄奥兵士,各种军队,伤兵和未伤的。这一切在法军炮兵从卜拉村高地飞来的炮弹凄惨声中嘈杂着,混乱地骚动着。

"皇帝在哪里?库图索夫在哪里?"罗斯托夫问着他所能叫住的人,但不能从任何一个人获得回答。

最后,他抓住一个兵的领子,强迫他回答。

"哎!老兄!早已在那里,向前跑了!"兵回答了罗斯托夫,因为什么而发笑，并挣脱。

丢开了这个显然喝醉的兵，他止住了一个要人的马弁的或马夫的马，开始盘问这个人。这个马弁向罗斯托夫说，皇帝在一小时前被人用马车飞快地从这条路上运走了，说皇帝受了重伤。

"不可能的，"罗斯托夫说，"也许是别人。"

"我亲眼看见的，"这个马弁带着自信的假笑说，"我当然知道皇帝，好像和我在彼得堡所看见的许多次一样。苍白、苍白的，坐在马车里。那样地赶着四匹黑马！我的天，从我们旁边走过去的！好像我知道御马和依利亚、依发内支，好像依利亚只替皇帝不替别人赶车。"

罗斯托夫放了他的马，想向前走。一个从他身边走过的伤官向他说话。

"呶，你要找谁？"军官问，"总司令吗？被炮弹打死了，在我们的队伍前面被炮弹打进了胸脯。"

"没有打死，伤了。"另一个军官更正。

"是谁？库图索夫吗？"罗斯托夫问。

"不是库图索夫，你叫他什么——好，都是一样，活下的不多了。到那里去，到那个村庄去，所有的指挥官都聚在那里。"这个军官指着高斯提拉代克说，他走了过去。

罗斯托夫使马步行，不知道，他现在为了什么并为了找谁而来。皇帝负伤，战事失败，现在不能不相信了。罗斯托夫顺了指示给他的方向走去，远远看见尖塔和教堂。他急忙着向何处去呢？即使是皇帝和库图索夫活着，没有受伤，他现在要向他们说什么呢？

"走这条路，大人，走那条路马上就被人打死的，"一个兵向他大声说,"走那条路要被打死的!"

"呵!你说什么!"另一个说,"他到那里去?那条路近。"

罗斯托夫想了一下,正走向那个据说他会被人打死的方向。

"现在一切都是一样:假使皇帝已经打伤,我还要当心自己吗?"他想。他走近那个区域,这里死了最多的从卜拉村跑走的人。法军尚未占领此处,而受伤的和活的俄军早已离开了。在原野上,在每一皆夏其那[1]的地方倒着十个或十五个死伤的人,好像耕地上的禾堆。受伤的两三人爬在一起,可以听到他们悲伤的,有时罗斯托夫觉得虚伪的呻吟和喊叫。罗斯托夫放马快步走,以免看见这些痛苦的人,他觉得可怕。他不是为了自己的生命而恐惧,而是为了那种勇气——这是他所需要的,并且他知道,他不能忍受这些不幸的情形。

法军已停止射击这个散着伤亡兵士的原野,因为这里已无活人,但看到从这里走过的副官,又把炮对着他,向他射出几发炮弹。面对这些啷啷的、可怕的声音的情绪,对于四周死尸的情绪,在罗斯托夫心中合成一种恐怖与自怜的印象。他想起母亲最后的信,他想:"假使她看见我现在,在这里,在这个原野上,和许多向我射击的炮,她怎么感觉呢?"

在高斯提拉代克村,有从战场上退下来的,虽然混乱但大都有秩序的俄军。法军炮弹达不到这里,射击声也似乎遥远。这里每个人都清楚地看见并谈到战事已失败。无论罗斯托夫问谁,谁也不能告诉他,皇帝在何处,库图索夫在何处。有的说皇帝受伤的消息是正确

---

[1] 一皆夏其那合二点七英亩,一七点七八中亩。——译

的。有的说不然，并且这样地解释这个广传的虚伪消息，说确实是苍白的、惊惶的，和皇帝侍从中的人来到战场上的二等官托尔斯泰伯爵，坐了皇帝的车子从战场上跑回。有一个军官向罗斯托夫说，在村庄后面左方他看见了高级指挥官当中的人，于是罗斯托夫向那里去。他已不希望找到任何人，却只为了在自己面前清洗自己的意识。走了大约三里，经过了最后的俄军，罗斯托夫看见，在掘了壕沟的菜园旁边，有两个骑马者对着壕沟站立着。一个帽上有白翎，好像是罗斯托夫有点相识的。另一个不相识的，骑美丽栗色马的（罗斯托夫好像认识这匹马）人走到壕沟前，用马刺刺马，放松缰勒，轻轻地从壕沟上跳进园内。只是泥土因为马后蹄而从边上崩落，敏捷地转过马头，他又跳过壕沟，恭敬地向有白翎的骑马者说话，显然向他提议做同样的行为。罗斯托夫觉得那相识的，并因为什么缘故，不禁吸引了他注意的人，用头和手做了反对的姿势。由于这姿势，罗斯托夫立刻认出了他的被哀怜的、被崇拜的皇帝。

"但这不会是他一个人独自在旷野上。"罗斯托夫想。这时候，亚历山大转过头，于是罗斯托夫看见了那么生动地刻在他记忆中的、可爱的轮廓。皇帝面色苍白，腮下痛，眼下凹，但他的面容却更美丽、更温和。罗斯托夫快乐，相信皇帝受伤的消息是不确的。他快乐，因为他看见了他。他知道他可以甚至应当一直向他走去，并报告道高儒考夫命他报告的。

但好像一个恋爱中的青年，当希望的时间来到，并且他单独和她在一起时，他打抖并且深受感动，不敢说出他在夜间所梦想的，却惊惶地环顾，寻找帮助或延宕与逃跑的机会。同样地，现在罗斯托夫达到了他在世界上所最希望的，却不知道如何接近皇帝，并且他想到了成千的理由，为什么还是不适宜、不合礼节、不可能的。

"怎么！我好像是高兴利用他孤独丧气的机会。在这个悲伤的时候，不相识的面孔也许对于他是不快而痛苦的。此外，现在单单是看见了他我便心跳口干，我能够向他说什么呢？"他在自己想象中拟定对皇帝所说的无数言语，现在没有一句来到他的脑子里。那些话是大部分适宜于完全不同的环境，那些话是大部分在胜利与凯旋时所说的，特别是因为受伤而在死床上的时候，那时皇帝感谢他的英勇行为，而他将死，向皇帝表示出他在行为中证明的爱情。

"那么，现在已经是下午四点钟，战事已失败，我要怎样向皇帝请求关于右翼的命令呢？不，我决定不要到他那里去，不要妨害他的沉思。最好死一千次，也胜于受到他的恶意目光、恶意印象。"于是罗斯托夫心中悲伤失望地乘马走开，不断地盼顾仍然在犹豫心情中站立着的皇帝。

当罗斯托夫做这些考虑并悲悒地离开皇帝时，封·托尔上尉偶然地来到同样的地方，他看见了皇帝，对直走到他面前，为他效劳，帮助他步行走过壕沟。皇帝希望休息，并觉得自己不适，坐在苹果树下，托尔站在他旁边。罗斯托夫在远处嫉妒地、懊悔地看见封·托尔如何久久地、热情地和皇帝说话，显然皇帝流泪，用手蒙脸，并握托尔的手。

"原是我可以处在他的地位。"罗斯托夫想到自己，不能约制他对于皇帝命运的同情之泪，在完全失望中乘马向前走，不知道他现在向何处去，并为什么。

他觉得他自己的软弱是他苦恼的原因,他的失望因此更甚。

他能够……不仅能够,而且他应该走近皇帝。这是他向皇帝表示自己效忠的唯一机会,而他没有利用这个……"我做了什么?"他想。于是他转过马,驰回他看见皇帝的地方,但在壕沟那边现在已没有人,只有行李车走过。罗斯托夫从车夫口中知道库图索夫的司令部在附近的村庄里,行李车是向那里去。罗斯托夫跟着他们走。

在他前面的是库图索夫的马夫,牵着一匹披马衣的马。在马夫后边是行李车,在行李车后边有一个戴尖帽、穿羊皮袄、腿向外弯的老仆人步走。

"齐特,啊,齐特!"马夫说。

"干吗?"老人心不在焉地回答。

"齐特!你去摩洛齐特!"(你去打杀)。

"哎,呆虫!"老人说,愤怒地喷口。

经过了短时的静默运动,这个笑话又开始了。

*　　　*　　　*

在下午五点钟,战事在各点上失败了,有一百多尊大炮被法军夺去。卜尔惹倍涉夫斯基和他的军团投降。别的纵队损失了一半以上的人,成了无秩序的、混乱的人群向后退。兰惹隆和道黑图罗夫的残余军队混合在一起,拥挤在奥盖斯特村前池沼旁边的岸上和堤上。

六点钟,在奥盖斯特堤岸上只听到一阵激烈的法军炮弹声,法军在卜拉村高地的斜坡上设了许多炮位,射击我们撤退的军队。

道黑图罗夫和别人在后卫集合了各营,向追赶我军的法国骑兵射击。天色渐黑。在奥盖斯特狭窄的堤上,戴小帽的老磨工持钓竿安静地坐了那么多年,而他的孙子卷起了衣服袖子,把银色的摆动的鱼放入水罐。在这个堤上,莫拉维亚人们,穿蓝外衣,戴旧帽,安静地赶过那么多年他们装运小麦的双马车,并沾染了面粉,带着变白的车子从这个同一的堤上赶回去。在这个狭窄的堤上,现在在运送车与大炮之间,在马蹄下和车轮间,聚集了因死亡恐怖而变色的人们,互相拥挤着,死着,从死人身上踏过,并互相杀死,只是为了走过几步而同样被杀死。

在这个稠密的人群中,每隔十秒钟,便落下一颗炮弹,震动空气,或炸开一颗榴弹,炸死人,并溅了血在附近的人身上。道洛号夫臂上负伤,和他的连里(他已是军官)上十个兵士步行着,他的团长骑着马,他们代表了全团的残余。被群众拖曳着,他们挤在堤口,并且停止下来,各方面受挤,因为在前面有一匹马倒在大炮下面,群众在拖这匹马。一颗炮弹打死了他们后边的几个人,打死前面的另一个人,并溅了血在道洛号夫身上。人群拼命地前进,拥挤,移动了几步,又停止下来。

"走过这一百步,一定安全;再站两分钟,一定死。"每个人这么想。

道洛号夫在人群中央,向堤边挤去,撞倒两个兵,跑上遮了池面的滑冰上。

"转过来!"他喊叫,在冰上跳过,冰在他身下裂响,"转过来!"他向着拖大炮的人们喊叫,"受得住……"

冰受得住他,但动摇而裂响,显然是,不用说在大炮或人群的下边，就是在他下边，冰也即刻要破碎了。他们看他并且向岸边拥挤，尚未决定走到冰上。骑马站在堤口的团长向道洛号夫举手，张嘴。忽然一颗炮弹那样低近地从人群的头上飞过，大家都弯腰。有什么湿的东西溅了出来，这个将军从马上落在血泊里。没有人看这个将军，也不想扶起他。

"到冰上去！从冰上走！走！转！你没有听见吗！走！"在炮弹打中了将军之后，忽然发出无数的声音，他们自己也不知道在喊什么，并为什么。

后面的一尊上了堤的炮，拖上了冰。成群的兵开始从堤上跑到结冰的池面上。在前面的一个兵士脚下，冰冻碎裂，一只脚落入水中，他想纠正，却陷到腰际。附近的兵士们停住，赶炮的兵止住了他的马，但在后边仍然听到叫声。"到冰上去，为什么停，走，走！"人群中发出喊叫声。环绕大炮的兵士们向马挥手，打马，要它们转身向前走，马匹从岸上移动。支持步兵的冰冻破了一大块，冰上大约四十个人，有的向前跑，有的向后跑，互相淹死。

炮弹仍旧规律地飞射，打在冰上、水中，而打在挤满堤上、池中、岸上人群里的最多。

十九

安德来·保尔康斯基郡王躺在卜拉村山上,在他手执旗杆倒下的地方。他流着血,失了知觉,哼着低微的、可怜的、小孩的呻吟。

傍晚时他停止了呻吟,并完全安静。他不知道他的昏迷经过了多久,忽然他又觉得自己是活着的,因为头部火烧的、撕割的疼痛而受苦。

"那个崇高的天,我到现在才知道,今天才看见,他在何处?"这是他的第一个思想。"这种痛苦我也不曾知道,"他想,"是的,我直到现在,什么、什么也不知道。但我在何处?"

他开始注听,听到近临的马蹄声和说法语的话声。他睁开眼睛,在他头上的又是同样的崇高的天和更高的浮云,在浮云之间可见蔚蓝的无极。他未转头,也未看那些人,从蹄声与话声上判断,他们骑马来到他面前停住了。

骑马来的人是拿破仑和两个副官。保拿巴特巡视着战场,下了最后命令,要增强炮兵,射击奥盖斯特堤,他视察了留在战场上的死的和伤的。

"好人!"拿破仑说,看着一个打死的俄国掷弹兵,他脸贴地,黑后脖向上,腹贴地,一只已经僵硬的手还伸着躺在地上。

"炮弹没有了,陛下!"这时,一个副官从射击奥盖斯特的炮兵那里骑马跑来说。

"从预备队里去取。"拿破仑说,又走了几步,在安德来郡王面前停住,他背向下躺着,身旁有抛下的旗杆(军旗已被法军拿去做胜利品)。

"那是光荣的死。"拿破仑说,看着保尔康斯基。

安德来郡王明白这是说他的,而且这是拿破仑说的。他听到他们用"陛下"称呼说这个话的人。但他听到这些话声,好像听到苍蝇嗡嗡声。他不但不对此感觉兴趣,而且不注意,立刻就忘记了。他的头发烧、他觉得他流血,他看见头上遥远、崇高、永恒的天。他知道这是拿破仑——他的英雄,但这时,他觉得,拿破仑比之现在在他心中与这崇高、无极、有飞云的天之间所发生的,是那么一个渺小、不重要的人。谁站在他身边,说到他什么,这一切在这时对于他都完全无关;他只高兴这一点,就是有人站在他身边,他只希望这些人帮助他,使他回生,生命对于他好像是那么美好,因为他现在是那么不同地了解生命了。他集了全部的力量,以便动弹一下,并发出声音,他微弱地动了腿,并发出怜悯自己的、微弱的、疼痛的呻吟。

"啊!他活着,"拿破仑说,"把这个年轻人抬起来,送到野战医院去!"

说了这话,拿破仑骑马上前去迎兰恩将军,他走近皇帝,脱了帽子,笑着庆祝胜利。

安德来郡王不再知道别的,因为放上异床,行动时颠簸,在野战医院用探针测验伤处而引起的剧痛,他失了知觉。他只在日暮时,当他和别的俄国的受伤及被擒军官被送入医院时,才清醒。在这次移动中,他觉得自己清醒了一点,能够盼顾,甚至可以说话。

他清醒时所听见的第一句话是——一个法国运送的军官匆促地说:

"应当停在这里,皇帝马上就要到,他欢喜看见这些俘虏先生们。"

"今天有那么多的俘虏,差不多是俄国全军,也许他看厌了。"另一个军官说。

"但是!这个人,据说,是亚历山大皇帝卫兵队总指挥。"第一个军官说,指着穿白色骑卫兵制服的、受伤的俄国军官。

保尔康斯基认识来卜宁,他在彼得堡的交际场中遇见过他。在他旁边站着另一个军官,也是一个受伤的、十九岁的骑卫队军官。

保拿巴特骑马跑来,勒住了马。

"谁是高级官?"他说,看见了俘虏们。

他们提出了上校,来卜宁郡王。

"你是亚历山大皇帝骑卫兵团长吗?"拿破仑问。

"我带领骑兵。"来卜宁回答。

"你的部队光荣地尽了职。"拿破仑说。

"大将军的称赞是兵士最好的奖赏。"来卜宁说。

"我愿意给你这个奖赏,"拿破仑说,"你旁边的这个年轻人是谁?"

来卜宁郡王说是苏黑切林中尉。

拿破仑看着他,笑着说:

"他和我们生事,太年轻了。"

"年轻不妨碍勇敢。"苏黑切林用燥裂的声音说。

"漂亮的回答,"拿破仑说,"年轻人,你前途远大!"

安德来郡王,为了俘虏展览的完全,也被人向前移动,在皇帝目光中,他不能不引起他的注意。拿破仑显然记得,他在田野上看见过他,他用同样的"青年"这个称呼向他说话,在这个称呼之下,保尔康斯基第一次反映在他的记忆中。

"你,年轻人?"他向他说,"你觉得怎样,好汉?"

虽然在五分钟前安德来郡王还能向抬他的兵士们说几个字,他现在却无言,他的眼睛直视拿破仑。关于拿破仑的一切兴趣,此时他觉得那么不重要,他觉得他的英雄及其琐屑的虚荣与胜利的喜悦,比之那崇高的、公正的、仁慈的,他所看见、所了解的天,是那么渺小——他不能回答他。

确实,比之那种严格的、尊严的思想结构,一切都似乎是那样无用而不重要,这种思想结构是因为流血而乏力,痛苦与死亡的接近而引起的。看着拿破仑的眼睛,安德来郡王想到伟大之空无,想到生命之空无，生命的意义是无人能够了解的；他更想到死亡之空无，死亡的意义是活人中没有人能够了解、说明的。

皇帝不等到回答，便转过身，走开，向指挥官之一说：

"让他们当心这些先生们，把他们抬到我的营里去，让我的拉莱医生看他们的伤。再见，来卜宁郡王。"于是他催动了马，奔驰而去。

在他的脸上有自满与快乐的光辉。

抬安德来郡王的兵士们，下去了那个落在他们手里的、玛丽亚郡主挂在哥哥身上的金圣像，看见皇帝对俘虏们所表示的和善，又赶快送还了圣像。

安德来郡王没有看到是谁，并如何又为他挂上，但在军服外边的胸口上忽然发觉到细金链上的圣像。

"这是多么好啊！"安德来郡王想，看着这个圣像。这是他妹妹那么热情地、虔敬地为他挂上的。"假使一切都像玛丽亚郡主所觉得的那么明白而简单，这是多么好啊。要能知道在何处寻找这个生命中的帮助，以及在那里，在坟墓的那边还期待什么，这是多么好啊！假使我现在能够说：主，可怜我吧！我是多么快乐而安宁啊！但我向谁说这话呢？或者是一种无限的、不可解的力量呢？对于它我不但不能申诉，甚至不能用文字表达它——这个伟大的整体或空无，"他向自己说，"或者是这个上帝，就是玛丽亚郡主缝在这个小袋子里的呢？没有东西，没有东西是确实的，除了我们所知的一切之空无，与那不可知的但重要的东西之伟大！"

舁床移动了，在每一颠簸中他又感觉到不可挡的痛苦，热烧的状态加重了，他开始昏迷。关于父亲、妹妹、未来儿子的幻想，他在交战之前夜所感觉到的柔情，矮小轻微的拿破仑身体和这一切的人，崇高的天——组成他昏迷幻梦的主要基础。

他想起童山的安静生活与安宁的家庭幸福。他正在欣赏这种幸福的时候，忽然出现了矮小的拿破仑和他的无情、狭窄、因别人不幸而快乐的目光，于是发生了怀疑、痛苦，于是只有天许诺了安宁。傍晚的时候，一切的幻想混乱了，并化合为无知觉与遗忘之混乱与黑暗。这情形，据拿破仑的医生拉莱的意见，很可靠地，要被死亡来解决，而非康复。

"他是一个有神经病、有胆汁病的人，"拉莱说，"他不得复原了。"

安德来郡王，在其他无望的伤官之间，被人交给当地居民去过问了。